文史合璧

隋唐五代卷

金振华 陈桂声 **主编**

张浩逊 都冬云 储建明 **编著**

苏州大学出版社

图书在版编目(CIP)数据

文史合璧.隋唐五代卷/金振华,陈桂声主编;张浩逊,都冬云,储建明编著.—苏州:苏州大学出版社,2016.1
ISBN 978-7-5672-1488-0

Ⅰ.①文… Ⅱ.①金… ②陈… ③张… ④都… ⑤储… Ⅲ.①古典散文－散文集－中国－隋唐时代②古典散文－散文集－中国－五代 Ⅳ.①I262

中国版本图书馆CIP数据核字(2015)第294014号

文 史 合 璧

隋唐五代卷

金振华　陈桂声　主编

张浩逊　都冬云　储建明　编著

责任编辑　唐明珠

苏州大学出版社出版发行
(地址:苏州市十梓街1号　邮编:215006)
常州市武进第三印刷有限公司印装
(地址:常州市武进区湟里镇村前街　邮编:213154)

开本787 mm×960 mm　1/16　印张16.75　字数295千
2016年1月第1版　2016年1月第1次印刷
ISBN 978-7-5672-1488-0　定价:40.00元

苏州大学版图书若有印装错误,本社负责调换
苏州大学出版社营销部　电话:0512-65225020
苏州大学出版社网址　http://www.sudapress.com

金振华　陈桂声

中国是有着悠久历史的伟大而文明的国家。在数千年的历史长河中,历代史学家和散文家留下了难以计数的史著和历史散文。从先秦至近代,中国有着完整的历史记载,一部二十四史,就足以证明中华民族绵延不绝的五千年文明史是何等的辉煌。

浩如烟海的历史典籍,是我们的先哲留给后人的宝贵文化遗产。中国人尊重历史,敬畏历史,须臾不敢忘记历史的经验和教训。因此,中国人从来就爱读史著,喜谈历史,这也是我们民族的优良传统。历史学家研究历史,主要是把历史典籍作为宝贵史料来阅读和剖析,从中寻绎历史的真相和发展轨迹。但是,更多的中国人却把史著当作文学作品来欣赏,在品味历史的同时,沉浸在文学的滋养之中。历史和文学完美地结合在一起,水乳交融,这是中国史著的一大特色。

中国的优秀史学家,不仅有着杰出的史德、史识和史才,是撰写信史的良史,同时还是颇具文学造诣的作家。而不少掉鞅文坛的大作家,往往也是秉笔直书的史家。这样,在他们的笔下,历史就不是枯涩乏味的陈年旧事流水账,而是波澜壮阔的鲜活画卷。《尚书》记载的"盘庚",《左传》铺叙的"曹刿论战"、"晋公子重耳之亡",《史记》描述的"完璧归赵"、"鸿门宴",《汉书》歌颂的"苏武牧羊"等,无一不在忠实记录历史的同时,运用文学艺术的手段,将史实描写得栩栩如生,既使人走进历史,洞察往事,又令人领略到文学的艺术魅力,一举两得,堪称文史珠联璧合,众美毕集,相得益彰。

写到这里,我们想起了一个发生在五代南唐的历史小故事。在欧阳修主持撰写的《新五代史·南唐世家》中有这样一段记载:

煜尝以熙载尽忠,能直言,欲用为相,而熙载后房妓妾数十人,多出外舍私侍宾客,煜以此难之,左授熙载右庶子,分司南都。熙载尽斥诸妓,单车上道,煜喜留之,复其位。已而诸妓稍稍复还,煜曰:"吾无如之何矣!"是岁,熙载卒,煜叹曰:"吾终不得熙载为相也。"欲以平章事赠之,问前世有此比否,群臣对曰:"昔刘穆之赠开府仪同三司。"遂赠熙载平章事。

马令《南唐书》、陆游《南唐书》及《宋史》分别有《李煜传》、《韩熙载传》,记录此事详略不一。韩熙载是南唐大臣,许多人通过欣赏著名的《韩熙载夜游图》得知其人其事。其实,韩熙载是个有才干和有抱负的人,而李煜也不是一个只知填词听经、吟风弄月的昏君。李煜很想任用韩熙载为相,但因为韩熙载在生活上放纵不羁,有毁坏礼仪法度之嫌,故而迟迟不予重用,将其贬职。但韩熙载在外放南都赴任前,竟"尽斥诸妓,单车上道",颇有痛改前非、脱胎换骨而戮力王室的气概。这令皇上喜出望外,立马"复其位",并打算给予升迁。但是,韩熙载在官复原职后,渐渐故态复萌,使得李煜始料未及,"吾无如之何矣"、"吾终不得熙载为相也"二语,似乎令读者看到了李煜的极度失望之情。因此,直至韩熙载离世,李煜也未能授予他相位,只是追赠了一个"平章事"的虚衔而已。

这个描述当是史实,给我们展现了李煜和韩熙载生平思想的另一面,还原了历史人物的真实全貌。同时,我们在阅读和鉴赏这段文字时,又不能不感受到其中生动的文学性,无论是情节安排的波折、语言运用的生动,还是人物性格的多样变化和形象的鲜活传神,都令人赞叹不已。可见,历史的真实和文学的敷演,在中国古代史著中,结合得是如此的和谐完美。

中华民族走过了五千年的光辉历史,并将继续前行。在面向未来的时候,我们更要铭记历史,从历史中学习和汲取知识与营养,这有助于我们更好地继承优秀文化传统,在未来的征途上创造更加辉煌的文明。我们组织编写的这套"文史合璧"丛书,选择中国古代优秀历史著作和历史散文中富有文学色彩和艺术魅力的篇章,精心注释,加以精辟赏析,为读者品鉴和欣赏古代历史和文学提供了一个别样的选择。相信广大读者通过阅读,能更好地体味到"文史合璧"、"文史一家"的魅力和内涵,更加倾心和热爱祖国优秀的文学、史学文化。

2015 年 12 月于苏州

目录

前言 ……………………………………………………… 1

李 谔
上隋高祖革文华书 ……………………………………… 1

李延寿
宋武帝本纪 ……………………………………………… 5
檀道济传 ………………………………………………… 8
萧统传 …………………………………………………… 11
孔范传 …………………………………………………… 15
苏绰传 …………………………………………………… 18

姚思廉
梁武帝本纪 ……………………………………………… 22

房玄龄
羊祜传 …………………………………………………… 26
阮籍传 …………………………………………………… 31
嵇康传 …………………………………………………… 35
谢安传 …………………………………………………… 38
王羲之传 ………………………………………………… 43
陶潜传 …………………………………………………… 47

魏　徵
　　隋炀帝纪 ·················· 51
　　韩擒虎传 ·················· 55
　　辛公义传 ·················· 58
　　谏太宗十思疏 ·············· 61

李世民
　　答魏徵手诏 ················ 64

令狐德棻
　　庾信传 ···················· 68

朱敬则
　　陈后主论 ·················· 72

骆宾王
　　代李敬业传檄天下文 ········ 77

潘好礼
　　徐有功论 ·················· 82

吴　兢
　　戴胄力谏唐太宗 ············ 87
　　唐太宗不行诈道 ············ 89

张九龄
　　开大庾岭路记 ·············· 91

李　邕
　　谏以妖人郑普思为秘书监书 ·· 95

刘　悚
　　长孙皇后贺太宗 ············ 98

唾面自干 …………………………………………… 99

李　白
　　与韩荆州朝宗书 ………………………………… 101

李阳冰
　　《草堂集》序 …………………………………… 105

李　华
　　吊古战场文 ……………………………………… 109
　　中书政事堂记 …………………………………… 113

元　结
　　与吕相公书 ……………………………………… 116

独孤及
　　吴季子札论 ……………………………………… 119

柳　伉
　　请诛程元振疏 …………………………………… 123

柳　识
　　吊夷齐文 ………………………………………… 127

梁　肃
　　周公瑾墓下诗序 ………………………………… 131

陆　贽
　　奉天请罢琼林大盈二库状 ……………………… 134

权德舆
　　两汉辩亡论 ……………………………………… 140

刘　肃
　　唐太宗立太子 …………………………………………………… 146

韩　愈
　　祭田横墓文 ……………………………………………………… 149
　　祭十二郎文 ……………………………………………………… 151
　　《张中丞传》后叙 ……………………………………………… 154
　　试大理评事王君墓志铭 ………………………………………… 158
　　论佛骨表 ………………………………………………………… 161
　　柳子厚墓志铭 …………………………………………………… 165

吕　温
　　张荆州画赞并序 ………………………………………………… 170

刘禹锡
　　华佗论 …………………………………………………………… 175
　　《唐故尚书礼部员外郎柳君集》纪 …………………………… 177

柳宗元
　　贺进士王参元失火书 …………………………………………… 180
　　送薛存义序 ……………………………………………………… 183
　　段太尉逸事状 …………………………………………………… 185
　　桐叶封弟辩 ……………………………………………………… 189

李德裕
　　唐玄宗阻焚库积 ………………………………………………… 191

李　翱
　　题《燕太子丹传》后 …………………………………………… 193
　　杨烈妇传 ………………………………………………………… 195

裴　潾
　　谏宪宗服金丹疏 ………………………………………………… 199

殷侔
  窦建德碑 …………………………………………………… 201

杜牧
  阿房宫赋 …………………………………………………… 204

李商隐
  李贺小传 …………………………………………………… 208

孙樵
  书何易于 …………………………………………………… 211
  书褒城驿壁 ………………………………………………… 214

皮日休
  读《司马法》 ……………………………………………… 218

罗隐
  英雄之言 …………………………………………………… 220
  刻严陵钓台 ………………………………………………… 221

刘昫
  唐太宗本纪 ………………………………………………… 224
  则天皇后纪 ………………………………………………… 229
  狄仁杰传 …………………………………………………… 233
  郭子仪传 …………………………………………………… 239
  李愬传 ……………………………………………………… 242
  来俊臣传 …………………………………………………… 247

牛希济
  崔烈论 ……………………………………………………… 251

前言

从公元581年隋文帝杨坚建隋,到公元960年宋太祖赵匡胤建宋,共380年,是中国历史上的隋唐五代时期。

隋朝的建立,结束了三百年南北分裂的局面,为中国经济、社会和文化的发展提供了良好的条件,但因隋炀帝的暴政,隋二世而亡,国祚仅三十八年,所以其文化建设十分薄弱。在文学方面,隋文帝尚质实黜浮华,曾下诏改革文体,但因条件、时机不成熟,收效不大。终隋一代,散文创作几乎没有成绩,唯骈文偶有佳作。现存的隋文,主要见于清代嘉庆举人严可均所编纂的《全上古三代秦汉三国六朝文》中。隋炀帝杨广雅好文学,倡南朝之风,诗文承六朝馀绪,骈俪绮靡。不过,卢思道、薛道衡、杨素、杨广等人的诗作出现了南北诗风融合的倾向,对初唐诗有一定影响。在史学方面,隋文帝比较重视修史,他一方面禁绝私人撰集国史,一方面组织王邵、章德源等人同修国史,炀帝大业二年(606)完成了"录开皇、仁寿时事"的《隋书》八十卷。

自朱全忠灭唐建后梁起,至赵匡胤篡后周建宋止,是五代十国(907—960)时期。这五十多年里,中国又一次陷入分裂与动乱,中原地区先后有后梁、后唐、后晋、后汉、后周五个王朝更替,南方地区则有吴、南唐、前蜀、后蜀、吴越等十国存在。由于政权更迭频繁,社会动荡,经济破坏严重,这一时期北方的文学几无成就。南方江浙淮和楚蜀地区因社会相对安定,经济较为繁荣,有南唐词和西蜀词盛行。南唐二主和冯延巳的词代表了五代词的最高水平。史学方面,北方的五个小朝代都很重视修史,史馆的工作一直没有停顿。除各朝都写出了一些帝王实录外,更重要的成果是后晋时期修成了《旧唐书》(当时叫《唐书》)二百卷。此书是第一部完整反映唐朝兴衰的纪传体史书,其史料价值十分珍贵。此外,这一时期还出现了一些稗史笔记、谈丛杂俎,如《桂苑丛谈》、《唐摭言》、《开元天宝遗事》、《北梦琐言》等,有一定的文史价值。

正因为如此,隋唐五代的文史成就主要表现在唐代。

唐王朝享祚289年,是中国封建社会的鼎盛时代。国家的统一,社会的长期安定,经济的高度繁荣,为唐代文学、史学的兴盛提供了良好的外部条件。唐代文学以诗歌的成就和影响为最大,是王国维所说的"一代之文学"。紧随其后的,是唐文、唐传奇(小说),还产生了曲子词、变文、俗讲等新文体。

唐文比较集中地辑录在《全唐文》里。清代嘉庆年间由董诰(乾隆进士)等奉诏编成的《全唐文》,收入唐五代文约两万篇,作者三千余人。另外,后人辑有《唐文拾遗》、《唐文续拾》、《唐代墓志汇编》、《全唐文补遗》、《全唐文补编》等,又新增文章一万两千多篇,作者近两千人。其数量不可谓不宏富。当然,更重要的是,唐文中的不少杰作佳构,已被后代人奉为楷模、典范,成为中华文化宝库里的奇珍异宝。

唐文(广义的散文)由骈体文和散体文(狭义的散文)两大类组成。骈体文是以讲究对仗的四字句和六字句为基本句式的一种文体,它要求声调和谐、运用典故和辞藻华美。东汉后期,骈体文逐渐形成,至南北朝,骈体文已蔚为大观,单行只句的散体文已不多见。唐代前期,骈体文仍被普遍使用。自初唐"四杰"始,骈文开始出现一些新变化,注意避免刻板、僵硬的写法,注意表现骨力的刚健和活泼的生气,像王勃的《滕王阁序》、骆宾王的《代李敬业传檄天下文》,都被当时及后世所广泛传诵。盛唐时期,骈体文风有了进一步的改变,人们写作时运散入骈,力求化板滞为灵动,少用典而多白描,加强抒情性,克服骈体文常有的徒有华美外表、思想内容贫乏的弊病。中唐时期,骈体文的流行趋势减弱,散体文日渐为众多作家所采用。此时的骈文作家,以陆贽为最有成就。其奏议,比较彻底地汰除了传统骈文浮艳的辞藻,不用或少用故实,表现出情感真挚、平易畅达的特点,其代表作《奉天请罢琼林大盈二库状》、《奉天改元大赦制》等向为人们所称诵。晚唐五代时期,由于韩柳古文运动的衰落,骈体文写作又有抬头,代表作家有令狐楚、李商隐、温庭筠、段成式以及后蜀的欧阳炯等人。他们提倡的是以四字句六字句交错运用的四六文,词采繁缛,对偶精切,用典深僻,风格浮艳浓丽。其中,李商隐的骈文成就最高,《四库全书简明目录》说"李商隐骈偶之文,婉约雅饬,于唐人为别格"。其骈文虽属对精工而能婉曲达情,常在骈句中参以散句,转换自然。

唐代散体文(狭义的散文)的源泉是先秦的历史散文、诸子散文和西汉司马迁的《史记》。它们都以散体为主,虽间有对偶的句式,乃是无意为之,也不占很大比重。唐代前期,骈体文是普遍使用的文章样式,虽有初唐的陈子昂提倡复古,玄宗天宝年间的李华、萧颖士提倡写朴素自然的散文,但并未产生重大、全面的影响。陈子昂、李白、王维、元结等人,是韩愈、柳宗元之前写出较好散文的重要作家。公元9世纪初(德宗贞元末年至穆宗长庆初年),韩愈、柳宗元等以"复古"为口号,提倡以先秦、西汉的散文为范式,尽量使用接近口语的语词和句法,摒弃片面追求形式美、声调美而无实际思想内容的骈体文。他们还用创作实绩显示了"古文"(即西汉以前流行的散文样式)强大的表情达意功能。与此同时,一批文人或自出机杼,或受韩柳影响,也纷纷投入散体文写作,且都有佳作传世,如刘禹锡、白居易、元稹、张籍、吕温等人。

韩柳以后,由于缺乏笔力雄健、富有影响力的领袖性人物,古文(散体文)写作渐趋衰落。虽有杜牧、刘蜕等少数作家仍能写出较好的散体文,但已难挽狂澜于既倒了。不过,晚唐却涌现出不少用散体写成的小品文,代表作家有皮日休、陆龟蒙、罗隐等人。晚唐小品文多为讽世刺时之作,有强烈的批判精神,笔锋犀利,情感炽烈,这在其他时代的作品中很难见到。难怪鲁迅要说唐末的小品文是"一塌胡涂的泥塘里的光彩和锋芒"(《小品文的危机》)。

这一时期的史学,也有相当高的成就。唐代统治者重视修史,太宗于贞观三年(629)即设置史馆,唐初所修八部"正史"(《晋书》、《梁书》、《陈书》、《周书》、《北齐书》、《隋书》、《南史》、《北史》)都是由史馆编纂出来的。另外,还产生了中国古代第一部典章制度通史《通典》(杜佑),第一部史评著作《史通》(刘知几),以及众多的杂史、笔记,如《隋唐嘉话》、《大唐新语》、《贞观政要》、《安禄山事迹》等。

在唐五代成书的九部"正史"中,不乏兼具文学价值的篇章或片段。这是因为,撰写者颇多文咏之士,有较高的文学素养,并且,他们也有意仿效司马迁、班固的文笔,叙事繁简得宜,措辞简练生动,寥寥数语就能生动地表现出人物的精神风貌。如《南史·萧统传》:

> 太子性仁恕,见在宫禁防捉荆子者,问之,云以清道驱人。太子恐复致痛,使捉手板代之。频食中得蝇虫之属,密置柈(盘)边,恐厨人获罪,不令人知。

昭明太子萧统的仁恕品性,通过这两个细节,生动而具体地展现了出来。又如《旧唐书·郭子仪传》写唐军统帅郭子仪去见被叛将仆固怀恩所欺骗利用的回纥将士:

> 诸将曰:"请选铁骑五百卫从。"子仪曰:"适足以为害也。"乃传呼曰:"令公来。"虏初疑,持满注矢以待之。子仪以数十骑出,免胄而劳之曰:"安乎?久同忠义,何至于是?"回纥皆舍兵下马,齐拜曰:"果吾父也。"

郭子仪的睿见卓识,临危不惧,沉着镇静,以及他在回纥将士心目中的崇高威信,栩栩如生地展现了出来。

唐代的笔记、杂著（内含部分志怪、传奇）数量众多，上海古籍出版社编《唐五代笔记小说大观》（2000年版），收入三十九种，唐人所撰的有三十二种。这些著作内容广泛驳杂，凡天文地理、典章制度、风俗民情、鬼神怪异、逸事琐闻等均有所涉及。其中有一些记人记事的片段，文字短小精悍，描述形象生动，既可用来增补、辨证"正史"的阙失，也可作为纪实性的散文作品来欣赏。

本书即根据上文所述的看法、认识来选篇，也就是从隋唐五代历史人物（包括文学家、政治家等）所撰写的单篇文章、九部"正史"以及笔记、杂著中来选篇，以单篇文章为主。单篇文章一般选录全文；史书，从人物传记中节选，凡有删节处，则标以省略号；笔记、杂著，则选录片段，编选者另加标题。全书选文按作家的年代顺序编排。

考虑到本书主要面向中等以上文化程度的读者，每篇选文均有作者介绍、题解、注释、评析。同一作者选有多篇的，作者介绍只见于第一篇。正文文字各本有异者，择善而从。注释力求简明，不作详细征引。对有些难句，则试着作了今译。在撰写过程中，参考了众多总集、别集和今人有关古代文史方面的校注本、选注本、译注本，囿于体例和篇幅，不能一一出注，敬祈鉴谅并向有关学者深致谢意。书中谬误、不当之处，恳盼教正。

2015年10月张浩逊识于常熟虞山

李 谔

作者简介

李谔(生卒年不详),字士恢,赵郡(今河北赵县)人。好学能文,富于辩才。北齐时为中书舍人,入周任天官都上士。后来帮助杨坚完成帝业。隋建国后,任比部、考功二曹侍郎,赐爵南和伯。又升任治书侍御史。后因年老出为通州刺史。隋文帝大力改革浮艳文风,他是坚定的支持者。其著作流传很少,《上隋高祖革文华书》(一题作《上书求正文体》)在中国文学批评史上有一定地位。

上隋高祖革文华书

【题解】 隋高祖,即隋朝的开国君主隋文帝杨坚。高祖是他的庙号。他总结前朝北周、陈王朝覆亡的历史教训,将君主溺情文艺作为亡国的原因之一,因而提倡尚简、尚质、尚用的文风,排斥浮华淫丽的文风。李谔此文,正是为适应最高统治者的需要而写的。他以改革文风为起点,致力于达到改革官风、民风的目的,以有利于加强封建统治。本文选自《北史》卷十七。

【原文】

臣闻古先哲王之化民①也,必变其视听,防其嗜欲,塞其邪放之心②,示以淳和之路。五教六行③为训民之本,《诗》、《书》、《礼》、《易》④为道义之门。故能家复孝慈,人知礼让,正俗调风⑤,莫大于此。其有上书献赋、制诔⑥镌铭,皆以褒德序贤⑦,明勋证理。苟非惩劝⑧,义不徒然⑨。

降及后代,风教渐落。魏之三祖⑩,更尚⑪文词,忽君人之大道,好雕虫之小艺⑫。下之从上,有同影响⑬。竞骋文华⑭,遂成风俗。江左齐、梁⑮,其弊弥甚⑯,贵贱贤愚,唯务吟咏。遂复遗理存异⑰,寻虚逐微,竞一韵之奇,争一字之巧。连篇累牍,不出月露之形;积案盈箱,唯是风云之状⑱。世俗以此相高,朝廷据兹擢士⑲。禄利之路既开,爱尚之情愈笃。于是闾里童昏⑳,贵游总丱㉑,未窥六甲㉒,先制五言㉓。至如羲皇、舜、禹之典㉔，伊、傅、周、孔之说㉕，不复关心，何尝入耳！以傲诞为清虚，以缘情㉖为勋绩，指儒素㉗为古拙，用词赋为君子。故文笔日繁，其政日乱，良由弃大圣之轨模㉘，构无用以为用也。损本逐末，流遍华壤㉙，递相师祖，久而愈扇㉚。

及大隋受命㉛，圣道聿兴㉜，屏黜㉝轻浮，遏止华伪。自非怀经抱质，志道依仁，不得引预㉞搢绅，参厕缨冕㉟。开皇㊱四年，普诏天下，公私文翰，并宜实录。其年九月，泗州刺史司马幼之文表华艳，付所司㊲治罪。自是公卿大臣，咸知正路，莫不钻仰坟索㊳，弃绝华绮，择先王之令典，行大道于兹世。

如㊴闻外州远县，仍踵敝风㊵，选吏举人㊶，未遵典则㊷，至有宗党㊸称孝，乡曲㊹归仁，学必典谟㊺，交不苟合㊻，则摈落私门，不加收齿㊼；其学不稽古㊽，逐俗随时，作轻薄之篇章，结朋党而求誉，则选充吏职，举送天朝㊾。盖由县令、刺史未行风教㊿，犹挟私情，不存公道。

臣既忝宪司㊿¹，职当纠察。若闻风即劾，恐挂网㊿²者多，请勒㊿³诸司㊿⁴，普加搜访，有如此者，具状㊿⁵送台㊿⁶。

【注释】　①化民：教化民众。　②邪放之心：淫邪放纵的心思。　③五教六行：五教，五种封建伦理道德，即父义、母慈、兄友、弟恭、子孝。六行，六种善行，即孝、友、睦、姻、任、恤。　④《诗》、《书》。《礼》、《易》：《诗》，《诗经》。《书》，《尚书》。《礼》，《礼记》。《易》，《易经》。以上四书加《春秋》合称"五经"，是儒家的五部经典著作。　⑤正俗调风：淳正风俗。　⑥诔：哀悼死者的文章。　⑦褒德序贤：褒德，褒扬德行。序贤，记叙贤明（之事）。序，排次序。　⑧惩劝：惩，惩戒。劝，勉励，激励。　⑨徒然：白白地写文章。即写没有实质内容和意义的文章。　⑩魏之三祖：指曹魏时期的曹操、曹丕、曹植三人。　⑪尚：崇尚，喜好。　⑫雕虫之小艺：指文学写作。汉代扬雄说写作辞赋是"童子雕虫篆刻"，"壮夫不为"。　⑬"下之从上"二句：这两句的意思是，上行下效，好似有形必有影，有声音必有回响。　⑭竞骋文华：争先恐后地显示华艳浮丽的文采。　⑮江左齐、梁：指南北朝时期在长江中下游地区建国的齐朝和梁朝。　⑯弥甚：更加严重。　⑰遗理存异：遗失了义理，保存了异端（指浮华文风）。　⑱"连篇累牍"四句：这四句是说，齐梁时期的很多作品都是吟风月、嘲花草的空泛之作。　⑲擢士：选拔士人当官。　⑳闾里童昏：闾里，乡里。童昏，儿童、老人。　㉑总卯（guàn）：指儿童。古时儿童束发成两角的样子。所以又称儿童为"总角"。　㉒六甲：代指最基本的知识。《汉书·食货志》："八岁入小学，学六甲五方书计之事。"古时用天干地支相配计算时日，其中有甲子、甲戌、甲申、甲午、甲辰、甲寅，叫六甲。　㉓五言：五言诗。　㉔羲皇、舜、禹之典：指流传至今最古的典籍《尚书》。《尚书》中有《尧典》、《舜典》、《大禹典》等篇。羲皇,远古的伏羲氏,古代传说中的部落首长。相传他始画八卦,教民捕鱼畜牧。 ㉕伊、傅、周、孔之说:伊,伊尹,商汤的辅佐大臣,佐商灭夏。傅,傅说,商王武丁的辅佐大臣,与伊尹齐名。周:周文王第四子姬旦。因采邑在周(今陕西岐山北),故称周公。曾佐武王伐商,又在成王年幼时摄理政事。归政成王后,他把主要精力用于制礼作乐,建立各项规章制度。孔,孔子,儒家学说创始者。 ㉖缘情:义近"抒情"。 ㉗儒素:儒者的品德操行。 ㉘大圣之轨模:大圣,指前文所提到的伊、傅、周、孔等人。轨模,准则,模式。 ㉙华壤:华夏大地。 ㉚扇:通"煽",炽盛。 ㉛受命:承受天命,即建立新王朝。 ㉜圣道聿兴:圣道,重儒教、重质实、反浮华之道。聿,语助词,无义。 ㉝屏黜:斥退。 ㉞引预:荐举,参与。 ㉟参厕缨冕:参厕,加入。厕,置,参加。缨冕,代指官员。 ㊱开皇:隋文帝年号(581—600)。 ㊲所司:有关职能部门。 ㊳坟索:代指古代典籍。相传古书有《三坟》、《五典》、《八索》、《九丘》。 ㊴如:通"而",但是,然而。 ㊵敝风:指浮华的文风。 ㊶选吏举人:选吏,选拔官吏。举人,推举人才。 ㊷典则:典章制度。 ㊸宗党:宗族、乡党。古代以五百家为党。 ㊹乡曲:乡里。 ㊺典谟:《尚书》中《尧典》、《大禹谟》的略称。此代指儒家经典著作。 ㊻交不苟合:不随便、无原则地结交朋友。 ㊼收齿:收纳,录用。齿,录用。 ㊽稽古:研习古事。 ㊾天朝:对朝廷的美称。 ㊿风教:教化。 ㉛既忝宪司:忝,辱,有愧于。自谦之词。宪司,负责监察工作的机关。作者当时在御史台任治书侍御史,所以这么说。 ㉜挂网:与"漏网"相对而言,指被落入法网。 ㉝勒:勒令,命令。 ㉞诸司:各有关部门。 ㉟具状:写好文状。 ㊱台:御史台。

【赏析】 本文中心明确,思理清晰。先从"古先哲王"如何"化民"说起,突出"示以淳和之路"的极端重要性。当时的文风,以实用、质朴为特点,所谓"苟非惩劝,义不徒然"。这是作者立论的基本依据。接着,作者花较多的篇幅论述、抨击自曹魏至南朝的浮华文风。这种文风流弊深广,导致朝廷用人政策的失当,也就是文中所说的"朝廷据兹擢士"。这样一来,"文笔日繁,其政日乱",文风的败坏直接造成了政局的动乱甚至政权的丧失。通过正反两个方面的论述、对照,文章的第三部分很自然地转入对现政权用人政策、艺文政策的评论。作者对隋文帝"屏黜轻浮,遏止华伪"的做法予以高度肯定。"自是公卿大臣,咸知正路,莫不钻仰坟索,弃绝华绮",效果是显著的。然而,在天子脚下的"公卿大臣"能遵旨行事,"外州远县"的情况却不容乐观。第四部分即述说地方州县存在的相当严重问题。因浮华之风未变,致使孝仁淳厚之士摈落草野,轻薄结党之徒举送天朝,可说是后患无穷。搞不好,步齐梁政权覆亡的后尘不是不可能的。至此,作者明确亮出自己的观点,希望朝廷"普加搜访",严惩追逐华绮、"未行风教"的地方官员。

文中有一句话值得注意,那就是泗州刺史司马幼之因"文表华艳"而遭到

"付所司治罪"的严重处罚,可见隋文帝反对浮华之风的坚决态度。但是,浮华风气的转变需要一定的条件和时间,作者强烈反对华靡文风,而他本人的这篇文章,并没有完全跳出骈俪文的圈子,如文中的"连篇累牍,不出月露之形;积案盈箱,唯是风云之状",两个分句,只是一个意思,"引预搢绅,参厕缨冕"两句,也同样如此。此外,他完全否定"三曹",也与事实不符,因此,本文虽具有针贬时弊的积极意义,但也有偏颇之处。

李延寿

> **作者简介**
>
> 李延寿(生卒年不详),字遐龄,相州(今河南安阳)人。太宗贞观中,任太子典膳丞,崇贤馆学士,曾受诏与敬播同修《五代史志》,即今《隋书》之"志"。又预修《晋书》,撰《太宗政典》。历迁御史台主簿、符玺郎,兼修国史。在其父李太师编著《南北史》(未完稿)的基础上,删补宋、齐、梁、陈及魏、齐、周、隋等八代史,经十六年努力而成《南史》、《北史》共一百八十卷,以文笔简练、行文流畅为后世史家所推崇。两书均列入二十四史。

宋武帝本纪

【题解】 本文节选自《南史》卷一。刘裕(363—422),南朝宋建立者。他幼年以种地、捕鱼、贩履为业,家境贫寒。初为北府兵刘牢之部下小军官,从牢之镇压孙恩、卢循起义。桓玄篡晋,他起兵讨伐。任侍中、车骑将军,都督中外诸军事。后为扬州刺史、录尚书事,控制朝政。相继灭南燕、后秦,翦除北府将领刘毅、诸葛长民等势力。公元420年代晋称帝,建国号宋。即位前后,采取了抑制豪强、减轻赋税、裁并州县等措施,减轻了人民负担,生活上崇尚节俭。即位后第三年病卒。原文篇幅很长,本文主要选取文末介绍其节俭行为的内容。

【原文】

宋高祖武皇帝讳裕,字德舆,小字寄奴,彭城县①绥舆里人,姓刘氏,汉楚元王交之二十一世孙也。晋氏东迁,刘氏移居晋陵②丹徒之京口里。

晋隆安③三年十一月,妖贼孙恩④作乱于会稽⑤,朝廷遣卫将军谢琰、前将军刘牢之东讨。牢之请帝参府军事,命与数十人觇贼⑥,遇贼众数千,帝便与战,所将人多死,而帝奋长刀,所杀伤甚众。

五年⑦二月,伪燕主慕容超⑧大掠淮北。三月,帝抗表北讨。五月,至下邳⑨。留船,步军进琅邪⑩,所过筑城留守。

七月,超尚书郎张纲乞师于姚兴⑪。时姚兴遣使,声言将涉淮左。帝谓曰:"尔报姚兴,我定青州⑫,将过函谷⑬,虏能自送,今其时矣。"录事参军刘穆之遽入曰:"此言不足威敌,容能怒彼。若鲜卑⑭未拔,西羌⑮又至,公何以待之?"帝乃笑曰:"此兵机也,非子所及。羌若能救,不有先声⑯,是自强也。"

六年二月丁亥,屠广固⑰,超逾城走,追获之,斩于建康市。杀其王公以下,纳生口万余,马二千匹。

上清简寡欲,严整有法度,未尝视珠玉舆马之饰,后庭无纨绮丝竹之音。初,朝廷未备音乐,长史⑱殷仲文以为言,帝曰:"日不暇给,且所不解⑲。"仲文曰:"屡听自然解之。"帝曰:"政以解则好之⑳,故不习耳。"宁州㉑尝献虎魄枕㉒,光色甚丽,价盈百金。时将北伐,以虎魄疗金创,上大悦,命碎分赐诸将。平关中,得姚兴从女㉓,有盛宠,以之废事;谢晦㉔谏,即时遣出。财帛皆在外府,内无私藏。宋台建,有司奏东西堂施㉕局脚床㉖,金涂钉,上不许。使用直脚床,钉用铁。广州尝献入筒细布,一端㉗八丈,帝恶其精丽劳人㉘,即付有司弹太守,以布还之,并制㉙岭南禁作此布。帝素有热病,并患金创,末年尤剧,坐卧常须冷物,后有人献石床,寝之,极以为佳,乃叹曰:"木床且费,而况石邪。"即令毁之。制诸主㉚出适㉛,遣送不过二十万,无锦绣金玉。内外㉜奉禁,莫不节俭。性尤简易,尝着连齿木屐㉝,好出神武门内左右逍遥,从者不过十余人。时徐羡之㉞住西州㉟,尝思羡之,便步出西掖门,羽仪络驿追随,已出西明门矣。诸子旦问起居,入阁脱公服,止着裙帽,如家人之礼焉。

微时躬耕于丹徒,及受命,耨耜之具颇有存者,皆命藏之,以留于后。及文帝㊱幸旧宫,见而问焉,左右以实对,文帝色惭。有近侍进曰:"大舜㊲躬耕历山㊳,伯禹㊴亲事土木,陛下不睹列圣之遗物,何以知稼穑之艰难,何以知先帝之至德乎?"及孝武㊵大明㊶中,坏上所居阴室㊷,于其处起玉烛殿,与群臣观之,床头有土障㊸,壁上挂葛灯笼㊹、麻绳拂㊺。侍中㊻袁颛盛称上俭素之德,孝武不答,独曰:"田舍公㊼得此,以为过矣。"故能光㊽有天下,克成大业,盛矣哉。

【注释】　①彭城县:治所在今江苏徐州市。　②晋陵:郡名,治所在今江苏镇江市丹徒区。　③隆安:晋安帝年号(397—401)。　④孙恩:东晋末农民起义领袖。因信奉、宣扬五斗米道,被封建者统治者骂为"妖贼"。妖,同"妖"。 ⑤ 会稽:郡名,今浙江绍兴市。 ⑥ 觇(chān)贼:侦察敌情。觇,看,窥看。 ⑦ 五年:指晋安帝义熙五年(409)。 ⑧ 慕容超:占据今山东一带的南燕国主。 ⑨ 下邳:县名,治所在今江苏睢宁县西北古邳镇东。 ⑩ 琅邪:郡名,治所在今山东临沂市一带。 ⑪ 姚兴:占据今河南洛阳、陕西西安一带的后秦国主。 ⑫ 青州:治所在今山东淄博市东北。此代指南燕国。 ⑬ 函谷:函谷关,在今河南灵宝县东北,是进入关中的必经之地。过函谷,意思是要西进攻打后秦。 ⑭ 鲜卑:少数民族名。慕容超是鲜卑族人,此代指南燕国。 ⑮ 西羌:即羌族,少数民族名,姚兴是羌族人,此代指后秦国。 ⑯ 不有先声:意思是后秦国不会先放出风声。 ⑰ 广固:广固城,在今山东益都西北。南燕国慕容德都建都于此。 ⑱ 长史:太尉、司徒、司空三公府中的属官,职任颇重,有"三公辅佐"之称。 ⑲ 不解:不懂。 ⑳ 政以解则好之:正因为懂得了音乐就会喜欢它。政,通"正"。 ㉑ 宁州:州名,治所在今云南曲靖市西。 ㉒ 虎魄枕:即琥珀枕。 ㉓ 从女:侄女。从,指堂房亲属。 ㉔ 谢晦:刘裕手下的重要将领。 ㉕ 施:摆放。 ㉖ 局脚床:床脚弯曲、做工精致的床。局,弯曲。南北朝时,还没有椅凳,都坐在低矮的床上。 ㉗ 端:古布帛长度单位。二丈为一端,或说六丈为一端。 ㉘ 劳人:使织工劳累。 ㉙ 制:皇帝的命令。 ㉚ 诸主:诸位公主。 ㉛ 出适:出嫁。 ㉜ 内外:宫内宫外。 ㉝ 连齿木屐(jī):底上有齿钉的木底鞋。 ㉞ 徐羡之:时任刘裕王朝的司空。 ㉟ 西州:东晋时曾筑西州城,为扬州治所,故址在今南京市朝天宫望仙桥一带。因在都城之西,故得名。 ㊱ 文帝:指刘裕第三子刘义隆宋文帝。 ㊲ 大舜:即虞舜。 ㊳ 历山:相传舜耕于历山,其地说法不一,一说在今山东济南市东南,又名舜耕山、千佛山。另有说在河南、山西等地的。 ㊴ 伯禹:即大禹。 ㊵ 孝武:宋孝武帝刘骏,宋文帝第三子。 ㊶ 大明:宋孝武帝年号(457—464)。 ㊷ 阴室:阴暗低矮的陋室。 ㊸ 土障:用来作屏障的土墙。 ㊹ 葛灯笼:用粗糙葛藤编的灯笼。 ㊺ 拂:拂尘,掸子,用来拂除器物上尘垢的生活用具。 ㊻ 侍中:侍从皇帝左右,应对顾问的重要官职。魏晋以后,实际上往往即为宰相。 ㊼ 田舍公:乡村老翁。 ㊽ 光:通"广"。

【赏析】 刘裕由一个贫寒少年,经几十年拼杀、奋斗而成为刘宋王朝的开国皇帝,自有他的过人之处。从本文中可以看出,他临阵异常骁勇,敢于打硬仗、死仗。在北上与南燕作战过程中,他步步为营,稳扎稳打,尤其是对后秦使者的回复,更显示了胆量、气魄与高度的智慧。随侍其身边的录事参军刘穆之很不理解刘裕的回话,以为如此回复并不能震慑住后秦,反而有可能激怒其出兵来攻,果真如此,则刘裕军队两面受敌,情势殆危矣。但刘裕并不这么认为,他根据自己多年用兵的经验,分析前秦"声言将涉淮左"完全是吓唬人的,如他确想出兵,一定不会泄露兵机,而是悄无声息地迅速出动部队。事实确是如此。直到数月后刘裕攻下南燕都城广固,也未见后秦国的一兵一卒前来相助。

　　刘裕在登上大宝之位后,并没有被胜利冲昏头脑,陷入穷奢极欲的泥淖里,而是保持了朴素、简易的一贯作风。结尾一段文字,对此类事记述颇多。

尤其值得称道的是,他能听从谏诤,遣散自己所宠爱的"姚兴从女",对广州太守进贡来的"精丽劳人"的筒细布,非但拒收退回,还令"有司"弹劾太守。这种棒打送礼者的举动足以对效尤者形成震慑,从而刹住官场的送礼歪风。刘裕毁弃对他来说非常实用的石床,也充分显示出他对奇异贵重器物的决绝态度。因为他深知,一旦自己开了个头,以后就无法禁止他人,百姓随后就要遭殃了,政局也就难以稳定了。文中还提到刘裕将自己"微时躬耕于丹阳"的农具"皆命藏之,以留于后"。这"留于后"三字,大有深意。其用心,是要子孙能体会先辈创业的不易,继承克勤克俭的家风,以实现江山的长治久安。他死后,其子刘义隆(宋文帝)继位。据《南史·宋文帝本纪》记载,宋文帝"性存俭约,不好奢侈","躬勤政事,孜孜无怠"。他在位的三十年(424—452)左右时间里,刘宋王朝的政治比较稳定,社会经济也比较繁荣,历史上有"元嘉之治"(元嘉是宋文帝的年号)的美称。由此可见,刘裕将农具"留于后"的做法确是起了教育作用的。

檀 道 济 传

【题解】 本文选自《南史》卷十五。檀道济是东晋末宋初的著名将领。他英勇善战,足智多谋,屡建功勋。晋安帝义熙十二年(416),他随刘裕(后来的宋武帝)北伐,率军与王镇恶同为先锋,攻取许昌、洛阳。宋文帝元嘉八年(431)伐魏,他曾进军到今山东济南。因功高震主,为刘氏宗室所忌,于元嘉十三年被杀。本文着重记叙其军事生涯及枉杀经过,笔端颇有同情之意。成语"唱筹量沙"及"自毁(坏)长城"即出自本篇。

【原文】

檀道济,高平金乡①人也,世居京口②。少孤③,居丧备礼,奉兄姊以和谨称。宋武帝建义④,道济与兄韶、祇等从平京城,俱参武帝建武将军⑤事。累迁太尉参军⑥,封作唐县男⑦。

义熙十二年,武帝北伐,道济为前锋,所至望风降服。径进洛阳,议者谓所获俘囚,应悉戮以为京观⑧。道济曰:"伐罪吊⑨人,正在今日。"皆释而遣之。于是中原感悦,归者甚众。长安平,以为琅邪内史⑩。

武帝受命⑪,以佐命功,改封永修县公⑫,位丹阳尹、护军将军。武帝不豫⑬,给班剑⑭二十人。出为镇北将军、南兖州刺史。徐羡之⑮等谋废立,讽道济入朝,告以将废庐陵王义真⑯。道济屡陈不可,竟不纳。将废帝夜,道济入领军府⑰就谢晦宿,晦悚息不得眠⑱。道济寝便睡熟,晦以此服之。

文帝⑲即位,给鼓吹⑳一部,进封武陵郡公㉑。固辞进封。道济素与王弘善,时被遇方深㉒,道济弥相结附,每构㉓羡之等,弘亦雅仗㉔之。上将诛徐羡之等,召道济欲使西讨㉕。王华㉖曰:"不可。"上曰:"道济,从人㉗者也,曩㉘非创谋,抚而使之,必将无虑。"道济至之明日,上诛羡之、亮。既而使道济与中领军到彦之前驱西伐,上问策于道济。对曰:"臣昔与谢晦同从北征㉙,入关十策,晦有其九。才略明练,殆难与敌㉚;然未尝孤军决胜,戎事恐非其长。臣悉㉛晦智,晦悉臣勇。今奉王命外讨,必未阵而禽㉜。"时晦本谓道济与羡之同诛,忽闻来上,遂不战自溃。事平,迁征南大将军、开府仪同三司㉝、江州刺史。

元嘉㉞八年,到彦之侵魏㉟,已平河南,复失之。道济都督征讨诸军事,北略地,转战至济上,魏军盛,遂克滑台㊱。道济时与魏军三十馀战,多捷,军至历城㊲,以资运竭乃还。时人降魏者具说粮食已罄,于是士卒忧惧,莫有固志㊳。道济夜唱筹量沙㊴,以所馀少米散其上。及旦,魏军谓资粮有馀,故不复追,以降者妄,斩以徇㊵。

时道济兵寡弱,军中大惧。道济乃命军士悉甲㊶,身㊷白服乘舆,徐出外围。魏军惧有伏,不敢逼,乃归。道济虽不克定河南,全军而反㊸,雄名大振。魏甚惮之,图之以禳鬼㊹。还,进位司空,镇寻阳㊺。

道济立功前朝,威名甚重,左右腹心并经百战,诸子又有才气,朝廷疑畏之。时人或目之曰:安知非司马仲达㊻也。

文帝寝疾㊼累年,屡经危殆,领军刘湛贪执朝政,虑道济为异说㊽,又彭城王义康亦虑宫车晏驾㊾,道济不复可制。十二年,上疾笃,会魏军南伐,召道济入朝。其妻向氏曰:"夫高世之勋,道家㊿所忌,今无事相召,祸其至矣。"及至,上巳㉛间。十三年春,将遣还镇,下渚㉜未发,有似鹢鸟㉝集船悲鸣。会上疾动㉞,义康矫诏召入祖道㉟,收付廷尉㊱,及其子给事黄门侍郎植、司徒从事中郎粲、太子舍人混、征北主簿承伯、秘书郎中尊等八人并诛。时人歌曰:"可怜白浮鸠㊼,柱杀檀江州。"道济死日,建邺地震白毛生㊽。又诛司空参军薛肜、高进之——并道济心腹也。

道济见收㊾,愤怒气盛,目光如炬,俄尔间引饮一斛㊿。乃脱帻㉛投地,曰:"乃坏汝万里长城。"魏人闻之,皆曰:"道济已死,吴子辈㉒不足复惮。"自是频岁南伐,有饮马长江之志。

文帝问殷景仁㉓曰:"谁可继道济?"答曰:"道济以累有战功,故致威名,馀但未任㉔耳。"帝曰:"不然,昔李广㉕在朝,匈奴不敢南望,后继者复有几人?"二十七年,魏军至瓜步㉖,文帝登石头城㉗望,甚有忧色,叹曰:"若道济在,岂至此!"

【注释】 ① 金乡:今山东金乡。 ② 京口:今江苏镇江。 ③ 少孤:少年丧父。 ④ 宋武帝建义:宋武帝,即刘裕,当时尚未称帝。建义,树立义旗。此指晋安帝义熙六年(410),卢循军围攻东晋京城建康,刘裕率军击退卢循事。 ⑤ 建武将军:刘裕曾为建武将军。 ⑥ 太尉参军:太尉,指刘裕。他于义熙七年受太尉职。参军,参与军事的幕僚。 ⑦ 县男:古代爵位的最末等。 ⑧ 悉戮以为京观:悉,全部,都。京观,古代战争,胜者为炫耀武功,收集敌人尸体,封土成高冢,称为京观。 ⑨ 吊:慰问。 ⑩ 内史:官名,掌民政。 ⑪ 受命:指刘裕代晋为皇帝。 ⑫ 县公:古代爵位名,高于县男。 ⑬ 不豫:不乐。此指病重。 ⑭ 班剑:持剑戟的仪仗队。 ⑮ 徐羡之:时为司空。宋武帝刘裕死,太子刘义符即位,是为宋少帝。次年,羡之谋废宋少帝。 ⑯ 庐陵王义真:刘裕次子刘义真。徐羡之等人在废少帝前,先废庐陵王。 ⑰ 领军府:指领军将军谢晦的府第。 ⑱ 悚息:形容精神紧张,不敢大口呼吸。 ⑲ 文帝:宋文帝刘义隆,义真弟,即位前封宜都王。 ⑳ 鼓吹:乐队。 ㉑ 郡公:爵位名,在县公之上。 ㉒ 被遇方深:正处在被皇帝宠遇的时候。 ㉓ 构:图谋,陷害。 ㉔ 雅仗:非常倚仗。 ㉕ 西讨:西讨荆州刺史谢晦。谢晦为徐羡之党羽。 ㉖ 王华:时任侍中。本为宜都王司马。 ㉗ 从人:顺从他人(指徐羡之)的人。 ㉘ 曩:从前。 ㉙ 同从北征:一道随从刘裕北伐。 ㉚ 敌:匹敌。 ㉛ 悉:明白,了解。 ㉜ 未阵而禽:未阵,没有摆开阵势,即未开战。禽,通"擒"。 ㉝ 开府仪同三司:开府,古代高级官员设置府署的制度。仪同三司,非三公而给予与三公同等的待遇。 ㉞ 元嘉:宋文帝年号(424—453)。 ㉟ 到彦之侵魏:到彦之,刘宋朝将领,时为右将军。魏:即北魏。 ㊱ 滑台:今河南滑台。 ㊲ 历城:今山东济南。 ㊳ 固志:坚定的战斗意志。 ㊴ 唱筹量沙:高喊着计量的数字,用容器装沙子。筹,古代用来记数和计算的用具,一般用竹片制成。 ㊵ 徇:示众。 ㊶ 悉甲:全部(穿上)铠甲。 ㊷ 身:自身。 ㊸ 反:通"返"。 ㊹ 图之以禳鬼:画了他的画像用来恐吓、驱除鬼。 ㊺ 寻阳:郡名,治所在今江西九江。 ㊻ 司马仲达:三国时曹魏大臣司马懿,字仲达。他多智谋,善权变,操纵朝政。死后,其子司马师、司马昭相继专政。孙司马炎代魏称帝。 ㊼ 寝疾:患病卧床。 ㊽ 为异说:提出不同意见。 ㊾ 宫车晏驾:代指皇帝去世。晏驾,迟迟不出发,帝王去世的婉词。 ㊿ 道家:指以老子、庄子为代表的学派。 ㉛ 上巳:古时以阴历三月上旬的巳日为"上巳节"。　㊽渚:水边小岛。　㊾鷗鸟:鸟名,声如猫叫。　㊿疾动:发病。
㊹矫诏召入祖道:矫诏,假借皇帝的诏命。祖道,古人出行时饯行并祭路神。　㊻廷尉:
掌刑狱的官。　㊼白浮鸠:水鸟名。　㊽建邺地震白毛生:建邺,即建康,南朝宋都城,今
江苏南京。白毛生,不详。　㊾见收:被捕。　㊿斛:量器名。此指酒具。　㉑帻(zé):
头巾。　㉒吴子辈:吴地的那些小字辈。　㉓殷景仁:刘宋朝大臣,时任中书令等职。
㉔馀但未任:其余的人只是没有得到任用的机会罢了。　㉕李广:西汉名将,抗击匈奴屡
建功勋,匈奴称他为"飞将军",出兵常避之。　㉖瓜步:长江北岸的山名,即今江苏六合
东南的瓜埠山,南北朝时为军事争夺要地。　㉗石头城:建康城之一部分,因石头山而建。
其城负山面江,控扼江险。

【赏析】　本文主要写了檀道济在晋安帝义熙六年(410)至宋文帝元嘉
十三年(436)间的军事活动,突出表现其沉着镇静、富有智慧的性格特征和卓
越的军事指挥才能,其中对谢晦优长与不足的分析、"唱筹量沙"的迷惑之计,
都写得生动、饱满,感染力很强。

文章注意用细节表现人物性格。作者写了他在攻入洛阳后与"议者"的
对话,虽仅"伐罪吊人,正在今日"八个字,却足以反映其仁慈之心。徐羡之等
废宋少帝前夜,可说是山雨欲来风满楼,一派紧张气氛,他却"寝便睡熟",真
是临大事而有静气。在历城指挥属下撤退时,他"命军士悉甲",作好战斗准
备,自己却"身白服乘舆,徐出外围",堪与诸葛亮设空城计媲美。入狱后他
"俄尔间引饮一斛,脱帻投地",充分表现出了内心的愤怒。

本文的另一个写作特点,是善用衬托法。攻入洛阳,"议者"要杀戮俘囚
以为京观——这是以他人之凶残衬托其仁慈;废宋少帝前夜,谢晦"悚息不得
眠"——这是以他人之惊恐衬托其沉静;北魏人害怕他,"图之以禳鬼"——这
是以敌手之敬畏衬托其英勇。特别是文尾写宋文帝登石头城遥望长江北岸
企图渡江南下的魏军,"甚有忧色",还叹曰:"若道济在,岂至此!"更是以谋害
他的皇帝还在追念他,衬托出檀道济确是护卫刘宋王朝的"万里长城"。

作者对檀道济的悲惨结局是怀有怜悯之心的,这从他比较详细地记述檀
道济收捕、处死前后的其妻所言,时人歌谣,建邺地震等事可以看出来。的
确,封建时代战功赫赫的武将往往因功高震主而不得善终。此类事常有发
生,檀道济不是第一个,也不是最后一个。

萧　统　传

【题解】　本文节选自《南史》卷五十三。萧统(501—531),字德施,梁
武帝太子,谥号昭明,故称昭明太子。少时遍读儒家经典,及长,参预朝政。

善诗赋,辑《文选》三十卷,选上自周代、下迄梁朝各种文体的代表作编辑而成,为我国现存最早的文章总集,对后世影响很大。三十一岁时病死。本文比较具体地表现了萧统的好学、仁孝、宽厚、朴素、富有同情心等美好品德。

【原文】

昭明太子统,字德施,小字维摩,武帝长子也。天监元年十一月①,立为皇太子。时年幼,依旧居于内,拜东宫官属②,文武皆入直永福省③。五年六月庚戌,出居东宫。

太子生而聪睿,三岁受《孝经》、《论语》,五岁遍读《五经》,悉通讽诵。性仁孝,自出宫,恒思恋不乐。帝知之,每五日一朝,多便留永福省,或五日三日乃还宫。八年九月,于寿安殿讲《孝经》,尽通大义。讲毕,亲临设奠于国学④。

十四年正月朔旦⑤,帝临轩⑥,冠⑦太子于太极殿。旧制:太子着远游冠、金蝉翠绥缨⑧。至是诏加金博山⑨。太子美姿容,善举止⑩,读书数行并下,过目皆忆。每游宴祖道⑪,赋诗至十数韵,或作剧韵⑫,皆属思便成,无所点易。帝大弘佛教,亲自讲说。太子亦素信三宝⑬,遍览众经……时俗稍奢,太子欲以己率物⑭,服御朴素,身衣浣衣⑮,膳不兼肉。

七年⑯十一月,贵嫔⑰有疾,太子还永福省,朝夕侍疾,衣不解带。及薨⑱,步从丧还宫,至殡⑲,水浆不入口,每哭辄恸绝……虽屡奉敕劝逼,终丧日止一溢⑳,不尝菜果之味。体素壮,腰带十围,至是减削过半。每入朝,士庶见者莫不下泣。

太子自加元服㉑,帝便使省万机㉒,内外百司㉓奏事者填塞于前。太子明于庶事㉔,每所奏谬误巧妄,皆即辩析,示其可否,徐令改正,未尝弹纠㉕一人。平断法狱,多所全宥㉖,天下皆称仁。性宽和容众,喜愠不形于色。引纳才学之士,赏爱无倦。恒自讨论坟籍㉗,或与学士商榷古今,继以文章著述,率以为常。于时东宫有书几三万卷,名才并集,文学之盛,晋、宋以来,未之有也。

性爱山水,于玄圃穿筑㉘,更立亭馆,与朝士名素者游其中。尝泛舟后池,番禺侯轨盛称此中宜奏女乐。太子不答,咏左思《招隐诗》云:"何必丝与竹,山水有清音。"㉙轨惭而止。出宫㉚二十馀年,不畜音声。未薨少时,敕赐太乐㉛女伎一部,略㉜非所好。

普通中,大军北侵,都下㉝米贵,太子因命菲衣减膳㉞。每霖雨积雪,遣腹心左右周行闾巷,视贫困家及有流离道路,以米密加振㉟赐,人十石㊱。又出主衣绢帛,年常多作襦袴㊲各三千领,冬月以施寒者,不令人知。若死亡无可敛,则为备棺槥㊳。每闻远近百姓赋役勤苦,辄敛容变色㊴。

太子孝谨天至㊵,每入朝,未五鼓便守城门开。东宫虽燕居内殿㊶,一坐一起,恒向西南面台㊷。宿㊸被召当入,危坐㊹达旦。

三年㊺三月,游后池,乘雕文舸摘芙蓉㊻。姬人荡舟,没溺而得出,因动股㊼,恐贻帝忧,深诫不言,以寝疾㊽闻。武帝敕看问,辄自立手书启㊾。及稍笃㊿,左右欲启闻,犹不许,曰:"云何令至尊知我如此恶㉑。"因便呜咽。四月乙巳,暴恶㉒,驰启武帝,比㉓至已薨,时年三十一。帝临哭尽哀,诏敛以衮冕㉔,谥曰昭明。五月庚寅,葬安宁陵,诏司徒左长史王筠为哀册文。朝野惋愕㉕,都下男女奔走宫门,号泣满路。四方氓庶及疆徼之人㉖,闻丧皆哀恸。

太子性仁恕,见在宫禁防捉荆子者㉗,问之,云以清道驱人。太子恐复致痛,使捉手板㉘代之。频食中得蝇虫之属㉙,密置椑㉚边,恐厨人获罪,不令人知。又见后阁小儿摊戏㉛,后属有狱牒摊者法㉜,士人结流徙㉝,庶人结徒㉞。太子曰:"私钱自戏,不犯公物,此科㉟太重。"令注刑止三岁㊱,士人免官。狱牒应死者必降长徒,自此以下莫不减半㊲。

所着文集二十卷,又撰古今典诰文言为《正序》十卷,五言诗之善者为《英华集》二十卷,《文选》三十卷。

【注释】 ① 天监:梁武帝萧衍年号(502—519)。 ② 拜东宫官属,梁武帝为他任命了东宫的各种官属。 ③ "文武皆入直"句:直,通"值",值班,侍奉。永福省,萧统生母所居之宫室。 ④ "亲临"句:意思是,亲自到国学去设馔祭奠先师孔子。 ⑤ 朔旦:初一早晨。 ⑥ 临轩:古时皇帝不在正殿而在殿前平台上接见臣说,称临轩。 ⑦ 冠:古代男子成年时加冠的典礼。此用作动词。 ⑧ 缨:系在颔下的冠带。 ⑨ 金博山:刻有山形的金冠。 ⑩ 善举止:行为、动作得体、合度。 ⑪ 祖道:旧时为出行者在城郊道边设宴饯行的仪式。 ⑫ 剧韵:又称险韵,即以生僻字为诗韵,写作难度大。 ⑬ 三宝:佛教以佛、法、僧为三宝。 ⑭ 以己率物:用自己的行为作为表率。 ⑮ 浣衣:洗濯过的衣服,即旧衣。 ⑯ 七年:指梁武帝普通七年(526)。 ⑰ 贵嫔:萧统生母丁贵嫔。 ⑱ 薨(hōng):古代诸侯王及皇后、王妃等死称薨。 ⑲ 殡:殓而未葬。 ⑳ 一溢:粟米一升之二十四分之一为一溢。此言进食很少。 ㉑元服:即冠。元为头,冠戴在头上,好比头之衣服,故称元服。 ㉒帝便使省万机:省,省察,处理。万机,指皇帝日常处理的繁杂事务。 ㉓百司:各个部门。 ㉔庶事:各种日常事务。 ㉕弹纠:弹劾,处理。 ㉖全宥(yòu):全,保全。宥,宽容,饶恕。 ㉗坟籍:泛指古书。《三坟》《五典》,相传为我国最早的古籍。 ㉘于玄圃穿筑:玄圃,古代神话传说中昆仑山上神仙居住的地方,此借指宫苑。穿筑,穿凿修筑。 ㉙"咏左思"句:左思,西晋文学家。丝,此指弦乐器。竹,此指管乐器。 ㉚出宫:此指离开皇宫,入住太子东宫。 ㉛太乐:太乐署,朝廷掌管音乐的机关。 ㉜略:稍微,一点儿。 ㉝都下:京城。 ㉞菲衣减膳:减少衣食。菲,薄。 ㉟振:通"赈",救济。 ㊱石(dàn):古代容量单位,十斗为一石。 ㊲襦(rú)袴:襦,短衣。袴,即"裤"。 ㊳槥(huì):小棺材。 ㊴敛容变色:改变平常脸色,显得十分沉重。 ㊵天至:天生有的。 ㊶燕居内殿:燕居,深居。内殿,指太子东宫。 ㊷面台:面对皇帝坐朝的大殿。 ㊸宿:隔夜。 ㊹危坐:端坐。 ㊺三年:此指梁武帝中大通三年(531)。 ㊻芙蓉:莲花。 ㊼动股:股骨受伤。 ㊽寝疾:卧病。 ㊾"武帝敕看问"二句:梁武帝命人来看望、询问,他就从病榻上站起来,亲手书写奏札,表示身体无大碍。启:旧时书札亦称书启。 ㊿稍笃:(病情)渐重。 ㈤"云何"句:云何,为什么。云,句首助词,无义。至尊,皇帝的代称,此指梁武帝。 ㈥暴恶:(病情)突然恶化。 ㈦比:及。 ㈧衮(gǔn)冕:皇帝的礼服。 ㈨惋愕:吃惊,惋惜。 ㈩"四方甿庶"句:甿(méng)庶,农夫,百姓。疆徼(jiào),边疆地区。徼,边界。 57 防捉荆子者:手执荆木棍子的警卫人员。 58 手板:木板。 59 之属:这一类。 60 柈:通"盘"。 61 摊戏:博戏,赌博的一种。 62 狱牒摊者法:制定惩治赌博的法令。 63 士人结流徙:结,此指聚众赌博。流徙,流放。 64 徒:判处徒刑。 65 科:刑罚。 66 注刑止三岁:注刑,判刑。止,只。 67 "狱牒应死者"二句:法令上规定应该处死的一律改为无期徒刑,自此以下的一律减刑一半。

【赏析】 在一般人的心目中,昭明太子萧统是以好学驰名于后世的,相传为他当年读书的地方,即有江苏常熟虞山脚下的读书台、江阴顾山的读书台、镇江南郊招隐山上的读书台、南京钟山的读书台。他所编纂的《文选》,更是光耀百世,备受后代推崇。而阅读该传记,则使我们对昭明太子的性格、品德有了较全面具体的了解。

善于用具体生动的细节来表现人物的思想、品性,是本文的一大特点。写他因母丧而极度悲伤,则用"体素壮,腰带十围,至是减削过半"形容之;写他不喜声色歌舞,则述写他咏左思诗"何必丝与竹,山水有清音";写他富有爱民之心,则较详细地介绍了他在"霖雨积雪"时遣人巡行闾巷,对困难者予以赈济。尤其是他"年常多作襦袴各三千领,冬月以施寒者,不令人知"的举措,更可看出他将民之疾苦常萦于心的仁慈胸怀和低调处事的风格。

本传记以顺叙为主,但也运用了补叙手法,"太子性仁恕"一段即是。关于"太子性仁恕",实际上前文已有不少述及,但作者认为"仁恕"是萧统最重要、最宝贵的品格特点,因此在记述其生平后用补叙法,又补述了三件事:用木板代荆棍,进食得蝇虫而匿之,减轻对博戏的处罚。前两件事说明萧统对无辜者和有小过者的仁恕,第三件事不仅反映了他的仁恕,同时也体现了他的施政能力。因此说,本文是一篇人物形象丰满的优秀传记。

孔 范 传

【题解】 本文节选自《南史》卷七十七。孔范是南朝陈末代皇帝陈叔宝(陈后主)的狎客、宠臣。他容貌端正,举止文雅,为文赡丽,尤擅五言诗。但他有文才而无德行,精于溜须拍马之道。后主每有恶事,他必定曲为文饰,称扬赞美,所以深得后主宠信。在隋灭陈的过程中,不懂军事而自以为高明的孔范,出了不少馊主意,导致陈王朝的迅速覆亡。本文比较具体地写出了孔范谄媚、骄矜、愚蠢的品性。

【原文】

孔范,字法言,会稽山阴人也①。曾祖景伟,齐散骑常侍。祖滔,梁海盐令。父岱,历职清显。

范少好学,博涉书史。陈太建②中,位宣惠江夏王长史③。后主④即位,为都官尚书⑤,与江总等并为狎客⑥。范容止都雅,文章赡丽,又善五言诗,尤见亲爱。后主性愚狠,恶⑦闻过失,每有恶事,范必曲为文饰⑧,称扬赞美。时孔贵人⑨绝爱幸,范与孔氏结为兄妹,宠遇优渥⑩,言听计从。朝廷公卿咸畏范,因骄矜,以为文武才能举朝⑪莫及。从容白后主曰⑫:"外间诸将,起自行伍,匹夫敌耳。深见远虑,岂其所知?"后主以问施文庆⑬,文庆畏范,益以为然⑭。自是将帅微有过失,即夺其兵⑮,分配文吏。

隋师将济江⑯,群官请为备防,文庆沮坏之,后主未决。范奏曰:"长江天堑,古来限隔。虏军岂能飞度?边将欲作功劳,妄言事急。臣自恨位卑,虏若能来,定作太尉⑰公矣。"或妄言北军⑱马死,范曰:"此是我马,何因死去。"后主笑以为然,故不深备⑲。

寻而隋将贺若弼陷南徐州⑳,执城主庄元始;韩擒陷南豫州㉑,败水军都督高文泰。范与中领军鲁广达顿㉒于白塔寺,后主多出金帛,募人立功。范素于武士不接㉓,莫有至者,唯负贩轻薄㉔多从之。

高丽、百济、昆仑诸夷并受督㉕。时任蛮奴㉖请不战,而已度江攻其大军。又司马消难㉗言于后主曰:"弼若登高举烽,与韩擒相应,鼓声交震,人情必离。请急遣兵北据蒋山㉘,南断淮水,质其妻子,重其赏赐㉙。陛下以精兵万人,守城莫出。不过十日,食尽,二将之头可致阙下。㉚"范冀欲立功,志在于战,乃曰:"司马消难狼子野心,任蛮奴淮南伧士㉛,语并不可信。"事遂不行。

隋军既逼,蛮奴又欲为持久计,范又奏:"请作一决,当为官勒石燕然㉜。"后主从之。明日,范以其徒㉝居中,以抗隋师。未阵而北㉞,范脱身遁免。寻与后主俱入长安㉟。

初,晋王广㊱所戮陈五佞人,范与散骑常侍王瑳、王仪、御史中丞沈瓘,过恶未彰㊲,故免。及至长安,事并露,隋文帝㊳以其奸佞诡惑,并暴㊴其过恶,名为四罪人,流之远裔㊵,以谢吴、越之人㊶。

【注释】 ① 会稽山阴:会(kuài)稽,郡名,治所在今浙江绍兴。山阴,县名,即今浙江绍兴。 ② 太建:陈宣帝陈顼年号(569—582)。 ③ "位宣惠"句:担任宣惠将军江夏王陈伯义的长史。长史,亲王的重要属官。 ④ 后主:陈后主(533—604),陈宣帝长子,公元582—589年在位。 ⑤ 都官尚书:尚书省属官,第三品。 ⑥ 江总等并为狎客:江总(519—594),陈后主时任尚书令,世称"江令"。能属文,善为五言、七言诗,为官不理政务,常与后主游宴后庭,互作淫艳之诗,时人称之为"狎客"。狎客,陪伴权贵玩乐的人。狎,亲近而不庄重。 ⑦ 恶:厌恶。 ⑧ 曲为文饰:动足歪脑筋为他文过饰非。 ⑨ 贵人:妃嫔的称号。 ⑩ 优渥:优厚,丰足。 ⑪ 举朝:满朝(官员)。 ⑫ 从容:此为"怂恿"的意思。 ⑬ 施文庆:陈后主佞臣。初事后主于东宫,后主即位后任中书舍人,掌管机密。为人贪酷,聚敛无厌。隋兵入陈后,被杀。 ⑭ "文庆畏范"二句:施文庆畏惧孔范,就顺着他的意思说话,陈后主听了就更觉得情况确是如此。 ⑮ 夺其兵:剥夺其兵权。 ⑯ 济江:渡过长江。 ⑰ 太尉:最高等级的武官名,第一品。 ⑱ 北军:指长江以北的隋朝军队。 ⑲ 深备:严密防备。 ⑳ 陷南徐州:陷,攻下。南徐州,州名,南朝侨治,治所在今江苏镇江。 ㉑ 韩擒陷南豫州:韩擒,隋将韩擒虎。唐人为回避唐高祖李渊祖父李虎的名讳,省略"虎"字。南豫州,州名。南朝侨治,治所在今湖北黄冈西北。 ㉒ 顿:驻扎。 ㉓ 素与武士不接:素,平素,平常。不接,不接触,无交情。 ㉔ 负贩轻薄:负贩,商贩。轻薄,指游手好闲、无事生非的轻薄之徒,今语谓"痞子"、"混混"。 ㉕ "高丽、百济"句:高丽、百济,朝鲜半岛上的古国名。昆仑:古代泛称今印度半岛南部以及南海诸岛一带为"昆仑"。 ㉖ 任蛮奴:陈朝大将任忠,小字蛮奴。 ㉗ 司马消难:陈朝大将。 ㉘ 蒋山:即今南京钟山。 ㉙ "质其妻子"二句:把将领的妻子、儿女扣押作为人质,对将领则予以重赏。 ㉚ "二将之头"句:二将,指隋将贺若弼、韩擒虎。阙下,代指陈都城。 ㉛ 伧士:当时南方对北方过江人士的蔑称。 ㉜ "当为官"句:一定能为您战胜敌军,建立大功。官,此指皇帝。勒石燕然,东汉和帝时,窦宪进攻北匈奴,北单于兵败溃逃,窦宪登上燕然山(今蒙古境内杭爱山)刻石记功。 ㉝以其徒:率领其亲信徒从。 ㉞未阵而北:未阵,尚未列好阵势。北,败退。 ㉟"寻与后主"句:寻,不久。入长安,指隋军攻入建邺后,陈后主等被俘,被押送到隋都长安。长安,今陕西西安。 ㊱晋王广:隋晋王杨广。即隋炀帝。他在隋开皇九年(589)以行军元帅统军南下,灭陈。 ㊲过恶未彰:过恶,大恶。未彰,没有显露出来。 ㊳隋文帝:即杨坚(541—604)、公元581—604年在位,是较有作为的皇帝。 ㊴暴:暴露,公布。 ㊵远裔:僻远之地。 ㊶以谢吴越之人:谢,谢罪。吴、越,此泛指陈朝所辖的南方地区。

【赏析】 孔范与江总,在历史上是非常著名的"狎客"。在这篇传记里,作者对其"狎客"的一面并未多花笔墨,而是着重刻画其"骄矜"自大、"奸佞诡惑"的一面。

陈朝的倾覆,自有它的历史必然性,但孔范的丑恶行径,确实起了加速陈朝灭亡的作用。首先,他自以为是文武全才,满朝无人可及。他十分鄙视军事将领,认为他们不过是有勇无谋的匹夫,不足器重。昏愦的陈后主认为此说有理,遂对将帅轻易处置,"微有过失,即夺其兵,分配文吏"。这样就削弱了军队的战斗力,也使得军队与朝廷离心离德。其次,当隋朝军队即将渡江攻打陈朝首都时,孔范为讨好后主,安稳其心,故意说是"边将欲作功劳,妄言事急"。陈后主听了此番言语,果然开怀而笑,"故不深备"。再次,隋军发动进攻且接连取胜后,于军事一窍不通的孔范居然轻率地否定了大将任蛮奴和司马消难的正确主张,而是"志在于战"。最后,当隋军逼近、任蛮奴提出持久战的方略后,他又坚决反对,力主迅速决战。结果是,在第二天的两军对决时,陈朝军队"未阵而北",简直就是未战先溃,输得极惨。通过这些具体事实的叙述,孔范目空一切的禀性、无知无畏的愚蠢,祸国殃民的罪行得以充分展现。

本文刻画孔范形象,有两点值得注意:一是记录其"豪言壮语"与事实作对照。在朝廷讨论战争形势时,他大言不惭地说:"虏若能来,定作太尉公矣。"似乎有稳操胜券的把握。当"隋军既逼"时,他又奏请后主"请作一决,当为官勒石燕然",又是牛气冲天的架势。然而,"未阵而北,范脱身遁免"的事实却给了他无情的一击,使他现出了自大狂的本相。二是不仅用正面描写法,还用侧面衬托法。传文结尾处写其政治对手隋文帝对他的看法和处置,就进一步揭明孔范是个卑鄙小人,稍有头脑者都会对他持憎恶、唾弃的态度。

苏绰传

【题解】 本文节选自《北史》卷六十三。苏绰（498—546），南北朝时期西魏大臣。东、西魏初分伊始，西魏在政治、经济、军事诸方面都不如东魏。苏绰以其卓越的政治才干，推动了西魏的迅速发展，为西魏乃至北周政权的壮大奠定了良好的基础。本文对苏绰的博学多才、睿知卓识、明于治道以及廉洁俭素有较详细的记述。

【原文】

苏绰，字令绰，武功①人，魏侍中则②之九世孙也。累世二千石③。父协，武功郡守。

绰少好学，博览群书，尤善算术。从兄让为汾州刺史，周帝④饯于都门外。临别，谓曰：卿家子弟之中，谁可任用者？让因荐绰。周文乃召为行台郎中⑤。在官岁馀，未见知⑥。然诸曹⑦疑事，皆询于绰而后定。所行公文，绰又为之条式。台中咸称其能。周文与仆射⑧周惠达论事，惠达不能对，请出外议之。乃召绰，告以其事，绰即为量定。惠达入呈，周文称善，谓曰：谁与卿为此议者？惠达以绰对，因称其有王佐才。周文曰："吾亦闻之久矣"。寻⑨除著作佐郎。

属周文与公卿往昆明池观鱼⑩，行至城西汉故仓池⑪，顾问左右，莫有知者。或曰："苏绰博物多通，请问之。"周文乃召绰问，具以状对。周文大悦，因问天地造化之始，历代兴亡之迹。绰既有口辩，应对如流。周文益嘉之，乃与绰并马徐行至池，竟不设网罟⑫而还。遂留绰至夜，问以政道，卧而听之。绰于是指陈帝王之道，兼述申、韩之要⑬。周文乃起，整衣危坐，不觉膝之前席⑭。语遂达曙不厌。诘朝⑮，谓周惠达曰："苏绰真奇士，吾方任之以政。"即拜大行台左丞⑯，参典⑰机密。自是宠遇日隆。绰始制文案程式，朱出墨入，及计账、户籍之法⑱。

大统三年⑲，齐神武三道入寇⑳，诸将咸欲分兵御之，独绰意与周文同。遂并力拒窦泰㉑，擒之于潼关㉒。封美阳县伯。十一年，授大行台度支尚书㉓，领著作，兼司农卿㉔。

周文方欲革易时政，务弘强国富人之道，故绰得尽其智能，赞成其事㉕。减官员,置二长㉖,并置屯田㉗以资军国。又为六条诏书㉘,奏施行之。

周文甚重之,常置诸坐右。又令百司㉙习诵之,其牧守令长㉚非通六条及计账者,不得居官。

绰性俭素,不事产业,家无馀财。以海内未平,常以天下为己任。博求贤俊,共弘政道,凡所荐达,皆至大官。周文亦推心㉛委任,而无间言㉜焉。或出游,常预署空纸以授绰,若须有处分㉝,则随事施行。及还,启知㉞而已。绰常谓为国之道,当爱人如慈父,训人如严师。每与公卿议论,自昼达夜,事无巨细,若指诸掌㉟。积思劳倦,遂成㊱气疾。十二年㊲,卒于位,时年四十九。

周文痛惜之,哀动左右㊳。及将葬,乃谓公卿等曰:"苏尚书平生谦退,敦尚㊴俭约。吾欲全其素志㊵,便恐悠悠之徒㊶,有所未达;如其厚加赠谥,又乖宿昔相知之道㊷。进退维谷㊸,孤有疑焉。"尚书令史麻瑶越次而进曰㊹:"昔晏子㊺,齐之贤大夫,一狐裘三十年。及其死也,遣车一乘。齐侯不夺其志㊻。绰既操履㊼清白,廉挹㊽自居,愚谓宜从俭约,以彰其美。"周文称善,因荐瑶于朝廷。及绰归葬武功,惟载以布车一乘。周文与群公皆步送出同州㊾郭外。周文亲于车后酹酒㊿而言曰:"尚书平生为事,妻子兄弟不知者,吾皆知之。惟尔知吾心,吾知尔意。方欲共定天下,不幸遂舍吾去,奈何!"因举声恸哭,不觉卮[51]坠于手。至葬日,又遣使祭以太牢[52],周文自为其文。

绰又著《佛性论》、《七经论》,并行于世。周明帝二年[53],以绰配享文帝庙廷。子威嗣[54]。

【注释】　① 武功:郡名,治所美阳,在今陕西扶风东南。　② 魏侍中则:曹魏政权的侍中魏则。侍中是侍中寺(后世门下省的前身)的长官之一。　③ 二千石:汉代郡守的俸禄为二千石,此代指郡太守。　④ 周帝:周文帝宇文泰(507—556)。本为西魏大臣。迎奉魏孝武帝定都长安,建立西魏,后毒死孝武帝,另立元宝炬为帝,以丞相、尚书令、大冢宰专擅朝政。其子宇文觉篡西魏为北周后,追尊其为太祖文皇帝。　⑤ "周文"句:周文,即周文帝宇文泰。行台,尚书省在地方的分支机构。　⑥ 见知:被(周文帝)赏识。　⑦ 诸曹:行台的各部门。　⑧ 仆射:尚书省的副长官。　⑨ 寻:不久。　⑩ "属周文"句:属,适值,当……的时候。昆明池,故址在今西安市西南,汉武帝时开凿。　⑪ 仓池:位于长安城西的蓄水池,供京城用。　⑫ 罟(gǔ):网的总名。　⑬ 申、韩之要:战国时期法家代表人物申不害、韩非子学说的精要。 ⑭ 膝之前席:膝行到了前席。 ⑮ 诘朝:第二天早晨。 ⑯ 左丞:官名,与右丞共同负责行台的具体事务。 ⑰ 典:主管,执掌。 ⑱"绰始制文案"句:苏绰开始制定公文、案卷的标准格式,规定行台发出的文件用红笔,报送行台的材料用墨笔,并制定了财政预算收支簿账和户籍登记的方法。 ⑲ 大统三年:537 年。大统,西魏文帝年号(535—551)。 ⑳"齐神武"句:齐神武,即高欢。他曾以大丞相身份控制北魏朝政。北魏分裂为东魏、西魏后,他专擅东魏朝政达十六年。北齐天统初,谥号神武皇帝,庙号高祖。三道入寇:分三路入侵西魏。 ㉑ 窦泰:东魏大都督。 ㉒ 潼关:在今陕西潼关县东北黄河南岸。 ㉓ 度支尚书:即后代的户部尚书,掌财政预算收支及户籍管理等。 ㉔ 司农卿:秦汉以来为九卿之一,掌督课农事、兴修水利及天下粮仓等。 ㉕ 赞成其事:赞,辅助,帮助。成,成就。 ㉖ 二长:指乡村基层小官党正、里长。 ㉗ 屯田:古代兵农合一的一种制度。平时务农,战时出征。 ㉘ 六条诏书:苏绰所拟定,包括先修心、敦教化、尽地利、擢贤良、恤狱讼、均赋役六个方面的内容。《苏绰传》全文引录,因篇幅较长,本选文不录。 ㉙ 百司:百官。 ㉚ 牧守令长:牧守,州郡一级长官。令长,县一级长官。 ㉛ 推心:诚心诚意。 ㉜ 间言:闲话。 ㉝ 处分:处理。 ㉞ 启知:告知。 ㉟"事无巨细"二句:意思是,无论大事小事,他都一清二楚,处理得当,就像在手掌心指画一下那样容易。 ㊱ 气疾:气血不通的毛病。 ㊲ 十二年:西魏文帝大统十二年,即公元 546 年。 ㊳ 哀动左右:(他的)悲哀感动了身边的人。 ㊴ 敦尚:崇尚。 ㊵ 全其素志:成全其平生的志向。 ㊶ 悠悠之徒:指一般的人。 ㊷ 又乖宿昔相知之道:乖,违背。宿昔:往昔,过去。 ㊸ 进退维谷:进退两难的意思。谷,喻指困境。语出《诗·大雅·桑柔》:"人亦有言,进退维谷。" ㊹"尚书令史"句:尚书令史,官名,设于尚书省各部曹,掌文簿之事。越次,越过班次。他官职不高而先进言,故称"越次"。 ㊺ 晏子:即春秋时齐国正卿晏婴。 ㊻"齐侯"句:齐侯,齐国国君。夺,改变。 ㊼ 操履:节操,行为。 ㊽ 挹:通"抑",抑制,谦退。 ㊾ 同州:治武乡,今陕西大荔。 ㊿ 酹酒:将酒洒在地上表示祭奠。 (51) 卮(zhī):古代一种盛酒器。 (52) 太牢:古代祭祀所用祭品为牛、羊、豕三牲,叫太牢,是一种高规格的祭礼。后来指牛为太牢,羊为少牢。 (53) 周明帝二年:公元 558 年。周明帝,即宇文泰之子宇文毓。 (54) 嗣:继承爵位。

【赏析】 苏绰才华出众,富有识见,办事勤谨,生活俭素,因积劳成疾,未满五十即卒于任所。所以后代有史家把他比作蜀汉的诸葛亮和前秦宰相王猛。

李延寿为苏绰立传,注意选取有代表性的事迹以展现其才能、智慧、品格。写法上,特别重视用衬托手法。宇文泰询问"仓池"之原委,左右"莫有知者",而问之于苏绰,则"周文大悦"。二人并马徐行,继续交谈,宇文泰居然忘了"往昆明池观鱼"的本意,"竟不设网罟而还"。苏绰的博学多才、历史洞见,已完全折服了宇文泰。不仅如此,宇文泰还留苏绰一起过夜,苏绰纵论"帝王之道"、"申、韩之要",精辟的见解令"卧而听之"的宇文泰"整衣危坐,不觉膝之前席,语遂达曙不厌"。文中并未具体记述苏绰的精妙言论,但通过宇文泰的反应,完全能看出其学问、识见、口才。不仅如此,在以下的叙述中,作者都运用了这一写作技法,如苏绰拟写的六条诏书,宇文泰将它作为座右铭,又要求属官时时诵读,不熟通者不得为官。他对苏绰的欣赏、钦佩,于此可见一斑。尤其是宇文泰在苏绰去世后的种种表现,本可不言或简略言之,但作者以浓墨重彩写之,他既"哀动左右",又召集公卿讨论其葬丧规格,归葬时他一边步送,一边于车后酹酒祭奠,因过度悲恸,竟然不觉酒杯坠地。这些,都衬托出苏绰在宇文泰心中的崇高地位,比正面述说苏绰之功绩、作用等更有效果,更能感动人心。

姚思廉

姚思廉(557—637)，唐初大臣、史学家。贞观初仕著作郎，为唐太宗"十八学士"之一。其父姚察在陈朝时，曾私撰梁、陈史，未成而卒。遗命由他继续撰修。他撰成《梁书》五十卷，《陈书》三十卷，均列入二十四史。《梁书》主要记载南朝萧梁政权五十六年的历史。

梁武帝本纪

【题解】 本文选自《梁书》卷一及卷三的《武帝本纪》。梁武帝萧衍(464—549)与齐朝的萧氏同族，在齐时任雍州刺史，镇守襄阳，而后乘齐内乱，起兵夺得帝位，是南朝梁政权的建立者，在位时间长达四十八年。他有一定的政治、军事才能，对文学、文化也有较浓的兴趣，即位后在政治、经济等方面采取了一些积极措施，但对民众实行严刑峻法，又大力崇佛尊儒，中年以后虔诚事佛，曾四次舍身佛寺，是中国历史上著名的"和尚皇帝"。后侯景作乱，他被饿死于台城，今存《梁武帝御制集》，系明人辑本。

【原文】
高祖武皇帝①，讳衍，字叔达，小字练儿，南兰陵②中都里人，汉相国何之③后也。

起家④巴陵王⑤南中郎法曹行参军⑥，迁卫将军⑦王俭东阁祭酒⑧。俭一见，深相器异，谓庐江⑨何宪曰："此萧郎三十内当作侍中⑩，出此则贵不可言。"竟陵王子良⑪开西邸，招文学，高祖与沈约、谢朓、王融、萧琛、范云、任昉、陆倕等并游焉，号曰"八友"。融俊爽，识鉴过人，尤敬异高祖，每谓所亲曰："宰制天下，必在此人。"

建武⑫二年，魏遣将刘昶、王肃帅众寇司州⑬，以高祖为冠军将军⑭、军主⑮，隶江州刺史王广为援。距义阳⑯百余里，众以魏军盛，趑趄⑰莫敢前。高祖请为先启，广即分麾下精兵配高祖。尔夜便进，去魏军数里，径上贤首山。魏军不测多少，未敢逼。黎明，城内见援至，因出军攻魏栅[18]。高祖帅所领自外进战。魏军表里受敌，乃弃重围退走。

四年，魏帝自率大众寇雍州[19]，明帝令高祖赴援。十月，至襄阳。诏又遣左民尚书[20]崔慧景总督诸军，高祖及雍州刺史曹虎等并受节度[21]。明年三月，慧景与高祖进行邓城[22]，魏主帅十万余骑奄[23]至。慧景失色，欲引退，高祖固止之，不从，乃狼狈自拔。魏骑乘之，于是大败。高祖独帅众距战，杀数十百人，魏骑稍却，因得结阵断后，至夕得下船。慧景军死伤略尽，惟高祖全师[24]而归。

高祖生知淳孝，加以文思钦明[25]，能事毕究，少而笃学，洞达儒玄。虽万机多务，犹卷不辍手，燃烛侧光，常至戊夜[26]。造《制旨孝经义》，《周易讲疏》，及六十四卦、二《系》、《文言》、《序卦》等义，《乐社义》，《毛诗答问》，《春秋答问》，《尚书大义》，《中庸讲疏》，《孔子正言》，《老子讲疏》，凡二百余卷，并正先儒之迷[27]，开古圣之旨[28]。王侯朝臣皆奉表质疑，高祖皆为解释。修饰国学，增广生员，立五馆，置《五经》[29]博士。天监[30]初，则何佟之、贺蒨、严植之、明山宾等覆述制旨[31]，并撰吉凶军宾嘉五礼，凡一千余卷，高祖称制断疑。于是穆穆[32]恂恂[33]，家知礼节。兼笃信正法[34]，尤长释典，制《涅盘》、《大品》、《净名》、《三慧》诸经义记[35]，复数百卷。听览[36]余闲，即于重云殿及同泰寺讲说，名僧硕学，四部听众[37]，常万余人。又造《通史》，躬制赞序，凡六百卷。天情[38]睿敏，下笔成章，千赋百诗，直疏[39]便就，皆文质彬彬，超迈今古。诏铭赞诔，箴颂笺奏，爰初在田[40]，泊登宝历[41]，凡诸文集，又百二十卷。六艺[42]备闲[43]，棋登逸品，阴阳[44]纬候[45]，卜筮占决，并悉称善。又撰《金策》三十卷。草隶尺牍，骑射弓马，莫不奇妙。勤于政务，孜孜无怠。每至冬月，四更竟[46]，即敕把烛看事，执笔触寒，手为皴裂。纠[47]奸摘伏[48]，洞尽物情，常哀矜涕泣，然后可奏。日止一食，膳无鲜腴，惟豆羹粝[49]食而已。庶事繁拥，日倪[50]移中[51]，便嗽口以过。身衣布衣，木绵皂帐[52]，一冠三载，一被二年。常克俭于身，凡皆此类。五十外便断房室。不饮酒，不听音声，非宗庙祭祀、大会飨宴及诸法事，未尝作乐。性方正，虽居小殿暗室，恒理衣冠，小坐押襈[53]，盛夏暑月，未尝褰袒[54]。不正容止，不与人相见，虽觌[55]内竖[56]小臣，亦如遇大宾也。历观古昔帝王人君，恭俭庄敬,艺能博学,罕或有焉。

【注释】 ①高祖武皇帝:萧衍庙号高祖,谥号武。 ②南兰陵:郡名,治所在今江苏常州武进区西北。 ③汉相何:西汉丞相萧何。 ④起家:最初出仕。 ⑤巴陵王:即齐武帝之子萧子伦。曾为南中郎将。 ⑥法曹行参军:军府中职掌执法的官员。 ⑦卫将军:官名。 ⑧东阁祭酒:军府中的幕僚长。 ⑨庐江:郡名,治所在今安徽舒城县。 ⑩侍中:侍从皇帝左右、备顾问的重要官职。 ⑪子良:萧子良,齐武帝第二子,封竟陵王。 ⑫建武:齐明帝萧鸾年号(494—498)。 ⑬司州:治所在今南信阳市。 ⑭冠军将军:将军的一种称号。 ⑮军主:统领一军的主将。 ⑯义阳:郡名,治所在今河南信阳西南。 ⑰赵趄(zījū):欲进不进,犹豫不决。 ⑱魏栅:北魏军队的营寨。 ⑲雍州:治所在今湖北襄阳市。 ⑳左民尚书:官名,协助皇帝处理计账户籍之类政务,职权重。 ㉑节度:节制,调遣。 ㉒邓城:县名,治所在今湖北襄阳西北。 ㉓奄(yǎn):忽然。 ㉔全师:军队保持了完整的编制。 ㉕钦明:既深曲又显明。钦,曲折。 ㉖戊夜:五更时,即黎明时分。戊,天干的第五位。 ㉗正先儒之迷:纠正过去儒生对诸种经书理解上的迷失。 ㉘开古圣之旨:开掘出古代圣贤著作的真旨。 ㉙《五经》:儒家的五部经典,即《易》、《尚书》、《诗》、《礼》、《春秋》。 ㉚天监:梁武帝年号(503—519)。 ㉛制旨:皇帝的旨意。 ㉜穆穆:恭敬、柔和、沉静的样子。 ㉝恂恂:恭顺的样子。 ㉞正法:佛教指释迦牟尼的佛法,以别于外道而言。 ㉟记:解释经传的文字,此指解释佛经的著作。 ㊱听览:处理朝政,披览文件。 ㊲四部:听众,指前来听讲的所有僧侣、居士。佛教称比丘、比丘尼、优婆塞(在家奉佛的男子)、优婆夷(在家奉佛的女子)为"四部众",也省称为"四众"。 ㊳天情:此指梁武帝的才情。 ㊴直疏:直接书写。疏:分条陈述。 ㊵在田:指帝王在即位之前的境况。《易·乾》:"九二,见龙在田,利见大人"。注:"处于地上,故曰在田。" ㊶宝历:本指国祚,此指帝位。 ㊷六艺:指礼、乐、射、御、书、数六种科目。 ㊸闲:通"娴",娴熟,熟习。 ㊹阴阳:本指日月运行之学,春秋战国时有阴阳学、阴阳家,其学包括阴阳四学、八位、十二度、廿四时等数度之学和五德终始的五行之说。后世还包括了遁甲六壬、择日、占星之类的内容。 ㊺纬候:对古代纬书(汉人伪托为孔子所作)以儒家经义,附会人事吉凶祸福,预言治乱兴废,多怪诞无稽之谈。 ㊻四更:约今之早晨六点前后。 ㊼纠:举发,矫正。 ㊽摘(zhì)伏:揭露隐秘之事。 ㊾粝(lì):粗米。 ㊿傥:倘若,倘使。 ○51移中:过了中午。 ○52皂帐:黑色帐子。 ○53押褉:束好衣带。押,即"压"。褉,衣裙的带子。 ○54褰(qiān)袒:撩起衣裳,坦露身体。即今语之"赤膊"。 ○55觌(dí):见。 ○56内竖:太监。

【赏析】 《梁书》记载梁武帝萧衍的事迹,篇幅达三卷之多。本篇仅节录"卷一"的开头部分和"卷三"的结束部分,从"卷一"部分可以看出,梁武帝在年轻时就有很高的文学才华和杰出的军事才能。"竟陵八友"中,沈约、谢朓、王融在创制"永明体"(讲究声律和对偶的新诗体)和推动新诗风的发展方面成绩不小,都是当时的诗坛巨匠,而"识鉴过人"的王融"尤敬异高祖",甚至说出"宰制天下,必在此人"的话。看来,当时的萧衍已显现出他的过人之处。以下记述了建武二年、四年的两次战争,萧衍均有出众的表现。第一次战争,主要表现他的勇敢精神。当"众以魏军盛,趑趄莫敢前"的情况下,他主动请缨,连夜进军,占据仅"去魏军数里"的贤首山,为次日出击创造了有利条件,成功地解除了司州之围。第二次战争,主要写他在劣势情况下的沉着机智,从容镇定。当北魏皇帝亲率十万骑兵南犯时,总督崔慧景大惊失色,不听萧衍劝阻,匆促撤退,导致"魏骑乘之",损失惨重。幸亏萧衍"独帅众距战","因得结阵断后"。这场战争,"慧景军死伤略尽,惟高祖全师而归"。这两段文字,用对照笔法,生动地刻划出萧衍的军事才能。

在节选的"卷三"部分,则用评述性语言,表现萧衍广博的才艺、深厚的佛学根柢、节俭的品性和庄重严谨的生活态度。确实,能像萧衍那样酷爱读书,至老不衰,于经学、佛学、文学、史学、书法、音乐均有造诣的皇帝,在中国历史上是罕有其匹的,也很难寻觅出第二人能像他那样自奉俭约的。难怪有人要称他为"苦行僧"皇帝了。不过,由于他晚年笃信佛教,导致佛风大炽,仅建康城内外的寺院就有五百多所,全国人口才五百多万,而不事生产的僧尼就近十万,这就必然要加重剥削,激化社会矛盾。加上政治腐败,官吏贪残,不听谏诤,用人不当,梁武帝最终被由他接纳、信任的东魏将领侯景所害,饿死在建康城中的台城。总的来说,梁武帝是一个值得惋惜的悲剧性人物。

房玄龄

作者简介

房玄龄(579—648),字乔,齐州临淄(今山东淄博市临淄区北)人,唐初名相。幼聪敏,博览经史,工草隶,善属文。隋末大乱,玄龄于渭北投李世民。唐武德九年(626),参与玄武门之变的策划,政变成功后,任太子左庶子、中书令。贞观三年(629)为尚书左仆射,监修国史。十一年封梁国公。与杜如晦、魏徵等同为太宗的重要助手。十六年进位司空,仍综理朝政。二十年受诏编修《晋书》,成为中国历史上由私人修史到官方修史的转折点。二十二年去世,谥文昭,陪葬昭陵。《新唐书》说他"夙夜勤强,任公竭节","明达吏治","取人不求备,虽卑贱皆得尽所能"。

羊 祜 传

【题解】 本文选自《晋书》卷三十四。羊祜(221—287),字叔子,泰山南城(今山东费县西南)人。西晋大臣,东汉名士蔡邕外孙,晋武帝司马炎伯父司马师的妻弟。他美须眉,能属文,善谈论,为人谦和。魏末司马昭专权,拜相国从事中郎,掌机密,又迁中领军,悉统宿卫,入直殿中。司马炎代魏建晋,进号中军将军,加散骑常侍,封郡公。武帝有灭吴打算,任羊祜为都督荆州诸军事,出镇襄阳。在镇十年,为伐吴作积极准备,屯田积粮,兴办学校,谨守诚信,甚得人心,人们尊称他为"羊公"。死后,人们在他经常游憩的岘山上建碑立庙,洒泪致祭。杜预因名之为"堕泪碑"。原文较长,本篇作了较多的删节。

【原文】

羊祜,字叔子,泰山南城①人也。祜年十二丧父,孝思过礼,事叔父耽甚谨。及长,博学能属文,身长七尺三寸,美须眉,善谈论。郡将夏侯威异之,以兄霸之子妻之。

文帝②为大将军,辟③祜,未就,公车④征拜中书侍郎⑤,俄迁给事中⑥、黄门郎⑦。

武帝⑧受禅⑨,以佐命之勋,进号中军将军⑩,加散骑常侍⑪,改封郡公⑫，邑三千户。固让封不受。

帝将有灭吴之志，以祜为都督荆州诸军事、假节⑬，散骑常侍、卫将军如故。祜率营兵出镇南夏⑭，开设庠序⑮，绥怀远近⑯，甚得江汉之心⑰。与吴人⑱开布大信，降者欲去皆听之。时长吏丧官，后人恶之，多毁坏旧府，祜以死生有命，非由居室，书下征镇，普加禁断。吴石城⑲守去襄阳七百馀里，每为边害，祜患之，竟以诡计令吴罢守。于是戍逻减半，分以垦田八百馀顷，大获其利。祜之始至也，军无百日之粮，及至季年⑳，有十年之积。

后加车骑将军，开府如三司㉑之仪。祜上表固让。不听。

及还镇，吴西陵㉒督步阐㉓举城来降。吴将陆抗㉔攻之甚急，诏祜迎阐。祜率兵五万出江陵，遣荆州刺史杨肇攻抗，不克，阐竟为抗所擒。有司奏："祜所统八万馀人，贼众不过三万。祜顿兵江陵，使贼备得设。乃遣杨肇偏军入险，兵少粮悬，军人挫衄㉕。背违诏命，无大臣节。可免官，以侯就第㉖。"竟坐贬为平南将军，而免杨肇为庶人。

祜乃进据险要，开建五城，收膏腴之地，夺吴人之资，石城以西，尽为晋有。自是前后降者不绝，乃增修德信，以怀柔初附，慨然有吞并之心㉗。每与吴人交兵，克日㉘方战，不为掩袭之计。将帅有欲进谲诈之策者，辄饮以醇酒，使不得言。人有略㉙吴二儿为俘者，祜遣送还其家。后吴将夏详、邵颉等来降，二儿之父亦率其属与俱。吴将陈尚、潘景来寇，祜追斩之，美其死节而厚加殡敛。景、尚子弟迎丧，祜以礼遣还。吴将邓香掠夏口㉚，祜募生㉛缚香，既至，宥之。香感其恩甚，率部曲而降。祜出军行吴境，刈谷为粮，皆计所侵，送绢偿之。每会众江沔㉜游猎，常止晋地。若禽兽先为吴人所伤而为晋兵所得者，皆封还之。于是吴人翕然㉝悦服，称为羊公，不之名也。

祜与陆抗相对，使命交通，抗称祜之德量，虽乐毅㉞、诸葛孔明不能过也㉟。抗尝病，祜馈之药，抗服之无疑心。人多谏抗，抗曰："羊祜岂鸩㊱人者！"时谈以为华元、子反复见于今日㊲。抗每告其戍曰："彼专为德，我专为暴，是不战而自服也。各保分界而已，无求细利。"孙皓㊳闻二境交和，以诘抗。抗曰："一邑一乡，不可以无信义，况大国乎！臣不如此，正是彰其德，于祜无伤也。"

祜贞悫无私[39],疾恶邪佞,旬勖、冯紞之徒甚忌之。从甥王衍[40]尝诣祜陈事,辞甚俊辩,祜不然之[41],衍拂衣而起。祜顾谓宾客曰:"王夷甫方以盛名处大位,然败俗伤化,必此人也。"步阐之役,祜以军法将斩王戎[42],故戎、衍并憾[43]之,每言论多毁祜。时人为之语曰:"二王当国,羊公无德。"

咸宁[44]初,除征南大将军、开府仪同三司,得专辟召。初,祜以伐吴必藉上流之势。又时吴有童谣曰:"阿童复阿童,衔刀浮渡江。不畏岸上兽,但畏水中龙。"祜闻之曰:"此必水军有功,但当思应其名者耳。"会益州[45]刺史王濬[46]征为大司农[47],祜知其可任,濬又小字阿童,因表留濬监益州诸军事,加龙骧将军,密令修理舟楫,为顺流之计。

祜缮甲训卒,广为戎备。至是上疏曰:"先帝顺天应时,西平巴蜀,南和吴会,海内得以休息,兆庶[48]有乐安之心。而吴复背信,使边事更兴。夫期运虽天所授,而功业必由人而成。不一大举扫灭,则众役无时得安……吴缘江为国,无有内外,东西数千里,以藩篱自持,所敌者大,无有宁息。孙皓恣情任意,与下多忌,名臣重将不复自信,是以孙秀[49]之徒皆畏逼而至。将疑于朝,士困于野,无有保世之计,一定之心。平常之日,犹怀去就,兵临之际,必有应者,终不能齐力致死,已可知也。其俗急速,不能持久,弓弩戟楯[50]不如中国[51],唯有水战是其所便。一入其境,则长江非复所固,还保城池,则去长入短[52]。而官军悬进,人有致节之志;吴人战于其内,有凭城之心[53]。如此,军不逾时,克可必矣。"帝深纳之。

祜乐山水,每风景,必造岘山[54],置酒言咏,终日不倦。尝慨然叹息,顾谓从事中郎[55]邹湛等曰:"自有宇宙,便有此山。由来贤达胜士,登此远望,如我与卿者多矣。皆湮灭无闻,使人悲伤。如百岁后有知,魂魄犹应登此也。"湛曰:"公德冠四海,道嗣前哲[56],令闻令望[57],必与此山俱传。至若湛辈,乃当如公言耳。"

祜寝疾[58],求入朝。既至洛阳……面陈伐吴之计。帝以其病,不宜常入,遣中书令张华问其筹策。祜曰:"今主上有禅代之美,而功德未著。吴人虐政已甚,可不战而克。混一六合[59],以兴文教,则主齐尧舜,臣同稷契[60],为百代之盛轨[61]。如舍之,若孙皓不幸而没,吴人更立令主,虽百万之众,长江未可而越也,将为后患乎?"华深赞成其计。

疾渐笃,乃举杜预㉒自代。寻卒,时年五十八。帝素服哭之,甚哀。是日大寒,帝涕泪沾须鬓,皆为冰焉。南州人征市日闻祜丧,莫不号恸,罢市,巷哭者声相接。吴守边将士亦为之泣。其仁德所感如此。

祜所著文章及为《老子传》并行于世。襄阳百姓于岘山祜平生游憩之所建碑立庙,岁时飨祭㉓焉,望其碑者莫不流涕,杜预因名为堕泪碑。荆州人为祜讳名,屋室皆以门为称㉔,改户曹㉕为辞曹焉。

祜卒二岁而吴平,群臣上寿㉖,帝执爵流涕曰:"此羊太傅之功也。"因以克定之功,策告祜庙,仍依萧何㉗故事,封其夫人。

【注释】　①泰山南城:今山东费县西南。　②文帝:司马懿之子司马昭,魏国大臣。其子司马炎代魏称帝后,建立晋朝,追尊他为文帝。　③辟:征召。　④公车:朝廷派出用来接送贤才的车驾。　⑤中书侍郎:中书省副长官。　⑥给事中:汉魏时的加官名,职掌给事殿中,备顾问应对。　⑦黄门郎:官名,或称给事黄门侍郎,职掌侍从皇帝,传达诏命。　⑧武帝:晋武帝司马炎。　⑨受禅:王朝更迭,新朝皇帝接受旧帝让出来的帝位。其实,封建王朝的交替都是武力逼迫的结果,所谓"禅让"是骗人的说法。　⑩中军将军:临时设置而有实权的将军。　⑪散骑常侍:官名,地位尊贵,在皇帝左右规谏过失,以备顾问。　⑫郡公:爵号名,地位显赫。羊祜原有"关中侯"的爵号,故此称改封后的爵号。　⑬假节:持节。本指古使臣出使时必持符节作为凭证。魏晋后以持节为官名,有使持节、假持节等,刺史兼管军事者有此名号。　⑭南夏:指华夏大地的南部地区。　⑮庠序:学校。　⑯绥怀:安抚关切。　⑰江汉之心:长江、汉江交汇地区的民心。　⑱吴人:此指三国时东吴政权的民众。　⑲石城:县名,治所在今安徽省涂县东北。　⑳季年:末年,晚年。此指羊祜镇守襄阳的后期。　㉑开府如三司:朝廷允许将军开设府署,设置官属。即仪同三司,原意是非三公而给予与三公同等的待遇。　㉒西陵:地名,在今江苏南京市南。　㉓步阐:人名。　㉔陆抗:吴国将领,陆逊之子。　㉕挫衄:作战失败。　㉖以侯就第:以"侯"的身份(而不是已封的"郡公"身份)回到府第。这是降低其政治待遇的做法。　㉗吞并之心:指灭掉东吴国的雄心。　㉘克日:同"剋日",约定日期。　㉙略:侵夺,强取。　㉚夏口:在今湖北武汉市黄鹄山上,为历代兵家必争之地。　㉛生:即唐五代之"捉生将",言其能活捉敌人。　㉜沔(miǎn):水名,古代通称汉水为沔水。　㉝翕(xī)然:一致。　㉞乐毅:战国时燕国将领。长于兵术,曾率燕军伐齐,连下七十馀城。　㉟诸葛孔明:三国时蜀国政治家、军事家诸葛亮,字孔明。　㊱鸩(zhèn):传说中的一种毒鸟,羽毛置于酒中,饮之即毒死。此处用作动词。　㊲"时读以为"句:华元,春秋时宋国大夫。子反,春秋时楚国将领。楚军围宋,五月不解,城中易子而食。华元夜见楚将子反,劝其罢兵而去。公元前579年,华元利用私交关系,邀晋、楚两大国在宋结盟,约定此后弥兵息民,互通聘问。　㊳孙皓:三国时吴国皇帝,孙权之孙,公元264—280年在位。在位期间专横残暴,奢侈荒淫,大失民心。　㊴贞悫(què):意志坚定,为人诚实。　㊵王衍:西晋大臣,字夷甫。好老、庄玄言,清淡虚无,遇义理有所不当,随口更改,时称"口中雌黄"。"八王之乱"中,他贪缘附势,连任中书令等职。虽位居三公,但不以国事为念,专谋自保。　㊶然之:同意他的意见。　㊷王戎:西晋大臣。"竹林七贤"之一。后依司马氏,参与伐吴,仕路通显,官至中书令、司徒等。生活奢靡。　㊸憾:恨。　㊹咸宁:晋武帝年号(275—280)。　㊺益州:治所在今四川成都市。　㊻王濬:西晋将领。西晋初,任巴郡太守、益州刺史。晋武帝将伐吴,朝中多异议,他与杜预、张华力主北伐。咸宁五年,率军浮江东下,相继克丹阳(今湖北秭归东南)、夏口、武昌,直取建康,受吴主孙皓之降。　㊼大司农:九卿之一,职掌国家的财政收支。　㊽兆庶:天下百姓。　㊾孙秀:吴国宗室,为吴国前将军夏口都督。孙皓恶之,遣何定将兵远猎于夏口。孙秀惊疑,遂降晋。晋任为骠骑将军仪同三司。　㊿楯:同"盾"。　五一 中国:中原地区。此指统治中原的晋王朝。　五二 去长入短:丢掉了长处,陷入了短处。　五三 "吴人"二句,《通鉴》卷八十作"吴人内顾,各有离难之心"。作"离散之心",于义为长。　五四 岘山:一名岘首山,在今湖北襄阳市东南,东临汉水。　五五 从事中郎:羊祜手下的侍从官名。　五六 嗣:继承。前哲:前代贤士哲人。　五七 令闻令望:美好的声望。　五八 寝疾:卧病。　五九 六合:天下。　六十 稷契:都是上古时代的贤臣。稷,相传为周代祖先,舜时为农官,教民播种五谷。契:商部族始祖。据说他治水有功,被舜任为司徒,掌管教化。　六一 盛轨:美好的榜样。　六二 杜预:西晋大臣、著作家、司马懿之婿。继羊祜后,积极筹划灭吴。平生博学多通,被称为"杜武库"。　六三 飧祭:用酒食祭献。　六四 屋室皆以门为称:"祜"与"户"同音。荆州人为表示对羊祜的尊敬,讳称其名,原称屋室为"户"的,改称为"门"。　六五 户曹:户部下属的职能部门。　六六 上寿:祝寿。　六七 萧何:西汉初大臣,佐刘邦打天下,功劳很大。

【赏析】　羊祜是西晋初期的著名大臣,对西晋平吴、统一中国起了重要作用。与其直接有关的岘山之"堕泪碑",已成为著名的文史典故。

讲仁义,重诚信,是他最突出的政治、道德品质。在都督荆州诸军事任上,他"与吴人开布大信",对已投降又想回老家的吴国士兵,听凭他们返乡。与吴国约定了交战日期,就坚决不听有些将领的建言,不搞偷袭。对下属掳掠的吴国二小儿,则派人遣送其回家。行军经过吴地,不得已"刈谷为粮"后,"皆计所侵,送绢偿之"。这就难怪吴国百姓要尊称他为"羊公"了。

羊祜不仅是一般的"恂恂儒者",还富有政治远见和军事智慧。他对在何时、如何发兵攻打吴国有通盘细密的考虑。他认为"伐吴必藉上流之势"。以后的事实证明,他的战略构想是完全合乎实际的。在具体的对敌策略上,他同样多谋善断,以智力取胜。如吴国石城的主守者"每为边害",为除去此患,羊祜并不发兵,而是"以诡计令吴罢守"。这个好寻衅滋事的主守者离职后,

"边害"也就自然消解了。

传文中,多次写到羊祜居功不骄,谦恭忍让。本选文也有数处涉及,如晋武帝登基后,因他有"佐命之勋",予以加官封爵。他"固让封不受";后因功"加车骑将军,开府如三司之仪",他又"上表固让"。这些举动不仅使他更得皇帝信任,也有利于上下团结。他能有作为并善终及死后获得殊荣,与此大有关系。总的看,羊祜的仕途较顺坦,但也有过挫折。因吴国降将步阐事,他被贬官。但羊祜并不丧气,继续竭尽心智地为伐吴作积极筹划。这种不以个人进退为念的仕宦态度,是十分可贵的。

本文在写作上的一个特点,是"背面敷粉"法。如写羊祜的对手吴国大臣陆抗坚持相信他的人品(不会在药中放毒),高度评价其"德量"。连对手都这么说,可以想见羊祜有多么高的威望了。此外,还值得注意的是,本文重笔浓墨描写人们在羊祜去世后的反应。这进一步衬托出了羊祜的高风亮节、名臣风采。羊祜其人其事对后人影响深远。唐代孟浩然说:"羊公碑尚存,读罢泪沾襟"(《与诸子登岘山诗》);清代王夫之说:"三代以下,用兵以道,而从容以收大功者,其唯羊叔子乎?"(《读通鉴论》卷十一)都充分证实了这一点。

阮 籍 传

【题解】 本文选自《晋书》卷四十九。阮籍(210—263),字嗣宗,三国时魏国文学家、名士。因他曾任步兵校尉,世称阮步兵。阮籍才华富赡,任性不羁,博览群籍,尤好《庄》、《老》。他身处魏、晋交替的年代,如何保重自身成为一大难题。由于其父阮瑀曾任"魏丞相掾",他本人又在魏高贵乡公(曹髦)当政时受封关内侯,任散骑常侍,感情上难免倾向于曹魏。但曹魏政权日渐衰微,代之而起的是司马氏专权,得罪司马氏极易招致血光之灾。所以,他对司马氏始终采取"虚以委蛇"的态度,常以纵酒佯狂以避祸。阮籍所著《咏怀诗》八十二首,着重抒写其嗟生、忧时、愤世、嫉俗的思想感情,有助于认识当时的社会、时代特征,艺术性也较高,在中国文学史上有一定地位。有《阮步兵集》一卷。

【原文】

阮籍,字嗣宗,陈留尉氏①人也。父瑀②,魏丞相掾③,知名于世。籍容貌瑰杰④,志气宏放,傲然独得,任性不羁,而喜怒不形于色。或闭户视书,累月不出;或登临山水,经日⑤忘归。博览群籍,尤好《庄》、《老》。嗜酒能啸,善弹琴。当其得意,忘其形骸。时人多谓之痴，惟族兄文业每叹服之，以为胜己，由是咸共称异。

籍尝随叔父至东郡⑥，兖州刺史王昶请与相见，终日不开一言，自以不能测。太尉蒋济闻其有隽才而辟⑦之，籍诣都亭⑧奏记曰："伏惟明公以含一之德⑨，据上台之位，英豪翘首，俊贤抗足⑩。开府⑪之日，人人自以为掾属；辟书始下，而下走⑫为首。昔子夏在于西河之上，而文侯拥彗⑬；邹子处于黍谷之阴，而昭王陪乘⑭。夫布衣韦带⑮之士，孤居特立，王公大人所以礼下之者，为道存也。今籍无邹、卜之道，而有其陋，猥⑯见采择，无以称当。方将耕于东皋⑰之阳，输黍稷之余税。负薪疲病，足力不强，补吏之召，非所克⑱堪⑲。乞回⑳谬恩，以光㉑清举㉒。"初，济恐籍不至，得记㉓欣然。遣卒迎之，而籍已去，济大怒。于是乡亲共喻㉔之，乃就吏。后谢病归。复为尚书郎㉕，少时，又以病免。及曹爽㉖辅政，召为参军㉗。籍因以疾辞，屏㉘于田里。岁余而爽诛，时人服其远识。宣帝㉙为太傅㉚，命籍为从事中郎㉛。及帝崩，复为景帝㉜大司马从事中郎。高贵乡公㉝即位，封关内侯，徙散骑常侍㉞。

籍本有济世志，属魏、晋之际，天下多故，名士少有全者，籍由是不与世事，遂酣饮为常。文帝㉟初欲为武帝㊱求婚于籍，籍醉六十日，不得言而止。钟会㊲数以时事问之，欲因其可否而致之罪，皆以酣醉获免。及文帝辅政，籍尝从容言于帝曰："籍平生曾游东平㊳，乐其土。"帝大悦，即拜东平相。籍乘驴到郡，坏府舍屏障，使内外相望，法令清简，旬日而还。帝引为大将军从事中郎。有司言有子杀母者，籍曰："嘻！杀父乃可，至杀母乎！"坐者怪其失言。帝曰："杀父，天下之极恶，而以为可乎？"籍曰："禽兽知母而不知父，杀父，禽兽之类也。杀母，禽兽之不若。"众乃悦服。

籍闻步兵厨营人善酿，有贮酒三百斛，乃求为步兵校尉㊴。遗落世事，虽去佐职，恒游府㊵内，朝宴必与焉。会帝㊶让九锡㊷，公卿将劝进，使籍为其辞。籍沈醉忘作。临诣府，使取之，见籍方据案醉眠。使者以告，籍便书案，使写之，无所改窜。辞甚清壮，为时所重。

籍虽不拘礼教，然发言玄远，口不臧否㊸人物。性至孝，母终，正与人围棋，对者求止，籍留与决赌。既而饮酒二斗㊹，举声一号，吐血数升。及将葬，食一蒸肫㊺，饮二斗酒，然后临诀，直言穷矣，举声一号,因又吐血数升,毁瘠⁴⁶骨立,殆致灭性⁴⁷。裴楷⁴⁸往吊⁴⁹之,籍散发箕踞⁵⁰,醉而直视,楷吊唁毕便去。或问楷:"凡吊者,主哭,客乃为礼。籍既不哭,君何为哭?"楷曰:"阮籍既方外⁵¹之士,故不崇礼典。我俗中之士,故以轨仪自居。"时人叹为两得。籍又能为青白眼⁵²,见礼俗之士,以白眼对之。及嵇喜来吊,籍作白眼,喜不怿⁵³而退。喜弟康⁵⁴闻之,乃赍⁵⁵酒挟琴造⁵⁶焉,籍大悦,乃见青眼。由是礼法之士疾⁵⁷之若仇,而帝每保护之。

籍嫂尝归宁⁵⁸,籍相见与别。或讥之,籍曰:"礼岂为我设邪!"邻家少妇有美色,当垆⁵⁹沽酒。籍尝诣饮,醉,便卧其侧。籍既不自嫌,其夫察之,亦不疑也。兵家女有才色,未嫁而死。籍不识其父兄,径⁶⁰往哭之,尽哀而还。其外坦荡而内淳至,皆此类也。时率意⁶¹独驾,不由径路,车迹所穷⁶²,辄恸哭而反。尝登广武⁶³,观楚、汉战处,叹曰:"时无英雄,使竖子⁶⁴成名!"登武牢山⁶⁵,望京邑而叹,于是赋《豪杰诗》。景元⁶⁶四年冬卒,时年五十四。

籍能属文,初不留思⁶⁷。作《咏怀诗》八十余篇,为世所重。著《达庄论》,叙无为之贵。文多不录。

籍尝于苏门山⁶⁸遇孙登⁶⁹,与商略⁷⁰终古及栖神⁷¹导气之术⁷²,登皆不应,籍因长啸而退。至半岭,闻有声若鸾凤之音,响乎岩谷,乃登之啸也。遂归著《大人先生传》,其略曰:"世人所谓君子,惟法是修,惟礼是克⁷³。手执圭璧⁷⁴,足履绳墨⁷⁵。行欲为目前检⁷⁶,言欲为无穷则⁷⁷。少称⁷⁸乡党⁷⁹,长闻邻国。上欲图三公,下不失九州牧⁸⁰。独不见群虱之处裈⁸¹中,逃乎深缝,匿乎坏絮,自以为吉宅也。行不敢离缝际,动不敢出裈裆,自以为得绳墨也⁸²。然炎丘⁸³火流,焦邑灭都,群虱处于裈中而不能出也。君子之处域内⁸⁴,何异夫虱之处裈中乎!"此亦籍之胸怀本趣也。

子浑,字长成,有父风。少慕通达,不饰小节。籍谓曰:"仲容⁸⁵已豫⁸⁶吾此流,汝不得复尔!"太康⁸⁷中,为太子庶子⁸⁸。

【注释】　①陈留尉氏:今河南尉氏县。　②瑀:阮籍父亲阮瑀,善诗文,为"建安七子"之一。　③掾(yuàn):掾属,古代属官的通称。　④瑰杰:奇伟不凡。　⑤经日:整天。　⑥东郡:治所在今河南濮阳县西南。当时隶属兖州。　⑦辟:征召。　⑧都亭:都邑中的驿舍。　⑨含一之德:纯一高尚的道德。　⑩抗足:举足。　⑪开府:设置官署。 ⑫ 下走：此是阮籍谦虚的自称。 ⑬“昔子夏”二句：当子夏在魏地西河时，魏文侯以拥彗表示敬意。子夏，孔子弟子卜商字子夏。拥彗，执帚。 ⑭“邹子”二句：当邹衍在燕地黍谷时，燕昭王陪他乘一辆车以表示敬意。邹子，邹衍，战国阴阳家的代表人物。陪乘（shèng），古时乘车，尊者居左，御者在中，又有一人在右，以保持车身平衡，防倾倒，称陪乘。 ⑮ 韦带：皮带。代指平民。贵族腰带多以金玉为饰。 ⑯ 猥：谬，错。此为自谦之词。 ⑰ 东皋：田野或高地的泛称。 ⑱ 克：能够。 ⑲ 堪：承受。 ⑳ 回：收回。㉑ 光：显示。 ㉒ 清举：清明公正的荐举。 ㉓ 记：指阮籍所上的奏记。 ㉔ 喻：劝说。㉕ 尚书郎：尚书省的郎官。 ㉖ 曹爽：曹操侄孙，官至大将军、侍中。曹芳即位后他与司马懿一起辅政，后被司马懿所杀。 ㉗ 参军：将军府中的重要幕僚。 ㉘ 屏：屏退，隐居。㉙ 宣帝：此指司马懿。其孙司马炎代魏称帝后，追尊他为宣帝。 ㉚ 太傅：辅导太子的官。司马懿辅政曹芳时为太傅。 ㉛ 从事中郎：三公及州郡长官的僚属。 ㉜ 景帝：司马懿长子司马师。司马炎称帝，追尊其为景帝。 ㉝ 高贵乡公：曹丕之孙曹髦。魏正始五年（244）封高贵乡公。 ㉞ 散骑常侍：官名。在皇帝左右规谏过失，以备顾问。 ㉟ 文帝：司马昭。其子司马炎代魏称帝后，追尊他为文帝。㊱ 武帝：晋朝建立者司马炎死后，谥号武帝。 ㊲ 钟会：魏国大臣。司马昭重要谋士。 ㊳ 东平：东平国（诸侯国），治所在今山东东平西南。 ㊴ 步兵校尉：官名，掌宿卫兵。阮籍因任此职，世称阮步兵。 ㊵ 府：大将军府。 ㊶ 帝：此指司马昭。 ㊷ 九锡：帝王赐与功臣的九种器物。 ㊸ 臧否（zāng pǐ）：评论别人的好坏。 ㊹ 斗：一种酒器。 ㊺ 肫（tún）：小猪。 ㊻ 瘠：瘦。㊼ 灭性：毁灭生命。 ㊽ 裴楷：当时名士。 ㊾ 吊：慰问。 ㊿ 箕踞：随意伸开两腿坐着，形似簸箕。是一种不拘礼节的行为。 (51) 方外：世俗之外。 (52) 青白眼：青眼（青是“黑”的意思）和白眼。 (53) 不怿（yì）：不高兴。 (54) 康：嵇康，当时名士，与阮籍交好，同为“竹林七贤”中人。后遭钟会诬陷，被司马昭所杀。 (55) 赍：随身携带。 (56) 造：造访，往访。 (57) 疾：通“嫉”。 (58) 归宁：已嫁女子回娘家省亲。 (59) 垆：古时酒店里安放酒瓮的土墩子。 (60) 径：径直，直接。 (61) 率意：随意。 (62) 车迹所穷：车子走到了路的尽头。穷，穷尽。 (63) 广武：广武城，在今河南荥阳县东北广武山上，有东、西二城，相距二百步，中隔广武涧。楚汉相争时，刘邦、项羽分屯西城、东城，彼此对峙。 (64) 竖子：对人的鄙称，相当于今之“小子”。 (65) 武牢山：即位于河南荥阳县西北的大伾山，因山上筑有虎牢关（又名武牢关），故有此名。为历代兵家必争之地，楚、汉争霸时长期在此交战。 (66) 景元：魏元帝曹奂年号（260—264）。 (67) 初不留意：意思是从来没有文思阻滞的时候。(68) 苏门山：在河南辉县西北。 (69) 孙登：魏晋时名士。 (70) 商略：商讨。 (71) 栖神：守住精神，不让泄散。 (72) 导气：古代的一种养生术，指呼吸俯仰，使血气流通。 (73) 克：谨守。 (74) 圭璧：古代君王祭祀或朝聘时所用的一种玉器。 (75) 足履墨绳：举止行为合乎规范。绳墨，木匠用的工具墨斗，用来校正曲直。 (76) 检：法度。 (77) 则：规则。 (78) 称：称誉。 (79) 乡党：乡里。 (80) 牧：西汉时一度称州长官为州牧。 (81) 裈（kūn）：裤子。(82)“自以为”句：意思是虱子自以为这样做是很恰当了。 (83) 炎丘：即炎山，传说中的火山。 (84) 域内：人世间。 (85) 仲容：阮籍侄子阮咸的字。 (86) 豫：参与。阮籍、阮咸同列“竹林七贤”。 (87) 太康：晋武帝司马炎年号（280—289）。 (88) 太子庶子：东宫官属，有左庶子、右庶子之分，掌侍从、献纳、启奏、驳正等。

【赏析】　本文较生动地写出了阮籍的奇特个性。他闭户读书能"累月不出",登临山水又"经日忘归",得意时会"忘其形骸",所以当时人用"痴"字形容他。他在晚年登广武山观楚汉战处,感叹"时无英雄,使竖子成名",更凸现出他极度自负的狂放个性。同时,他既有文才,也不乏政治才能。关于后一点,文中记述的一件事颇能说明问题。他任东平相时,"坏府舍屏障,使内外相望,法令清简,旬日而还"。结句四字,说明他办事的高效率。

　　阮籍虽有鲜明的个性,"不拘礼教",但他善于处世,避免了随时会降临的杀身之祸。文中对此有较多描述,如太尉蒋济征召他,他觉得仅下征召文书不足以说明征召者的诚心、敬意,便上奏记谢绝。后得知蒋济大怒,恐生不测,就听从乡亲劝告,前往就职。"口不臧否人物",是他待人处世的一个原则,这样就免去了许多人事方面的是非。他嗜好饮酒,便巧借醉酒来应付麻烦事。为拒绝文帝的求婚,他居然酣醉六十日,让对方无开口的机会,也可算是前所未闻的奇事了。

　　阮籍反对名教礼法,极端憎恶礼俗之徒,对所谓的男女大防、男女授受不亲之说嗤之以鼻。文中三次提及此事:一是嫂子回娘家,他去相见告别;二是去邻家酒店喝酒,醉了,便躺在漂亮的卖酒少妇身边呼呼大睡;三是有个军人女儿才貌双全,没有嫁人就死了,阮籍深感痛惜,虽然并不认识其父兄,还是直接前往吊唁痛哭,尽哀而还。用今天的话说,他就是一个不肯伪饰的性情中人了。

　　阮籍有许多离奇的表现,这一切皆源于其思想主流——玄学。玄学以老庄思想为基础,掺之以佛教思想。玄学的特征是虚无,认为人生无常,凡事不必认真,不要拘泥小节,顺应自然方是正道。他在《大人先生传》中所抨击的"君子",就是世俗的礼法之徒。他们自以为中规中矩,能够远祸近福,但阮籍很刻毒地把他们喻为"虱之处裈中",一旦"炎丘火流",就尽数焚灭。这也从侧面反映出阮籍视当时的社会是险恶的、恐怖的社会,唯一的办法是逃避现实,过隐遁出世的生活。阮籍玩世不恭的人生态度自不足取,但在当时也可能是他的最佳选择了。

嵇　康　传

【题解】　本文选自《晋书》卷四十九。嵇康(224—263),字叔夜,三国时魏国文学家、思想家、名士,"竹林七贤"之一,与阮籍齐名。少时孤贫,及长,风姿俊逸,博学多通,尤好庄老之学,喜导气养性之术。他生活在魏晋之际政治剧烈变动的时期,因与魏宗室有姻亲关系,得到过"中散大夫"的官衔。

他不愿投靠当时执掌朝政大权的司马氏集团，对司马氏打着名教的幌子行篡权之实十分愤慨，提出"越名教而任自然"之说，反对儒家的繁琐礼教。因得罪司马氏的亲信钟会，钟会借事进谗于司马昭，遂被杀。所著《养生论》、《声无哀乐论》、《绝交书》以及在狱中所写的《幽愤诗》等，都是历代传诵的名篇。今传《嵇康集》，曾经鲁迅校订。

【原文】

嵇康，字叔夜，谯国①铚②人也。其先姓奚，会稽上虞③人，以避怨，徙焉。铚有嵇山，家于其侧，因而命氏。兄喜，有当世才，历太仆④、宗正⑤。康早孤，有奇才，远迈不群。身长七尺八寸，美词气，有风仪，而土木形骸⑥，不自藻饰，人以为龙章凤姿⑦，天质自然。恬静寡欲，含垢匿瑕，宽简有大量。学不师受⑧，博览无不该通⑨，长好《老》《庄》。与魏宗室婚，拜中散大夫⑩。常修养性服食之事，弹琴咏诗，自足于怀。以为神仙禀之自然，非积学所得，至于导养得理，则安期⑪、彭祖⑫之伦可及，乃著《养生论》。

所与神交者惟陈留⑭阮籍⑮、河内⑯山涛⑰，豫其流⑱者河内向秀⑲、沛国⑳刘伶㉑、籍兄子咸㉒、琅邪㉓王戎㉔，遂为竹林之游，世所谓"竹林七贤"也。戎自言与康居山阳㉔二十年，未尝见其喜愠之色。

康尝采药游山泽，会其得意，忽焉忘反。时有樵苏者㉕遇之，咸谓为神。至汲郡山中见孙登㉖，康遂从之游。登沈默自守，无所言说。康临去，登曰："君性烈而才隽㉗，其能免乎㉘！"康又遇王烈㉙，共入山。烈尝得石髓㉚如饴，即自服半，馀半与康，皆凝而为石。又于石室中见一卷素书，遽呼康往取，辄不复见。烈乃叹曰："叔夜志趣非常而辄不遇，命也！"其神心所感，每遇幽逸如此。

山涛将去选官㉛，举康自代。康乃与涛书告绝。

此书既行，知其不可羁屈也。性绝巧而好锻㉜。宅中有一柳树甚茂，乃激水圜㉝之。每夏月，居其下以锻。东平吕安㉞服康高致，每一相思，辄千里命驾，康友而善之。后安为兄所枉诉，以事系狱，辞相证引，遂复收康㉟。康性慎言行，一旦缧绁㊱，乃作《幽愤诗》。

初，康居贫，尝与向秀共锻于大树之下，以自赡给㊲。颖川㊳钟会㊴，贵公子也，精练有才辩，故往造焉。康不为之礼，而锻不辍。良久会去，康谓曰："何所闻而来？何所见而去？"会曰："闻所闻而来，见所见而去。"会以此憾⑩之。及是㊶,言于文帝㊷曰:"嵇康,卧龙也,不可起。公无忧天下,顾以康为虑耳。"因谮"康欲助毌丘俭㊸,赖山涛不听。昔齐戮华士㊹、鲁诛少正卯㊺,诚以害时乱教,故圣贤去之。康、安等言论放荡,非毁典谟㊻,帝王者所不宜容。宜因衅㊼除之,以淳风俗"。帝既昵听信会,遂并害之。

康将刑东市㊽,太学生三千人请以为师,弗许。康顾视日影,索琴弹之,曰:"昔袁孝尼尝从吾学《广陵散》,吾每靳㊾固之㊿,《广陵散》于今绝矣!"时年四十。海内之士,莫不痛之。

【注释】　①谯国:当时的诸侯国名,即谯郡,治所在今安徽亳县。　②铚:县名,今安徽宿县。　③会稽上虞:即今绍兴上虞县。　④太仆:九卿之一,掌皇帝的车马及马政。　⑤宗正:九卿之一,为皇族事务机关的长官。　⑥土木形骸:视身体为土木,即不注意修饰仪表。　⑦龙章凤姿:龙凤的文采、姿态。喻指姿容美好。　⑧师受:师傅传授。　⑨该通:全部通晓。该:通"赅"。　⑩中散大夫:文散官名,掌议论,毋需到朝廷办事。　⑪安期:安期生,古代传说中的仙人,活动于东海仙山。　⑫彭祖:古代传说中的人物,为帝颛顼之玄孙,尧封之于彭城,历夏经殷至周,年八百岁。后用作长寿的典故。　⑬陈留:郡名,治所在今河南开封东南陈留城。　⑭阮籍:魏晋名士。　⑮河内:今河南黄河以北地区。　⑯山涛:魏晋名士。西晋初任冀州刺史、吏部尚书等。　⑰豫其流:参与其间。豫,通"与",参与。　⑱向秀:西晋玄学名士。司马昭时,授黄门侍郎、散骑常侍。　⑲沛国:原沛郡,治所在今江苏沛县。　⑳刘伶:魏晋间名士,曾任建威将军。　㉑咸:阮咸,阮籍之侄。曾任散骑侍郎。　㉒琅邪:郡名,治所在今山东胶南县一带。　㉓王戎:西晋大臣,官至中书令、尚书左仆射、司徒。　㉔山阳:县名,在今河南焦作市附近。　㉕樵苏者:砍柴割草人。　㉖汲郡:治所在今河南汲县西南。孙登:字公和,著名隐士。无家属,隐于苏门山。好读《易》,性无恚怒。　㉗隽:通"俊"。　㉘其能免乎:能免除灾祸吗?　㉙王烈:著名隐士,喜炼丹服食。　㉚石髓:尚未凝固的石钟乳。石钟乳,是魏晋名士好服用的"五石散"的主味药。　㉛山涛将去选官:山涛与嵇康本是好友,后投靠司马氏集团。当他由尚书吏部郎迁散骑常侍(一说大将军从事中郎)时,举荐嵇康代其原职。选官:因吏部官员负责官吏的选拔、考察,故有此称。　㉜锻:打铁。　㉝圜(huán):通"环",环绕。　㉞吕安:字仲悌,当时名士。　㉟收康:将嵇康收捕入狱。　㊱缧绁(léi xiè):拘索犯人用的绳子。后代指牢狱。　㊲赡给:供给。　㊳颍川:郡名,治所在今河南许昌市东。　㊴钟会:字士季,三国时魏国大臣、著名书法家钟繇之子。司马昭的重要谋臣。　⑩憾:恨。　㊶及是:到这件事发生。是,代指嵇康被捕入狱事。　㊷文帝:此指司马昭,司马懿之子,曾任魏国的大将军,把持朝政,后为晋王。死后数月,其子司马炎代魏称帝,建立晋朝,被追尊为文帝。　㊸毌(guàn)丘俭:字仲恭,三国时魏国将领。正元二年(255),与扬州刺史前将军文钦伪造诏书诬大将军司马景王谋反,发兵讨伐,兵败被杀。　㊹齐戮华士:姜尚在周成王时封于齐地。因华士负才乱群惑众,被杀。

㊺鲁诛少正卯:孔子曾任鲁国司寇,因少正卯聚徒讲学,与孔子持论相反,使孔门"三盈三虚",孔子将其诛杀。 ㊻典谟:本指《尚书》中的《尧典》《大禹谟》两篇。此代指儒家学说。 ㊼衅:事端。 ㊽东市:此指洛阳城东的马市。 ㊾靳:吝惜。 ㊿固之:固守己见,不教给别人。

【赏析】 嵇康才气横溢,于文学、哲学、音乐皆有高深的造诣,可惜死于非命,只活了四十个年头,是一个令人叹惋的悲剧性人物。

　　他身处魏晋交替的动荡时期,出于避祸全身的考虑,一心追求服食养性,逍遥尘外。文中对他的名士风度有相当充分的描述。他虽有美姿容仪,却"土木形骸,不自藻饰";"采药游山泽,会其得意,忽焉忘反";临死前夕,还喜爱上为"肉食者"所不齿的"锻铁"行业,亲自挥锤,"以自赡给"。甚至在临刑前夕,还从容"顾视日影,索琴弹之"。他遗憾的不是个人的生命终结,或妻子儿女的生计、前程,而是"《广陵散》于今绝矣"。通过这些细节描写,嵇康的名士风度鲜活地呈现了出来。

　　嵇康自知性格耿直刚烈,率真纵放,在当时险恶的社会环境里极易招祸,故尽量扭压自己的本性,仿效"口不臧否人物"的阮籍。与他交好的王戎曾言:"与康居山阳二十年,未尝见其喜愠之色",也说得上是修养到家了。然而,一遇看不惯的人和事,他便油然露出桀傲不羁的本性。友人山涛举荐他代已为官时,他觉得违忤了自己的人生底线,非但不殷勤致谢,反而说友人是"恐足下羞庖人之独割,引尸祝以自助","自非重仇,不至此也",断然与之绝交。钟会是权倾天下的司马昭的亲信,他专程去拜访嵇康,嵇康竟然连"虚与委蛇"也不屑,自顾自地干他的铁匠活儿。当钟会悻悻而去时,他还要嘲讽几句。俗话说,性格决定命运,嵇康的悲惨结局,是可以预料的了。

　　传文的结尾部分,有"康将刑东市,太学生三千人请以为师,弗许"一句,措辞简练而意味深长。一方面,可知嵇康在当时的知识阶层具有崇高的威望,另一方面,也可看出司马氏集团对他的切齿仇恨。

谢　安　传

【题解】 本文节选自《晋书》。谢安是东晋名相,出身望族世家。他和很多魏晋名士一样,崇尚清谈,虽"少有重名",四十岁以前,仍纵情山水,不肯出山,其从政实属时势使然。他生活在东晋王朝偏安一隅之后期,时北有前秦咄咄南进,国内官场腐败不堪,朝臣们相互倾轧,各种关系盘根错节,更有近在咫尺的割据军阀觊觎王权。在如此复杂的政治环境中,他上下斡旋,左右平衡,为官二十馀载,虽无巨功,但无论其处事之道,还是从政之法,都堪称允当，一方面保全谢氏家族的地位，另一方面为国家赢得一定的政治稳定和军事上的胜利。故诗人李白对他有"但用东山谢安石，为君谈笑净胡沙"的赞誉。

【原文】

谢安字安石，尚从弟也①。父裒②，太常卿③。安年四岁时，谯郡桓彝④见而叹曰："此儿风神秀彻，后当不减王东海⑤。"及总角⑥，神识沈敏，风宇条畅，善行书。弱冠⑦，诣王濛⑧，清言良久，既去，濛子修曰："向客何如大人？"濛曰："此客亹亹⑨，为来逼人。"王导⑩亦深器之。由是少有重名。

初辟司徒府⑪，除佐著作郎⑫，并以疾辞。寓居会稽⑬，与王羲之及高阳许询、桑门支遁游处⑭，出则渔弋山水，入则言咏属文，无处世意。扬州刺史庾冰以安有重名⑮，必欲致之，累下郡县敦逼⑯，不得已赴召，月馀告归。复除尚书郎、琅邪王友⑰，并不起。吏部尚书范汪⑱举安为吏部郎，安以书距绝之。有司奏安被召，历年不至，禁锢⑲终身，遂栖迟东土。尝往临安山⑳中，坐石室，临濬谷，悠然叹曰："此去伯夷㉑何远！"尝与孙绰㉒等泛海，风起浪涌，诸人并惧，安吟啸自若。舟人以安为悦，犹去不止。风转急，安徐曰："如此将何归邪？"舟人承言即回。众咸服其雅量。安虽放情丘壑，然每游赏，必以妓女㉓从。既累辟不就，简文帝㉔时为相，曰："安石既与人同乐，必不得不与人同忧，召之必至。"时安弟万㉕为西中郎将，总藩任之重。安虽处衡门㉖，其名犹出万之右，自然有公辅㉗之望。处家常以仪范训子弟。安妻，刘惔妹也，既见家门富贵，而安独静退，乃谓曰："丈夫不如此也。"安掩鼻曰："恐不免耳。"及万黜废㉘，安始有仕进志，时年已四十馀矣。

征西大将军桓温请为司马㉙，将发新亭㉚，朝士咸送，中丞㉛高崧戏之曰："卿累违朝旨，高卧东山㉜，诸人每相与言，安石不肯出，将如苍生何！苍生今亦将如卿何㉝！"安甚有愧色。既到，温甚喜，言生平，欢笑竟日。既出，温问左右："颇尝见我有如此客不？"温后诣安，值其理发。安性迟缓，久而方罢，使取帻㉞。温见，留之曰："令司马著帽进。"其见重如此。

温当北征，会万病卒，安投笺㉟求归。寻除吴兴㊱太守。在官无当时誉,去后为人所思㊲。顷之,征拜侍中㊳,迁吏部尚书、中护军㊴。

简文帝疾笃,温上疏荐安宜受顾命㊵。及帝崩,温入㊶赴山陵,止新亭,大陈兵卫,将移晋室,呼安及王坦之㊷,欲于坐害之。坦之甚惧,问计于安。安神色不变,曰:"晋祚㊸存亡,在此一行。"既见温,坦之流汗沾衣,倒执手版㊹。安从容就席,坐定,谓温曰:"安闻诸侯有道,守在四邻,明公何须壁后置人邪?"温笑曰:"正自不能不尔耳㊺。"遂笑语移日。坦之与安初齐名,至是方知坦之之劣。温尝以安所作简文帝谥议以示坐宾,曰:"此谢安石碎金也㊻。"

时孝武帝㊼富于春秋,政不自己,温威振内外,人情噂𠴲㊽,互生同异。安与坦之尽忠匡翼,终能辑穆。及温病笃,讽朝廷加九锡㊾,使袁宏具草。安见,辄改之,由是历旬不就。会温薨,锡命遂寝㊿。

寻为尚书仆射[51],领吏部,加后将军。及中书令王坦之出为徐州刺史,诏安总关中书事[52]。安义存辅导,虽会稽王道子[53]亦赖弼谐之益。时强敌寇境,边书续至,梁益不守[54],樊邓陷没[55],安每镇以和靖,御以长算。德政既行,文武用命,不存小察,弘以大纲,威怀外著,人皆比之王导,谓文雅过之。尝与王羲之登冶城[56],悠然遐想,有高世之志。羲之谓曰:"夏禹勤王,手足胼胝[57];文王旰食[58],日不暇给。今四郊多垒,宜思自效,而虚谈废务,浮文妨要,恐非当今所宜。"安曰:"秦任商鞅,二世而亡,岂清言致患邪?"

时苻坚[59]强盛,疆场多虞,诸将败退相继。安遣弟石及兄子玄等应机征讨,所在克捷。拜卫将军、开府仪同三司[60],封建昌县公。坚后率众,号百万,次于淮肥[61],京师震恐。加安征讨大都督。玄入问计,安夷然无惧色,答曰:"已别有旨。"既而寂然。玄不敢复言,乃令张玄重请。安遂命驾出山墅,亲朋毕集,方与玄围棋赌别墅。安常棋劣于玄,是日玄惧,便为敌手而又不胜。安顾谓其甥羊昙曰:"以墅乞[62]汝。"安遂游涉,至夜乃还,指授将帅,各当其任。玄等既破坚,有驿书[63]至,安方对客围棋,看书既竟,便摄放床上,了无喜色,棋如故。客问之,徐答云:"小儿辈遂已破贼。"既罢,还内,过户限[64],心喜甚,不觉屐齿[65]之折,其矫情镇物[66]如此。以总统功,进拜太保。

安方欲混一文轨[67],上疏求自北征,乃进都督扬、江、荆、司、豫、徐、兖、青、冀、幽、并、宁、益、雍、梁[68]十五州军事,加黄钺[69],其本官悉如故，置从事中郎二人。安上疏让太保及爵，不许。是时桓冲⑦既卒，荆、江二州并缺，物论以玄勋望⑦，宜以授之。安以父子皆著大勋，恐为朝廷所疑，又惧桓氏失职，桓石虔复有沔阳之功⑦，虑其骁猛，在形胜之地，终或难制，乃以桓石民为荆州，改桓伊于中流⑦，石虔为豫州。既以三桓据三州，彼此无怨，各得所任。其经远无竞⑦，类皆如此。

性好音乐，自弟万丧，十年不听音乐。及登台辅，期丧不废乐。王坦之书喻之，不从，衣冠效之，遂以成俗。又于土山营墅，楼馆林竹甚盛，每携中外⑦子侄往来游集，肴馔⑦亦屡费百金，世颇以此讥焉，而安殊不以屑意。常疑刘牢之既不可独任，又知王味之不宜专城。牢之既以乱终，而味之亦以贪败，由是识者服其知人。

安少有盛名，时多爱慕。乡人有罢中宿县者，还诣安⑦。安问其归资⑦，答曰："有蒲葵扇五万。"安乃取其中者捉之，京师士庶竞市，价增数倍。安本能为洛下书生咏，有鼻疾，故其音浊，名流爱其咏而弗能及，或手掩鼻以敩⑦之。及至新城，筑埭于城北。后人追思之，名为召伯⑧埭。

羊昙者⑧，太山人，知名士也，为安所爱重。安薨后，辍乐弥年，行不由西州路⑧。尝因石头大醉⑧，扶路⑧唱乐，不觉至州门。左右白曰："此西州门。"昙悲感不已，以马策⑧扣扉，诵曹子建⑧诗曰："生存华屋处，零落归山丘。"恸哭而去。

【注释】　①从弟：堂弟。　②裒（póu）：谢裒，谢安父亲，官至晋吏部尚书。　③太常卿：官名。为九卿之一，掌礼乐郊庙社稷祭祀等事。　④谯郡桓彝：谯郡，治所在今安徽亳州。桓彝，当时一官员，以善于品评人物著称。　⑤王东海：即王承，字安期，西晋末任东海太守。后去官渡江，声望在王导、庾亮之上。　⑥总角：古代儿童发饰，此指童年时。　⑦弱冠：二十岁左右。　⑧王濛：贵戚，以善于"清谈"著名，曾任司徒左长史。　⑨亹（wěi）亹：形容孜孜不倦。　⑩王导（276—339），字茂弘，琅琊临沂（今山东临沂）人。东晋时期著名政治家、书法家，历仕晋元帝、明帝和成帝三朝，是东晋政权的奠基人之一。　⑪辟司徒府：辟，辟招，因推荐而征召入仕。司徒府，官署名，或称丞相府。　⑫佐著作郎：史官。　⑬会稽：今浙江绍兴。　⑭"与王羲之"句：王羲之（303—379），东晋书法家，官至右军将军，会稽内史。高阳，郡、国名。晋泰始初设高阳国。治所在今河北蠡县。许询，当时有名的"高士"。桑门：佛教术语，出家修行人的总称。支遁，即支道林，著名僧人。　⑮"扬州刺史"句：扬州，东晋时治所在建业（今江苏南京）。庾冰：曾继王导任中书监,录尚书事,领扬州刺史。 ⑯ 累下郡县敦逼:屡次下令给郡守县令,叫他们敦促逼迫(谢安到首都就职)。 ⑰ 琅邪王友:琅邪,郡名,地在今山东胶南一带。东晋淮北之地尽失,在今南京市北侨置琅琊郡。友:王国的属官名。 ⑱ 范汪:字玄平。升平二年(358)任吏部尚书。 ⑲ 禁锢:东汉至南北朝习用的政治术语。意为对与中央意见不合的"名士"施加种种限制以示惩戒。 ⑳ 临安山:今浙江临安西南。 ㉑ 伯夷:与其弟叔齐为商周著名隐士。 ㉒ 孙绰:当时很有文采的名士。 ㉓ 妓女:歌舞妓。 ㉔ 简文帝:指司马昱,在位两年(371—372)。 ㉕ 万:谢万。 ㉖ 衡门:横木为门,喻简陋的房屋。指归隐之所。 ㉗ 公辅:指辅佐皇帝的"三公"、宰相。 ㉘ 万黜废:指谢万北征失败后被废为庶人之事。 ㉙ 桓温请为司马:桓温,桓彝之子,明帝女婿,曾谋篡晋自立,事未成病死。司马,军府之官,参与军事谋划。 ㉚ 新亭:故址在南京南。 ㉛ 中丞:官名,即御史中丞,掌监察。 ㉜ 东山:浙江上虞西南,谢安早年隐居于此。 ㉝ "请人每相与言"四句:意思是,大家常常谈论说,安石不肯出仕,将把百姓怎么样!现在你终于做官了,百姓又能把你怎么样!苍生,百姓。 ㉞ 帻(zé):包头巾。 ㉟ 笺:笺奏,一种上行公文。 ㊱ 吴兴:郡名,治所在乌程(今浙江吴兴南)。 ㊲ "在官"二句:意思是,在官任上的作为,与当时的声誉不相称,离任后却又令人思念。 ㊳ 侍中:官名,侍从皇帝左右。 ㊴ 中护军:掌管禁军的将领。 ㊵ 顾命:皇帝临终前受托辅佐处理军政大事。 ㊶ 入:即"入都"。南北朝习语,从地方到首都,意为篡位。 ㊷ 王坦之:与谢安一起同为顾命大臣。 ㊸ 祚:皇位。 ㊹ 手版:笏。古代官吏上朝或谒见上司时所执,备记事用。 ㊺ "正自"句:只是不能不这样罢了。 ㊻ 碎金:比喻珍贵而简短的作品。 ㊼ 孝武帝:司马曜,在位二十四年(373—396)。 ㊽ 噂嗒(zǔn tà):议论纷杂。 ㊾ 九锡:古代帝王赏赐给有特殊功勋大臣的九种器物。 ㊿ "由是历旬不就"三句:因此拖延了十多天没有办,等桓温一死,所谓加九锡之事也就作罢。 ㉛ 尚书仆射:官名,尚书省副长官。 ㉜ 总关中书事:指谢安一人全面掌管中书省的权力。 ㉝ 道子:司马道子,简文帝子,孝武帝弟。 ㉞ 梁益:梁州和益州。梁州治所在南郑(今陕西汉中)。益州治所在成都(今四川成都)。 ㉟ 樊邓:樊城和邓城。樊城在今湖北襄阳。邓城在今河南邓州。 ㊱ 冶城:古城名,在今南京朝天宫一带。 ㊲ 胼胝(pián zhī):老茧。 ㊳ 旰(gàn)食:指事务繁忙不能按时吃饭。旰,晚。 ㊴ 苻坚:十六国时氐族首领,前秦皇帝。 ㊵ 卫将军:古代高级武官。 ㊶ 淮肥:淮,淮水。肥,淝水,在今安徽省。 ㊷ 乞:给。 ㊸ 驿书:信件,指战报。 ㊹ 户限:门槛。 ㊺ 屐齿:南北朝贵族多穿木屐,屐前后有两齿。 ㊻ 矫情镇物:矫情,掩饰真情。镇物,安定人心。 ㊼ 混一文轨:指车同轨,书同文。借指国家统一。 ㊽ 扬、江、荆、司、豫、徐、兖、青、冀、幽、并、宁、益、雍、梁:指东晋的领土和准备收复的地区。 ㊾ 黄钺:以黄金为饰之钺,为天子所用。赐予大臣以示位高权重。 ㊿ 桓冲:桓温弟。 ㊶ 物论以玄勋望:物论,人们的议论。勋望,功勋和门声望。 ㊷ 桓石虔:桓冲之侄。下句的桓石民是石虔弟。 ㊸ 中流:当指江州,因其在长江中游,故有此称。 ㊹ 经远无竞:经略深远,不谋私利。 ㊺ 中外:中,本族。外:母族、妻族及出嫁姐妹亲族。 ㊻ 肴馔(yáo zhuàn):泛指各种美味。肴,鱼肉之类的荤菜。馔,食物。 ㊼ "乡人"二句:意思是,(谢安)有个同乡从中宿县被罢官下来,回乡时来拜望他。中宿县,今广东清远。 ㊽ 归资:盘缠。 ㊾ 敩:(xiào)通"学"。 ㊿ 召伯:姬奭,周文王之子,周武王、周公旦之同父异母弟,有美名。　㉛羊昙(tán):出身泰山羊氏家族,多年参与谢安幕府。　㉜西州路:入西州城门之路。东晋曾筑西州城,为扬州治所,因在都城之西得名。谢安死前曾入西州城门,所以羊昙不行此路,以免伤感。　㉝石头:石头城,东晋都城的一部分。　㉞扶路:顺着路。　㉟马策:马鞭。　㊱曹子建:曹植,字子建。三国时诗人、文学家。

【赏析】　谢安是活跃在东晋后期的著名人物,对后世的影响也非常深远。他的一生表现为"官—隐"、"魏阙—山林"的生活模式,并为后世所效仿。本文记述了谢安一生事迹,期间足以影响东晋安危的几件大事都为谢安所亲历。

具体来说,本文主要记录了谢安一生中的六个阶段。第一,少有重名。通过慧眼识人的桓彝、贵戚王濛、三朝元老王导等人对谢安的评价,一个风神秀彻、神识沈敏、风宇条畅的少年才俊呼之欲出。第二,入隐东山。详细叙述了他曾多次被召入仕却又屡屡推脱的经历,更以"悠然叹曰:'此去伯夷何远!'"表明心迹。而谢安越是纵情山水,便越是声名远播。时人有言曰:"谢安不肯出,将如苍生何!"第三,拯救危局。面对简文帝病逝,权臣桓温重兵在握,"将移晋室",还传唤谢安、王坦之前去,"欲害之"。谢安深知"晋祚存亡,在此一行",遂毅然赴约,"从容就席",并大胆地揭穿桓温计谋。第四,运筹帷幄。淝水之战的成败事关东晋生死存亡,面对强敌压境,谢安面无惧色,从容应对,一句"已别有旨"的回答,一个见捷报而下棋如故的动作,一位大难不惧、大吉不喜、超然脱俗、冷静沉着、御敌于千里的东晋栋梁跃然纸上。第五,镇以和靖。淝水一战,谢安居功至伟,但他并未因此居功自傲,更未排挤桓氏势力,而是左右协调,平衡各方力量,他先是"上疏让太保及爵",后又使"三桓据三州",以保证长治久安。第六,扬名当代及后世。助"乡人"卖扇、名流学其咏、羊昙悼逝者,随意撷取的几件日常琐事,再回顾文章开始所言"少有重名",不难感受谢安已然成为那个时代的符号。他追求个人精神自由,又不推卸社会责任;他忘情于山水,又在国家危难之时挺身而出。一个聪慧、幽默、潇洒、沉敏,为政不专又敢于独断的政治家注定留名后世。

王羲之传

【题解】　本文节选自《晋书》卷八十。王羲之(303—361),字逸少,琅邪临沂(今山东临沂北)人,东晋宰辅大臣王导之侄。初为秘书郎,历任宁远将军、江州刺史、右军将军、会稽内史。世称"王右军"。后辞官归隐于会稽郡剡县。他是东晋著名书法家,幼从卫夫人(东晋女书法家卫铄)学书,又学钟繇书,一变汉魏以来波挑用笔,独创圆转流利的风格,兼善隶、草、正、行各体,尤以正楷、行书为优,在中国书法史上具有继往开来的贡献,被奉为"书圣"。又因其子王献之书法成就亦大,父子合称"二王"。作为朝廷官员,王羲之同情民生疾苦,敢于直谏,在政治上也颇有识见,反对轻易北伐。本文对这两方面均有较具体的记载。

【原文】

王羲之,字逸少,司徒导①之从子②也。祖正,尚书郎。父旷,淮南太守。元帝③之过江也,旷首创其议。羲之幼讷④于言,人未之奇。年十三,尝谒周顗⑤,顗察而异之。时重牛心炙⑥,坐客未啖,顗先割啖羲之,于是始知名。及长,辩赡⑦,以骨鲠称,尤善隶书,为古今之冠,论者称其笔势,以为飘若浮云,矫若惊龙。深为从伯敦、导所器重⑧。时陈留阮裕有重名⑨,为敦⑩主簿。敦尝谓羲之曰:"汝是吾家佳子弟,当不减阮主簿。"裕亦目羲之与王承、王悦为王氏三少。时太尉郗鉴⑪使门生求女婿于导,导令就东厢遍观子弟。门生归,谓鉴曰:"王氏诸少并佳,然闻信至,咸自矜持,惟一人在东床坦腹食,独若不闻。"鉴曰:"正此佳婿邪!"访之,乃羲之也,遂以女妻之。

起家秘书郎⑫,征西将军庚亮⑬请为参军⑭,累迁长史⑮。亮临薨,上疏称羲之清贵有鉴裁。迁宁远将军、江州⑯刺史。羲之既少有美誉,朝廷公卿皆爱其才器,频召为侍中⑰、吏部尚书,皆不就。复授护军将军,又推迁不拜。扬州刺史殷浩⑱素雅重之,劝使应命,乃遗羲之书。羲之遂报书曰:"吾素自无廊庙志⑲,直王丞相⑳时果欲内吾㉑,誓不许之,手迹犹存,由来尚矣,不于足下参政而方进退。自儿娶女嫁,便怀尚子平㉒之志,数与亲知言之,非一日也。若蒙驱使,关陇、巴蜀皆所不辞。吾虽无专对㉓之能,直谨守时命,宣国家威德,固当不同于凡使,必令远近咸知朝廷留心于无外,此所益殊不同居护军也。汉末使太傅马日磾㉔慰抚关东,若不以吾轻微,无所为疑,宜及初冬以行,吾惟恭以待命。"

羲之既拜护军,又苦求宣城郡,不许,乃以为右军将军㉕、会稽㉖内史。时殷浩与桓温不协,羲之以国家之安在于内外和,因以与浩书以戒之,浩不从。及浩将北伐,羲之以为必败,以书止之,言甚切至。浩遂行,果为姚襄所败。

时东土饥荒,羲之辄开仓振㉗贷。然朝廷赋役繁重,吴会㉘忧甚。羲之每上疏争之，事多见从。

羲之雅好服食㉙养性，不乐在京师，初渡浙江，便有终焉之志。会稽有佳山水，名士多居之，谢安㉚未仕时亦居焉。孙绰、李充、许询、支遁等皆以文义冠世，并筑室东土，与羲之同好。尝与同志宴集于会稽山阴㉛之兰亭，羲之自为之序以申其志。

性爱鹅，会稽有孤居姥养一鹅，善鸣，求市未能得，遂携亲友命驾就观。姥闻羲之将至，烹以待之，羲之叹惜弥日㉜。又山阴有一道士，养好鹅，羲之往观焉，意甚悦，固求市之。道士云："为写《道德经》㉝，当举群相赠耳。"羲之欣然写毕，笼鹅而归，甚以为乐。其任率如此。尝诣门生家，见棐几㉞滑净，因书之，真草㉟相半。后为其父误刮去之，门生惊懊者累日。又尝在蕺山㊱见一老姥，持六角竹扇卖之。羲之书其扇，各为五字。姥初有愠色。因谓姥曰："但言是王右军书，以求百钱邪。"姥如其言，人竞买之。他日，姥又持扇来，羲之笑而不答。其书为世所重，皆此类也。

时骠骑将军王述少有名誉，与羲之齐名，而羲之甚轻之，由是情好不协。述先为会稽㊲，以母丧居郡境，羲之代述，止一吊，遂不重诣。述每闻角声，谓羲之当候己㊳，辄洒扫而待之。如此者累年，而羲之竟不顾，述深以为恨。及述为扬州刺史，将就征，周行郡界，而不过羲之，临发，一别而去。先是，羲之常谓宾友曰："怀祖㊴正当作尚书耳，投老可得仆射。更求会稽，便自邈然。"及述蒙显授，羲之耻为之下，遣使诣朝廷，求分会稽为越州。行人㊵失辞，大为时贤所笑。既而内怀愧叹，谓其诸子曰："吾不减怀祖，而位遇悬邈㊶，当由汝等不及坦之㊷故邪！"述后检察会稽郡，辩其刑政，主者疲于简对㊸。羲之深耻之，遂称病去郡。

羲之既去官，与东土人士尽山水之游，弋钓为娱。又与道士许迈共修服食，采药石不远千里，遍游东中诸郡，穷诸名山，泛沧海，叹曰："我卒当以乐死。"谢安尝谓羲之曰："中年以来，伤于哀乐，与亲友别，辄作数日恶。"羲之曰："年在桑榆㊹，自然至此。顷正赖丝竹陶㊺写㊻，恒恐儿辈觉，损其欢乐之趣。"朝廷以其誓苦㊼，亦不复征之。

年五十九卒，赠金紫光禄大夫㊽。

【注释】 ①导:王导(276—339),字茂弘。他联合南北士族拥立司马睿为帝,建立东晋王朝,身居相位,总揽元、明、成三朝国政,时有"王与马,共天下"之说。 ②从子:侄子。 ③元帝:晋元帝,即司马睿,319—322年在位。 ④讷:出言迟钝。 ⑤周𫖮:东晋大臣,曾任吏部尚书、尚书左仆射等。 ⑥牛心炙:炙烤牛心而成的一种美味食品。 ⑦辩赡:善于辩说。 ⑧敦:王敦,东晋大臣,王导堂兄,晋武帝婿。因不满元帝排挤王氏势力,于永昌元年(322)自武昌举兵东下,攻入建康,杀刁协等人。回师不久,又自武昌移镇姑熟(今安徽当涂),威逼朝廷。太宁二年(324),晋明帝乘其病危,发兵讨伐,死于军中。 ⑨陈留:陈留郡(西晋改为陈留国),治所在小黄县,今河南开封市东。 ⑩主簿:官名,魏晋以后,为统兵开府之大臣的重要僚属,参与机要,总领府事。 ⑪郗鉴:东晋大臣。晋元帝时为兖州刺史。明帝时拜安西将军,都督扬州江西诸军事。与王导等共受遗诏辅成帝。后拜司空,进位太尉。 ⑫秘书郎:秘书省属官,掌管图书经籍。 ⑬庾亮:东晋大臣,北方南迁士族,曾参与讨平王敦之乱。受遗诏与王导共辅成帝,任中书令,执掌朝政。后又任平西将军,征西将军等职。 ⑭参军:诸王及将军开府者的重要幕僚。 ⑮长史:朝廷重臣衙门里的重要属官。 ⑯江州:州名,西晋时置,治所在南昌县(今江西南昌市),东晋年间移治寻阳县(今湖北黄梅县西南)。 ⑰侍中:官名,侍从皇帝左右,应对顾问。 ⑱殷浩:东晋大臣,善玄言清谈,被视为当世管仲、诸葛亮。简文帝引为心腹,官至建武将军,扬州刺史。后赵石虎死,受命为中军将军,都督扬州等五州军事,率师北伐,但作战不力,为东晋大将桓温所攻讦。后解职为庶人,抑郁而死。 ⑲廊庙志:出仕为官的志向。 ⑳王丞相:即王导。 ㉑内吾:让我入京城为官。内,通"纳"。 ㉒尚子平:东汉人尚长,字子平。他在儿女嫁娶完毕后,弃家出游五岳名山,不知所终。事见《后汉书·逸民传》。 ㉓专对:遇事出使,交涉应对,能随机行事。 ㉔马日䃅(dī):东汉经学家、文学家,马融族子,以才学进,历位九卿,献帝初为太傅。 ㉕右军将军:魏晋时,将军有临时设置而有实权的如中军将军等;也有仅是荣誉称号的,如游击将军等。右军将军当属后一种。 ㉖会稽:东晋初改会稽郡为会稽国(诸侯国),治所在山阴县(今浙江绍兴)。 ㉗振:"赈"的本字,救济。 ㉘吴会:吴郡、会稽郡的略称。吴郡,治所在今江苏苏州市。 ㉙服食:魏晋时期,门阀士族多崇信道教,妄想通过炼丹(烧炼丹砂)服食,得道成仙。 ㉚谢安:东晋大臣,南迁士族之一,小王羲之十七岁。寓居会稽时,与王羲之、名僧支遁交游。屡辞朝廷征召,年逾四十方出仕。太元八年(383),在他的指挥、调度下,东晋取得淝水之战的大捷。 ㉛山阴:县名,治所在今浙江绍兴。 ㉜弥日:整天。 ㉝《道德经》:即《老子》。 ㉞棐(fěi)几:用棐木做成的几案。棐:通"榧",木名。 ㉟真草:真书(正楷)和草书。 ㊱蕺(jí)山:在浙江绍兴市北。今南麓有戒珠寺,为王羲之故宅遗址。 ㊲先为会稽:在王羲之前担任会稽内史。 ㊳候己:问候、看望自己。 ㊴怀祖:王述字。 ㊵行人:奉命出行的人,即使者。 ㊶位遇悬邈:地位、机遇相差悬殊。 ㊷坦之:王述的儿子名,字文度。当时有"江东独步王文度"的说法。 ㊸简对:设辞应对。 ㊹桑榆:代指晚年。 ㊺丝竹:代指音乐。 ㊻陶写:陶冶性情,排遣忧闷。 ㊼誓苦:王羲之在称病弃官时,曾在父母墓前发誓,从今以后决不再出仕,如有违反,"天地所不覆载,名教所不得容"。 ㊽金紫光禄大夫:文散官名,正三品。

【赏析】 本文对王羲之作为大书法家的一面有简要而不乏生动有趣的描述。他年轻时书法已十分有名:"尤善隶书,为古今之冠,论者称其笔势,以为飘若浮云,矫若游龙。深为从伯敦、导所器重。"到了任会稽内史的时候,其书法更到了出神入化的境地,隶、草、正、行各体无不精妙。文中写了三个小故事以说明其书法已为世人所共宝。一是山阴道士愿以群鹅换取其亲手书写的《道德经》;二是在门生家里的几案上写了字,门生父亲"误刮去之,门生惊懊者累日";三是为老姥欲售的竹扇上各写了五字,并关照她每扇可卖百钱,老姥如其言,果然"人竞买之"。

作为东晋首屈一指的大家族子弟,不管他愿不愿意,王羲之必然要走上仕宦之路。他虽然极好书法翰墨,但于政治并不乏识见。起初,他在征西将军庾亮麾下任职时,庾亮在临死前上疏朝廷,说他"清贵有鉴裁"。这五个字,"清贵"是肯定其官品,"有鉴裁"是肯定其官识、官能。以后的事实也证明确是如此。殷浩与桓温俱是朝廷重臣,一文一武,理应协和团结,为此他特地致书殷浩。当殷浩准备渡江北伐时,王羲之认为准备不足,实力不强,出征必败,又致书劝阻。殷浩不听,果遭败绩。尤其值得称扬的是,他在会稽内史任上体恤百姓,每当饥荒岁月,"辄开仓振贷"。当时朝廷偏安东南半壁江山,统治阶级生活极其奢靡,赋税收入不敷支出,便加重"赋役","吴会尤甚"。王羲之深为忧虑,"每上疏争之"。据此,足见他是敢于为民请命的良吏了。

本文中有一些细节的描述,增添了文章的阅读性。如王羲之"东床坦腹"事,会稽孤姥烹鹅"以待之,羲之叹惜弥日"事,谢安说他"与亲友别,辄作数日恶"事,都非常传神地表现出传主率真任性、特重亲情友情的精神世界。

陶　潜　传

【题解】 本文节选自《晋书》卷九十四中的《隐逸传》。《南史》、《宋书》里的《隐逸传》也有陶潜的传记。陶潜(365—427),字元亮,号渊明,浔阳柴桑(今江西九江市西)人,其曾祖父陶侃是东晋初年的著名大臣,祖父陶茂也做过晋朝的武昌郡太守。陶潜少好读书,博学善文,个性洒落不羁,性嗜酒,不慕荣利。为生计所迫,曾出任州祭酒、参军、彭泽令等职。因不愿为五斗米折腰,毅然挂印而去,终老田园。陶潜身经东晋、刘宋两个朝代,有很深的晋朝情结,对代晋而立的刘宋王朝则深有成见,所著文章,晋安帝义熙以前题署年月为晋帝年号,宋武帝永初以后,只以甲子为题署,不用宋帝年号。陶潜是我国文学史上的著名诗人,所作诗文多描写农村景色,钟嵘《诗品》称他为"古今隐逸诗人之宗",但他也有一些感愤、慷慨的作品。今有《陶渊明集》,

一作《陶靖节集》。

【原文】

陶潜,字元亮,大司马侃①之曾孙也。祖茂,武昌太守。潜少怀高尚,博学善属文,颖脱不羁,任真自得,为乡邻之所贵。尝著《五柳先生传》以自况②曰:"先生不知何许人,不详姓字,宅边有五柳树,因以为号焉。闲静少言,不慕荣利。好读书,不求甚解,每有会意,欣然忘食。性嗜酒,而家贫不能恒得。亲旧知其如此,或置酒招之,造饮必尽,期在必醉。既醉而退,曾不吝情③。环堵④萧然,不蔽风日,短褐穿结,箪⑤瓢⑥屡空,晏如⑦也。常著文章自娱,颇示己志,忘怀得失,以此自终。"其自序⑧如此,时人谓之实录。

以亲老家贫,起为州祭酒⑨,不堪吏职⑩,少日自解归。州召主簿⑪,不就,躬耕自资,遂抱羸疾。复为镇军⑫、建威⑬参军⑭,谓亲朋曰:"聊欲弦歌,以为三径之资可乎?⑮"执事者闻之,以为彭泽⑯令。在县,公田悉令种秫⑰谷,曰:"令吾常醉于酒足矣。"妻子固请种粳。乃使一顷⑱五十亩种秫,五十亩种粳。素简贵,不私事上官。郡遣督邮⑲至县,吏白应束带见之,潜叹曰:"吾不能为五斗米折腰,拳拳⑳事㉑乡里小人邪!"义熙㉒二年,解印去县,乃赋《归去来》㉓。

顷之㉔,征㉕著作郎㉖,不就。既绝州郡觐谒㉗,其乡亲张野及周旋人㉘羊松龄、宠遵等或有酒要㉙之,或要之共至酒坐,虽不识主人,亦欣然无忤,酣醉便反。未尝有所造诣㉚,所之唯至田舍及庐山游观而已。

刺史王弘以元熙㉛中临州,甚钦迟㉜之,后自造焉。潜称疾不见,既而语人云:"我性不狎世㉝,因疾守闲,幸非洁志㉞慕声㉟,岂敢以王公纡轸㊱为荣邪!夫谬以不贤,此刘公干所以招谤君子㊲,其罪不细也。"弘每令人候之,密知当往庐山,乃遣其故人㊳庞通之等赍㊴酒,先于半道要之。潜既遇酒,便引酌野亭,欣然忘进。弘乃出与相见,遂欢宴穷日㊵。潜无履,弘顾左右为之造履。左右请履度,潜便于坐申㊶脚令度焉。弘要之还州,问其所乘,答云:"素有脚疾,向乘篮舆㊷,亦足自反。"乃令一门生㊸二儿共举之至州,而言笑赏适㊹,不觉其有羡于华轩㊺也。弘后欲见,辄于林泽间候之。至于酒米乏绝,亦时相赡。

其亲朋好事,或载酒肴而往,潜亦无所辞焉。每一醉,则大适融然。又不营生业⁴⁶,家务悉委之儿仆。未尝有喜愠之色,惟遇酒则饮,时或无酒,亦雅咏不辍⁴⁷。尝言夏月虚闲,高卧北窗之下,清风飒至,自谓羲皇上人⁴⁸。性不解音,而畜素琴一张,弦徽⁴⁹不具,每朋酒之会,则抚而和之,曰:"但识琴中趣,何劳弦上声!"

以宋元嘉⁵⁰中卒,时年六十三,所有文集并行于世。

【注释】　①　大司马侃:陶侃,东晋初官至侍中、太尉等,死后追赠大司马。②　自况:自喻。　③　曾不吝情:从来就不隐藏自己的感情。吝,顾惜。　④　环堵:室内。堵,墙。　⑤　箪:盛饭用的竹器,圆形。　⑥　瓢:剖葫芦做成的舀水器。　⑦　晏如:安然自在的样子。　⑧　序:通"叙"。　⑨　州祭酒:指江州祭酒。祭酒是州学官。　⑩　不堪吏职:不能够忍受这个官职的繁冗琐碎。　⑪　主簿:县令的主要佐官,掌勾检稽失,纠正非违。　⑫　镇军:镇军将军。　⑬　建威:建威将军。　⑭　参军:将军属下的重要幕僚。　⑮　"聊欲"二句:我想做个县令,为以后退隐田园积蓄些钱,可以吗?弦歌,《论语·阳货》说孔子的学生子游任武城宰(武城的县令),用弦歌教化百姓。后以"弦歌"代指县令。三径,汉代隐士蒋诩,在其园中竹下开三径,只有同隐者求仲、羊仲可以行走。后以"三径"代指隐居之地。　⑯　彭泽:县名,今江西湖口县东之彭泽乡。　⑰　秫(shú):粘高粱,可酿酒。　⑱　顷:古代面积单位,一顷为一百亩。　⑲　督邮:官职名,郡守属吏,掌督察纠举违法之事。　⑳　拳拳:恭敬、小心的意思。　㉑　事:事奉。　㉒　义熙:晋安帝年号(405—418)。　㉓　《归去来》:归去,归还田里,离开官职。来,语助词,无义。　㉔　顷之:不久。　㉕　征:(朝廷)征召。　㉖　著作郎:官名,属秘书省,掌编纂国史。　㉗　觐谒:拜访。　㉘　周旋人:代指朋友。　㉙　要:通"邀"。　㉚　"未尝"句:没有因为有所求而去拜访别人。造诣,前往拜见。　㉛　元熙:东晋末代皇帝晋恭帝的年号(419—420)。　㉜　钦迟:钦敬。　㉝　狎世:亲近世俗之事。　㉞　洁志:高洁自己的志向。　㉟　慕声:羡慕名声。　㊱　纡轸:枉驾。纡,屈曲。轸,车箱底部四面的横木。此代指车驾。　㊲　"夫谬以"二唏:错误地认为我是贤人,却有"不贤"的行为,这就是刘公干遭到"君子"毁谤的原因。刘公干,刘桢,字公干。"建安七子"之一。有一次曹丕举办宴会,酒酣,命甄夫人出拜,众皆俯伏,独刘桢不理会,遂以不敬被刑。　㊳　故人:老朋友。　㊴　赍(jī):随身携带。　㊵　穷日:尽日,一整天。　㊶　申:通"伸"。　㊷　篮舆:竹轿。　㊸　门生:门下役使之人。　㊹　赏适:高兴舒适的样子。　㊺　华轩:装饰华美的车子。　㊻　生业:谋生之事。　㊼　辍:停止。　㊽　羲皇上人:伏羲氏以前之人,指太古之民。传说太古时代的人恬淡无为,生活闲适。　㊾　徽:系弦之绳。　㊿　元嘉:宋文帝帝号(424—453)。

【赏析】　《南史》本传说:"陶渊明,字元亮。或云潜,字渊明",故人们惯称他为"陶渊明。"这篇传记,突出地叙写了陶潜"少怀高尚"、"任真自得"和"性嗜酒"的性格特征。正因为前者,他不愿为官作吏。他知道官场规矩森严,下等官吏更是俗务纠缠,一旦出仕,身心便不得安宁。文中写了他三次因生计问题出仕的经历。第一次是"起为州祭酒",因"不堪吏职",没多久便辞职了。第二次是为"镇军、建威参军",后又动了调动工作的念头——想做个县令。其中缘由,文中未说,估计,一是工作性质及忙碌程度不适应,二是收入不丰裕。第三次是如愿做了县令,却又因孤傲清高的个性说出"吾不能为五斗米折腰"的激愤语,解印归去。这次归隐田园之后,他铁了心不再出仕,所以,"顷之,征著作郎,不就"。甚至还拒绝与官府打交道,"绝州郡觐谒"。这些,充分显现出他的第一个性格特征。关于其"任真自得",文中也有数处描写。最有趣的是,他并不懂音乐,却备了一张无弦琴,朋友聚会饮酒时,有时会引吭高歌,他则抚琴而和之,还振振有词地说:"但识琴中趣,何劳弦上声。"至于"性嗜酒"的一面,文章后半部分有较详尽且生动的描述。刺史王弘钦仰陶潜,亲自登门造访,却吃了闭门羹。后设计以酒拦截,终成尽日之欢。这个故事颇具戏剧性,看来,陶潜的"高尚"情怀难以匹敌其嗜酒的本性。自然,以今天的眼光看,嗜酒决非雅事、好事,伤害自己身体不说,还可能给子孙留下后患。陶渊明的五个儿子,"总不好纸笔","阿舒已二八,懒惰固无匹","雍端年十三,不识六与七"(《责子》),论者以为或与其遗传有关。

　　陶潜性格中有"高尚"的一面不假,但读其全部诗文,却发现他并非一味的"静穆"、"忘怀得失"。唐代大诗人杜甫说:"观其著诗集,颇亦恨枯槁"(《遣兴》其三),清代龚自珍则说他"吟到恩仇心事涌,江湖侠骨恐无多","莫信诗人竟平淡,二分梁甫一分骚"(《己亥杂诗》)。由此可见,要全面了解陶渊明,仅读史书传记是不够的。

魏 徵

作者简介

魏徵(580—643),字玄成,馆陶(今河北馆陶)人,后徙家相州内黄(今河南内黄)。少孤贫,有大志,好读书。曾出家为道士。隋末参加瓦岗起义军,后随李密降唐,为太子李建成洗马。李世民即位,擢为谏议大夫,敢于进谏,前后谏言二百余事,为太宗所敬畏,为"贞观之治"作出了贡献。迁秘书监,封郑国公,任侍中。曾主持编修梁、陈、齐、周、隋五史,徵主修《隋书》,贞观十年,五史俱成。所撰《魏郑公集》,有文集三卷,诗集一卷。

隋 炀 帝 纪

【题解】 本文节选自《隋书》卷三、卷四。隋炀帝杨广(569—618),是隋文帝杨坚的次子。原先是其兄杨勇为太子,但他采取阴险毒辣的诬陷手段,夺得了太子位。至仁寿四年(604),隋文帝卧病仁寿宫,炀帝嗾使部属杀死文帝,后又矫文帝诏缢杀了杨勇,登上帝位。他在位十四年,好大喜功,贪图奢靡生活,几乎每年大兴徭役,开凿大运河,建东都洛阳,修建西苑,筑长城,辟驰道。又三次入侵高丽,三次巡游江都,给人民带来巨大灾难。自大业六年(610)起,人民就不断奋起抗争,农民起义此起彼伏。至大业十四年,将军宇文化及等发动兵变,他被缢杀。因《隋书·炀帝纪》篇幅很长,本篇对原文作了较多的删节,主要选炀帝即位前的表现及在位时奢侈、暴虐行为的相关记载。

【原文】

炀皇帝,讳广①,一名英,小字阿㝬,高祖第二子也。母曰文献独孤皇后②。上美姿仪,少敏慧,高祖及后于诸子中特所钟爱。在周③,以高祖勋,封雁门郡公。开皇④元年,立为晋王,拜柱国⑤、并州总管⑥,时年十三。寻⑦授武卫大将军⑧,进位上柱国⑨、河北道⑩行台尚书令⑪,大将军如故。高祖令项城公韶⑫、安道公李彻辅导之。上好学,善属文⑬,沉深严重,朝野属望。高祖密令善相者⑭来和遍视诸子,和曰:"晋王眉上双骨隆起,贵不可言。"既而高祖幸上所居第,见乐器弦多断绝,又有尘埃,若不用者,以为不好声妓,善之。上尤自矫饰⑮,当时称为仁孝。尝观猎遇雨,左右进油衣,上曰:"士卒皆沾湿,我独衣此乎!"乃令持去。六年,转淮南道⑯行台尚书令。其年,征拜雍州牧⑰、内史令⑱。

八年冬,大举伐陈⑲,以上为行军元帅。及陈平,执陈湘州刺史施文庆、散骑常侍沈客卿、市令阳慧朗、刑法监徐析、尚书都令史暨慧,以其邪佞,有害于民,斩之右阙下,以谢⑳三吴㉑。于是封府库,资财无所取,天下称贤。进位太尉㉒,赐辂车、乘马,衮冕㉓之服,玄珪㉔、白璧各一。复拜并州总管。俄而江南高智慧等相聚作乱,徙上为扬州总管,镇江都㉕,每岁一朝。高祖之祠太山㉖也,领武侯大将军㉗。明年归藩。后数载,突厥寇边,复为行军元帅,出灵武㉘,无虏而还。

及太子勇废,立上为皇太子。是月,当受册。高祖曰:"吾以大兴公㉙成帝业。"令上出舍大兴县㉚。其夜,烈风大雪,地震山崩,民舍多坏,压死者百余口。仁寿㉛初,奉诏巡抚东南。是后高祖每避暑仁寿宫,恒令上监国。

四年七月,高祖崩,上即皇帝位于仁寿宫。

大业㉜元年春正月壬辰朔,大赦,改元。立妃萧氏为皇后。

三月丁未,诏尚书令㉝杨素、纳言㉞杨达、将作大匠㉟宇文恺营建东京㊱,徙豫州㊲郭下㊳居人以实之。

又于皁涧㊴营显仁宫,采海内奇禽异兽草木之类,以实园苑。徙天下富商大贾数万家于东京。

八月壬寅,上御龙舟,幸江都。以左武卫大将军郭衍为前军,右武卫大将军李景为后军。文武官五品已上给楼船,九品已上给黄蔑㊵。舳舻相接,二百余里。

二年春正月辛酉,东京成,赐监督者各有差。三月庚午,车驾发江都。先是,太府少卿㊶何稠、太府丞㊷云定兴盛修仪仗,于是课㊸州县送羽毛。百姓求捕之,网罗被水陆,禽兽有堪氅眊㊹之用者,殆无遗类。至是而成。

三年春正月癸亥,敕并州逆党已流配而逃亡者,所获之处,即宜斩决。

五月丁巳,突厥启明可汗㊺遣子拓特勤来朝。戊午,发河北十余郡丁男凿太行山,达于并州,以通驰道。

秋七月,发丁男百余万筑长城,西距榆林㊻,东至紫河㊼,一旬而罢,死者十五六。

五年春正月丙子,改东京为东都。己丑,制民间铁叉、搭钩、刃赞刃㊽之类,皆禁绝之。太守每岁密上属官景迹㊾。

六年春正月癸亥朔,旦,有盗数十人,皆素冠练衣,焚香持华㊿,自称弥勒佛,入自建国门。监门者皆稽首○51。既而夺卫士仗,将为乱。齐王暕遇而斩之。于是都下大索,与相连坐者千余家。

八年春正月辛巳,大军集于涿郡○52……总一百一十三万三千八百,号二百万,其馈运者倍之。癸未,第一军发,终四十日,引师乃尽,旌旗亘千里。近古出师之盛,未之有也。

六月己未,幸辽东,责怒诸将。七月壬寅,九军并陷,将帅奔还亡者二千馀骑。癸卯,班师。

是岁,大旱,疫,人多死,山东○53尤甚。密诏江、淮南诸郡阅视民间童女,姿质端丽者,每岁贡之。

(十二年五月)壬午,上于景华宫征求萤火,得数斛○54,夜出游山,放之,光遍岩谷。

二年○55三月,右屯卫将军宇文化及,武贲○56郎将司马德戡、元礼,监门直阁裴虔通,将作少监宇文智及,武勇郎将赵行枢,鹰扬郎将孟景,内史舍人元敏,符玺郎李覆、牛方裕,千牛左右李孝本、弟孝质,直长许弘仁、薛世良,城门郎唐奉义,医正张恺等,以骁果○57作乱,入犯宫闱。上崩于温室,时年五十。萧后令宫人撤床簀为棺○58以埋之。化及发后,右御卫将军陈棱奉梓宫○59于成象殿,葬吴公台○60下。发敛○61之始,容貌若生,众咸异之。大唐平江南之后,改葬雷塘○62。

【注释】　①讳(huì)广:即名叫"广"。讳,旧时对帝王将相或尊长不敢直呼其名,叫避讳。　②文献独孤皇后:文献是她死后朝廷给予的谥号,独孤是姓。　③周:北周王朝。　④开皇:隋文帝杨坚的年号(581—600)。　⑤柱国:隋朝定勋官为十一等,柱国为第二等勋官。　⑥并州:治所在今山西太原西南。　⑦寻:不久。　⑧武卫大将军:武卫府的最高将领,禁卫军首领之一。　⑨上柱国:隋朝的第一等勋官。　⑩河北道:治所在今山西平陆县。隋朝的道多是因军事需要临时划置的区域,与唐代的道不同。

⑪行台尚书令:行台尚书省的长官。行台尚书省是隋朝在地方设置的代表尚书省处理政事的衙门。　⑫韶:即王韶。　⑬属(zhǔ)文:写文章。　⑭善相者:擅长相面的人。　⑮矫饰:伪装,掩饰。　⑯淮南道:治所在今安徽寿县。　⑰雍州牧:雍州刺史。雍州,治所在今陕西西安市西北。　⑱内史令:内史省长官。隋朝,内史省即中书省。　⑲陈:指据有长江中下游、建都于建康(今江苏南京)的陈王朝。　⑳谢:通告。　㉑三吴:说法不一。或以吴兴、吴郡、会稽为三吴。此代指原陈王朝统治的区域。　㉒太尉:隋时与司徒、司空并称"三公"。地位尊崇,正一品官。　㉓衮(gǔn)冕:衮衣和冠冕,古代帝王及大夫的礼服和礼帽。　㉔玄珪:黑色的玉器。　㉕江都:县名,治所在今江苏扬州市。　㉖祠太山:祭祀泰山。　㉗武侯大将军:武侯府的最高将领,禁卫军首领之一。　㉘灵武:县名,治所在今宁夏陶乐县境。　㉙大兴公:杨坚在北周时曾被封为大兴郡公。　㉚大兴县:治所在今陕西西安市。　㉛仁寿:隋文帝年号(601—604)。　㉜大业:隋炀帝年号(605—618)。　㉝尚书令:尚书省长官,宰相之一。　㉞纳言:门下省长官,宰相之一。　㉟将作大匠:将作寺长官,职掌土木工程建设。　㊱东京:在今河南洛阳市。　㊲豫州:治所在今河南洛阳市。　㊳郭下:外城附近。　㊴皁(zào)涧:水名,在河南宜阳县西南。　㊵黄蔑:一种体型较小的船。　㊶太府少卿:太府寺的副长官,职掌财货帑藏。　㊷太府丞:太府寺的属官。　㊸课:督责。　㊹氅毦(chǎn ěr):羽毛装饰。　㊺启明可汗:东突厥可汗。开皇十七年(591),隋以宗室女义成公主嫁给他。对隋始终保持臣属关系。　㊻榆林:郡名,治所在今内蒙古准格尔旗东北十二连城。　㊼紫河:水名,即今内蒙古南部、山西西北长城外的浑河。　㊽予赞(zuǎn)刃:小矛。　㊾景迹:业迹。　㊿华:通"花"。　51 稽首:行跪拜礼。　52 涿(zhuó)郡:治所在今北京市西南。　53 山东:指太行山以东地区。　54 斛(hú):古代容量单位,十斗为一斛。　55 二年:指义宁二年,公元618年。大业十三年(617),李渊自太原起兵攻入长安,立炀帝长子杨昭之子杨侑为帝,改元义宁。　56 武贲:本作"虎贲",唐人避唐高祖祖父李虎的名讳而改。　57 骁果:皇帝的亲兵。　58 撤床簀(zé)为棺:撤下寝席,用它作为棺材。也就是草草对待的意思。簀,竹席。　59 梓宫:皇帝、皇后所用的棺材,用梓木做成。　60 吴公台:古台名,在今江苏扬州市北。　61 发敛:举行殡敛仪式。　62 雷塘:在今扬州市北。

【赏析】　通过本文,我们可以清晰地看出隋炀帝即位前后的迥异表现。

少时的杨广,姿仪美好,机敏聪慧,深得父母宠爱。更讨人喜欢的是,他爱学习,善作文,不好声色歌妓,而且性格沉稳厚重,似有担当大任的潜质。"观猎遇雨"时因士卒皆沾湿而拒穿油衣的细节,更反映出他体恤下层的仁爱之心。开皇八年(588)冬,21岁的杨广担任平陈战争的总负责人,次年春攻下陈朝都城建康后,他果断地处决了陈王朝几个民愤极大的邪佞之徒,又"封府库,资财无所取",表现出善于处事、具有掌控全局的出众才能。

但他于37岁登皇帝位后的次年,即开始大兴土木,营建东京,又发河南诸郡民工百余万开通济渠,又派人往江南采办木材,造龙舟、楼船等数万艘,由此开启了天下百姓的苦难岁月。在本文中,隋炀帝的骄横残忍、穷奢极欲有不少鲜明的描述,如:大业二年为巡游江都,追求气派,盛修仪仗,令地方州县贡献羽毛,至天下禽鸟殆尽;大业三年筑西起榆林、东至紫河的长城,"一旬而罢,死者十五六";大业八年,"密诏江、淮南诸郡阅视民间童女,姿质端丽者,每岁贡之";大历十二年为求夜游之别致有趣,"于景华宫征求萤火","夜出游山,放之,光遍岩谷"。至于这些举动要耗费多少人力物力甚至多少人的身家性命,他是根本不管的。

  在历史上,对隋炀帝的恶评如潮。但平实而言,他在某些方面的政策、措施还是有历史作用的。如他发起了开凿沟通南北的大运河,当时给人民造成极其沉重的负担,但运河的开成对巩固统一、繁荣经济有积极意义。晚唐诗人皮日休《汴河怀古》诗说:"尽道隋亡为此河,至今千里赖通波。若无水殿龙舟事,共禹论功不较多。"这首诗对我们如何全面、多元地评价隋炀帝提供了一个新的视角。

韩擒虎传

【题解】 本文选自《隋书》卷五十二。此书出于史馆众人之手,在太宗贞观十年(636)基本完成。其序、论由时任秘书监的魏徵撰写,纪、传由中书侍郎颜师古等人撰成。因由魏徵主修,所以后代著录《隋书》,纪、传部分的作者题为"魏徵等撰"。

  韩擒虎为隋朝名将,他率部攻下陈都城建康(今江苏南京),俘获陈国君陈叔宝,为统一全国做出了贡献。本文着重记叙了韩擒虎平陈及与隋将贺若弼争功的经过,比较生动地刻画了他的勇武形象和强悍性格。

【原文】

  韩擒①,字子通,河南东垣②人也,后家新安③。父雄,以武烈知名,仕周④,官至大将军,洛、虞⑤等八州刺史。

  擒少慷慨,以胆略见称,容貌魁岸,有雄杰之表⑥。性又好书,经史百家皆略知大旨。周太祖见而异之,令与诸子游集。后以军功,拜都督、新安太守,稍迁仪同三司,袭爵新义郡公。武帝伐齐⑦,齐将独孤永业守金墉城⑧,擒说下之⑨。进平范阳⑩,加上仪同⑪,拜永州⑫刺史。陈人逼光州⑬,擒以行军总管击破之。又从宇文忻平合州⑭。高祖作相⑮,迁和州⑯刺史。陈将甄庆、任蛮奴、萧摩诃等共为声援,频寇江北⑰,前后入界⑱。擒屡挫其锋,陈人夺气⑲。

开皇㉑初，高祖潜有吞并江南之志，以擒有文武才用，夙㉑著声名，于是拜为庐州㉒总管，委以平陈之任，甚为敌人所惮。及大举伐陈，以擒为先锋。擒率五百人宵济，袭采石㉓，守者皆醉，擒遂取之。进攻姑熟㉔，半日而拔，次于新林㉕。江南父老素闻其威信，来谒军门，昼夜不绝。陈人大骇，其将樊巡、鲁世真、田瑞等相继降之。晋王广上状㉖，高祖闻而大悦，宴赐群臣。晋王遣行军总管杜彦与擒合军，步骑二万。陈叔宝遣领军蔡徵守朱雀航㉗，闻擒将至，众惧而溃。任蛮奴为贺若弼㉘所败，弃军降于擒。擒以精骑五百，直入朱雀门㉙。陈人欲战，蛮奴挟之曰㉚："老夫尚降，诸君何事！"众皆散走。遂平金陵㉛，执陈主叔宝。

时贺若弼亦有功。乃下诏于晋王曰："此二公者，深谋大略，东南逋寇㉜，朕本委之㉝，静地恤民，悉如朕意。九州不一㉞，已数百年，以名臣之功，成太平之业，天下盛事，何用过此！闻之欣然，实深庆快㉟。平定江表㊱，二人之力也。"赐物万段。又下优诏㊲于擒、弼曰："申国威于万里，宣朝化㊳于一隅，使东南之民俱出汤火，数百年寇旬日廓清，专是公之功也㊴。高名塞于宇宙，盛业光于天壤㊵，逖听前古，罕闻其匹㊶。班师凯入，诚知非远，相思之甚，寸阴若岁。"

及至京，弼与擒争功于上前。弼曰："臣在蒋山㊷死战，破其锐卒，擒其骁将，震扬威武，遂平陈国。韩擒略不交阵㊸，岂臣之比！"擒曰："本奉明旨，令臣与弼同时合势，以取伪都。弼乃敢先期㊹，逢贼遂战，致令将士伤死甚多。臣以轻骑五百，兵不血刃，直取金陵，降任蛮奴，执陈叔宝，据其府库，倾其巢穴。弼至夕，方扣北掖门㊺，臣启关而纳之。斯乃救罪不暇㊻，安得与臣相比！"上曰："二将俱合上勋㊼。"于是进位上柱国㊽，赐物八千段。有司劾擒放纵士卒，淫污陈宫，坐此不加爵邑。先是㊾，江东㊿有谣歌曰："黄斑青骢马[51]，发自寿阳涘[52]。来时冬气末，去日春风始。"皆不知所谓。擒本名豹，平陈之际，又乘青骢马，往反[53]时节与歌相应，至是方悟。

其后突厥来朝，上谓之曰："汝闻江南有陈国天子乎？"对曰："闻之。"上命左右引突厥诣擒前，曰："此是执得陈国天子者。"擒厉然顾之[54]，突厥惶恐，不敢仰视，其有威容如此。别封寿光县公，食邑千户。以行军总管屯金城[55]，御备胡寇，即拜凉州[56]总管。俄征还京㊺,上宴之内殿,恩礼殊厚。无何㊽,其邻母㊾见擒门下仪卫甚盛,有同王者,母异而问之。其中人曰:"我来迎王。"忽然不见。又有人疾笃㊿,忽惊走至擒家曰:"我欲谒王。"左右问曰:"何王也?"答曰:"阎罗王。"擒子弟欲挞之,擒止之曰:"生为上柱国,死作阎罗王,斯亦足矣。"因寝疾㊿,数日竟卒,时年五十五。子世谔嗣㊿。

【注释】 ① 韩擒:即韩擒虎(538—592),唐人避唐高祖之祖父李虎的名讳,略去"虎"字。 ② 东垣:治所在今河南新安县东。 ③ 新安:治所在今河南渑池县东。 ④ 周:北周王朝(557—581)。 ⑤ 洛、虞:洛,洛州,今河南洛阳及周边地区。虞,虞州,治所在今山西平陆县西南。 ⑥ 表:外表,仪表。 ⑦ 武帝伐齐:武帝,北周武帝宇文邕。齐,北齐王朝(550—577)。 ⑧ 金墉城:在今河南洛阳市东北。 ⑨ 说下之:说,劝说,劝降。下之:拿下了金墉城。 ⑩ 进平范阳:进平,进攻,平定。范阳,郡名,治所在今河北涿县。魏晋南北朝时代流行州、郡、县三级行政区划。 ⑪ 加上仪同:晋升为上仪同大将军。 ⑫ 永州:治所在今河南信阳市北。 ⑬ 逼光州:逼,进逼。光州,治所在今河南光山县。 ⑭ 合州:治所在今安徽合肥市西。 ⑮ 高祖作相:隋高祖(即隋文帝杨坚)当初任北周朝丞相的时候。 ⑯ 和州:治所在今安徽和县。 ⑰ 寇江北:寇,侵犯。江北,古代一般指长江以北、淮河以南、大别山以东地区。当时为北周所占有。 ⑱ 前后入界:先后侵入边界。 ⑲ 夺气:丧失了勇气。 ⑳ 开皇:隋文帝年号(581—600)。 ㉑ 凤:早。 ㉒ 庐州:即前文说的合州,开皇初置。 ㉓ 采石:采石矶,在今安徽当涂县西北的长江岸边,为军事要地。 ㉔ 姑熟:即今安徽当涂县。 ㉕ 次于新林:次,驻扎。新林,地名,在今江苏南京西南。 ㉖ 晋王广上状:晋王广,隋文帝杨坚的第二个儿子,即后来的隋炀帝。开皇元年(581),杨广被立为晋王。状,以陈述事件、事迹为主的一种文体。 ㉗ "陈叔宝"句:陈叔宝(533—604),南朝陈末代皇帝,582—589年在位,589年被隋将俘获,死于洛阳。领军,官名,为陈朝的重要军事长官之一。朱雀航,即朱雀桥,在今南京市南秦淮河上。 ㉘ 贺若弼(544—607):隋初大将。开皇九年(589)隋大举伐陈,为行军总管,渡江先攻占京口(今江苏镇江),然后西进,在蒋山白土岗击破陈军主力。大业三年(607)从炀帝北巡,因议论炀帝待突厥可汗太厚,以诽谤朝政罪被杀。 ㉙ 朱雀门:陈首都建康城(今江苏南京)南城门,约在今南京中华门内,秦淮河岸。 ㉚ 扟(huī):通"挥"。此为挥手的意思。 ㉛ 金陵:即今江苏南京。 ㉜ 逋(bū)寇:流寇。 ㉝ 委之:委托他们予以肃清。 ㉞ 不一:不能统一。 ㉟ 庆快:庆祝,快乐。 ㊱ 江表:江南。 ㊲ 优诏:褒奖的诏书。 ㊳ 宣朝化:宣,宣扬。朝化,朝廷的教化。 ㊴ 专是公之功也:这全是你们两位的功劳。 ㊵ 天壤:天地。 ㊶ "逖听前古"句:自远古以来,极少听到别人的功绩能与你们相比。逖,远。听,听凭,任凭。匹,匹配。 ㊷ 蒋山:今南京紫金山。 ㊸ 略:大略,基本上。 ㊹ 先期:先于约定的期限。 ㊺ 方扣北掖门:扣,敲。北掖门,北面的宫门。 ㊻ 救罪不暇:救赎自己的罪过还来不及。 ㊼ 俱有上勋:合,应该。上勋,上等功勋。 ㊽ 上柱国:勋官的最高等级。 ㊾ 先是:在此之前。 ㊿ 江东:本指今安徽芜湖至南京长江河段以东地区。因六朝建都建康,故时人又称其所统辖之地为江东。 ㊿ 黄斑青骢马:黄斑,代指身有黄色斑纹的豹。青骢马，青白色相间的马。 (52) 寿阳涘：寿阳，即隋的寿春县，此用旧称，治所在今安徽寿县。涘，水边。 (53) 反：通“返”。 (54) 厉然顾之：厉然，神色严厉的样子。顾，看。 (55) 金城：县名，治所在今甘肃兰州市西北。 (56) 凉州：治所在今甘肃武威。 (57) 俄征还京：俄，俄而，不久。征，征召。 (58) 无何：不久。 (59) 邻母：邻家老妇。 (60) 疾笃：病得很厉害。 (61) 寝疾：患病卧床。 (62) 嗣：继承爵位。

【赏析】 隋文帝杨坚于公元581年登皇帝宝座，建都长安。八年后灭掉盘踞在东南的陈王朝，统一了全国，结束了西晋末年以来近三百年的分裂局面。在灭陈之战中，韩擒虎与贺若弼两员战将发挥了重要作用。本文叙述韩擒虎的一生事迹，侧重于记录其赫赫战功。在写法上详略结合，虚实相间，反映出他性格的各个侧面。

韩擒虎不仅是一员战将、勇将，还“性又好书，经史百家皆略知大旨”，可谓文武兼备，故对敌作战不是一味硬拼死攻，而是兼用智谋。他在周武帝时进攻北齐之金墉城，便用了劝降的方式，兵不血刃地取得了成功。攻伐陈都城建康时，亲率五百人“宵济”长江，陈朝军队毫无防备，“守者皆醉”，所以轻而易举地攻占了江防重地采石矶。

本文还多次用虚笔凸显其勇武，如说“陈人大骇，其将樊巡、鲁世真、田瑞等相继降之”，“领军蔡徵守朱雀航，闻擒将至，众惧而溃”。所以，本文虽未正面、具体描写韩擒虎的驰骋沙场、奋勇杀敌，但他的威武勇猛已渲染得十分出彩。尤其是写突厥使者一见其容貌、眼神，竟至于“惶恐，不敢仰视”，更是从虚处落墨的传神之笔。

对韩擒虎的性格缺陷，文中也有述及。如他与大将贺若弼在皇帝面前争功，说贺“救罪不暇，安得与臣相比”，就明显是贬压他人了。此外他在进入建康城后，“放纵士卒，淫污陈宫”，则是治军不严的一个表现。总体而言，本文传主韩擒虎的形象，鲜明生动，能够让读者留下深刻的印象。

辛公义传

【题解】 本文选自《隋书》卷七十三。该书将传主列入“循吏”类。所谓循吏，就是能奉公守法、勉力政事的官吏。辛公义虽然出身于官宦人家，但因为早孤，并无门第优势可言。他以勤苦读书、通晓道义而得到周武帝的垂青，尤被隋文帝所倚重。该传记主要叙写辛公义在岷州刺史、牟州刺史、扬州道黜陟大使任上的三件事，褒扬其仁爱亲民、秉公执法的优秀品质。

【原文】

辛公义，陇西狄道①人也。祖徽，魏徐州刺史。父季庆，青州②刺史。公义早孤，为母氏所养，亲授书传。周天和③中，选良家子任太学④生，以勤苦著称。武帝时，召入露门学⑤，令受道义。每月集御前令与大儒讲论，数被嗟异⑥，时辈慕之。建德⑦初，授宣纳中士。从平齐，累迁掌治上士、扫寇将军。高祖作相⑧，授内史上士，参掌机要。

开皇元年⑨，除主客侍郎⑩，摄内史舍人事⑪，赐爵安阳县男，邑二百户。每陈使来朝，常奉诏接宴。转驾部侍郎⑫，使往江陵安辑⑬边境。七年，使勾检诸马牧⑭，所获十馀万匹。高祖喜曰："唯我公义，奉国罄心⑮。"

从军平陈，以功除岷州⑯刺史。土俗畏病，若一人有疾，即合家避之，父子夫妻不相看养，孝义道绝，由是病者多死。公义患之，欲变其俗。因分遣官人巡检部内⑰，凡有疾病，皆以床舆⑱来，安置厅事。暑月疫时，病人或至数百，厅廊悉满。公义亲设一榻，独坐其间，终日连夕，对之理事⑲。所得秩俸，尽用市药⑳，为迎医疗之，躬劝其饮食，于是悉差㉑。方召其亲戚而谕之曰："死生由命，不关相着㉒。前汝弃之，所以死耳。今我聚病者，坐卧其间，若言相染，那得不死，病儿复差！汝等勿复信之。"诸病家子孙惭谢而去。后人有遇病者，争就使君㉓，其家无亲属，因留养之。始相慈爱，此风遂革，合境之内呼为慈母。

后迁牟州㉔刺史。下车，先至狱中，因露坐㉕牢侧，亲自验问。十馀日间，决断咸尽，方还大厅。受领新讼，皆不立文案，遣当直㉖佐僚一人，侧坐讯问。事若不尽，应须禁㉗者，公义即宿厅事，终不还阁。人或谏之曰："此事有程㉘，使君何自苦也！"答曰："刺史无德可以导人，尚令百姓系于囹圄，岂有禁人在狱而心自安乎㉙？"罪人闻之，咸自款服㉚。后有欲诤讼者，其乡闾父老遽相晓㉛曰："此盖小事，何忍勤劳使君。"讼者多两让㉜而止。

时山东霖雨，自陈、汝至于沧海㉝，皆苦水灾。境内犬牙，独无所损㉞。山出黄银，获之以献。诏水部郎娄颎就公义祷焉，乃闻空中有金石丝竹之响㉟。

仁寿元年㊱,追充扬州道黜陟大使㊲。豫章王暕恐其部内官僚犯法,未入州境,预令属公义㊳。公义答曰:"奉诏不敢有私。"及至扬州,皆无所纵舍㊴,暕衔㊵之。及炀帝即位,扬州长史王弘入为黄门侍郎㊶,因言公义之短,竟去官㊷。吏人守阙㊸诉冤,相继不绝。后数岁,帝悟,除内史侍郎㊹。丁母忧㊺。未几,起为司隶大夫㊻,检校㊼右御卫武贲郎将。从征至柳城郡㊽,卒,时年六十二。子融。

【注释】 ①狄道:县名,治所在今甘肃临洮。 ②青州:治所在今山东青州。 ③天和:周武帝年号(566—572)。 ④太学:朝廷主办的一种官学。 ⑤露门学:朝廷主办的一种官学,地位当在太学之上。 ⑥嗟异:嗟叹称异。 ⑦建德:周武帝年号(572—578)。 ⑧高祖作相:见《韩擒虎传》注⑮。 ⑨开皇元年:公元581年。 ⑩除主客侍郎:除,拜官,授职。主客侍郎,礼部主客司的长官,负责外国及少数民族等朝见之事。 ⑪摄内史舍人事:摄,代理,兼理。内史,内史省,即中书省。舍人,内史省属官,掌起草诏令等事。 ⑫驾部侍郎:兵部驾部司的长官,负责车马、驿政等事。 ⑬安辑:安抚。辑,和睦。 ⑭勾检诸马牧:勾检,检查。马牧,牧马场。 ⑮罄心:尽心。 ⑯岷州:治所在今甘肃岷县。 ⑰部内:所管辖的区域。 ⑱舆:扛,抬。 ⑲对之理事:面对着病人处理政事。 ⑳市:买。 ㉑差(chài):通"瘥",病愈。 ㉒不关相ове:与互相接近没有关系。 ㉓争就使君:就,前往。使君,刺史的别称,此指辛公义。 ㉔牟州:治所在今山东莱州。 ㉕露坐:坐在露天。 ㉖当直:担当值班工作。 ㉗禁:禁闭,拘禁。 ㉘有程:有规定的处理程序。 ㉙"刺史无德"二句:我作为刺史,没有好的德行可以引导人们向善,还要让老百姓关在牢狱中。 ㉚款服:诚心服罪。款,诚,恳切。 ㉛遽相晓:遽,马上。相晓,开导他。 ㉜两让:双方都退让。 ㉝陈、汝:陈,陈州,治所在今河南淮阳县。汝,汝州,治所在今河南汝州东。 ㉞"境内犬牙"二句:独有牟州境内因为地势高低错落,一点儿没有受到损失。 ㉟"诏水部郎"二句:皇帝下诏让水部郎娄颎到辛公义处祝祷求福,竟然听到空中有悠扬美妙的音乐声。乃,竟然。 ㊱仁寿元年:公元601年。 ㊲"追充扬州道"句:追充,补任。道,一种监察区划,范围比州大。黜陟大使,道的主要长官。 ㊳预令属公义:预先派人和辛公义打招呼。属,通"嘱"。 ㊴皆无所纵舍:全无一点放纵宽容。 ㊵衔:衔恨,记恨。 ㊶"扬州长史"句:长史,负责州行政事务的副长官,地位仅次于刺史。黄门侍郎,门下省的副长官。 ㊷去官:丢了官职。 ㊸守阙:守在宫门外。 ㊹内史侍郎:内史省的副长官。隋代曾称中书省为内史省。 ㊺丁母忧:因母亲去世而回籍守丧。丁,当,遭逢。 ㊻司隶大夫:司隶台长官。掌管巡察京城及州郡官吏违法犯禁之事。 ㊼检校:此为"代理"意。 ㊽柳城郡:治所在今辽宁朝阳市。

【赏析】 本文记述辛公义的一生事迹,很注意材料的取舍和剪裁,能体现其"循吏"、"良吏"的一面则详写,其他方面如家世出身、仕宦经历等则略写。

具体说来,传记着重写了传主的三件事。第一件事,发生在他任岷州刺史时。当地有一恶俗,即"一人有疾,合家避之","由是病者多死"。对此不人道的愚昧做法,辛公义不是简单地张榜禁止,而是身体力行,率先垂范,安置病人于其官署厅堂,自己和病人同处一屋,处理公务,并掏出俸钱延医买药。他的行为、精神以及实际效果,使得当地百姓大受感动,避弃病人的恶俗由此革除。第二件事,发生在他任牟州刺史时。他下车伊始,便亲自讯问狱中羁押人犯。对新的诉讼案件,也亲自动手尽快处理,甚至夜宿公堂。这样做的目的,是为了不冤屈好人,不让无辜者受罪。第三件事,发生在他任扬州道黜陟大使任上。他不顾亲王杨暕的事先招呼,坚持秉公办事,由此得罪了权贵,导致了以后的"去官"。这三件事,充分表明了辛公义忠于职守、爱民如子、勤勉政事、断狱谨慎、不畏权势的高尚品格。

在写法上,本文还有一个值得注意的地方,那就是不仅正面叙写这三件事的过程,还刻意写出其社会反应,以进一步突出其所作所为感人之深,效果之著。如写第一件事,以"合境之内呼为慈母"收束;写第二件事,以"讼者多两让而止"收束;写第三件事,以"吏人守阙诉冤,相继不绝"收束。

辛公义的为官之道,在今天仍有其积极的借鉴意义。

谏太宗十思疏

【题解】 谏,规劝君王或尊长叫谏。疏,奏疏,封建时代臣下向君主陈述意见的一种文体。这篇文章本没有题目。《旧唐书·魏徵传》说他"频上四疏,以陈得失",此为第二疏,故被称为"论时政第二疏"。又因其内容是劝太宗"十思",又被称为"谏太宗十思疏"。唐太宗贞观十一年(637),魏徵看到作为英主的李世民由于天下太平已久,渐生骄矜之心,便呈上这篇奏疏,希望他居安思危,不纵情,不傲物,在十个方面经常作深入的思考并付诸行动,认为这样才能达到"君臣无事"、国家"不言而化"的理想境界。总的来看,唐太宗对魏徵的直谏是持肯定态度的。魏徵死后出丧时,他曾"登西苑楼"望送之,并作《望送魏徵葬》诗抒其沉痛之情。他还对侍臣说:"人以铜为镜,可以正衣冠;以古为镜,可以见兴替;以人为镜,可以知得失。魏徵没,朕亡一镜矣!"本文选自《全唐文》卷一百四十。

【原文】

臣闻求木之长者,必固其根本①;欲流之远者,必浚其泉源;思国之安者,必积其德义②。源不深而望流之远,根不固而求木之长,德不厚而思国之理③,臣虽下愚,知其不可,而况于明哲④乎?人君当神器之重⑤,居域中之大,将崇极天之峻⑥,永保无疆之休⑦,不念居安思危,戒奢以俭,德不处其厚⑧,情不胜其欲⑨,斯亦伐根以求木茂,塞源而欲流长也。

凡百元首⑩,承天景命⑪,莫不殷忧而道著⑫,功成而德衰。有善始者实繁⑬,能克终⑭者盖寡。岂取之易而守之难乎?昔取之而有余,今守之而不足,何也?夫在殷忧,必竭诚以待下;既得志,则纵情以傲物。竭诚则胡越为一体⑮,傲物则骨肉为行路⑯。虽董⑰之以严刑,震之以威怒,终苟免而不怀仁⑱,貌恭而不心服。怨不在大,可畏惟人。载舟覆舟⑲,所宜深慎⑳。奔车朽索㉑,其可忽乎?

君人者,诚能见可欲则思知足以自戒㉒,将有作则思知止以安人㉓,念高危则思谦冲而自牧㉔,惧满溢则思江海下百川,乐盘游则思三驱以为度㉕,忧懈怠则思慎始而敬终㉖,虑壅蔽㉗则思虚心以纳下,惧谗邪则思正身以黜恶㉘,恩所加则思无因喜以谬赏㉙,罚所及则思无因怒而滥刑㉚。总此十思,宏兹九德㉛,简能㉜而任之,择善而从之,则智者尽其谋,勇者竭其力,仁者播其惠㉝,信者㉞效其忠;文武争驰㉟,君臣无事,可以尽豫游之乐㊱,可以养松乔之寿㊲,鸣琴垂拱㊳,不言而化㊴。何必劳神苦思,代下司职㊵,役聪明之耳目,亏无为之大道哉㊶?

【注释】 ① 固其根本:培土使树根牢固。 ② 积其德义:积累恩德、信义。 ③ 国之理:国家的治理。 ④ 明哲:明智、通达的贤人。 ⑤ 人君当神器之重:国君担当了统治天下的重任。神器,指帝王之位。 ⑥ 将崇极天之峻:将不断提升自己比天还高的地位。崇,高,这里用作动词。 ⑦ 永保无疆之休:永远保持国运长久的美好。无疆,无边无际。休,美好。 ⑧ 厚:深厚。 ⑨ 情不胜其欲:情感不能压倒(胜过)人欲。 ⑩ 凡百元首:凡是古往今来的众多君王。 ⑪ 承天景命:承受天意,坐上帝位。景命,大命。 ⑫ 殷忧而道著:君王由于深忧天下之难治,所以道德品行表现得很美好、很显著。 ⑬ 实繁:实在很多。 ⑭ 克终:能够有好的终结。 ⑮ 胡越:古代中原人称北方民族为胡,南方民族为越。 ⑯ 行路:行走在路上的陌生人。 ⑰ 董:督责。 ⑱ 苟免而不怀仁:企望苟且免罪,心中不怀仁爱之德。 ⑲ 载舟覆舟:语出《孔子家语》:"君者,舟也;庶人者,水也。水所以载舟,亦所以覆舟也。" ⑳ 所宜深慎:应该特别地小心、谨慎。 ㉑ 奔车朽索:用将要朽断的绳索拉飞奔的马车。比喻情势危急。 ㉒ "诚能见"句:诚,假如。可欲,能引起欲望的。自戒:警戒自己。 ㉓ "将有作"句:有作,有所建造。指兴筑宫室之类。安人,让百姓得以安宁。 ㉔ "念高危"句:高危,帝王地位虽高,却也有它的危险。

谦冲，谦虚冲和。自牧，控制自己。 ㉕“乐盘游”句：盘游，游乐盘桓，此指打猎。三驱，围猎禽兽时，只围三面，网开一面，让它有条生路。度，限度。 ㉖敬终：到终结时也恭敬认真如初，毫不懈怠。 ㉗壅蔽：指言路堵塞，下情不能上达。 ㉘“惧谗邪”句：忧惧谗邪小人误国害人，君王就应首先考虑端正自己的品行、言语，以此来斥退奸恶之人。 ㉙谬赏：不恰当的、过度的赏赐。 ㉚滥刑：滥用的刑罚。 ㉛弘兹九德：弘，弘扬，发扬。兹，此。九德，九种高尚品德。《尚书·皋陶谟》：“宽而栗，柔而立，愿而恭，乱而敬，扰而毅，直而温，简而廉，刚而塞，强而义”。 ㉜简能：选拔贤能之士。简，选。 ㉝播其惠：传播、施加他们的恩惠。 ㉞信者：忠诚的人。 ㉟文武争驰：文臣武将争先恐后地为朝廷效力。 ㊱豫游：安闲、舒适的游玩。 ㊲松乔之寿：神仙般的长寿。松，赤松子。乔，王乔。两人都是古代传说中的仙人。 ㊳垂拱：垂衣，拱手，比喻无为而治。 ㊴不言而化：用不着多说话去教化百姓，就能达到天下大治。 ㊵代下司职：代替下属去做各种具体的事务性工作。司职，尽其职责。 ㊶“亏无为”句：亏，有亏于，有损于。无为，老子认为高明的君主治理国家应做到“无为而治”。

【赏析】 本文的核心内容是希望唐太宗多积德义，“居安思危”，“戒奢以俭”，以实现国家的长治久安。如何“积其德义”呢？魏徵具体提出了在十个方面应注意的问题，这就是文章题目中的“十思”。综观这“十思”，就是建议唐太宗能抑止贪欲，守持谦和，举贤能，祛谗邪，不懈怠，明赏罚。

唐太宗作为开国君主，自然希望自己开创的基业能够垂之久远。魏徵正是抓住这一点放胆进谏。首先，他以两个比喻说明“积其德义”的重要性。接着，又提醒太宗“得志”（即登上皇帝位）后容易忘乎所以，而一旦“纵情而傲物”，则必然会失去民心，那样的话，离“覆舟”也就不远了。有了这样的铺垫，便水到渠成地提出了“十思”的要求。最后，魏徵认为只要做到了“十思”，那就可以“垂拱而治”，自己也不必为治理天下而“劳神苦思”，就可永享天子之荣耀了。

这篇文章篇幅不长，却结构严谨，逐层深入，有很强的逻辑力量。造句方面，一是骈散结合，较多地运用了对仗句，如“竭诚则胡越为一体，傲物则骨肉为行路”；二是用排比句式，像“十思”的表述即是，对增强文章的气势和美感有显著的作用。

李世民

作者简介

　　李世民(598—649)，唐高祖李渊次子。在推翻隋朝建立大唐帝国的过程中，李世民建立了卓著功勋。后发动玄武门兵变，杀太子，李渊退位，李世民登基为唐太宗。李世民在位凡23年，在他的统治下，开创了所谓的"贞观之治"，使唐帝国强盛兴旺。李世民素以善于纳谏为史家所称颂。

答魏徵手诏

　　【题解】　魏徵，唐太宗时期的著名谏臣。据《资治通鉴》记载，他于贞观十一年正月、四月、五月、七月连上四疏，指陈得失。《谏太宗十思疏》便是他在四月上的第二疏。就在这一年，唐太宗亲自写了这篇诏书作为答复。文中表扬了魏徵敢于直言极谏的品格，回顾自己起兵以来的经历、执政的得失，希望魏徵能继续贡献嘉谋，犯而无隐，自己一定会虚怀纳谏，争取把大唐王朝治理成为像虞舜时代那样的清明盛世。本文选自《全唐文》卷六。

【原文】

　　省频抗表①，诚极忠款②，言穷切至③，披览忘倦，每达宵分④。非公体国情深，匪躬⑤义重，岂能示以良图，匡其不及⑥。

　　朕在衡门⑦，尚惟童幼，未渐师保之训⑧，罕闻先达之言。值隋祚分离⑨，万邦涂炭⑩，惵惵黔黎⑪，庇身无所。朕自二九之年⑫，有怀拯溺⑬，发愤投袂⑭，便提干戈。蒙犯霜露，东西征伐，日不暇给⑮，居无宁岁。降苍昊之灵⑯，禀庙堂之略⑰，义旗所指，触向平夷⑱。弱水流沙⑲，并通轺轩之使；被发左衽㉑，化为冠盖之域㉒。正朔所颁，无远弗届㉓。及恭承宝历㉔，寅奉帝图㉕，垂拱无为㉖，氛埃静息㉗，于兹十有一载矣㉘。盖股肱磬帷幄之谋㉙，爪牙竭熊罴之力㉚，协德同心，以致于此。

　　自惟寡薄㉛，厚享斯休㉜，每以大宝神器㉝，忧深责重，尝惧万几多旷㉞，四聪不达㉟，何尝不战战兢兢，坐以待旦。询于公卿，以至隶皂㊱，推以赤心，庶几刑措㊲。但顷年以来㊳，祸衅既极㊴，又缺佳偶㊵，荼毒未几㊶，悲伤继及。凡在生灵㊷，孰胜哀痛！岁序屡迁，触目摧感㊸。自尔以来㊹，心虑恍惚，当食忘味，中宵废寝。是以三思万虑，或失毫厘㊺，刑赏之乖㊻，实由于此。昔者徇齐睿知㊼，资风牧以致隆平㊽；翼善钦明㊾，赖稷契以康至道㊿。然后文德武功，载勒于钟石[51]；淳风至德，永传于竹素[52]。克播鸿名[53]，永为称首，朕以虚薄，多惭往代。若不任舟楫，岂能济彼巨川；非藉盐梅，安得调夫鼎味[54]？

朕闻晋武帝[55]自平吴以后，务在骄奢，不复留心治政。何曾[56]退朝，谓其子劭曰[57]："吾每见主上不论经国远图，但说平生常语，此非贻厥子孙者也[58]。尔身犹可以免。"指诸孙曰："此等必遇乱。"及孙绥[59]，果为淫刑所戮。前史美之，以为明于先见。朕意不然，谓曾之不忠，其罪大矣。夫为人臣，当进思尽忠，退思补过，将顺其美，匡救其恶[60]，所以共为治也。曾位极台司[61]，名器隆重[62]。当直词正谏，论道佐时。今乃退有后言，进无廷谏，以为明智，不亦谬乎？颠而不扶，安用彼相？

公之所谏，朕闻过矣。当置之几案，事等弦、韦[63]，必望收彼桑榆[64]，期之岁暮，不使康哉良哉[65]，独惭于往日；若鱼若水[66]，遂爽于当今[67]。迟复嘉谋[68]，犯而无隐[69]。朕将虚襟静志[70]，敬伫德音[71]。

【注释】 ①省频抗表：看了（你）屡次的上表。抗表：直言无隐的表疏。 ②诚：确实。忠款：忠诚。款：诚，爱。 ③言穷：言语详尽。切至：十分恳切。 ④宵分：夜半时分。 ⑤匪躬：不顾自己利益。匪：通"非"。躬：自身。 ⑥匡：匡正，纠正。不及：（自己）做得不够的地方。 ⑦衡门：横木为门，指简陋之屋。这句是说自己在卑微时。 ⑧渐：染，接受。师保：老师。 ⑨隋祚分离：指隋末天下大乱。祚：王朝的国统。 ⑩涂炭：喻指灾难深重。 ⑪慄慄：危惧不安的样子。黔黎：老百姓。古代老百姓称为黎民，黔首，合称则为黔黎。 ⑫二九之年：十八岁。 ⑬拯溺：拯救溺水的人，即救民于水火的意思。 ⑭投袂：振衣。行动前的准备动作。 ⑮日不暇给：整日忙碌，时间不够用。给：足。 ⑯苍昊：苍天。灵：威灵。 ⑰禀：承受。庙堂：朝廷。略：谋略，计谋。 ⑱这两句的意思是，起义军打向哪里，哪里就被荡平。夷：削平，消灭。 ⑲弱水流沙：泛指极遥远的边陲地区。弱水：在今甘肃省境内。流沙：指甘肃内居延海附近的巴丹吉林沙漠。 ⑳軬轩之使：此指唐王朝的使臣。軬轩：天子使者乘坐的轻车。 ㉑被发左衽：指少数民族居住的边远地区。左衽：少数民族服装的衣衿向左，因此叫左衽。 ㉒冠盖之域：指中国礼义之邦。冠盖：冠服、车盖，中国地区官员的服饰、车驾。 ㉓这两句的意思是，唐王朝所颁布的历法，通行到极边远的地方。正朔：正，正月；朔：初一。古代每年由朝廷颁布历时、正朔，天下遵行。届：及。 ㉔ 宝历：指帝位。 ㉕ 寅：敬。帝图：指帝位。图：图箓，据说是天神授予皇帝的符信。 ㉖ 垂拱：垂衣拱手，是无为而治的形象说法。㉗ 氛埃：代指战争。 ㉘ 这句的意思是，（天下太平）到今天已有十一个年头了。从贞观元年算起，到李世民写此文时的贞观十一年，连头带尾共十一年。 ㉙ 股肱：代指朝廷大臣。罄：尽，竭尽。帷幄：军中帐幕，此代指朝廷。 ㉚ 爪牙：代指武将。 ㉛ 自惟寡薄：惟，想。寡薄，德行、功绩很少。这是古代帝王的自谦说法。 ㉜ 休：美好。代指天子之位。 ㉝ 大宝神器：指帝位。 ㉞ 万几多旷：万几，形容事情极其繁多。多旷，多有旷废。㉟ 四聪不达：耳目不灵，不能了解下情。 ㊱ 隶皂：奴仆。 ㊲ 庶几刑措：庶几，近于。刑措，刑法弃置不用。措，弃置。 ㊳ 顷年：近年。 ㊴ 祸衅既极：祸衅，灾祸。既极，已到极点。 ㊵ 佳偶：配偶。唐太宗的皇后长孙氏死于贞观十年。 ㊶ 荼毒：此代指极悲苦的事。荼，苦菜。毒，螫虫。 ㊷ 生灵：生民。 ㊸ 摧感：悲伤。 ㊹ 尔：通“迩”，近，近年。 ㊺ 或失毫厘：失，有过失。毫厘，指细微。 ㊻ 刑赏之乖：刑赏，处罚与奖赏。乖，乖戾，错乱。 ㊼ 徇齐睿知：徇齐，思维敏捷有智慧，代指黄帝。《史记·五帝本纪》称黄帝“幼而徇齐”。睿知，智慧。知，即“智”。 ㊽ “资风牧”句：资，借助。风牧，风后、力牧，黄帝的两个大臣。致，达到。隆平，隆盛太平。 ㊾ 翼善钦明：翼，敬。善，美好。钦明：代指帝尧。语本《尚书·尧典》：“钦明文思安安。” ㊿ “赖稷契”句：稷契，帝尧时的两个贤臣。康，安。 (51) 载勒于钟石：勒，镌刻。钟石，金石。钟，乐器名。古代以钟为重器，人臣有大功者，铸刻其功于钟上。 (52) 竹素：竹帛，史册。 (53) 克：能够。 (54) “若不任舟楫”四句：这四句是打比方，意思是，不任用贤才，就不能把国家治理好。这两个比喻都出自《尚书·说命》：殷高宗命傅说作相，谓傅说曰：“若济巨川，用汝作舟楫。”又说：“若作和羹，尔惟盐梅。”藉，借。鼎味，古代以鼎为烹饪之器，鼎味即羹味。 (55) 晋武帝：即司马炎（235—290）。他受魏禅，即帝位，于太康元年（280）三月灭吴，汉末天下分裂数十年，至此统一。 (56) 何曾：晋武帝时太尉，后进爵为公，生活奢侈，日食万钱还说无下箸处。(57) 劭：何劭，何曾之子，晋武帝、惠帝时的大臣。 (58) “此非”句：这不是传给他子孙的好做法。 (59) 孙绥：何曾的孙子何绥，位至侍中尚书，为人狂傲，生活奢华，后被诛杀。(60) “进思尽忠”四句：出自《孝经·事君》。进，升官。退，降职。将，行。匡，正。 (61) 台司：指三公之位，当时最高的官位。 (62) 名器：指爵号和车服仪制。 (63) 弦、韦：即佩弦佩韦，作为警戒。《韩非子·观行》：“西门豹之性急，故佩韦以自缓；董安于之性缓，故佩弦以自急。”弦，弓弦。韦，皮带。 (64) 收彼桑榆：把过去失去的东西在今后补回来。《后汉书·冯异传》：“可谓失之东隅，收之桑榆。”桑榆，代指日落时分。黄昏时，太阳的余光仍然射在桑榆树上。 (65) 康哉良哉：代指太平盛世。传说皋陶歌颂舜时政治清明而歌曰：“元首明哉，股肱良哉，庶事康哉！”语见《尚书·益稷》。 (66) 若鱼若水：比喻君臣亲密。语出《三国志·诸葛亮传》：先主曰：“吾之有孔明，犹鱼之有水也。” (67) 爽：不符合，违背。(68) 迟复嘉谋：迟，等待。复，再，又。嘉谋，好主意。 (69) 犯而无隐：要敢于发表同皇帝不同的意见。犯，干犯，抵触。隐，隐藏自己的意见。 (70) 虚襟静气：虚襟，虚怀，敞开胸怀。静志，平心静气。 (71) 敬伫德音：伫，盼望。德音，有德之言，善言。

【赏析】 唐高祖李渊是唐王朝的第一代君主,但他的第二个儿子李世民同样称得上是开国皇帝。唐太宗智勇兼备,文武双全。在唐王朝建立前,他喋血战场,屡建奇勋;唐王朝建立后,他通过腥风血雨的"玄武门之变"登上了皇帝宝座。即位之后,他励精图治,新王朝呈现出前所未有的繁荣景象。这时候,李世民滋生了骄傲自大的思想。他评价自己说:"吾才弱冠举义兵,年二十四平天下,未三十而居大位,自谓三代(指尧、舜、禹三代)以降,拨乱之主,莫臻乎此。"(见《旧唐书·虞世南传》)魏徵正是看到了这一点,深恐唐太宗不能善始善终,便在贞观十一年连上了四道奏章,提出忠告。有些话还说得比较直接、明确,如他说:"顷者责罚稍多,威怒微厉,或以供给不赡,或以人不从欲,皆非致治之所急,实乃骄奢之攸渐。"指出唐太宗已有非常危险的"骄奢"思想。魏徵还进一步分析其思想演变的过程:"昔贞观之始,闻善若惊;暨五六年间,犹悦以从谏。自兹厥后,渐恶直言,虽或勉强,时有所容,非复曩时之豁如也。"也就是说,唐太宗的骄奢思想是从贞观五六年以后逐渐抬头的。

难能可贵的是,唐太宗并未因魏徵的直言极谏而恼羞成怒,而是高度重视,并静下心来作了一番认真的反思。他亲自写此文作为答复,并在开头即高度评价魏徵"体国情深,匪躬义重"的高尚品格,又在文尾希望他"犯而无隐",继续进言,自己则将"虚襟静志,敬伫德音"。这样的态度,在其他封建皇帝身上是很难看到的。

尤其值得注意的是,唐太宗在文中着重提到了晋武帝大臣何曾的故事。何曾未尝不是一个聪明人,他看出了晋武帝、晋王朝的潜在危机,却虑及自身安危,不肯直言相告。对此,唐太宗很有看法,狠狠地批评他自"以为明智,不亦谬乎!""颠而不扶,安用彼相?"由此也可看出唐太宗确实是真心欢迎魏徵的谏言的。

当然,唐太宗对魏徵的批评意见也不是照单全收的。我们在文中看到了"刑赏之乖,实由于此"的表述,说明他是接受了魏徵认为他"责罚稍多,威怒微厉"的意见的(但还加了一大段解释语),但全文没一处承认自己有"骄奢"之心。看来,他还没有勇气公开承认这一点。

总的看来,本文写得真诚恳切,一气流转,虽是骈文,却无华丽的词藻,典故的运用也较妥贴,较好地表现了作者虚怀若谷的胸襟以及对清明盛世和青史垂名的不胜向往。而后者,也正是他能虚心纳谏的思想基础。

令狐德棻

> **作者简介**
>
> 令狐德棻(583—666),唐初史学家。宜州华原(今陕西耀县)人。李渊入关,引为大丞相府记室。唐朝建立后,转起居舍人,后累官至礼部侍郎、国子监祭酒、弘文馆崇贤馆学士。他建议修撰梁、陈、齐、周、隋等朝正史,并主编《周书》,还参预编撰《艺文类聚》、《五代史志》等书。《周书》共五十卷,主要记载西魏、北周的历史。

庾 信 传

【题解】 本文选自《周书》卷四十一。庾信(513—581),北周著名文人。初仕梁朝,任东宫学士、建康令等职。侯景乱后,奉梁元帝命,出使西魏,被迫留居长安。北周代魏,任大将军、开府仪同三司、洛州刺史等。他虽在北周朝身居高位,却常渴望南归,乡关之思十分浓重,但最终未能如愿,其代表作《哀江南赋》在中国文学史上有一定地位。此外,庾信的五、七言诗对唐代格律诗的形成也有重要影响。有《庾子山集注》十六卷。

【原文】

庾信,字子山,南阳新野①人也。祖易,齐征士②。父肩吾,梁散骑常侍③、中书令④。

信幼而俊迈,聪敏绝伦,博览群书,尤善《春秋左氏传》。身长八尺,腰带十围,容止颓然⑤,有过人者。时肩吾为梁太子中庶子⑥,掌管记。东海⑦徐摛为左卫率⑧。摛子陵及信,并为抄撰学士。父子在东宫,出入禁闼,恩礼莫与比隆。既有盛才,文并绮艳,故世号为徐、庾体焉。当时后进,竞相模范⑨。每有一文,京都莫不传诵。累迁尚书度支郎中⑩、通直正员郎⑪。出为郢州⑫别驾⑬。寻兼通直散骑常侍⑭,聘⑮于东魏。文章辞令,盛为邺下⑯所称。还为东宫学士,领建康⑰令。

侯景作乱⑱,梁简文帝⑲命信率宫中文武千余人,营⑳于朱雀航㉑。及景至,信以众先退。台城㉒陷后,信奔于江陵。梁元帝㉓承制㉔,除御史中丞㉕。及即位,转右卫将军,封武康县侯,加散骑常侍,来聘于我㉖。属大军南讨㉗,遂留长安。江陵㉘平,拜使持节㉙、抚军将军、右金紫光禄大夫、大都督㉚,寻进车骑大将军㉛、仪同三司㉜。

孝闵帝㉝践阼㉞,封临清县子,邑五百户,除司水下大夫㉟。出为弘农郡守,迁骠骑大将军、开府仪同三司、司宪中大夫㊱,进爵义城县侯。俄拜洛州㊲刺史。信多识旧章㊳,为政简静,吏民安之。时陈氏㊴与朝廷㊵通好,南北流寓之士,各许还其旧国。陈氏乃请王褒㊶及信等十数人。高祖唯放王克、殷不害等,信及褒并留而不遣。寻征为司宗中大夫㊷。

世宗㊸、高祖㊹并雅好文学,信特蒙恩礼。至于赵、滕诸王,周旋款至㊺,有若布衣之交。群公碑志,多相请托。唯王褒颇与信相埒㊻,自馀文人,莫有逮者。

信虽位望通显,常有乡关之思。乃作《哀江南赋》㊼以致其意云。

大象㊽初,以疾去职。卒,隋文帝㊾深悼之,赠本官㊿,加荆、淮二州刺史。子立嗣㊿¹。

【注释】 ①南阳新野:今河南新野。南阳,郡名。 ②征士:不就朝廷征聘之士。 ③散骑常侍:尊贵之官,在皇帝左右规谏过失,以备顾问。 ④中书令:中书省长官。 ⑤颓然:从容不迫的样子。颓,恭顺。 ⑥中庶子:东宫近侍官。 ⑦东海:郡名,治所在今山东郯城北。 ⑧左卫率:东宫禁卫官之一。 ⑨模范:模仿、学习的榜样。 ⑩尚书度支郎中:尚书省度支司的长官。 ⑪通直正员郎:根据需要可去尚书省各曹司任长官的郎官。正员,纳入正式编制的官员。 ⑫郢州:州名,治所在今湖北武昌。 ⑬别驾:州刺史的主要佐吏。 ⑭通直散骑常侍:晋代以后,朝廷往往增加散骑常侍的员额,称员外散骑常侍或通直散骑常侍。 ⑮聘:古代国与国之间遣使访问。 ⑯邺下:指东魏都城邺城,在今河北临漳县。 ⑰建康:县名,即今江苏南京市。梁朝京都所在地。 ⑱侯景:原是东魏武将,后降西魏,又投向梁朝。公元548年,梁武帝与东魏议和时,举兵反梁,攻下京城,逼死梁武帝,又先后废杀几个傀儡皇帝,最后自立为帝,国号汉。四年后,被梁武帝第七子湘东王萧绎击败,在逃跑途中被部属诱杀。 ⑲梁简文帝:即梁武帝第三子萧纲,公元549—551年在位。后被侯景所杀。 ⑳营:驻扎军营。 ㉑朱雀航:桥名,为六朝都城正南门外的浮桥。 ㉒台城:梁朝禁城,在建康城内。 ㉓梁元帝:即萧绎。公元552年即位,两年后被西魏所杀。 ㉔承制:承帝意代行制命。 ㉕御史中丞:国家监察机关御史台的长官之一。 ㉖来聘于我:出使至西魏。我,此代指西魏政权。这句话可能是照搬了原西魏史官的文句。 ㉗ 大军南讨:指西魏军队南征梁朝。 ㉘ 江陵:县名,即今湖北江陵,为梁朝荆州治所。 ㉙ 使持节:魏晋以后,掌地方军政的官往往加使持节的称号,给以诛杀中级以下官吏之权。 ㉚ 大都督:职位很高的军事统帅。 ㉛ 车骑大将军:地位很高的荣誉称号。 ㉜ 仪同三司:原意为非三公而给以与三公同等的待遇。魏晋以后,将军之开府署置官属者称开府仪同三司。 ㉝ 孝闵帝:北周皇帝宇文觉的谥号,他是在叔父宇文护的操纵下,废西魏帝自立的。 ㉞ 践阼(zuò):登上帝位。阼,帝王嗣位或祭祀时所升之阶。 ㉟ 司水下大夫:官名。北周设六府(大致相当于后代尚书省的六部)综理天下事务。司水属冬官府(工部)。 ㊱ 司宪中大夫:官名。司宪属秋官府(刑部)。 ㊲ 洛州:州名,治所在今河南洛阳市东北。 ㊳ 旧章:旧时的规章制度。㊴ 陈氏:指南方由陈霸先建立的陈王朝。 ㊵ 朝廷:此代指北周王朝。 ㊶ 王褒:字子渊,仕梁时任吏部尚书、左仆射等。西魏陷江陵,他随梁元帝出降,后即仕于北朝。他和庾信同以文学才能为北周皇帝所器重。 ㊷ 司宗中大夫:春官府(礼部)属官。 ㊸ 世宗:指北周明帝。 ㊹ 高祖:指北周武帝。 ㊺ 周旋款至:交往密切,接待周到。 ㊻ 埒(liè):相等。 ㊼《哀江南赋》:本赋由序和正文两部分构成。序文述写梁朝败亡瓦解与作者遭侯景之乱流离的经过,说明作赋的目的是因羁旅北朝,凄然伤怀。正文首先历述庾氏先祖的功绩,接着由家世写到国事,详细交代了梁朝覆亡过程,最后写自己无法消抑的思乡之情。全文三千三百八十字,是中国赋史上最长的作品之一。 ㊽ 大象:北周末代皇帝周静帝的年号(579—581)。 ㊾ 隋文帝:即隋王朝的建立者杨坚。他于公元581年代周称帝。 ㊿ 赠本官:追赠他在过去担任过的所有官职。 (51) 子立嗣(sì):庾信的儿子庾立继承其爵位。嗣,继承,接续。

【赏析】 本文简要介绍了庾信一生的经历,重点突出其卓异的文学才华在南、北两个王朝(梁和北周)都受到最高统治者的赏识。在北周王朝,他的仕途也十分顺畅、显达,但他始终魂牵故国,渴望南归。在最后欲归不得的境况下终老北方,结束了六十八年的生命历程。

庾信在梁朝时的文章风格,传文用“绮艳”一词形容之,也就是讲究形式的绮丽艳美,忽略内容的博大厚实。自42岁出使西魏并从此流寓北方为他人生的第二个时期,这个时期的文风,传文没有明确的概括,不过,“常有乡关之思”的评价则告诉我们,其文风已发生了质变,忧念、悲伤已成为主旋律。大诗人杜甫对庾信后期的作品有很高的评价,既说他“暮年诗赋动江关”(《咏怀古迹》),又说他“庾信文章老更成,凌云健笔意纵横”(《戏为六绝句》)。

本文虽然篇幅不长,但对庾信的文学才华有相当充分的展示,写法上则以侧面衬托为主。如他在梁朝时,所为之文,“当时后进,竞相模范。每有一文,京都莫不传诵”;在北周朝,周武帝怜爱其才,宁愿违背与南方陈朝“南北流寓之士,各许还其旧国”的约定,也要强留他在北方为官;北方“群公碑志,多相请托"。这些,都足以表明庾信确是世所罕见的文章巨擘。

对庾信的理政之才,文中也有透露。在记述他为洛州刺史后,有"信多识旧章,为政简静,吏民安之"数句,在轻描淡写间揭示其为官之道,而写"侯景作乱"时的庾信,则有"信以众先退"一句,点出其临阵慌乱的书生毛病。以上记述,有助于呈现一个真实、生动、完整的历史人物形象。

朱敬则

作者简介 朱敬则（635—709），字少连，亳州永城（今河南永城）人。历仕唐高宗、武则天、唐中宗诸朝。曾任洹水尉、正谏大夫、同凤阁鸾台平章事，兼修国史、祭酒、郑州刺史等。他少有文名，为官清廉，直言放谏。《全唐文》存其文十四篇。

陈 后 主 论

【题解】 陈后主，即南北朝时期陈朝的末代皇帝陈叔宝（550—604）。字元秀，小字黄奴。公元582—589年在位。在位时，赋役繁多，生活奢靡，不问政事。及隋军大举南下，仍自信倚仗长江天堑，可保无虞。589年，隋军渡江，建康（今江苏南京）城破，他与张贵妃、孔贵人共匿井中，被俘获。后死于洛阳。今存《陈后主集》系明人所辑。本文揭示他亡国的主要原因是为政苛刻、为人骄傲、生活奢侈、邻邦失和、用人不当。又以三国时的亡国之君刘禅、孙皓及北齐的亡国之君高纬与之比较，认为陈后主是四人中最蹩脚的。本文选自《全唐文》卷一百七十一。

【原文】
长城公①，器识②过人，承平嗣主③。观其求忠谠④之士，禁左道⑤之人、淫祀妖书⑥、镂薄假物⑦，即古明哲，何以加焉⑧？

但强寇临边⑨，南国斯蹙⑩。礼义不举，苛刻⑪日滋，邻好不敦⑫，骄傲是务⑬。嬖妾五十⑭，尽有珥貂之容⑮；丽服⑯一千，咸取夭桃之色⑰。加以贵妃夹坐，狎客⑱承筵。玉貌绛唇⑲，咀嚼宫徵⑳；花笺㉑彩笔，吟咏烟霞㉒。长夜不疲，略无醒日。

于时也㉓，隋德㉔甫隆，南被江汉㉕。厚待间谍㉖，羊叔子之倾敌人㉗；不伐有丧㉘，楚恭王之结邻好㉙。加以贺若谋勇，应变如神；擒虎雄风，临机若电㉚。莫不迎刃自裂，听鼓争奔㉛。斩张悌之守迷，降薛莹之知命㉜。紫殿正色，不用袁宪之言；白刃交前，但为无社之计㉝。

嗟乎！龙盘虎踞之地，露草沾衣；千门双阙之间，风烟歇绝㉞。临江离别之感，赴洛呜咽之悲㉟。五百里之俘囚，累累不绝㊱；三百年之王气，寂寂长空㊲。一国为一人兴，前贤以后愚灭，其来尚矣㊳。

或㊴问曰："安乐公刘禅㊵，归命侯孙皓㊶，温国公高纬㊷，长城公陈叔宝，并称域中之大㊸。据天下之尊㊹，或衔璧送降㊺，或逃窜就系㊻，必不得已，何者为先？㊼"

君子曰㊽："客所问者，具在方册㊾，请为吾子(50)陈之，任自择(51)焉。若乃(52)投井求生，横奔畏死，面缚(53)请罪，膝行待刑(54)，是其谋也(55)。马上唱无愁之歌，侍宴索达摩之曲(56)，刘禅不思陇蜀(57)，叔宝绝无心肝(58)，对贾充以不忠之词(59)，和晋帝以邻国之咏(60)，是其才也。纵黄皓(61)，嬖岑昏(62)，宠高瓌(63)，狎江总(64)，是其任也(65)。剥面凿眼，孙皓之刑(66)；弃亲即仇，高纬之志(67)。其馀细故(68)，不可殚(69)论。听吾子之悬衡(70)，任夫人之明镜(71)。"

客曰："入井，下策也。(72)"

【注释】 ① 长城公：即陈后主。他被俘后降隋，死后追赠大将军，封长城县公，谥炀。 ② 器识：气度见识。 ③ 承平嗣主：承平，太平。嗣主，继承帝位的君主。 ④ 忠谠(dǎng)：忠诚正直。 ⑤ 左道：歪门邪道。 ⑥ 淫祀妖书：淫祀，超越礼制的祭祀。妖书，此指宣扬谶讳迷信的书。 ⑦ 镂薄假物：镂薄，刻镂金银而制成的装饰品。薄，通"镈"，对金饰品的一种称呼。假物，仿照真物制成的工艺品。 ⑧ "即古明哲"二句：即使是古代的英明圣哲，也无法超越他。何以，"以何"的倒装句。加，增益，超过。 ⑨ 临边：临近陈国的边境。 ⑩ 南国斯蹙：南国，指陈王朝。斯，助词，无意义。蹙(cù)，紧迫，形容处境困窘。 ⑪ 苛刻：繁多刻薄的赋税。 ⑫ 邻好不敦：邻好，应该结好的邻国。此指隋朝。不敦，不实行敦睦的政策。 ⑬ 骄傲是务：只是一味地骄傲自大。 ⑭ 嬖妾五十：嬖(bì)妾，皇帝宠爱的宫人。五十，这里是泛言其多。下句的"一千"也是如此。 ⑮ 珥(ěr)貂之容：指美丽的容貌。珥貂，头上所插的貂尾，一种高贵的装饰品。 ⑯ 丽服：代指穿戴华丽的宫人。 ⑰ 夭桃之色：指少女美丽的容颜。夭桃，出自《诗经·周南·桃夭》："桃之夭夭，灼灼其华。"夭夭，娇好的样子。 ⑱ 狎客：陪侍皇帝宴游玩乐的人。狎：亲昵。 ⑲ 玉貌绛唇：代指美女。绛，红。 ⑳ 咀嚼宫徵：咀嚼，引申为歌唱。宫徵(zhǐ)，古代五音(宫、商、角、徵、羽)中的两种。这里代指音乐。 ㉑ 花笺：印有花纹的纸。 ㉒ 吟咏烟霞：此指写风花雪月之类风格柔靡的诗。烟霞，代指山水美景。 ㉓ 于时：在这个时候。 ㉔ 隋德：隋朝的德业。 ㉕ 南被江汉：被，加，及。江汉，长江、汉水一带，指陈王朝所管辖之地。 ㉖ 间谍：秘密刺探敌情的人。此指身在陈朝而为隋朝提供情报的人。　㉗羊叔子之倾故人：这句的意思是，隋文帝对待陈人就像晋朝大臣羊祜对待吴人一样，其仁德足以使敌人倾服。羊叔子，即羊祜，字叔子，晋武帝时累官尚书仆射，都督荆州诸军事，镇襄阳。他与东吴军队作战时，多取怀柔政策，吴人倾服他，不呼其名，称之为"羊公"。　㉘不伐有丧：不攻伐有丧事的国家。隋文帝于开皇二年（582）做好部署，准备进攻陈国，恰此时陈宣帝死，隋即班师回朝。　㉙楚恭王之结邻好：这句的意思是，隋文帝像春秋时的楚恭王一样有心交好邻国，博取民心。公元前569年，楚国恭王将伐陈，闻知陈成公卒，即停止了军事行动。　㉚"加以贺若谋勇"四句：加上有贺若弼的有谋有勇，善于随机应变；韩擒虎的英勇无敌，善于掌握戎机。贺若，即贺若弼，隋文帝开皇九年（589）伐陈时为行军总管。称贺若弼为"贺若"，是为了使句子整齐而省略一字。擒虎，即韩擒虎，开皇九年伐陈时为先锋大将。　㉛"莫不迎刃自裂"二句：陈朝军队没有不刚接触隋军就分崩离析，听到对方进攻的鼓声就争着逃命的。　㉜"斩张悌之守迷"二句：意谓隋军斩杀了像张悌那样执迷不悟的人，降服了像薛莹那样知晓天命的人。张悌，三国后期吴国丞相。晋伐吴时，张悌不投降亦不逃走，说"今日是我死日"，遂为晋军所杀。薛莹，三国后期吴国大臣，晋伐吴时，孙皓请降，降书即为薛莹所写。　㉝"紫殿正色"四句：意思是，隋军攻入宫城时，陈朝大臣袁宪在宫殿上正色进谏，要求陈后主不要逃跑，端坐在御座即可。但陈后主不听，只是采取了春秋时萧国大夫还无社的做法，逃匿在枯井中。紫殿，又称紫宫，即皇宫。正色，庄重、严肃的脸色。袁宪，陈后主时官至尚书仆射。白刃交前，指隋军拿着兵器已入皇宫。白刃，闪着白光的锋利兵器。无社，春秋时萧国大夫还无社。楚伐萧时，还无社采纳其友人楚大夫申叔展之言逃入枯井中。次日萧军溃败，申叔展将他从枯井中救出。　㉞"龙蟠虎踞之地"四句：意思是，地势险要的陈朝都城建康城，曾是千门万户，繁华异常，战乱后已凋弊不堪，只有野草上的露珠沾湿行人的衣裳了。龙盘虎踞之地，指建康城所在之地。《吴录》记载，刘备曾使诸葛亮至京（时称建邺，即今南京市），因睹秣陵山阜，叹曰："钟山龙盘，石头虎踞，此帝王之宅。"千门，形容宫殿宏大众多。双阙，宫门前两边供瞭望的高楼。风烟，风光人烟，代指繁华的都市景象。　㉟"临江离别之虑"二句：这两句写陈亡国后君臣被迫西迁的情景。上句用汉朝临江闵王刘荣的典故。刘荣胡作非为，汉景帝怒，征其入京。刘荣临行前在江陵北门祭道神，才上车，车轴断裂。江陵父老流涕窃言曰：吾王不返矣。下句用三国时吴国末代皇帝孙皓的典故。孙皓使人为其占卜，看能否兼并天下。卜者以"吉，庚子岁，青盖当入洛阳（晋朝都城）"告之，孙皓大喜，常想着会灭掉晋国，遂放纵自己，不修其政，结果在庚子岁（280）为晋所灭，孙皓降晋。　㊱"五百里之俘囚"二句：写陈朝君臣被俘后西迁途中情景。《南史·陈后主本纪》记载：陈朝君臣西迁时，"自后主以下，大小在路，五百里累累不绝"。累累，人数众多的样子。　㊲"三百年之王气"二句：这两句感慨建康三百年的王气从此消歇。三国时吴国及东晋、南朝的宋、齐、梁、陈（史称六朝）均建都在建康，前后三百余年。　㊳其来尚矣：来，由来。尚，久远。　㊴或：有人。这是作者的假设之词。　㊵刘禅：刘备之子，蜀汉后主。魏破蜀，刘禅出降，东迁魏都洛阳，封安乐县公。　㊶孙皓：孙权之孙，孙和之子，吴国末代国君。吴为晋所灭，孙皓降晋，封归命侯。　㊷高纬：南北朝时北齐后主，为北周俘获，后封为温国公。　㊸域中之大：此指皇帝。《老子》："域中有四大，而王居一焉。"　㊹据天下之尊：据，占据。天下之尊，指皇位。　㊺衔璧送降：屈辱投降。春秋时期楚国

74

围攻许国,许国国君缚手于后,口含璧玉出降请罪。此指刘禅、孙皓之降魏与降晋。据记载,刘禅与孙皓请降时,都把自己捆绑起来,还用车载着棺材。　㊻ 就系:被捆绑。此指高纬、陈叔宝。高纬在逃跑的路上被抓,陈叔宝躲在井底被俘获。　㊼ 何者为先:哪种办法较好些?　㊽ 君子曰:古时引用别人有价值的话,往往称"君子曰"。这里是作者的假托之词。　㊾ 方册:指史书。　㊿ 吾子:说话时对对方的尊称。　㉛ 自择:自己辨别选择。㉜ 若乃:至于。　㉝ 面缚:两手绑于身后,只见其面。　㉞ 膝行待刑:表示服罪。膝行,跪在地上行走。待刑,等待受刑。　㉟ 是其谋也:这些做法便是他们的计谋。　㊱ "马上唱无愁之歌"二句:这两句写高纬的行为。他骑马行走时唱着自己作的《无愁歌》,陪侍别人宴会时要求演奏自己喜爱的《达摩曲》。达摩之曲,晚唐诗人温庭筠《达摩支曲》有"无愁高纬花缦缦"句。高纬要求演奏的也许就是这个曲子。　㊲ 陇蜀:陇,今甘肃东部一带。蜀,今四川一带。三国时均为蜀国所占有。《三国志·蜀书·后主传》注引《汉晋春秋》:司马昭与刘禅宴饮,奏蜀地音乐,问刘禅:"颇思蜀否?"刘禅回答:"此间乐,不思蜀。"㊳ 绝无心肝:《南史·陈后主纪》载,陈后主降隋后,隋文帝赏赐丰厚,在宴会上怕他伤心,不奏吴乐。后监守者启奏文帝,称陈叔宝言:"既无秩位,每预朝集,愿得一官号。"隋文帝听后说:"叔宝全无心肝。"　㊴ 对贾充以不忠之词:这句说的是孙皓。贾充为三国时魏国大臣,后在晋朝为官。《资治通鉴》卷八一记载,孙皓降晋后,贾充问他:"闻君在南方,凿人目,剥人面皮。此何等刑也?"孙皓回答:"人臣有弑其君,及奸回不忠者,则加此刑耳。"暗讽贾充世受魏恩,而奸回附晋,弑高贵乡公曹髦。　㊵ 和晋帝以邻国之咏:这句也是说孙皓。《世说新语·排调》载,晋武帝问孙皓:"闻南人好作《尔汝歌》,颇能为不?"孙皓正在饮酒,即刻举杯回答:"昔与汝为邻,今与汝为臣。上汝一杯酒,令汝寿万春。"　㊶ 黄皓:三国时蜀国宦官,为后主刘禅所宠爱,操弄权柄,终至覆国。　㊷ 嬖岑昏:嬖,宠幸。岑昏,孙皓宠臣,谀上压下,好兴功役,为众人所恨。　㊸ 高㻮:高纬之宠臣高阿那肱。北周的军队逼近北齐,他一再扣压紧急文书,北齐遂亡。　㊹ 江总:为陈后主所宠幸,任仆射尚书令,常与其嬉游宴饮,多作艳诗,号称狎客。　㊺ 是其任也:这句的意思是,以上所说的这些人,是他们所信任的人。　㊻ "剥面凿眼"二句:此谓孙皓滥施酷刑。《三国志·吴书·三嗣主(孙皓)传》:"宫人有不合意者,辄杀流之,或剥人之面,或凿人之眼。"　㊼ "弃亲即仇"二句:此谓高纬志意荒谬,抛弃亲人,投奔仇人。弃亲,指高纬杀死了不少亲王。即仇,投靠仇敌,指在与北周作战失利后想投奔突厥和南方的陈国。　㊽ 细故:琐碎细小之事。㊾ 殚(dàn):尽。　㊿ 悬衡:悬秤,引申为权衡。　㉛ 任夫人之明镜:夫人,泛指众人。夫,语助词,无义。明镜,明白地鉴别。镜,用作动词,镜鉴,鉴别。　㉜ 入井,下策也:这两句的意思是,陈后主跳入井中藏匿,是下等的策略。也就是说,他是四个亡国之君中最下等的。

【赏析】　本文可分为两大部分。第一部分共四段,主要论析陈国灭亡与陈后主的关系;第二部分共三段,比较历史上的四位亡国之君,指出陈后主是最差的一位。

　　文章开头(第一段),用欲抑先扬手法,称陈后主"器识过人",不输"古明哲"。文中称扬他的几件事,即"一求"、"三禁",于《陈书·后主本纪》均有记载,是陈叔宝初为皇帝时所采取的一些较好的政治措施。然而,他并未坚持善政,很快便堕落为一个骄傲自大、苛待百姓、生活奢靡的无道昏君。第二段便较详细地揭露了他纵情声色以至"长夜不疲,略无醒日"的荒唐行径。第三段主要写隋朝修政树德,广揽民心,善用人才。通过陈、隋朝的政治对比,昭示了陈亡的历史必然性。第四段为作者的抒怀,为陈朝之不应灭亡(据"龙盘虎踞之地",有"三百年之王气")而竟然灭亡深致悲慨。"一国为一人兴,前贤以后愚灭"的议论,针砭的正是陈后主。

　　第二部分采用主客问答这种较为活泼的形式,比较历史上的四位亡国之君——三国蜀汉后主刘禅、三国孙吴后主孙皓、北齐后主高纬以及陈后主陈叔宝,指出他们各自的异同之处,最后得出结论:陈后主为最下等。这一部分以"君子曰"一段为核心内容,拈出四位亡国君王的主要劣行、丑行作一概述,还分别用"是其谋也"、"是其才也"、"是其任也"作一小结,充满了讽刺意味。文章结尾处,作者借"客"之口道出他对陈后主的鄙视。的确,陈后主在面临灭顶之灾时,既不设法逃跑,也没有直面失败的勇气,连"面缚衔璧"出降也不敢,只是像受惊的老鼠一样携着张贵妃、孔贵人入匿枯井,真可说是无耻之尤了。

　　本文很讲究布局设计,有波澜起伏之妙。叙事、议论、抒情的结合,也增添了文章的风致美。从文体看,该文虽是散体文,但多用四字句、六字句,两两相对的句子也很多,骈体文的痕迹还很明显。这也反映了唐代文体的演变趋势。要到中唐时代韩愈、柳宗元等人的出现,散体文才比较彻底地摆脱了骈体文的束缚。

骆宾王

> **作者简介**
>
> 骆宾王(627？—684)，字观光，婺州义乌(今浙江义乌)人。七岁能诗，被目为神童。初为道王府属，后从军蜀中，历任武功、长安主簿，高宗仪凤三年(678)升任侍御史，不久被诬下狱，遇赦得释。调露二年(680)任临海县丞，故世称"骆临海"。后弃官而去。光宅元年(684)，李(徐)敬业起兵讨伐武则天，已入其幕府为艺文令的骆宾王随其行动，军中书檄皆出其手。兵败被杀。一说出家为僧。工诗善文，与王勃、杨炯、卢照邻合称"初唐四杰"。其诗文多散落，唐中宗时，命人辑得十卷，后亦散佚。明清时有多种辑本，清代陈熙晋有《骆临海集笺注》十卷，较完备。

代李敬业传檄天下文

【题解】 唐高宗李治(628—683)执政后期，皇后武则天逐渐参与朝政。永淳二年(683)高宗死，太子李显即位，即唐中宗，她临朝称制。不到两月即废李显，立李旦为帝，即唐睿宗。她令李旦居别殿，自己以皇太后身份实际掌握皇权。光宅元年(684)秋，李(徐)敬业在扬州举兵讨伐武则天。骆宾王为他写了这篇檄文，传告天下。檄，古代的一种文体，是官府用以征召、晓喻或声讨的文书。

【原文】

伪临朝武氏者[①]，人非温顺，地[②]实寒微。昔充太宗下陈[③]，尝以更衣入侍[④]。洎乎晚节[⑤]，秽乱春宫[⑥]。密隐先帝之私[⑦]，阴图后庭之嬖[⑧]。入门见嫉，蛾眉不肯让人[⑨]；掩袖工谗，狐媚偏能惑主[⑩]。践元后于翚翟，陷吾君于聚麀[⑪]。加以虺蜴为心[⑫]，豺狼成性。近狎邪僻[⑬]，残害忠良[⑭]，杀姊屠兄，弑君鸩母[⑮]。神人之所共疾[⑯]，天地之所不容。犹复包藏祸心，窥窃神器[⑰]。君之爱子，幽之于别宫[⑱]；贼之宗盟，委之以重任[⑲]。呜呼！霍子孟之不作，朱虚侯之已亡[⑳]。燕啄皇孙，知汉祚之将尽[㉑]；龙漦帝后，识夏庭之遽衰[㉒]。

敬业皇唐旧臣㉓，公侯冢子㉔。奉先帝之遗训，荷本朝之厚恩㉕。宋微子之兴悲，良有以也㉖；桓君山之流涕，岂徒然哉㉗！是用气愤风云㉘，志安社稷。因天下之失望㉙，顺宇内之推心㉚。爰㉛举义旗，誓清妖孽。南连百越㉜，北尽三河㉝。铁骑成群，玉轴相接㉞。海陵红粟，仓储之积靡穷㉟；江浦黄旗㊱，匡复之功何远。班声动而北风起，剑气冲而南斗平㊲。喑呜㊳则山岳崩颓，叱咤则风云变色。以此㊴制敌，何敌不摧！以此攻城，何城不克㊵！

公等或家传汉爵㊶，或地协周亲㊷，或膺重寄于爪牙，或受顾命于宣室㊸。言犹在耳，忠岂忘心！一抔之土㊹未干，六尺之孤㊺安在？倘能转祸为福，送往事居㊻，共立勤王㊼之勋，无废旧君之命，凡诸爵赏，同指山河㊽。若其眷恋穷城㊾，徘徊歧路㊿，坐昧先几之兆，必贻后至之诛[51]。

请看今日之域中[52]，竟是谁家之天下！

移檄[53]州郡，咸[54]使知闻。

【注释】　①伪临朝武氏者：伪，非法窃取政权者称伪。临朝，君临朝廷，掌握朝廷大权。武氏，此指武则天(624—705)。十四岁被送入宫为太宗才人。太宗死后，入长安感业寺为尼。高宗即位后，被召入宫为昭仪。永徽六年(655)立为皇后，载初元年(690)自立为帝，改国号为周。神龙六年(705)病重，大臣张柬之等发动政变，拥李显复位，尊她为则天大圣皇帝。此年冬死，谥则天皇后。　②地：地位，出身。　③下陈：后列，品级不高的侍妾。　④更衣入侍：指在侍候太宗时得到宠幸。更衣，指如厕。　⑤洎乎晚节：洎(jì)，及，到。晚节，后来。　⑥秽乱春宫：与太子(即后之高宗)有淫秽乱伦之事。春宫，太子所居之东宫。　⑦密隐先帝之私：隐藏了与已故皇帝太宗的私情。先帝，已死去的皇帝。　⑧阴图后庭之嬖(bì)：暗中图谋能在后宫得到专宠。后庭，后宫。嬖，宠幸。　⑨"入门见嫉"二句：意思是，她入宫时曾遭到嫉妒，但她针锋相对，决不肯退让。蛾眉，女子细而曲长的眉毛，代指美女。　⑩"掩袖工谗"二句：意思是，她善于进谗言，凭借自己的狡猾迷惑君主。掩袖，以袖掩鼻。《战国策•楚策》：楚怀王妃郑袖嫉妒新进宫的美人，对她说：大王很喜欢你，但不喜欢你的鼻子，以后见王时可以袖掩鼻。怀王见后奇怪地问郑袖，郑袖回答：她讨厌闻你身上的臭味。怀王大怒，命人割去美人的鼻子。狐媚，传说狐化为魅，很能迷惑人。主，指唐高宗。　⑪"践元后"二句：意思是，她终于登上了皇后的宝座，但使我们的国君(指唐高宗)陷入了乱伦的泥潭。践，履，登上。元后，正宫皇后。于，之，的。翚翟(huīdí)，野鸡。五彩的叫翚，长尾的叫翟。古代皇后的车子、衣服上都绘有翚翟的图案，所以用它代指皇后之位。聚麀(yōu)，《礼记•曲礼》："夫惟禽兽无礼，故父子聚麀。"聚，共。麀，母鹿。此指武则天先为太宗才人，后又为太宗儿子高宗的皇后。　⑫虺蜴：虺(huǐ)，一种毒性极强的蛇。蜴(yì)，即蜥蜴，俗称四脚蛇，善变换颜色。　⑬近狎邪僻：近狎(xiá)，亲近，笼络。邪僻，奸邪小人，此指李义府、许敬宗等人。 ⑭ 忠良：指忠于李唐王朝的长孙无忌、褚遂良等人。 ⑮ "杀姊屠兄"二句：这两句极言武则天心狠手辣。武则天立为皇后之后，为一己私利，杀死了侄儿惟良、怀运及其姐之女贺兰氏，又把其异母兄武元庆、武元爽流配外地而死。弑君，杀死君主。史书无记载。鸩(zhèn)母，毒死母亲。史书无记载。一说指她害死了高宗原先的皇后（王皇后）。鸩，鸟名，其羽剧毒，用它浸酒后，人喝了即死。 ⑯ 疾：痛恨。 ⑰ 神器：帝位。 ⑱ "君之爱子"二句：这两句说的是武则天把睿宗(李旦)幽禁于别殿，自己独掌皇权。 ⑲ "贼之宗盟"二句：这两句说的是武则天把她的侄子武承嗣、武三思等快速提拔，担任要职。贼，指武则天。宗盟，指武则天的同宗族人和同伙党羽。 ⑳ "霍子孟之不作"二句：这两句用历史典故，感慨朝中无大臣，李唐宗室也无人能够起来捍卫李姓王朝。霍子孟，汉武帝时大臣霍光（字子孟）在武帝死后受诏辅助小皇帝刘昭。昭帝死，迎立刘贺为帝。贺淫乱无行，霍光废之，改立宣帝，保住刘姓坐稳江山。朱虚侯，汉高祖之孙刘章被封为朱虚侯。高祖死后，吕后当政，诸吕擅权。吕后死，诸吕阴谋作乱。刘章与太尉周勃、丞相陈平等合谋除之，扶立文帝刘恒，使刘姓王朝得以延续。 ㉑ "燕啄皇孙"二句：这两句借汉喻唐，说唐王朝有国运将尽的危险。《汉书•五行志》：汉成帝立舞者赵飞燕为皇后之后，她因自己无子，就设法把后宫中怀孕的人都害死，致使成帝无子嗣。此事与当时民谣"燕飞来，啄皇孙，皇孙死，燕啄矢"相应验。汉祚(zuò)：汉朝的国运。武则天立为皇后之后，先后废掉或害死太子李忠、李弘、李贤，与赵飞燕之所为有相似之处。 ㉒ "龙漦(lí)帝后"二句：这两句借夏喻唐，也是说唐王朝岌岌可危。《史记•周本纪》：夏朝时，有二神龙降临夏庭，夏帝问卜于神，请求二龙留下龙漦(龙的唾沫)，密藏于盒。传至周厉王时，将木盒打开，龙漦流于庭，化为玄鼋，入宫，宫女遇之，感而怀孕，生下了褒姒。后周幽王立她为后，废申后及太子，招致犬戎入侵，西周遂亡。这里是以褒姒喻指武则天。夏庭，夏朝朝廷。遽(jù)，急速。 ㉓ 敬业皇唐旧臣：敬业，李敬业，又作徐敬业。他是唐朝开国功臣徐世勣的长孙。因徐世勣功勋卓著，被赐以"国姓"，改姓李，又为避李世民名讳，单名勣。皇唐，大唐。旧臣，敬业继父袭爵英国公，曾任太仆少卿、眉州刺史。 ㉔ 冢(zhǒng)子：嫡长子。 ㉕ "奉先帝之遗训"二句：这两句的意思是，他敬奉高祖、太宗、高宗的遗训（指保护李唐江山），承受唐王朝的厚恩。荷，承受。 ㉖ "宋微子之兴悲"二句：这两句的意思是，宋微子过殷墟而引起悲伤，实在是有原因的。微子，名启，纣王的庶兄。纣王淫乱，数谏不听，乃去。武王灭纣后，命微子为殷后代，封国于宋，故称宋微子。一次他路过殷墟，引起故国之思，作《麦秀歌》以寄托哀思。以，缘故，原因。 ㉗ "桓君山之流涕"二句：这两句的意思是，桓君山痛哭流涕，难道没有原因吗？桓谭，字君山，任议郎给事中，因上疏陈时政并反对汉光武帝迷信图谶，激怒皇帝，拟斩之，谭叩头流血，谪为六安郡丞，郁郁不乐，不久病卒。李敬业被夺爵远谪，贬为柳州司马，遭遇与桓谭类似。 ㉘ "是用"句：是用，因此。气愤风云，义愤之气激荡风云。 ㉙ 因天下之失望：因，凭借。失望，对武则天的失望。 ㉚ 顺宇内之推心：顺，顺应。宇内，天下。推心，拥护，信赖。 ㉛ 爰：于是。 ㉜ 百越：南方各部族的总称。 ㉝ 三河：指古代帝王建都的中原地区。《史记•货殖列传》："昔唐人都河东，殷人都河内，周人都河南。夫三河，在天下之中，若鼎足，王者更居也，建国各数百千岁。" ㉞ 玉轴相接：形容运送物资的车辆很多。玉轴，用玉饰的车轴，代指车辆。 ㉟ "海陵红粟”二句：这两句的意思是，我军的粮食储备像海陵仓的储米一样用不完，有的因储备时间太长而变成了红色。海陵：县名，在今江苏泰县，唐属扬州。汉吴王刘濞于此置仓储粮。红粟，左思《吴都赋》写到海陵仓“红粟流衍”。靡穷，无穷尽。 ㊱ 江浦黄旗：江浦，江边，此指长江边的扬州地区。黄旗，是说天空出现黄旗紫盖状的云气。古时迷信说法，以为这是出皇帝的征兆。 ㊲ “班声动”二句：这两句的意思是，战马嘶鸣似北风呼啸，剑气冲天使南斗星失色。班声，班马之声。班马，离群之马，此指战马。南斗，南斗六星，亦称斗宿，在吴地的分野。平，消除，隐失。《晋书·张华传》上说，晋初时，斗、牛二星宿间常有紫气照射，后于丰城（在今江西）发掘出龙泉、太阿宝剑一双，天上的紫气就消失了。 ㊳ 喑（yīn）呜：义同下句的“叱咤”，都是发怒时发出的声音。语本《史记·淮阴侯列传》中对项王的描写。 ㊴ 以此：凭借这些（指上文所说的种种有利条件）。 ㊵ 克：攻下。 ㊶ “公等”句：公等，指即将看到该檄文的各地、各级官吏及相关人员。或，有的（人）。家传汉爵，世代传袭唐朝的爵位。以汉代唐，是唐代文人的惯常写法。 ㊷ 地协周亲：地，地位，身份。协，合。周亲，至亲，指李姓皇帝的宗室或姻亲。 ㊸ “或膺重寄于爪牙”二句：这两句的意思是，有的人受命出任节制一方的将帅，有的人受命在朝廷辅助皇帝。膺，承受。重寄，重要的托付。爪牙，喻指武将。顾命，皇帝临死前对心腹大臣的遗命。宣室，汉末央宫正殿室名。此借指唐宫。 ㊹ 一抔之土未干：这句是说高宗刚安葬不久。高宗葬乾陵至敬业扬州起兵，中间相距仅四十八天，所以如此说。一抔之土，指坟上之土。一抔，一捧，一掬。 ㊺ 六尺之孤：年幼之君。孤，无父之子，此指据高宗遗诏继位的中宗李显。当时李显被武则天废为庐陵王，软禁于房州。 ㊻ 送往事居：尊崇死者（指高宗），事奉生者（指中宗）。 ㊼ 勤王：君主有难，臣下起兵救援。此指帮助中宗复位。 ㊽ 这两句的意思是，对勤王的有功之臣一定封爵行赏，我们可以一起面对山河发誓。 ㊾ 穷城：指即将陷入困境的城池。此句是对地方武将而言。 ㊿ 徘徊歧路：形容打不定主意。此句是对朝廷大臣而言。 (51) “坐昧先几（jī）”二句：这两句的意思是，因为看不清事情的发展趋势，必定会有以后的严惩。坐，因此。昧，昏暗不明。先几之兆，事先露出的征兆。贻，遗留下。 (52) 域中：国内。 (53) 移檄：传送此篇檄文。 (54) 咸：都，全部。

【赏析】 本文是唐初四六骈文中的代表性作品。其主旨，是号召天下响应李敬业的号召，把实际掌握唐王朝大权的武则天撵下台。为了达到这个目的，作者先揭露、渲染武则天的罪恶本性：一是私生活糜烂，为了得到“皇后”这顶宝冠，竟至于“陷吾君于聚麀”；二是心狠手辣，既“残害忠良”，又“杀姊屠兄，弑君鸩母”，简直是泯灭人性的杀人魔王；三是野心膨胀，竟敢废黜皇帝，“窥窃神器”。这三点，足以激起国人的愤慨了。然后，作者又在文章的第二部分为李敬业大加鼓吹：一是出身高贵（是“公侯冢子”），忠于李唐王朝；二是为顺应民心而举义旗；三是兵多粮足，实力雄厚。也就是晓喻天下人，跟着李敬业造反，有必胜之把握。文章的第三部分，是直接劝说各级官吏：你们都受李姓王朝的恩德，在此关键时刻要不忘旧恩，认清形势，义无反顾地站到李敬业这一边。如勤王有功，必有重赏；如徘徊犹豫，则必有后患。文章既有理喻,又有利诱,还有威胁。所以说,本文的第一个特点是重点突出,思虑周密,条理清楚。

本文的第二个特点,是词采富赡,气势雄壮,富有鼓动性和号召力,为形容李敬业军队的浩大声势,文章连用"班声动而北风起"等四个排比句,紧接着又用"以此制敌,何敌不摧? 以此攻城,何城不克"四句连续发问,一气而下,声势凌厉。

本文的第三个特点,是善于变换句式,善于巧用虚词如"加以"、"犹复"、"倘能"、"若其"等,增强了文章的生动性和流畅性,避免了骈体文常有的板滞弊病。

据《新唐书·骆宾王传》记载:武则天初读此文时,"但嬉笑",并不以为然,及读到"一抔之土未干,六尺之孤安在"时,不禁问道:"谁为之?"然后又感慨道:"宰相安得失此人!"本文的感染力和震撼力,于此可见一斑。

文章虽然写得很好,但也夹杂有对武则天的人身攻击,某些表述也有与史实不符的地方。这些是我们在阅读时需要注意的。

潘好礼

作者简介

潘好礼(生卒年不详),主要活动在玄宗开元时期(713—741),贝州宗城(今河北威县)人。举明经,曾任上蔡令、监察御史。开元三年(715),转邠王府长史。不久,邠王出任滑州刺史,潘好礼兼邠王府司马,知滑州事。他关心百姓,邠王出猎践踏庄稼,好礼卧其马下谏阻,邠王惭惧而还。后迁豫州刺史,勤于吏治,清廉无私。因受牵连徙温州别驾,卒。好礼博学,擅议论,当时颇有文名。《旧唐书·良吏传》有传。《全唐文》收录其文两篇。

徐 有 功 论

【题解】 徐有功是武则天时期的著名循吏,新、旧《唐书》均有传。当时酷吏周兴、来俊臣等构陷无辜,朝野震恐,大臣多噤若寒蝉。独有功不计个人安危,据理力争,犯颜直谏,使许多人免遭横祸,而自己则数次身陷图圄,天下称为仁人。本文评说徐有功的品德、功绩,并把他与汉代循吏张释之作比较分析,突出其超迈前人的胆识。本文选自《全唐文》卷二百七十九。

【原文】

客有问于主人曰:"地官徐员外①,何如②也?"答曰:"守道③君子也。"客曰:"徐公明识④,诚难为俦⑤也。何不稍圆通⑥,以协随时之义⑦,而取富贵乎?何为固守方正⑧,乖相时之道⑨,几致死亡者数矣⑩?此岂大雅君子全身之义哉⑪?"答曰:"夫随时相宜⑫而取富贵,凡情所晓⑬,徐公岂不达⑭之?若徐公者,仁人也。夫仁者,济物⑮也。此道大矣,非常人所知。故孔子曰:'有杀身以成仁,无求生以害仁⑯。'徐公之不爱死亡⑰,固守诚节⑱,用此道也⑲。岂以贵贱、生死而易其操履⑳哉?"

问曰:"仁则信矣,忠则如何?"答曰:"岂有仁者不忠乎?当今帝德文明㉑,忧劳庶政㉒,思致刑措㉓,以隆㉔中兴。徐公献可替否㉕,

尽忠尽节，诚欲戴明主于尧舜之上㉖，置苍生于大道之中㉗，事迹显然，有识同悉㉘，子何疑而问哉？”

客曰：“鄙人㉙固鄙，不闲大体㉚，忠则信矣，孝则如何？”答曰：“岂有忠臣而非孝子也？《孝经》曰：‘君子之事亲孝，故忠可移于君㉛。立身行道，扬名于后代，以显父母㉜。今徐公之名，闻于四海，有志之士，莫不增气㉝，岂直㉞扬名，亦永锡尔类㉟矣！《礼》曰：‘大孝扬名。㊱’徐公之谓也。”

问曰：“徐公之道既高矣，何为暂处霜台㊲，即奏天官㊳得失，榜诸门㊴以示天下，规规然是钓名耳㊵。其故何哉？”主人胡卢㊶而笑，久而应之曰：“子徒见培塿㊷，未睹泰山乎？夫天官者，奔竞㊸既久，滥进宏多㊹，选司㊺权轻，且未能止，此弊之甚㊻也。徐公既处霜台，以澄清㊼为已任，切㊽于救弊，急于为善。此徐公之情㊾也。以为钓名，可谓不知言㊿矣。”

客有惭色，问曰：“此人当今，可谁与比(51)？”答曰：“宇宙至广，人物至多，匿迹韬光者(52)，固有之矣，仆宁敢厚诬(53)天下之士乎？若所闻见，一人而已，当于古人中求之(54)。”问曰：“何如张释之(55)？”答曰：“释之为廷尉(56)，天下无冤人，此略同耳。然而释之所以者甚易，徐公所行者甚难(57)。难易之间，优劣可知矣。”问曰：“张公、徐公，皆是国士(58)，至于断狱(59)，俱守正途(60)。事迹既同，有何难易？”答曰：“张公逢汉文(61)之时，天下无事，至如盗高庙玉环(62)，及渭桥惊马(63)，守法而已，岂不易哉？徐公逢革命之秋(64)，属维新之命(65)，唐朝遗老(66)，或有包藏祸心(67)，遂使陶公之壁，有所疑矣(68)。至如周兴、来俊臣者(69)，更是尧舜之四凶(70)也。掩义隐贼(71)，毁信废忠(72)，崇饰恶言(73)，以诬盛德(74)，遂使忠臣侧目(75)，恐死亡无日(76)矣。徐公守死善道(77)，深相明白(78)，几陷囹圄(79)，数挂网罗(80)。此吾子所闻，岂不难矣？《易》曰：‘知进退、存亡而不失其正者(81)。’徐公得之矣。”客曰：“若使此人为司刑卿(82)，方得展其才用？”答曰：“吾子徒见徐公用法平允(83)，即谓可置司刑；仆(84)观其人，固奇士也，方寸之地(85)，何所不容者？其用之，何事不可(86)？岂直司刑而已哉！”客曰：“今日闻吾子议，知徐公之令德(87)，未可尽言乎！固知(88)君子之道，非小人所测也(89)。”

【注释】　①地官徐员外:地官,武则天当政期间,改户部为地官,改刑部为秋官。此处当是"秋官"之误。徐员外,即徐有功。他于天授元年(690)任秋官员外郎。　②何如:怎么样。　③守道:恪守儒家之道。　④明识:正确认识人、事。　⑤难为俦:难以与他相提并论。俦,同辈。　⑥圆通:灵活变通,不固执己见。　⑦随时之义:顺从时势的道理。　⑧方正:代指原则。　⑨乖相时之道:乖,违背。相时之道,视时势而灵活处理的道理。　⑩"几致"句:几,几乎。致,招致。数(shuò),多次。《旧唐书》本传说他"谏奏枉诛者,三经断死"。　⑪"此岂大雅"句:大雅,宏达雅正。全身之义,保全自身的道理。　⑫随时相宜:顺应时势去做适宜之事。有"随机应变"的意思。　⑬凡情所晓:凡俗的人都懂得的道理。　⑭达之:通晓这个道理。　⑮济物:救济世人。　⑯"有杀身以成仁"二句:这两句出自《论语·卫灵公》,意思是,只有舍弃生命来成就仁道,而不能为了求生而破坏仁道。　⑰不爱死亡:不爱惜生命。　⑱诚节:诚实的节操。　⑲用此道也:用,行。此道,指仁道。　⑳操履:操行,操守。　㉑帝德文明:帝德,皇帝的德行。文明,富有文采,大放光明。　㉒庶政:各种政务。　㉓思致刑措:这句的意思是,想要达到搁置刑法不用的太平盛世。致,达到。刑措,搁置刑法。也就是无人犯法,刑法无所用处。　㉔隆:使……兴隆。　㉕献可替否:献可,进献可行的。替否,除去不可行的。　㉖戴明主于尧舜之上:戴,尊奉。于尧舜之上,意为比尧舜更圣明。　㉗置苍生于大道之中:让天下百姓生活在理想社会里。苍生,百姓。大道,此指上古五帝所行之道。《礼记·礼运》"大道之行"句郑玄注:"大道,谓五帝时也。"　㉘有识同悉:有识,有识之士。悉,知晓。　㉙鄙人:自谦之词。鄙,鄙陋。　㉚不闲大体:闲,通"娴",熟习。大体,即大道。　㉛"君子之事亲孝"二句:这两句出自《孝经·广扬名》,意思是,君子以"孝"侍奉父母,把"孝"移用于君王就是"忠"。　㉜"立身行道"三句:这三句出自《孝经·开宗明义》章,意思是,君子能自立于世,遵循大道,这样就能传播名声于后世,给父母增添荣耀。　㉝增气:这里是"精神得到激励"的意思。　㉞直:只是,仅仅。　㉟永锡尔类:语出《诗经·大雅·既醉》,意思是,永远给予同类以影响。锡,通"赐",给予。　㊱大孝扬名:这是概括《礼记·祭义》一段话的意思。　㊲霜台:指御史台。御史负责弹劾之事,为风霜之任,故有此称。徐有功曾任左肃政台侍御史。　㊳天官:吏部。　㊴榜诸门:张榜于大门上。　㊵"规规然"句:十分用心的样子。钓名,用不正当手段获取名声。　㊶胡卢:也作"卢胡",忍笑时腮颊鼓起的样子。　㊷培塿(póu lóu):小土堆。　㊸奔竞:为追逐名声而奔走、竞争。　㊹滥进宏多:滥进,无节制、无原则地封官。宏多,很多。　㊺选司:主持铨选官吏的有关职能部门。　㊻弊之甚:很严重的弊病。　㊼澄清:使混浊变为清明。此指纠正歪风,使政风清明。　㊽切:急切,急于。　㊾情:真情,指他的真实想法。　㊿不知言:没有智识的话。知,通"智"。　㉕¹可谁与比:可与谁比。　㉕²匿迹韬光:匿迹,隐藏不露形迹。韬光,藏匿光彩。　㉕³宁敢厚诬:宁敢,岂敢。厚诬,大加诬蔑、毁谤。　㉕⁴"若所闻见"三句:这三句的意思是,据我的所闻所见,当今社会仅有他一人,只能到古人中去寻求类似于他的人。　㉕⁵何如张释之:与张释之相比,怎么样? 张释之,汉文帝时廷尉,曾要求文帝严格执法。他弹劾太子(后来的景帝)与梁王共车入朝,不下司马门。受到文帝重用。　㉕⁶廷尉:掌刑狱的高官。　㉕⁷"然而"二句:意思是,然而张释之能那么做很容易,徐有功能那么做很困难。　㉕⁸国士:一国之内的杰出人士。　㉕⁹断狱:审判案件。 ⑥⓪ 正途:正道,此指法规。 ⑥① 汉文:汉文帝刘恒,汉高祖刘邦之子。公元前180—前157年在位。实行与民休息和轻徭薄赋政策,使汉王朝逐渐趋向稳定并呈现富庶景象,与后之景帝之治被称为"文景之治"。 ⑥② 盗高庙玉环:《汉书·张释之传》载,有人盗高庙座前玉环,文帝怒,想把他灭族。廷尉张释之依法处以"弃市"。文帝大怒。释之坚持己见,认为如把他灭族的话,那么,"假令愚民取长陵一抔土,陛下且何以加其法乎?"文帝觉得有理,就同意了释之的意见。 ⑥③ 渭桥惊马:《汉书·张释之传》载,文帝过中渭桥,有人从桥下奔走而过,乘舆马惊。释之审问惊马者后,判以罚金。文帝怒。释之解释:"法者,天子所与天下公共也。今法如是,更重之,是法不信于民也。"文帝最终同意了他的判决。 ⑥④ 革命之秋:指武则天于690年称帝,改国号为周,替代唐王朝的政权更迭时期。革命,古人认为帝王受命于天,因称朝代更替为革命。 ⑥⑤ 属维新之命:属(zhǔ),适逢,恰好。维新,变旧法,行新政。维,语助词,无义。 ⑥⑥ 遗老:前朝旧臣。 ⑥⑦ 包藏祸心:有反对武则天、恢复李唐王朝的不轨之心。 ⑥⑧ "遂使"二句:意思是,于是就使得忠心于武则天的臣子受到了怀疑。陶公,指西晋的陶侃。陶侃忠于晋室,但因权重,有人怀疑他有野心。璧,玉器的一种,此指无瑕的白璧。 ⑥⑨ 周兴、来俊臣:俱为武则天时酷吏。周兴,掌管刑狱时,被他诬陷被杀者数千人。来俊臣,曾大兴刑狱,专以酷刑逼供,被诬陷灭族达千余家。 ⑦⓪ 尧舜之四凶:古代传说中被舜流放的四个凶人。见《尚书·尧典》、《史记·五帝本纪》。 ⑦① 掩义隐贼:掩义,掩盖正义。隐贼,隐藏祸心。 ⑦② 毁信废忠:毁信,毁坏信义。废忠,废弃忠诚。 ⑦③ 崇饰恶言:将丑恶之言说得美妙好听。崇,尊崇。饰,粉饰。 ⑦④ 以诬盛德:诬,欺骗。盛德,代指皇帝。 ⑦⑤ 侧目:斜视,敢怒而不敢言的样子。 ⑦⑥ 无日:没有多少日子。 ⑦⑦ 守死善道:宁死不离正道。语本《论语·泰伯》。 ⑦⑧ 深相明白:周密审查,使冤情大白。 ⑦⑨ 几陷囹圄:几次被捕入狱。囹圄,牢狱。 ⑧⓪ 数挂罗网:多次被迫害治罪。挂罗网,触犯法网被治罪的形象化说法。 ⑧① "知进退"句:这句出《易经·乾》:"知进退存亡而不失其正者,其唯圣人乎?"意思是,懂得如何进取、退让、生存、死亡而又不失去正道,大概只有圣人才能做到吧。 ⑧② 司刑卿:即大理卿,是中央最高审判机关大理寺的长官。武则天执政时称司刑卿。 ⑧③ "吾子徒见"句:吾子,对谈话对方的尊称。也就是指文中的"客"。用法平允,执法不偏不倚,平正公允。 ⑧④ 仆:作者的谦称。 ⑧⑤ 方寸之地:指心。 ⑧⑥ "其用之"二句:意思是,徐有功用他那颗无所不容的心(指其内心具有各种优秀品质)去处理外部事物,有什么事情不能处理好呢? ⑧⑦ 令德:美德。令,美好。 ⑧⑧ 固知:确知。 ⑧⑨ 小人:此指普通人,非指德行卑劣之人。

【赏析】 徐有功卒于武则天长安二年,即702年,距作者活动的玄宗开元时期仅一二十年。因此,可以视本文为当代人物论,而非历史人物论。

文章采用汉赋中的主客问答体,逐层揭示论主徐有功的品德、胆识、功绩、才能。全文由四部分组成。第一部分先简要指出传主乃"守道君子",然后通过三问三答,论证有功兼具仁、忠、孝三个重要特征。具此三点,也可以说是近乎完美了。第二部分是对客的质疑——徐有功是钓名者——的批驳。这部分写得较为简单,强调有功"奏天官得失,榜诸门以示天下"的激烈举动,只是因为"切于救弊,急于为善"而已。第三部分是说当今无人可比有功,突出有功之难能可贵,然后又将汉代执法严明的张释之与之比较,具体论述有功之所为更难于张释之。这样就等于说有功是古今难得一见的杰出人物了。这部分是全文的重点,也是写得最精彩、最有说服力的。第四部分认为"客"所说的有功若任司刑卿(掌司法审判的最高长官,有功死后才被赠此官衔)"方得展其才用"仍未切中肯綮。作者认为有功不仅严正执法,不惧招祸,还是个"奇士",其胸怀"何所不容",足以担当任何重任。这部分是对前三部分的总结和提升。

　　文章写法巧妙,层层深入,通过对"客"之疑问的剖析、论述,揭示论主的高尚品德和罕见胆识,语言表达也十分流畅,鲜明地表达了作者对徐有功的不胜推崇、无限景慕之情。

吴　兢

> **作者简介**
>
> 吴兢(670—749),汴州浚仪(今河南开封)人。武周时,由宰相魏元忠等推荐,召入史馆,编修国史。唐中宗时,任右补阙、起居郎。玄宗时,历任谏议大夫兼修文馆学士、卫尉少卿、太子左庶子等职。开元十七年(729)出为荆州司马,累迁相州长史,封襄垣县子。后入为恒王傅。居史职近三十年,其书叙事简核,号为良史。所撰《贞观政要》十卷,按君道、政体、任贤、求贤等分类编排,记录唐太宗与魏徵、房玄龄、杜如晦、虞世南、马周等人的言论和贞观年间的政治措施。该书自成书后,即受到封建统治者的高度重视。另编有《乐府古题要解》二卷,今存。《全唐文》存其表疏十四篇,《全唐诗》存其诗二首。

戴胄力谏唐太宗

【题解】　本文选自《贞观政要·公平》篇,题目为编选者所加。戴胄在贞观初期任大理少卿,是主管刑狱的大理寺的副长官。本文记载戴胄在两个案件上坚持公平、依法原则,敢于拂逆唐太宗的意旨,据理力争,最终使唐太宗改变初衷,听从了他的处理意见。

【原文】

贞观元年①,吏部尚书长孙无忌②尝被召,不解佩刀入东上阁门。出阁门后,监门校尉③始觉。尚书右仆射封德彝④议,以监门校尉不觉,罪当死;无忌误带刀入,徒⑤二年,罚铜二十斤。太宗从之。大理少卿戴胄驳曰:"校尉不觉,无忌带刀入内,同为误耳。夫臣子之于尊极⑥,不得称误,准律⑦云:'供御汤药、饮食、舟船,误不如法⑧者,皆死。'陛下若录其功,非宪司⑨所决;若当据法,罚铜未为得理。"太宗曰:"法者,非朕一人之法,乃天下之法,何得以无忌国之亲戚,便欲挠法⑩耶?"更令定议。德彝执议如初,太宗将从其议,胄又驳奏曰:"校尉缘⑪无忌以致罪,于法当轻。若论其过误,则为情一也⑫,而生死顿殊⑬。敢⑭以固请。"太宗乃免校尉之死。

是时⑮,朝廷大开选举⑯,或有诈伪阶资⑰者,太宗令其自首;不首,罪至于死。俄有诈伪者事泄⑱,胄据法断流⑲以奏之。太宗曰:"朕初下敕⑳,不首者死,今断从法,是示天下以不信矣㉑。"胄曰:"陛下当即杀之,非臣所及,既付所司,臣不敢亏法㉒。"太宗曰:"卿自守法,而令朕失信耶?"胄曰:"法者,国家所以布大信于天下,言者,当时喜怒之所发耳!陛下发一朝㉓之忿,而许杀之,既知不可,而置之以法,此乃忍小忿㉔而存大信,臣窃为陛下惜之㉕。"太宗曰:"朕法有所失,卿能正之,朕复何忧也?"

【注释】　①贞观元年:公元627年。贞观,唐太宗李世民年号(627—649)。②长孙无忌:唐初大臣,太宗长孙皇后之兄。数从李世民征讨有功,又参与谋划并发动了"玄武门之变",对李世民登皇帝位起了重要作用。　③监门校尉:掌管宫殿门禁的武官。④尚书右仆射封德彝:尚书右仆射,尚书省的实际长官之一。另一长官是尚书左仆射。封德彝,太宗时大臣。　⑤徒:徒刑。　⑥尊极:指皇帝。　⑦准律:按照法律条文。⑧如法:符合法令。　⑨宪司:司法机关。　⑩挠法:阻挠法令的正常推行。　⑪缘:因为。　⑫为情一也:为情,触犯法令的情况。一,一样,同样。⑬殊:不同。⑭敢:此有冒昧的意思。　⑮是时:这时候。指贞观元年。⑯选举:选拔、举荐人才。　⑰诈伪阶资:弄虚作假,伪造官阶、资历。　⑱"俄有"句:俄,不久。事泄,事情败露。　⑲断流:判决流刑。流刑,将犯人流放到遥远地区的一种刑罚。　⑳敕:特指皇帝的命令、诏书。　㉑"是示天下"句:意思是,你这样判决,是向天下表示我的话不算数了。不信,不守信用。　㉒亏法:破坏法规。　㉓一朝:一时。　㉔忍小忿:克制个人的忿恨。㉕惜:珍惜。

【赏析】　在封建社会的众多君王中,唐太宗以"虚怀纳谏"被后世所称道。但阅读本文可以看到,要他接受臣下的意见也不容易。本文的第一则故事是写太宗对同样犯错的两个人以不同的处罚,戴胄因此进谏。经过两次谏诤,太宗终于免除了校尉的死罪。可以体会到,太宗这次的纳谏是比较勉强的,或者说,他是为了庇护长孙无忌才"免校尉之死"的。第二则故事是写太宗对伪造官阶、资历者的处罚态度。太宗事先宣布,不自首者将处死。但戴胄依据法令,只判处流刑。太宗认为,这样将会使自己失信于天下。戴胄不屈从皇帝旨意,坚持认为国家律令是天下之"大信",皇帝一时之私忿不因居"大信"之上。也就是说,国家的律令要大于皇帝的意旨。这一次谏诤,太宗算是比较痛快地接受了戴胄的意见。

本文主要通过君臣对话来刻画人物形象,表现人物性格。戴胄忠于职守,思维严密,敢于谏诤但又措辞得体(如"敢以固请""臣不敢亏法"),显现出他确实是一个高素质的能臣良吏。文尾太宗说的几句话,也为戴胄的形象涂抹了鲜亮的一笔。

唐太宗不行诈道

【题解】 本文选自《贞观政要·诚信》篇,题目为编选者所加。贞观初年,有人上书给唐太宗,希望他斥退奸邪之臣,并建议太宗用"佯怒法"察看群臣表现,若一味阿谀顺从者即非正直之臣。太宗以为不当,搁置了他的建言。

【原文】

贞观初,有上书请去佞臣者①。太宗谓曰:"朕之所任,皆以为贤,卿②知佞者谁耶?"对曰:"臣居草泽③,不的知④佞者。请陛下佯怒⑤以试群臣,若能不畏雷霆⑥,直言进谏,则是正人;顺情阿旨⑦,则是佞人。"太宗谓封德彝曰:"流水清浊,在其源⑧也。君者政源⑨,人庶⑩犹水,君自为诈⑪,欲臣下行直⑫,是犹源浊而望水清,理不可得。朕常以魏武帝⑬多诡诈,深鄙⑭其为人。如此,岂可堪为教令⑮?"谓上书人曰:"朕欲使大信⑯行于天下,不欲以诈道训俗⑰,卿言虽善,朕所不取也。"

【注释】 ①"有上书"句:去,除去,清除。佞臣,善于迎合皇帝旨意、献媚讨好的臣子。 ②卿:皇帝对臣下的爱称。 ③草泽:草野山泽。此代指乡野民间。 ④的知:确切知道。的,的确,确实。 ⑤佯怒:假装发怒。 ⑥雷霆:此指君王的雷霆之怒。 ⑦顺情阿旨:顺情,顺合情志。阿旨,迎合心意。阿,曲从,迎合。 ⑧"流水清浊"二句:意思是,流水的或清或浊,关键在于它的源头。 ⑨政源:政治(清明或污浊)的源头。 ⑩人庶:庶民,老百姓。 ⑪诈:欺骗。 ⑫行直:实行正直之道。 ⑬魏武帝:三国时期的曹操。汉末时被封为魏王。其子曹丕称帝后,追尊为魏武帝。 ⑭鄙:鄙视。 ⑮教令:教化、号令天下的办法。 ⑯信:诚实,不欺诈。 ⑰训俗:教化、训导风俗。

【赏析】 这是一则有趣味、启人思的小故事。上书者的建议,自有他的道理,也许会收到一定的鉴忠别奸的效果。但是,君王用"佯怒法",则非出于真诚之心,实是一种欺诈行为。一旦群臣知悉内情,君主的威信势将大打折扣;更严重的后果是,上行下效,群臣在今后处事理政时也很可能施行诈道,那么离君臣离心、万民怨怒也就不远了。从"流水清浊,在其源也"这句话看,唐太宗能清醒地看到这一点,所以他断然否决了上书者的建议。

此文主旨,是肯定唐太宗讲诚信,不用诈道。信,是儒家思想的一个重要内容。《论语·颜渊》篇说到孔子认为治国之要在于食、兵、信,若不得已,先去兵,再去食,而信是万不可弃的,"自古皆有死,民无信不立"。于此文,可见唐太宗深受儒家思想影响。

张九龄

张九龄(673—740),字子寿,韶州曲江(今广东韶关)人。唐中宗景龙初(707)进士及第,唐玄宗先天二年(713)登道侔伊吕科。历任右拾遗、中书舍人、集贤院学士、中书侍郎等职。唐玄宗开元二十一年(733)任宰相,累封始兴县伯。为相贤明,正直不阿。李林甫忌其才,极力排挤,开元二十四年罢相,从此朝政日益昏暗,"开元之治"宣告结束。次年贬为荆州长史,不久病卒,谥"文献"。他工诗能文,名重一时。其诗以贬谪后所作《感遇》十二首为代表,格调清雅,兴寄深婉,后世常以"陈(子昂)、张"并称。其文长于碑志,一些书信、记序体文平易自然,突破了轻靡浮艳的文坛风尚。有《曲江张先生文集》二十卷。今人熊飞有《张九龄集校注》(中华书局版)。

开大庾岭路记

【题解】 大庾岭,山名,在江西、广东交界处。相传汉武帝时,有庾姓将军筑城岭下,故有此名。岭上原有山路,唐时为通粤要道,后渐颓废。唐玄宗开元四年(716)冬,张九龄奉命开凿新路,未满三月,告成。为纪念这一工程,张九龄撰写了此文,并镌刻于碑。文章叙述开凿新路的原委、经过及其意义,体现了作者关心民生、国事的积极精神。本文选自《全唐文》卷二百九十一。

【原文】

先天二载①,龙集癸丑②,我皇帝御宇之明年也③,理内及外④,穷幽极远⑤,日月普烛⑥,舟车运行,无不求其所宁,易其所弊⑦者也。

初,岭东废路,人苦峻极⑧,行径夤缘,数里重林之表⑨;飞梁嶫巘,千丈层崖之半⑩。颠跻用惕,渐绝其元⑪,故以载则曾不容轨⑫,以运则负之以背⑬。而海外诸国,日以通商,齿革羽毛之殷⑭,鱼盐蜃蛤之利⑮,上足以备府库之用,下足以赡江淮之求⑯。而越人绵力薄材⑰,夫负妻戴⑱,劳亦久矣,不虞一朝而见恤者也⑲。不有圣政,其何以臻兹[20]乎？

开元四载[21]，冬十有一月，俾使臣、左拾遗、内供奉张九龄[22]，饮冰载怀[23]，执艺是度[24]，缘磴道[25]，披灌丛，相其山谷之宜，革其坂险之故[26]。岁已农隙，人斯子来，役匪逾时，成者不日[27]。则已坦坦而方五轨[28]，阗阗而走四通[29]，转输以之化劳，高深为之失险[30]。于是乎鐻耳贯胸之类，殊琛绝赆之人，有宿有息，如京如坻[31]，宁与夫越裳白雉之时[32]，尉佗翠鸟之献[33]，语重九译[34]，数上千双，若斯而已哉。

凡趣徒役者[35]，聚而议曰：虑始者功百而变常[36]，乐成者利十而易业[37]。一隅何幸？二者尽就[38]。况启而未通，通而未有[39]，斯事之盛，皆我国家玄泽浸远[40]，绝垠胥洎[41]，古所不载，宁可默而无述也[42]？盍刊石立纪[43]，以贻来裔[44]？是以追[45]之琢之，树之不朽。

【注释】 ① 先天二载：公元713年。先天，唐玄宗年号(712—713)。 ② 龙集癸丑：即岁次癸丑，也就是"癸丑这一年"的意思。龙，岁星，古人认定岁星右行于天，一年行一辰，十二年行一周天。集，次，止，在。 ③ "我皇帝"句：我皇帝，指唐玄宗。加一"我"字，表示亲密。御宇，统治天下。 ④ 理内及外：理，治理。此处本应用"治"字，避唐高宗李治名讳改。内及外，指由中原地区扩延至边远地区。 ⑤ 穷幽极远：一直到极其幽僻的远方。穷，穷尽，用作动词。 ⑥ 日月普烛：皇帝的光辉像日月一样普照天下。烛，烛照，照耀。 ⑦ 易其所弊：改掉它的弊病，即改变舟车运行不方便的状况。 ⑧ 人苦峻极：苦，为……所苦。峻极，极其高峻。 ⑨ "行径夤缘"：意思是，行人行走在险狭的山路上，须攀援数里，如同在林木之上。夤缘，攀缘而上。表，外。 ⑩ "飞梁嶫巀"二句：意思是，飞桥凌空，行人走在桥上，好似走在千丈悬岩的半腰处。梁，桥梁。嶫巀(yè jié)，高大峻伟的样子。层崖，重重的山崖。 ⑪ "颠跻用惕"二句：意思是，由于人们害怕走这条路时要攀高，容易跌倒坠落，渐渐地行人越来越少，到后来连路也废了。颠，跌倒。跻，登高。用，因为。惕，戒惧。绝，断绝，消失。元，通"原"，此指旧的山路。 ⑫ 以载则曾不容轨：此指路窄，一辆车都过不去。载，车载。轨，车辙，两轮间的距离。 ⑬ 以运则负之以背：要搞运输，货物只能置放在人的背上。负，背。用作动词。 ⑭ "齿革"句：齿革羽毛，指象牙、皮革、鸟羽(如孔雀羽毛)、兽毛(如牦牛尾)。殷，富。 ⑮ 蜃蛤之利：蜃(shèn)，一种大蛤蜊。蛤(gé)，蛤蜊，生长于浅海里的贝壳动物，味鲜美。利，利益，好处。 ⑯ 赡江淮之求：赡(shàn)，供给。江淮，此指长江、淮河一带民众。求，需求。 ⑰ 越人绵力薄材：越人，指岭南少数民族，古时称为百越。绵，弱。薄，少。材，器材。 ⑱ 夫负妻戴：丈夫(男子)背负着(货物)，妻子(女子)头顶着(货物)。戴，用头顶物。 ⑲ "不虞"句：指朝廷下令新开大庾岭路。不虞，不料，没想到。见恤，被怜悯、爱护。 ⑳ 臻兹：臻，至。兹，此。指修路事。 ㉑ 开元四载：公元716年。开元，唐玄宗年号。 ㉒ "俾使臣"句：俾，使，派遣。左拾遗，官名，负责向皇帝进谏及荐才。内供奉，官名，在皇帝左右供职。

㉓饮冰载怀:形容身怀王命,内心忧惧焦灼。语出《庄子·人间世》:"今吾朝受命而夕饮冰,我其内热与?"载,与下句的"是"均作语中助词,无实义。　㉔执艺是度(duó):拿着标杆等仪器进行测量。艺,准的,此指测量仪器。度,量,此指测量。　㉕磴道:凿石为阶的山路。　㉖"相其山谷"二句:仔细考察,在山谷适宜处开辟新路,改掉险要陡峭处的旧路。相,观察。宜,合适。坂,同"阪",山坡。故,此指过去的老路。　㉗"岁已农隙"四句:时间已是农闲季节,人们像子女为父母做事一样不召自来,工程没有超过一个季度,就完成了。岁,岁月。农隙,农闲时节。人斯子来,语本《诗经·大雅·灵台》:"经始勿亟,庶民子来。"役,工程。匪,同"非"。逾,超过。成者不日,没有多久就完成了。　㉘坦坦而方五轨:坦坦,平坦宽阔的样子。方,并列,并排。五轨,指五辆车。　㉙阗阗而走四通:阗阗,形容很多车辆来来往往的样子。走四通,通往四面八方。　㉚"转输以之化劳"二句:因为有了这条新路,车马运输物资就不再劳累,高山深谷也不再危险。　㉛"于是乎"四句:因为有了新路,南方各少数民族来进贡的很多,他们在路上可以到驿站住宿、休息。镂耳,以镂(金银饰器)穿耳。贯胸,传说中的古国名,其人胸有孔窍。类,族类。殊琛,奇珍异宝。绝赆(jìn),因道路艰险而断绝了向朝廷进贡礼物。如京如坻,形容这条新路上行人、车辆众多。京,高丘。坻,水中高地。　㉜"宁与夫"句:宁与夫,难道是那种情况比得上的。夫,那,此指下面说的旧时的情况。越裳白雉之时,指周公时期,南方的越裳国"以三象重译而献白雉(鸟名)"(《后汉书·南蛮传》)。　㉝尉佗翠鸟之献:指汉文帝时,南粤王赵佗向朝廷献"璧一双,翠鸟千"(《汉书·南粤王传》)。尉佗,赵佗在秦时为南海尉,故称。　㉞语重九译:指岭南语言与内地不通,须经多次辗转翻译。　㉟趣徒役者:督促众工的领班。趣,催促。徒,众。役者,此指修路工。　㊱"始虑者"句:虑始者,谋划创始的人(指朝廷派来主持修路的官员)。功百而变常,为了百倍的功效而改变了常道(老路)。　㊲"乐成者"句:乐成者,乐于享受成功的人。此指老百姓。利十而易业,有十倍的利益就改变旧业。　㊳"一隅何幸"二句:大庾岭外的边远地区多么幸运啊,虑始者和乐成者的愿望都得到了满足。隅,边远地区。就,成就,引申为实现满足。　㊴"况启而未通"二句:古人开凿过这条道路但未开通,或者开通了也没有今天所做的事那么盛大。启,开。　㊵玄泽寝远:玄泽,大恩泽,大恩德。浸远,浸润远方。　㊶绝垠骨泊:绝垠,极远的边地。骨,皆,都。泊(jì),浸。　㊷"宁可默而无述也":怎么可以不声不响地不作记述呢?　㊸盍刊石立纪:盍,何不。刊,刊刻。纪,通"记"。　㊹以贻来裔:贻,赠送,留给。来裔,后代。　㊺追(duī):雕刻(突起的阳纹)。

【赏析】　本文是作者奉命主持大庾岭新路开凿工程完成后所写的纪念性碑文。

　　文章第一段交代修筑新路的背景。作者先从玄宗皇帝即位后的第二年(筑新路之命在此后三年才下达)写起,歌颂他致力于"求宁"、"易弊"的治国用心。这样写虽然用笔迂远有"媚上"之嫌,却也真实地反映了修筑新路的宏大背景。接着,介绍"岭东废路"的艰危险阻,不仅这一带的百姓深受其苦,且大不利于与"海外诸国"的通商。这就点明了修筑新路的迫切性。第二段具体写修路过程及新路修成后的效果。写修路过程,可谓要言不烦。作为具备历史记录意义的碑文,应该明确写明的受命时间、主持者、工程完成时间都记述得一清二楚。写修成后的效果笔墨较详,与第一段写旧路之艰危险阻形成鲜明对比。第三段介绍"刊石立纪"之缘由,说明是"趣徒役者聚而议"之后的结果,并非主持者即作者自己的主张——这样写也很得体、巧妙,否则,便易使人产生作者自我表功的嫌疑。而且,作者强调修成新路乃"皆我国家玄泽浸远,绝垠胥洎",就再一次歌颂了皇帝,歌颂了中央政府。

综观全文,称得上思路清楚,结构合理,措辞简省得体,用典不多且颇精当。如作者说自己领命后"饮冰载怀",说筑路百姓是"人斯子来",都有很强的概括力和表现力。

李 邕

作者简介

李邕(678—747),字泰和,江都(今江苏扬州)人。著名学者李善(撰有《文选注》)之子。武周长安初(701),李峤等荐其文高行直,授左拾遗。后多次被贬,复入京任职。天宝(742—756)初,官至北海太守,世称"李北海"。天宝六载(747)被奸相李林甫所害。李邕性格刚毅激烈,才华富瞻,工诗善文,尤长碑颂,当时官绅及寺观多持重金往求其文,李白、杜甫均对其有高度评价。又工书法,尤善行楷,著述颇多,惜已散佚,明人辑有《李北海集》。

谏以妖人郑普思为秘书监书

【题解】 本文约作于唐中宗神龙元年(705)。中宗是高宗第七子,曾于公元684年践天子位,不久即被皇太后武则天所废。公元705年,宰相张柬之等逼武则天退位,拥中宗复辟。中宗即位后刑政错乱,生活侈靡,又欲长生不老,任方术之士郑普思为秘书监(秘书省长官,从三品,掌典国家图书)。时在朝廷任职的李邕上此书明确表示反对,认为若信其说,用其人,必将产生"挠乱朝政"的严重后果。本文选自《全唐文》卷二百六十一,题为《谏郑普思以方伎得幸疏》。

【原文】

盖人有感一餐之惠①,殒七尺之身②,况臣为陛下官,受陛下禄,而目有所见,口不言之,是负③恩矣。

自陛下亲政日近④,复在九重⑤,所以未闻在外群下⑥窃议。道路籍籍⑦,皆云普思多行诡惑⑧,妄说妖祥⑨。唯陛下不知,尚见驱使⑩。此道若行⑪,必挠乱朝政。

臣至愚至贱,不敢以胸臆对扬天威⑫,请以古事为明证。孔子云:"《诗》三百,一言以蔽之,曰:思无邪。"⑬陛下今若以普思有奇术,可致长生久视之道⑭,则爽鸠氏⑮久应得之,永有天下,非陛下今日可得而求；若以普思可致仙方，则秦皇、汉武久应得之⑯，永有天下，亦非陛下今日可得而求；若以普思可致佛法，则汉明、梁武久应得之⑰，永有天下，亦非陛下今日可得而求；若以普思可致鬼道⑱，则墨翟、干宝各献于至尊矣⑲，而二主⑳得之，永有天下，亦非陛下今日可得而求。此皆事涉虚妄，历代无效，臣愚，不愿陛下复行之于明时㉑。唯尧、舜二帝，自古称圣；臣观所得，故在人事㉒。敦睦九族㉓，平章百姓㉔，不闻以鬼神之道理天下㉕。伏㉖愿陛下察之，则天下幸甚！

【注释】 ①一餐之惠：一顿饭的恩惠。 ②殒七尺之身：指牺牲生命。殒，死。七尺，指人的一般长度。古时的尺比现在的小。 ③负：辜负。 ④亲政日近：亲政，古时皇帝年幼即位，由太后或亲近重臣摄政，待年长后始自处理政务，叫亲政。这里是说中宗复位重新掌握朝政。日近，时间不长。 ⑤九重：指深宫。古制皇宫有九重门，故以九重代指皇宫。 ⑥群下：众多的臣民。 ⑦道路籍籍：道路上的行人议论纷纷。籍籍：（议论）纷纷。 ⑧诡惑：诡诈惑人的妖术。 ⑨妖祥：吉凶祸福。 ⑩见驱使：被使唤重用。 ⑪此道若行：此道，指郑普思的妖道。若行，如果推行开来。 ⑫"以胸臆"句：胸臆，自己的想法。对扬，对答，称扬。此处有"对抗"的意思。天威，皇帝的威严。 ⑬"孔子云"五句：见《论语·为政》，意思是，《诗》（即后世所说的《诗经》）三百篇，用一句话来概括它，就是思想上无邪恶的东西。 ⑭可致长生久视之道：致，达到，求得。长生久视之道，长生不死的方法。 ⑮爽鸠氏：传说中古帝少皞的司寇（管法律、刑罚的官）。春秋时期，齐景公对晏子说：假如人能够不死，就可以永远快乐了。晏子回答：此地过去是爽鸠氏所居住的地方，而后齐大公也住在这里，假如人能够长生不死，那么就是爽鸠氏能够永享快乐了。也就是说，轮不到你做国君永享快乐。事见《左传·昭公二十年》。 ⑯"秦皇"句：据《史记·孝武本纪》记载，秦始皇曾遣方士韩众、徐市（fú）去求不死之药，无结果。汉武帝曾遣方士入海求仙药，未得。 ⑰"汉明"句：据《后汉书·西域传》、《梁书》等史籍记载，汉明帝"梦见金人，长大，顶有光明"，有人告诉他，那是西方的神，"名曰佛"。明帝遣使天竺，问佛道法，绘了佛的图像，但并没有见到佛。梁武帝笃信佛教，曾几次舍身为僧。以上两人尽管笃信佛教，但也没能修道成佛，超脱生死，后来都死了。 ⑱鬼道：迷信鬼神的邪道。 ⑲"则墨翟、干宝"句：墨翟（dí），战国时人，墨家学派创始人。他崇信鬼神，《墨子》书中有《明鬼》篇。干宝，东晋学者，曾任史官，又搜集古今神怪轶闻，撰《搜神记》三十卷。至尊，皇帝。 ⑳二主：指墨翟、干宝时代的君主。 ㉑明时：政治清明的时代。这里是对唐中宗时代的谀美之词。 ㉒"臣观所得"二句：意思是，我观察他们（尧、舜二帝）之所以成功，根本原因是在"人事"方面的成功。故，通"固"，本来。人事，人间实事。 ㉓敦睦九族：敦睦，使……和睦。九族，泛指所有亲族。一说，九族指父四族、母三族、妻二族。 ㉔平章百姓：此句出自《尚书·尧典》："九族既睦，平章百姓。"平章，此指辨明职责。百姓，此指百官。 ㉕"不闻"句：我没有听说过尧、舜二帝是用"鬼神之道"治理天下的。理,治理。 ㉖伏:表敬副词。

【赏析】 唐中宗想长生,对方术之士郑普思委以重任。李邕对此很不以为然,故上此谏书,希望皇帝能回心转意,断了追求长生的念头。作者心里清楚这样做很可能会触怒皇帝,连累自己遭殃。所以文章一开头就强调自己是"为陛下官,受陛下禄",不能不有所报答,故应直言所见所思,否则,便是"负恩",便是对不起朝廷俸禄。所以说,开头这一段是先表忠心,即使皇帝读了这篇逆鳞之作很生气,也会顾念其忠心而原谅他的莽撞。

第二段指出问题的严重性。任用妖人郑普思后,"群下窃议","道路籍籍",可说是朝野一片哗然。如不及时纠正,必将"挠乱朝政"。这一段文字不多,但分量很重,作者的目的,是要皇帝高度重视这个问题。

第三段是本文重点,对妖人的"多行诡惑,妄说妖祥"予以无情批驳。首先,作者引孔子之语,突出"思无邪"是孔子思想的核心,而郑普思的言行恰恰是与孔子思想背道而驰的。接着,作者连用四个"若以"的假设句,用确凿无疑的史实证明"长生久视之道"不可得,"仙方"不可得,"佛法"不可得,"鬼道"不可得。总之,郑普思完全不可信。最后,作者希望皇帝能行尧舜之道,致力于人事,认为这样方能达到天下大治。

全文条理清晰,措辞得体,语言自然流畅,排比句式的运用,如疾风迅雷接踵而至,使得文章气势磅礴,有不容辩驳的说服力。

刘 悚

作者简介

刘悚(sù),生卒年不详,字鼎卿,著名史学家刘知几之子。玄宗天宝年间任史官,官终右补阙。撰有《隋唐嘉话》(通行本三卷)。该书记载自隋至唐玄宗开元年间的轶事,以唐太宗时事居多。书中记人多录言行片断,类似《世说新语》。

长孙皇后贺太宗

【题解】 本文选自《隋唐嘉话》卷上,题目为编选者所加。当唐太宗为魏徵屡次犯颜直谏大怒时,长孙皇后能以"祝贺"的方式委婉劝告他容纳直臣,颇能见出其政治眼光和聪明机智。

【原文】

太宗曾罢朝,怒曰:"会杀此田舍汉①!"文德后②问:"谁触忤③陛下?"帝曰:"岂过魏徵④,每廷争⑤辱我,使我常不自得⑥。"后退而具朝服立于庭⑦。帝惊曰:"皇后何为若是?"对曰:"妾闻主圣臣忠,今陛下圣明,故魏徵得直言。妾幸备数⑧后宫,安敢不贺!"

【注释】 ① 会杀此田舍汉:会,当,定将。田舍汉,庄稼汉,乡下佬。 ② 文德后:即唐太宗皇后长孙氏。她于贞观十年(636)卒,谥"文德"。 ③ 触忤:抵触,冒犯。 ④ 岂过魏徵:难道还有谁比魏徵更过分的。魏徵(580—643),唐初大臣,字玄成,封郑国公,以直言极谏著称。 ⑤ 廷争:在朝廷上争论。 ⑥ 不自得:心情不舒畅、不痛快。 ⑦ 具朝服立于庭:具朝服,穿好了在朝廷正式场合才穿的礼服。庭,厅堂。 ⑧ 备数:充数。

【赏析】 该文所述之事,应在贞观十年之前,因为长孙皇后亡故于贞观十年。

唐太宗吸取隋朝二世而亡的教训,注意虚心听取臣僚意见。魏徵死后,他曾说:"以人为镜,可以明得失。""今魏徵殂逝,遂亡一镜矣。"所以他在历史上有"从谏如流"的美誉。然而,作为至高无上的开国皇帝,他接受臣僚意见的肚量是有限的,尤其是当臣僚不顾他的情面坚持提出反对意见的时候。这篇短文就非常真实、传神地刻画了唐太宗"虚心纳谏"的另一面。"会杀此田舍汉",可见其愤怒情绪已达到极点。如果长孙皇后此时直接为魏徵说话,劝他要"虚心纳谏",恐怕只能更加触怒太宗。所以她面对怒气冲天的丈夫,采取了沉默的态度,让他尽情发泄,自己则去后室"备朝服",然后"立于庭"。这番举动完全出乎太宗意料,也完全转移了太宗的兴奋点,所以他会发出"惊问"。长孙皇后的回答也确实高明,她以魏徵之忠谠直言衬托太宗的"圣明"。反推之,若无魏徵之忠谠直言,则不足以证明太宗的"圣明"。这一番甜言蜜语,想必能消融太宗的盛怒。魏徵于贞观十七年故世,太宗极为哀痛,说是"亡一镜",可见太宗在此次大怒后仍是重用魏徵的。

本文着重写长孙皇后一个庄重的举动,一番简明而巧妙的回答,将她的卓识和才情表现得淋漓尽致。由此看来,其谥为"文德",是恰如其分的。

唾 面 自 干

【题解】 本文选自《隋唐嘉话》卷下,题目为编选者所加。本文的主角是武则天时的宰相娄师德。他有度量,能忍让,弟弟外出做官向他告辞时,他要求弟弟当别人发怒唾其面时,不要拭去唾沫,而是让它自干,这样,对方的怒气自然会平息下来。成语"唾面自干"即出自本文。

【原文】

李昭德为内史①,娄师德为纳言②,相随入朝。娄体肥行缓,李屡顾待③,不即至,乃发怒曰:"叵耐④杀人,田舍汉!"娄闻之,反徐⑤笑曰:"师德不是田舍汉,更阿谁是⑥?"

娄师德弟拜代州⑦刺史,将行,谓之曰:"吾以不才,位居宰相。汝今又得州牧⑧,叨据过分⑨,人所嫉也,将何以全先人发肤⑩?"弟长跪⑪曰:"自今虽有唾某面⑫者,某亦不敢言,但拭之而已。以此自勉,庶⑬免兄忧。"师德曰:"此适⑭所谓为我忧也。夫前人⑮唾者,发于怒也。汝今拭之,是恶其唾而拭之,是逆⑯前人怒也。唾不拭将自干,何若⑰笑而受之?"武后之年,竟保其宠禄⑱,率是道也⑲。

【注释】 ① 李昭德为内史:李昭德(？—697),武则天时为宰相,后被酷吏来俊臣诬告谋反,被杀。内史,即中书省长官中书令,秩正三品,为宰相。武则天时,改称中书令为内史。　②娄师德为纳言:娄师德(630—699),字宗仁,郑州原武(今河南原阳)人。进士出身,高宗时为监察御史、殿中侍御史,兼河源军司马。曾长期在青、甘一带组织军士屯田,形成对吐蕃作战的坚强据点。后官至凤阁(即中书省)侍郎,同凤阁鸾台(即门下省)平章事。纳言,即门下省长官侍中,秩正三品,为宰相。　③顾待:回头看并等待。　④叵(pǒ)耐:不可耐,可恨。　⑤徐:慢慢地。　⑥"师德"二句:我娄师德不是庄稼汉,还有谁是呢?阿,助词,无义。　⑦代州:治所在今山西代县。　⑧州牧:刺史的别称。东汉末期,州的长官叫州牧。　⑨叨据过分:占有的已过多了。叨,自谦之词,义同忝、辱。　⑩将何以全先人发肤:用什么来保全自己不受伤害呢?发肤,头发和皮肤,代指身体。　⑪长跪:直身而跪,表示恭敬、庄重的姿态。　⑫唾某面:把唾沫吐到我脸面上。某,自称之词,指代"我"。　⑬庶:庶几,或许。　⑭适:恰。　⑮前人:在你面前的那个人。　⑯逆:冲撞。　⑰何若:不如。　⑱宠禄:宠信、禄位。　⑲率是道也:大抵靠的是这套办法。率,大率,大体上。

【赏析】　本文通过叙写两次简短的对话,鲜明生动地表现出娄师德宽宏大量、特别能忍耐的个性特点。

　　第一次是同僚之间的对话。李昭德和娄师德同为宰相,本应互相尊重,而李昭德竟因娄师德行走缓慢(不是故意缓慢,而是因身躯肥胖所致)而"发怒",竟至于骂人。其失态、失理是显而易见的。然而,娄师德非但不反击、不辩解,反而"徐笑"起来,还自我嘲讽了一番。在不经意的对比中,突出了娄师德"宰相肚里能撑船"的气度。第二次是兄弟之间的对话,也是通过对比凸显人物特性。弟弟以为,别人"唾其面",自己"不敢言,但拭之而已",已够得上忍辱负重了。不料兄长的回答不仅令其弟,也令读者大吃一惊:拭唾沫仍是在冲撞对方,不如让唾沫自干,方能使对方平息肝火。更让人惊诧的是,紧接着他还说了句"何若笑而受之"。这样的谦卑态度,恐怕连平头百姓都不屑为!娄师德的涵养功夫,真可说是世无其匹了。本文中出现的两个"笑"字,真是传神极了。

　　煞尾三句是作者的评论,指出娄师德的忍辱、退让是"保其宠禄"的全身之道,从侧面反映出武则天执政时期官场倾轧的严重性。

李　白

> **作者简介**
>
> 李白(701—762),字太白,号青莲居士,祖籍陇西成纪(今甘肃秦安),先世于隋末因罪流徙西域。他出生于当时安西都护府的碎叶城(在今吉尔吉斯斯坦境内),五岁随父迁居绵州彰明(今四川江油)。二十五岁出蜀,四十二岁(天宝元年)奉玄宗诏入长安,任供奉翰林。因个性傲岸遭谗毁,不久被放还。安史乱起,应邀入永王李璘幕府,受李璘谋逆事牵连被贬夜郎,中途遇赦。六十一岁准备再度从军,因病折返。次年病逝于当涂(今安徽当涂)。李白是继屈原之后最伟大的浪漫主义诗人,有"诗仙"之誉。其文今存六十多篇,气势奔放,雄健豪逸,风格近于诗。清代王琦有辑注本《李太白集》三十六卷,今人詹锳有《李白全集校注汇释集评》三十卷。

与韩荆州朝宗书

【题解】　韩朝宗,历任左拾遗、荆州长史、襄州刺史、山南东道采访处置使。后贬洪州刺史。天宝初,由京兆尹出为高平太守。因事被贬吴兴别驾,卒。两《唐书》有传。玄宗开元二十二年(734),暂居安陆(今湖北安陆)的李白闻荆州长史韩朝宗喜奖掖后进,曾推荐崔宗之、严武等人入朝,就满怀希望地作书给他,希望得到举荐。本文虽是干谒之作,难免恭维之语,但无卑词媚态,表现出李白自信、自负的性格特点和狂放不羁的浪漫气质。本文选自《全唐文》卷三百四十八。

【原文】

白闻天下谈士相聚而言曰①:"生不用万户侯②,但愿一识韩荆州。"何令人之景慕,一③至于此耶!岂不以有周公④之风,躬吐握之事⑤,使海内豪俊奔走而归之,一登龙门⑥,则声誉十倍,所以龙蟠凤逸之士⑦,皆欲收名定价于君侯⑧。愿君侯不以富贵而骄之,寒贱而忽之⑨,则三千宾中有毛遂⑩,使白得颖脱而出⑪,即其人焉。

白陇西布衣⑫,流落楚汉⑬。十五好剑术,遍干诸侯⑭;三十成文章,历抵卿相⑮。虽长不满七尺⑯,而心雄万夫⑰。王公大人,许与气义⑱。此畴囊心迹⑲,安敢不尽于君侯哉⑳?

君侯制作侔神明㉑,德行动天地,笔参造化㉒,学究天人㉓。幸愿开张心颜㉔,不以长揖㉕见拒。必若接之以高宴㉖,纵之以清谈㉗,请日试万言,倚马可待㉘。今天下以君侯为文章之司命㉙、人物之权衡㉚,一经品题㉛,便作佳士。而君侯何惜阶前盈尺㉜之地,不使白扬眉吐气、激昂青云㉝耶?

昔王子师为豫州㉞,未下车即辟荀慈明,既下车又辟孔文举㉟;山涛作冀州㊱,甄拔㊲三十余人,或为侍中、尚书㊳,先代所美。而君侯亦荐一严协律㊴,入为秘书郎㊵。中间崔宗之、房习祖、黎昕、许莹之徒,或以才名见知,或以清白见赏。白每观其衔恩抚躬㊶,忠义奋发,以此感激㊷,知君侯推赤心㊸于诸贤腹中,所以不归他人,而愿委身国士㊹。倘急难有用,敢效微躯。

且人非尧舜,谁能尽善?白谟猷㊺筹画,安能自矜㊻?至于制作,积成卷轴㊼,则欲尘秽视听㊽。恐雕虫小技㊾,不合大人。若赐观刍荛,请给纸墨,兼之书人㊿,然后退扫闲轩,缮写呈上。庶青萍、结绿,长价于薛、卞之门[51]。幸惟下流[52],大开奖饰[53],惟君侯图之[54]。

【注释】　①"白闻天下"句:白,李白自称。谈士,谈论时事的士人。　②万户侯:食邑万户的侯爵,此代指高官显爵。　③一:竟。　④周公:姬旦,周文王之子,周武王之弟。　⑤躬吐握之事:躬,亲身,亲自。吐握之事,代指礼贤下士。周公曾说自己:"一沐三握发,一饭三吐哺,犹恐失天下之士。"(韩婴《韩诗外传》)握发,停止洗头。吐哺,吐出口中食物,即停止吃饭。吐握,形容对贤士接待殷勤,不敢怠慢。　⑥登龙门:《后汉书·李膺传》说,被李膺所容纳、接待的士人,名为登龙门。李贤注引《三秦记》:"河津一名龙门,水险不通,鱼鳖之属莫能上,江海大鱼薄集龙门下数千,不得上,上则为龙也。"　⑦龙蟠凤逸之士:未曾显露才能的贤士。龙蟠,潜龙盘踞于深渊。凤逸,凤凰翱翔于远方。　⑧收名定价于君侯:收名,求取美名。定价,评定身价。君侯,本是对古代诸侯的尊称,后也用为对地方高官的尊称,此处指韩朝宗。　⑨"愿君侯"二句:意思是,希望您不要因为自己的富贵而傲慢地对待别人,也不要因为别人的贫贱而忽视他。　⑩毛遂:战国时赵国公子平原君的门客,初被忽视,后自荐为平原君办事,立了功。事见《史记·平原君虞卿列传》。　⑪颖脱而出:指整个锥锋都露出来。平原君认为毛遂在其门下三年,未见其能,毛遂回答:"使遂早处囊中,乃颖脱而出,非特其末见而已。"颖,禾穗的芒尖,此指锥锋。　⑫陇西布衣:陇西,今甘肃陇西一带。因处陇山之西,故有此名。布衣,普通百姓。　⑬楚汉:今湖北汉水一带。　⑭遍干诸侯:干,干谒,拜访。诸侯,此指地方长官。

⑮历抵卿相:历,遍,尽。抵,接触。此有"结交"的意思。卿相,朝廷高官。 ⑯不满七尺:意思是比一般人矮些。古时尺短,成年男子的高度一般为七尺。 ⑰心雄万夫:雄,胜过。万夫,泛指众人。 ⑱"王公大人"二句:意思是,知道我的王公大人都赞许我的志气、道义。许,赞许,肯定。 ⑲畴曩(nǎng)心迹:畴曩,往日,平素。心迹,抱负和行事。 ⑳"安敢"句:怎么敢不详尽地向您诉说呢。 ㉑"君侯制作"句:制作,著作。侔(móu),相等。 ㉒笔参造化:笔,文笔。参,相配。造化,化育万物的大自然。 ㉓学究天人:学,学问。究,穷尽。天人,天道、人事。 ㉔"幸愿"句:幸愿,希望。开张心颜,放宽胸怀,热情待人。 ㉕长揖:古时一种以平等身份相见的礼节,人站立,拱手自眉端而至腰下。 ㉖"必若"句:必若,如果能。接之以高宴,用盛宴接待我。之,代指李白自己。 ㉗纵之以清谈:听凭我尽情畅谈。 ㉘"请日试万言"二句:意思是,请您看我敏捷的文思,长篇大论立马就能写成。倚马可待,典出《世说新语·文学》:"桓温宣武北征,袁虎时从,被责免官。会须露布文,唤袁倚马前令作,手不辍笔,俄得七纸,殊可观。" ㉙司命:星名,亦称"文曲星",传说是掌管文运的星。 ㉚权衡:秤砣,秤杆。代指衡量、评定的标准。 ㉛品题:评价。这里指正面评价。 ㉜盈尺:满一尺,指可立身之地。 ㉝激昂青云:喻指意气风发,实现高远理想。 ㉞王子师为豫州:王允,字子师,东汉人,曾任豫州刺史。 ㉟"未下车"二句:这两句的意思是,他还未到任,就征聘了荀慈明;到任后又征聘了孔文举。辟,征聘。荀慈明,荀爽,字慈明,官至司空。孔文举,孔融,字文举,"建安七子"之一。事见《晋书·江统传》。 ㊱山涛:字巨源,西晋人,曾任冀州刺史,"竹林七贤"之一。 ㊲甄拔:甄别,擢拔。此句见《晋书·山涛传》。 ㊳"或为"句:有的人担任了侍中,有的人担任了尚书等高级职务。 ㊴严协律:可能是指严武。他是杜甫的好友,曾任地方大员。协律,掌管音乐的官。 ㊵秘书郎:掌管国家图书典籍的官。 ㊶衔恩抚躬:衔恩,感念恩德。抚躬,反躬自问。 ㊷感激:感动,激奋。 ㊸赤心:赤诚之心,真心诚意。 ㊹委身国士:委身,托身。国士,一国之内的杰出人士,此指韩朝宗。 ㊺谟猷(yóu):计谋。谟,通"谋"。 ㊻自矜:自夸。 ㊼卷轴:唐时多将文章写于长卷之上,两端有轴可以舒卷,故名卷轴。 ㊽尘秽视听:尘秽,此用作动词,有"玷污"意。视听,眼耳。 ㊾雕虫小技:微不足道的技能。此指诗文写作。语本扬雄《法言·吾子》。 ㊿"若赐观刍荛(ráo)"三句:意思是,如果您愿赏光俯读我的"制作",请给我些纸墨,再加上抄写人。刍荛,本指割草打柴之人,后泛指草野之人。此是李白的自谦之语。 ㊿¹"庶青萍、结绿"两句:庶,庶几,或许。青萍,宝剑名。结绿,美玉名。此借喻为自己的文章。长(zhǎng)价,增加价值。薛、卞之门,代指韩朝宗门下。薛,薛烛,春秋时越国人,善鉴剑。卞,卞和,春秋时楚国人,善识玉。 ㊿²幸惟下流:惟,想。下流,地位卑下者。 ㊿³奖饰:夸奖。饰,藻饰,这里有"美言"的意思。 ㊿⁴图之:考虑我的请求。

【赏析】 这封干谒信是李白古文的代表作,历代的古文选本多将其录入。

诚如论者所言,本文出于求人荐举之目的,自少不了对荐主说一些恭维话,如"生不用万户侯,但愿一识韩荆州",以及"君侯制作侔神明"数句,都是显明之例。但他也确曾推荐过一些人物,李白信中就提到了严协律、崔宗之等五人。因此,韩朝宗得到包括李白在内的渴望"激昂青云"的"龙蟠凤逸之士"的好感、倾慕,也就在情理之中了。同时,李白还表示,倘能得到对方的推荐,必将知恩图报,"倘急难有用,敢效微躯"。这些地方,表现出了李白世俗的一面。

更重要的是,该文相当鲜明地表现出李白的浪漫气质、洒落胸怀、傲岸性格和杰出才华。在第一段,李白就以战国时为平原君建立奇功的毛遂自喻。接着在自我介绍时,又把自己夸赞了一番,俨然是个兼具文武艺、见过大世面、在上流社会颇获好评的伟丈夫。这样,就在有意无意间抬高了身价,使自己具备了与韩朝宗平等对话的资格。所以,他在下面明确说自己将以"长揖"之礼(而非"跪拜"之礼)见之,还希望韩朝宗能"接之以高宴,纵之以清谈",甚至在请求韩朝宗阅读自己的"制作"时还提了个有些过分的要求:"请给纸墨,兼之书人"。这些在一般干谒文中是绝难觅见的,于此可见李白"平交王侯"的桀骜性格。

文章自然流畅,一气呵成,间或用典,也十分精切,如赞韩朝宗"有周公之风",以毛遂自喻,举后汉王允、西晋山涛喜荐贤士等,都增强了表达效果。

李阳冰

作者简介

李阳冰,生卒年不详,字少温,郡望赵郡(今河北赵县),世居云阳(今陕西泾阳)。他是李白族叔,善词章,工篆书,有"笔虎"之称。肃宗乾元(758—760)中,任缙云县令。秩满,退居缙云之窪尊山,后世遂名为吏隐山。上元二年(761),出任当涂县令。后官至将作少监。曾刊定《说文》为三十卷。《全唐文》存其文八篇,《全唐诗》存其诗一首。

《草堂集》序

【题解】 肃宗上元二年(761),李白因朝廷大赦自夜郎放还,闻知其族叔李阳冰任当涂县令,便扶病前往投靠。次年(代宗宝应元年),李白病危,将其诗文稿交付给李冰阳,请其编集并为序。阳冰遂纂成《草堂集》十卷并撰此序文。《草堂集》已佚,仅存此序。序文介绍了李白的家世渊源和生平经历,论述其诗歌成就以及李白著述散佚和受托作序等情况,对研究李白有重要价值。全文选自《全唐文》卷四百三十七。

【原文】

李白字太白,陇西成纪①人,凉武昭王暠②九世孙。蝉联珪组③,世为显著④。中叶非罪⑤,谪居条支⑥,易⑦姓与名。然自穷蝉至舜,五世为庶⑧,累世不大曜⑨,亦可叹焉。神龙⑩之始,逃归于蜀,复指李树,而生伯阳⑪。惊姜之夕,长庚入梦⑫,故生而名白,以太白字之。世称太白之精,得之矣⑬。

不读非圣之书⑭,耻为郑、卫之作⑮,故其言多似天仙之辞。凡所著称,言多讽兴⑯。自三代⑰已来,《风》、《骚》⑱之后,驰驱屈、宋,鞭挞扬、马⑲,千载独步⑳,唯公一人。故王公趋风㉑,列岳结轨㉒;群贤翕习㉓,如鸟归凤㉔。卢黄门云㉕:陈拾遗横制颓波㉖,天下质文翕然一变㉗;至今朝诗体㉘,尚有梁、陈宫掖之风㉙。至公大变㉚,扫地并尽㉛;今古文集,遏㉜而不行。惟公文章,横被六合㉝,可谓力敌造化[34]欤。

天宝[35]中，皇祖[36]下诏，征就金马[37]，降辇步迎[38]，如见绮皓[39]。以七宝床[40]赐食，御手调羹以饭之[41]，谓曰：卿[42]是布衣，名为朕知，非素蓄道义何以及此[43]？置于金銮殿[44]，出入翰林[45]中，问以国政，潜草诏诰[46]，人无知者。丑正同列[47]，害能成谤[48]，格言[49]不入，帝用疏之[50]。公乃浪迹[51]纵酒，以自昏秽[52]。咏歌之际，屡称东山[53]。又与贺知章、崔宗之等自为八仙之游[54]，谓公谪仙人[55]，朝列赋谪仙之歌凡数百首[56]，多言公之不得意。天子知其不可留，乃赐金归之[57]。遂就从祖陈留采访大使彦允[58]，请北海高天师授道箓于齐州紫极宫[59]。将东归蓬莱[60]，仍羽人[61]，驾丹丘耳[62]。

阳冰试弦歌于当涂[63]，心非所好[64]。公遐不弃我[65]，扁舟而相顾[66]。临当挂冠[67]，公又疾亟[68]。草稿万卷，手集未修[69]。枕上授简[70]，俾余为序[71]。论《关雎》之义，始愧卜商；明《春秋》之辞，终惭杜预[72]。自中原有事[73]，公避地八年[74]；当时著述，十丧其九，今所存者，皆得之他人焉。时宝应元年十一月乙酉也[75]。

【注释】 ① 陇西成纪：此指李白的祖籍和郡望所在地。陇西，郡名，治所在今甘肃临洮南。成纪，县名，在今甘肃天水附近。 ② 凉武昭王暠（hào）：凉，五胡十六国中的西凉国。武昭王暠，西凉国创始人李暠，李广十六世孙。公元五世纪初，李暠据河西五郡，国号曰凉，自称凉公。史称“西凉”。在位十八年卒，谥曰武昭王。 ③ 蝉联珪组：蝉联，连续相承。珪组，代指官爵。珪，古代帝王诸侯朝会时所持的玉版。组，系玉用的丝带。④ 显著：显赫的官职。 ⑤ 中叶非罪：中叶，中世。非罪，无辜加罪。 ⑥ 条支：唐都督府名，一说古国名，在西域一带。 ⑦ 易：改换。 ⑧ “然自穷蝉至舜”二句：这两句是说李白先人五代均为庶民。穷蝉，舜的五世祖。庶，平民。 ⑨ 累世不大曜（yào）：累世，接连几代。曜，日光，引申为地位显赫。 ⑩ 神龙：唐中宗李显年号（705—707）。 ⑪ “逃归于蜀”三句：李白父母从条支逃回蜀地，恢复原姓“李”，生下李白。传说老子之母过李树下而生伯阳（老子李耳的别字），即指李树为姓。 ⑫ “惊姜之夕”二句：意思是，李白出生的那天晚上，他母亲梦见了长庚星。惊姜，《左传》上说，郑庄公之母姜氏生庄公时难产，受到惊吓。后以“惊姜”代指妇女临产。长庚，即金星，又称太白星、启明星。 ⑬ “世称太白之精”二句：世人说李白是太白星精灵之所化，有道理啊。《唐摭言·知己》：贺知章读到李白《蜀道难》诗，兴奋地对李白说：“公非人世之人，可不是太白星精耶！” ⑭ 非圣：非议、批评圣人。 ⑮ 郑、卫之作：指不合雅正之道的作品。《诗经》中的《郑风》、《卫风》多有男女之情的描写，古人认为是不雅正的淫靡之音。 ⑯ 讽兴：讽谕，比兴。 ⑰ 三代：夏、商、周三代。 ⑱《风》、《骚》：代指《诗经》和《离骚》。 ⑲ “驱驰屈宋”二句：意思是，李白的著述，可和战国时著名文人屈原、宋玉并驾齐驱，完全压倒了汉代辞赋名家扬雄、司马相如。鞭挞，驱使，役使。这里有“超过”、“压倒”的意思。 ⑳ 独步：独行，无人可与之并肩而行。 ㉑ 趋风：快走如风。这句形容王公都想结识李白。 ㉒ 列岳结轨：列岳，地方大官。相传尧、舜时有四岳，分掌四方诸侯。结轨，车辙相交。这句形容地方长官纷纷驾车去见李白。 ㉓ 翕习：聚集。 ㉔ 如鸟归凤：百鸟朝凤。这句形容群贤十分倾慕李白。 ㉕ 卢黄门：黄门侍郎卢藏用。 ㉖“陈拾遗”句：陈拾遗，陈子昂，武后时官至右拾遗，初唐杰出的文学家。横制颓波，大力扭转六朝颓靡诗风。 ㉗“天下质文”句：质，文章的内容。文，文章的形式。翕然，迅速的样子。 ㉘ 今朝诗体：指唐初诗体。 ㉙ 梁、陈宫掖之风：梁朝、陈朝时期以写宫廷艳情为主的浮艳诗风。宫掖，宫中。掖，掖庭，宫中傍舍，后宫妃嫔所居。 ㉚ 公：指李白。 ㉛ 扫地并尽：像扫地一样被彻底扫清。 ㉜ 遏：遏制，阻止。 ㉝ 横被六合：横，遍。被，覆。六合，天、地与东、西、南、北四方，代指天下。 ㉞ 力敌造化：力敌，势均力敌，力量可以匹敌。造化，指能创造、化育万物的大自然。 ㉟ 天宝：唐玄宗年号（742—756）。 ㊱ 皇祖：指玄宗。本文写于代宗时期，玄宗是代宗的祖父，故称皇祖。 ㊲ 征就金马：征，征召。就，前往。金马，汉代宫门名，此代指朝廷。 ㊳ 降辇步迎：下车徒步迎接。辇，天子所乘之车。 ㊴ 绮皓：秦末汉初以绮里季为代表的商山四皓。汉高祖刘邦接见这四个皓首老人时，非常客气，不以臣下之礼相待。㊵ 七宝床：用七种珍奇宝物装饰的床榻。 ㊶ 御手调羹饭之：皇帝亲手调和羹汤给李白吃。饭，用作动词。 ㊷ 卿：君对臣的爱称。 ㊸“非素蓄”句：素，平素，平时。蓄，积累。㊹ 金銮殿：唐长安大明宫内有金銮殿，与翰林院相接。 ㊺ 翰林：翰林院，皇帝征召到朝廷的“艺能技术”人才所处的地方（《唐会要》）。 ㊻ 潜草诏诰：潜草，秘密起草。诏，皇帝布告臣民的文书叫诏书。诰，皇帝封官赐爵的文书叫诰命。 ㊼ 丑正同列：同僚中有人憎恶李白的正直。丑正，憎恶正直。同列，同僚。 ㊽ 害能成谤：害能，嫉妒贤能。成谤，造成毁谤。 ㊾ 格言：此指正直之言。 ㊿ 帝用疏之：用，因而。疏，疏远。 (51) 浪迹：放浪形迹，不受拘束。 (52) 以自昏秽：用来自我麻醉。 (53) 东山：东晋谢安隐居之处。此句说李白有归隐之志。 (54) 八仙之游：《新唐书》本传：李白自知不为亲近所容，益骜放不自修，与知章、李适之、崔宗元、张旭等共八人为“酒中八仙人”。 (55) 谪仙人：谪居世间的仙人。 (56)“朝列”句：同僚中赞咏李白的诗歌有数百首之多。朝列，同僚。 (57) 赐金归之：天宝三年（744），玄宗给了李白一笔钱，让他离开朝廷回去。 (58)“遂就从祖”句：就，前往，投奔。从祖，同一家族中祖父辈的人。陈留，郡名，即汴州（今河南开封）。采访大使，官名，即采访处置使，掌监察州县官吏。彦允，李彦允。 (59)“请北海”句：北海，郡名，治所在今山东益都县。高天师，道士高如贵。授道箓，道教徒入道时接受道家图箓的一种仪式。齐州，即济南郡，今山东济南。紫极宫，唐代州郡的老子庙。 (60) 蓬莱：传说中的海上三神山（蓬莱、方丈、瀛州）之一。 (61) 仍羽人：仍，因，就。羽人，飞仙。 (62) 丹丘：神话传说中昼夜长明之地。语本《楚辞·远游》：“仍羽人于丹丘兮。” (63) 试弦歌于当涂：试，尝试。此为谦词。弦歌，代指县令。典出《论语·阳货》：子游为武城宰（相当于县令），以礼乐教化百姓。孔子到武城，听到满城都是弦歌之声。笑着说：“杀鸡焉用牛刀？”子游作了一番解释，孔子说：你是对的，刚才说的是玩笑话。当涂，在今安徽怀远县东南。 (64) 心非所好：并非我内心所喜欢。 (65) 遐不弃我：不因我所处僻远而抛弃我。遐，远。 (66) 相顾:看我。　㊿挂冠:辞官离任。　㊽疾亟:病情危急。亟,急。　㊾手集未修:没有亲手修订、整理文集。　㊿授简:授予草稿。　㊼俾:使。　㊼"论《关雎》之义"四句:这四句是自谦之词,意为:由自己为李白集子作序,很感惭愧。孔子弟子卜商(字子夏)曾为《诗经·关雎》作序(同时兼作《诗经》总序),西晋杜预曾为《左传》作序。《关雎》,《诗经》中的首篇。《春秋》,此指《春秋左氏传》。　㊼中原有事:指安史之乱。　㊼避地八年:避地,因避难而移居别地。八年,自安史之乱爆发到李白去世,前后共八年。　㊼"时宝应元年"句:宝应元年,公元762年,宝应为唐肃宗年号。这年四月,肃宗崩,代宗即位,仍用宝应为年号。乙酉,此年十一月乙酉为初十日。

【赏析】　李白是我国古代继屈原之后成就最高、影响最大的浪漫主义诗人,其诗歌是中华民族文化宝库里的璀灿明珠。但是,古人并未留下关于他生平经历的完整记载,有些记载甚至互相抵牾,让后人莫衷一是。本序文的作者与李白关系密切,李白人生的最后一段时光又在其身边度过,所以该序文可信度高,对认识、研究李白有很高价值。

　　序文第一段介绍李白的祖籍、门第、家世兴衰变迁及其出生情况。"惊姜之夕,长庚入梦"之说,有神秘色彩,但偶然的巧合,也不是没有可能的。第二段高度评价李白的文学成就及其历史地位。这个评价,在今天看来也不算过分。"王公趋风,列岳结轨;群贤翕习,如鸟归凤"数句,则生动地表现出人们对李白的仰慕之情。第三段重点写李白被召入京和赐金放还的故事,意在渲染其非凡才能和正直性格。"浪迹纵酒,以自昏秽"八字,也真实描画出李白遭受打击后愤懑颓唐的心情。末段交代作序原由。须注意的是"当时著述,十丧其九"两句,据此可知李白今有的近一千首诗、六十多篇文,仅是其一生著述的一小部分而已。

　　本序文篇幅不长,但内容丰富,详略得当,行文流畅、简洁,笔端饱含感情,有较强的可读性。

李 华

作者简介

李华(715—766),字遐叔,赵州赞皇(今河北赞皇)人。玄宗开元二十三年(735)进士及第,天宝二年(743)登博学鸿词科。天宝十一载(752)任监察御史,因弹劾杨国忠亲属得罪权贵,改任右补阙。安史乱时被叛军俘虏,接受伪职。乱平后被贬为杭州司户参军。后为尚书省司封员外郎,入江淮选补使李岘幕府,加检校吏部员外郎。不久因病去官,隐居山阳(今江苏淮安)。他擅长古文,以儒家思想为依归,与萧颖士并称为"萧李",是中唐韩柳古文运动的先驱。原有文集三十卷,已散佚。今有后人辑录的《李遐叔文集》四卷。

吊古战场文

【题解】 哀悼死者曰吊。吊文,悼念死者的一种文体。本文是一篇以四言句式为主的骈赋,约作于玄宗天宝十一载(752)或稍后。李华时任监察御史,奉使朔方,途经古战场,有感而作。文章极力描写古战场的悲惨、凄凉景象,怨叹秦汉以来频仍的战争给国家、人民造成的深重苦难,同时寓有借古讽今的现实意义,即批评晚年的唐玄宗穷兵黩武的开边政策。本文选自《全唐文》卷三百二十一,题目一作《祭古战场文》。

【原文】

浩浩乎,平沙无垠①,敻②不见人,河水萦带③,群山纠纷④。黯兮惨悴⑤,风悲日曛⑥。蓬断草枯,凛若霜晨⑦。鸟飞不下⑧,兽铤⑨亡群。亭长⑩告余曰:"此古战场也,常覆⑪三军。往往鬼哭,天阴则闻。"伤心哉!秦欤汉欤?将近代欤⑫?

吾闻夫齐魏徭戍⑬,荆韩⑭召募。万里奔走,连年暴露⑮。沙草晨牧,河冰夜渡⑯。地阔天长,不知归路。寄身锋刃,腷臆谁诉⑰?秦汉而还⑱,多事四夷⑲,中州耗斁⑳,无世无之。古称戎夏,不抗王师㉑。文教失宣,武臣用奇㉒。奇兵有异于仁义,王道迂阔而莫为㉓。

呜呼噫嘻[24]!

吾想夫北风振漠[25],胡兵伺便[26]。主将骄敌,期门受战[27]。野竖旄旗[28],川回组练[29]。法重[30]心骇,威尊命贱[31]。利镞[32]穿骨,惊沙入面[33]。主客相搏[34],山川震眩[35]。声析江河,势崩雷电[36]。至若穷阴凝闭[37],凛冽海隅[38],积雪没胫[39],坚冰在须[40]。鸷鸟休巢[41],征马踟蹰[42];缯纩无温[43],堕指[44]裂肤。当此苦寒,天假强胡[45],凭陵杀气[46],以相剪屠[47]。径截辎重,横攻士卒[48]。都尉[49]新降,将军复没。尸填巨港之岸,血满长城之窟。无贵无贱,同为枯骨。可胜[50]言哉!鼓衰兮力竭,矢尽兮弦绝。白刃交兮宝刀折,两军蹙兮生死决[51]。降矣哉,终身夷狄[52];战矣哉,暴骨沙砾[53]。鸟无声兮山寂寂,夜正长兮风淅淅[54]。魂魄结兮天沉沉,鬼神聚兮云幂幂[55]。日光寒兮草短,月色苦兮霜白。伤心惨目,有如是耶[56]!

吾闻之:牧[57]用赵卒,大破林胡[58],开地千里,遁逃匈奴[59]。汉倾天下,财殚力痡[60]。任人而已,岂在多乎[61]!周逐猃狁[62],北至太原[63]。既城朔方[64],全师[65]而还。饮至策勋,和乐且闲[66]。穆穆棣棣[67],君臣[68]之间。秦起长城,竟海[69]为关。荼毒生民,万里朱殷[70]。汉击匈奴,虽得阴山[71],枕骸[72]遍野,功不补患。

苍苍蒸民[73],谁无父母?提携捧负[74],畏其不寿[75]。谁无兄弟?如足如手;谁无夫妇?如宾如友。生也何恩,杀之何咎[76]?其存其没,家莫闻知。人或有言,将信将疑。悁悁[77]心目,寝寐见之[78]。布奠倾觞[79],哭望天涯。天地为愁,草木凄悲。吊祭不至,精魂无依[80]。必有凶年[81],人其流离。呜呼噫嘻!时耶命耶[82]?从古如斯[83]!为之奈何?守在四夷[84]。

【注释】 ①垠(yín):边际。 ②夐(xiòng):远。 ③萦带:像带子一带萦回曲折。 ④纠纷:交错杂乱。 ⑤惨悴:悲惨忧伤。 ⑥曛:夕阳发出的暗淡余光。 ⑦凛若霜晨:凛,寒冷。霜晨,浓霜遍地的清晨。 ⑧不下:不敢飞下来。 ⑨铤(tǐng):快跑。 ⑩亭长:乡村小吏。汉时十里一亭,亭有亭长,主管地方治安等事。 ⑪覆:覆灭。 ⑫"秦欤汉欤"二句:意思是,这是秦代的战场呢,汉代的战场呢,还是近代的战场呢? ⑬齐魏徭戍:齐魏,战国时的两个诸侯国名。徭戍,老百姓服劳役,戍守边疆。 ⑭荆韩:楚国、韩国。楚国又称荆楚。此句和上句是互文,泛指战国时期各诸侯国纷纷征发百姓服劳役、兵役,争战不已。 ⑮暴(pù)露:置身于露天之下。也就是在野外征战。 ⑯"沙草晨牧"二句:意思是,士兵早晨在沙草之地放牧战马,夜里踏着寒冰渡河。

⑰“寄身锋刃”二句：意思是，把身家性命寄托在战场上，郁闷、痛苦的心情又能向谁去倾诉？腷(bì)臆，内心郁结不舒。 ⑱ 而还：以来。 ⑲ 多事四夷：多事，多战事。四夷，四方边境外的少数民族。 ⑳ 中州耗斁：中州，代指以中原区域为中心的中国。耗斁(dù)：消耗，破坏。 ㉑“古称戎夏”二句：意思是，古人说过，不论是四夷各少数民族还是华夏各诸侯国，都不敢抗拒王者(指天子)的军队。戎，古时对我国西方少数民族的称谓。此代指四夷。 ㉒“文教失宣”二句：意思是，天子的“文教”失落，于是就造成武将用诡奇之道去征服别人的局面。文教，仁义礼乐之教。失宣，不宣扬。用奇，采用诡奇的手段。㉓ 王道迂阔而莫为：这句的意思是，有人认为“王道”迂远而不切实际，不再采用它。王道，施行仁义礼乐的统治之道。 ㉔ 噫嘻：感叹词。与感叹词“呜呼”连用，起加重语气的作用。 ㉕ 振漠：振动沙漠，即“飞沙走石”的意思。 ㉖ 伺便：乘方便之时。 ㉗ 期门受战：期门，宫殿之门。受战，接受出战的命令。 ㉘ 旄(máo)旗：用牦牛尾巴装饰的战旗。 ㉙ 川回组练：川，平原。回，来回运动。组练，古代士兵的甲衣用组、练连缀而成，故用它代指军队。 ㉚ 法重：军法严苛。 ㉛ 威尊命贱：威尊，主将尊贵有威严。命贱，士兵的性命十分轻贱。 ㉜ 利镞：锋利的箭头。 ㉝ 惊沙：狂风卷起的沙尘。 ㉞ 主客相搏：敌我双方交战。 ㉟ 山川震眩：山河震动，令人头晕目眩。 ㊱“声析江河”二句：意思是，交战双方的呐喊声可使江河断流，那声势好似雷劈电闪。 ㊲“至若”句：至若，至于。穷阴凝闭，天气极为阴冷，阴云凝集不散。 ㊳ 海隅：海边。这里代指边塞。㊴ 胫：小腿。 ㊵ 须：胡须。 ㊶ 休巢：在巢中不出。 ㊷ 踟蹰：徘徊不前。 ㊸ 缯纩：缯(zēng)，丝织品的总称。纩，丝棉。这里是以缯纩代指战士的服装。 ㊹ 堕指：冻掉手指。 ㊺ 天假强胡：这句的意思是，老天爷给了强胡一个好机会。假，借。强，强悍。㊻ 凭凌杀气：凭陵，凭仗。杀气，严寒肃杀之气。 ㊼ 剪屠：剪灭，屠杀。 ㊽“径截辎重”二句：意思是，强胡或正面截取我辎重，或侧面袭攻我军队。辎(zī)重，军用物品的总称。 ㊾ 都尉：武官名，一般为军中副将。 ㊿ 胜：尽。 (51) 两军蹙(cù)兮生死决：两军迫近，开始了生死对决。蹙，迫近。 (52) 终身夷狄：一辈子就成为异族的俘虏。 (53) 沙砾：沙场。砾，小石子。 (54) 淅淅：微风声。 (55) 幂幂：覆盖。 (56)“伤心惨目”二句：意思是，世上竟有如此令人伤心惨目的景象吗？如是，如此，像这样。 (57) 牧：李牧，战国时赵国名将。 (58) 林胡：匈奴的一支。 (59) 遁逃匈奴：使匈奴逃走。 (60)“汉倾天下”二句：意思是，汉朝倾尽天下之力与匈奴作战，也未能消除边患。殚(dàn)，尽。痡(pū)，病。(61)“任人而已”二句：意思是，定边的良策，是任用贤能的将领，并不在于士卒的众多。(62) 猃狁(xiǎn yǔn)：周代北方的少数民族，即秦、汉时的匈奴。 (63) 太原：此指古时太原戎所居之地，即固原，在今宁夏固原北。 (64) 既城朔方：城，筑城。朔方，古北方地名。汉武帝时置朔方郡，治所在朔方县，今内蒙古杭锦旗西北黄河南岸。 (65) 全师：军队没有大的损失，保持完整的编制。 (66)“饮至策勋”二句：意思是，凯旋之师饮酒庆贺，记载功勋，大家都很高兴、悠闲。饮至，古代诸侯朝、会、盟、伐完毕，回到宗庙饮酒庆贺的一种典礼。策勋，在简策上记录功勋。 (67) 穆穆棣棣：穆穆，端庄恭敬的样子。棣棣，娴雅和顺的样子。 (68) 君臣：指周宣王和他的大臣尹吉甫。 (69) 竟海：一直到海边。 (70)“荼毒生尼”二句：意思是，秦王朝残害百姓，万里边疆到处流淌着、凝结着战死者的鲜血。朱，此指鲜红的血。殷，此指紫黑色的血迹。 (71) 阴山：山名，在今内蒙古界内。 (72) 枕骸：尸骸相

枕藉。　⑬苍苍蒸民：苍苍，青黑色，原形容草木茂盛，此借指人多。蒸民，众民。　⑭提携捧负：提携，牵扶。捧，抱着。负，背着。　⑮不寿：夭折。　⑯"生也何恩"二句：意思是，百姓活在世上，君王对他有何恩德？君王驱使百姓战死，他们又有什么罪过？咎，罪过。　⑰悄悄：忧闷的样子。　⑱寝寐见之：在睡梦中才能见到去戍边的亲人。　⑲布奠倾觞：布奠，陈设祭品。倾觞，把杯中的酒倾倒在地上。这是祭奠亡者的一种常见方式。　⑳"吊祭不至"二句：意思是，死者享受不到亲人的吊祭，灵魂就无所依归。　㉑凶年：灾荒年份。语本《老子》第三十三章："大军之后，必有凶年。"　㉒时耶命耶：时，时势。命，命运。　㉓从古如斯：自古以来就是这样。　㉔"为之奈何"二句：意思是，对此种情况（指边战不断，生灵涂炭）该怎么办呢？最好的办法就是让边疆的"四夷"为天子守土。《左传·昭公二十三年》："古者天子，守在四夷。"意谓古代天子推行王道，提倡文德，让边境四方各少数民族归服，为天子守土，天下方能太平。

【赏析】　本文的主旨可用两个字概括——反战。

　　唐玄宗自开元后期起，便锐意军功，杨国忠、安禄山等迎合其意旨，屡启兵衅。天宝后期，接连发生了几次大的边境战争。如：天宝八年，哥舒翰率兵六万三千，攻吐蕃石堡城，士兵死者数万。天宝十年，鲜于仲通率兵八万讨南诏，全军陷没。天宝十年，它禄山率兵六万讨契丹，全军覆没，"安禄山仅以二十骑得归。"（《资治通鉴·唐纪》）因此说，李华撰写此文，有着强烈的现实针砭意义。

　　第一段描绘古战场辽阔荒凉、萧条肃杀的景象，为全文奠下"反战"的感情基调。文中特地点明是"亭长告余""此古战场也"，目的是为了增强可信度和感染力。第二段是作者面对古战场所引发的遐想。自战国、秦汉以来，边塞战争连绵不断，戍边士兵吃尽苦头甚至殒命沙场，国家则耗尽财力。而这一切，都是因"文教失宣，武臣用奇"所致。"文教失宣武臣用奇"这八个字，是作者的理性思考，是对最高统治者和黩武将军的尖锐批评。第三段用铺陈手法，比较详细地刻画战争的残酷激烈，同时也适当描绘了大战之后战场"伤心惨目"的景象，以烘托气氛。开头数句，先交代战争原因是"胡兵伺便"、"主将骄敌"，接着便展开具体描述。战争的结果是"中州"军队一败涂地，"无贵无贱，同为枯骨"。最后一段是作者对历史上战争问题的进一步思考。当战争难以避免，那么任用将帅便至为重要。战国时赵国的守边良将李牧、周宣王时的尹吉甫与敌方作战，皆能大获全胜。而秦汉时期为了开边拓境而发动战争，往往是"荼毒生灵"、"功不补患"。自"苍苍蒸民"句以下至"人其流离"共二十四句，作者用饱含感情之笔，对深受战争之害的人民群众和戍边士兵倾注了无限的同情，鲜明地表现他的反战态度。那么，如何才能消弭战争？文尾的"守在四夷"可说是点睛之笔，是作者开出的治病药方。

据新、旧《唐书》本传记载，本文是李华苦心构思而成的。的确，文章想象丰富，擅于铺陈夸张，语言精练，读后令人有身临其境之感，感染力极强。有些细节描写如"坚冰在须"、"堕指裂肤"、"人或有言，将信将疑"等，都是非亲身经历者不能道的妙言佳句。

中书政事堂记

【题解】 本文作于天宝中后期，当时作者任职长安。政事堂，唐代宰相（唐代中央机构门下省、中书省、尚书省的长官同为宰相）的总办公处。唐初始有此名，原设在门下省，后迁至中书省。宰相们在政事堂办公，具有很大的权力。由于唐玄宗开元末、天宝初开始贪图享受，疏于政事，宰辅大臣如李林甫、杨国忠等的权力不断膨胀，渐成君弱臣强之势。该文即针对此种现象而写，告诫宰相要明确职责，谨慎行事。本文选自《全唐文》卷三百十六。

【原文】

政事堂者，自武德已来①，常于门下省②议事，谓之政事堂。故长孙无忌起复授司空③，房玄龄起复授左仆射④，魏徵授太子太师⑤，皆知⑥门下省事。至高宗光宅元年⑦，裴炎自侍中除中书令，执宰相笔⑧，乃迁政事堂于中书省。

记曰：政事堂者，君不可以枉道于天⑨，反道于地⑩，覆道于社稷⑪，无道于黎元⑫，此堂得以议之⑬。臣不可悖道于君，逆道于仁，黩道于货⑭，乱道于刑⑮；尅一方之命⑯，变王者之制⑰，此堂得以易之⑱。兵不可以擅兴，权不可以擅施，货不可以擅蓄，王泽不可以擅夺，君恩不可以擅间，私仇不可以擅报，公爵不可以擅私⑲，此堂得以诛⑳之。事不可以轻入重㉑，罪不可以生入死㉒，法不可以剥害于人㉓，财不可以擅加于赋㉔，情不可以委之于倖㉕，乱不可以启之于萌㉖。伐叛不赏，削叛不封㉗，闻荒不救，见馑不惊㉘；逆谏自贤㉙，违道伤古㉚，此堂得以杀之。

故曰：庙堂之上，樽俎之前㉛，有兵，有刑，有梃，有刃，有斧钺，有鸩毒，有夷族，有破家㉜。登此堂者，得以行之。故伊尹放太甲之不嗣㉝，周公逐管、蔡之不义㉞，霍光废昌邑之乱㉟，狄公正庐陵之位㊱。自君弱臣强之后，宰相主生杀之柄，天子掩九重之耳㊲，燮理化为权衡,论道变成机务,倾身祸败,不可胜数㊳。列国有传,青史有名,可以为终身之诫㊴。无罪记云㊵。

【注释】　①自武德已来:武德,唐开国皇帝李渊年号(618—626)。已,同"以"。　②门下省:唐代中央的重要机构。它与中书省同掌机要,负责审查诏令,签署奏章,纠正朝政得失等。　③"故长孙无忌"句:长(zhǎng)孙无忌,唐太宗李世民长孙皇后之兄。起复,解除官职后重新任职。授,授与官职。司空,官名,与太尉、司徒合称三公,正一品。　④"房玄龄"句:房玄龄,早年随李世民征战,与长孙无忌等功列第一。左仆射(yè),官名,唐代尚书省设左右仆射,从二品,为尚书令的副手;尚书令缺,即为尚书省长官,与中书令、侍中同为宰相。　⑤"魏徵"句:魏徵,唐太宗时的著名谏臣。贞观七年(633)为侍中(门下省长官)。太子太师,辅导太子的官,从一品。　⑥知:主持。　⑦"至高宗"句:高宗,唐高宗李治。光宅元年,公元684年。光宅,武则天年号。　⑧"裴炎"句:裴炎,高宗时曾任侍中(正三品)。高宗病危,令他辅助太子,改授中书令(正二品)。除,拜官授职。执宰相笔,喻指执掌宰相大权。　⑨"君不可以"句:君,国君。枉道于天,违背天道。　⑩反道于地:违反地道。天道、地道均指自然界的客观规律。　⑪覆道于社稷:倾覆、败坏治国之道。社稷,代指国家。　⑫无道于黎元:对老百姓不人道。黎元,老百姓。　⑬"此堂"句:这句的意思是,可在政事堂上对国君之所作所为进行评议、批评,要求他改正。　⑭黩(dú)道于货:在财货问题上不取正道,贪赃纳贿。黩,轻慢不敬。　⑮乱道于刑:不守刑法,胡乱判案。　⑯尅一方之命:尅,断,截,这里引申为伤害。一方之命,一个地方百姓的性命。　⑰王者之制:国家制定的制度。　⑱易之:改变或撤除他们的官职。　⑲"兵不可以擅兴"七句:意思是,不可擅自发动战争、滥用权力、聚敛财货、取消政令、诋毁君恩、公报私仇、任用私人。兵,代指战争。货,财货,财富。王泽,君王的恩泽。此指宽仁的政令。夺,削除,取消。间,毁谤,挑拨。公爵,国家的官职爵位。私,私心。　⑳诛:处罚,制裁。此处不是"杀戮"的意思。　㉑以轻入重:把轻罪判为重罪。　㉒以生入死:把不该判死刑的判为死刑。　㉓剥害于人:残害于人。指枉法害人。　㉔"财不可以"句:不可以为聚敛财富而随意增加赋税。　㉕"情不可以"句:个人感情不能用在亲信身上。也就是说,要公平对待每一个人。委,交付。倖,亲信。　㉖"乱不可以"句:对待祸乱,不可以在它刚萌生的时候放任不管。　㉗"伐素不赏"二句:对讨伐和削平叛乱的有功者不给封赏。素,乱。　㉘"闻荒不救"二句:明知道有饥荒而无动于衷,不去救济。荒,果谷不熟。馑,蔬不熟。　㉙逆谏自贤:听不进劝谏之言,自以为贤明。　㉚违道伤古:违背王道,破坏古制。　㉛"庙堂之上"二句:这两句是说,宰相们在政事堂议事并用餐。庙堂,朝廷,此指政事堂。樽,酒器。俎,盛肉器具。　㉜"有兵"八句:这八句是说,宰相们在此讨论国家大事,有权用兵、用刑、惩罚罪犯。兵,军队。刑,刑罚。梃,杖,木棒,此指杖刑。刃,刀锋,此指用刀斩之刑。斧钺,斧钺之刑。钺,刑具,似斧而大。鸩毒,用毒酒害死。夷族,灭族。破家,古时有"籍没"的处罚,妻子为奴,家产没收归官府。　㉝"故伊尹"句:所以伊尹放逐了无道的太甲。伊尹,商汤时贤相。太甲,商汤之孙。商汤死后,太甲不治国政,被伊尹放逐于桐宫,三年后太甲悔过,伊尹又接他复位。不嗣,不能继承先王之德。

㉞"周公"句：周公，名姬旦，周武王之弟。武王死，成王年幼，周公摄政，其兄管叔、弟蔡叔反叛，周公奉成王命，诛杀管叔，放逐蔡叔。　㉟"霍光"句：霍光，汉武帝时亲信大臣。武帝死，霍光受遗命辅助昭帝。昭帝死，霍光迎立昌邑王刘贺为帝。刘贺淫乱无道，霍光废之而立宣帝。昌邑，治所在今山东巨野县东南，此代指刘贺。　㊱"正庐陵之位"：狄公，指狄仁杰。武则天欲立其侄武三思为太子，废中宗李显为庐陵王。狄仁杰以母子之情说动了她，李显得以召还，复为太子，后又登帝位。　㊲掩九重之耳：掩，遮蔽。九重，天子所居之宫有门九重，故以九重代指天子。　㊳"燮理化为权衡"四句：意思是，本为协助君主出谋划策的宰相变成了权力的主宰者，因而招致灭身之祸的多得难以计数。燮理，调理，协调。权衡，权力，这里有专权、弄权的意思。论道，讨论是非得失，为国家献计献策。机务，国家机密大事。这里有独擅大权的意思。倾身，自身不保。胜，尽。　㊴"列国有传"三句：意思是，各个朝代都有历史记载着宰辅大臣的事迹，以往的史实可以作为今日宰相一辈子的警诫。列国，历朝历代。传，史书中的人物传记。青史，史书。中古以前的历史记载刻在竹简上，竹为青色，故称史书为青史。　㊵无罪记云：不要怪罪我这一篇《记》。云，语助词，无义。

【赏析】　本文名为"记"，其实着重点是"议"。

第一段简述唐初以来政事堂由门下省移至中书省的经过。提到的一些官员，都是赫赫有名的大人物，意在为下文张本。第二段即转为议论，强调政事堂在国家事务中的极端重要性。具体说来，它对上可以"议君"，凡君王之不当举措，均可提出批评意见，要求他改正；对下可以"绳臣"，凡人臣有过失、罪行者，视情节之轻重、危害之大小，可分别予以"易之"、"诛之"、"杀之"之处分。第三段是对第二段的总结和发挥。作者以伊尹、周公、霍光、狄仁杰四人为例，具体说明宰辅大臣对国家安危负有极其重要的责任。第四段可以说是篇末点题，由谈论历史转为暗讽现实。"自君弱臣强之后"，正是隐指当朝玄宗皇帝因在位日久，萌生懈怠之心，将朝政大事托付宰相等人处理，弊病丛生，乱象渐现。作者为此深为忧虑，但他又不便明言，只能说宰相如不能摆正自己的位置，谨慎从事，而是专权擅政，胡作非为，那么，历史上不可胜数的"倾身祸败"者便是他们的前车之鉴。至于历史上擅权的"倾身祸败"者是哪些人，文章并没有一一论列，大概作者也就是想点到为止，不愿多花笔墨去渲染。其实，秦王朝丞相李斯，即是很典型的一个。文末"无罪记云"句值得思索、回味。看来，作者是意识到有人读到这篇文章会自动对号入座、大动肝火的，故预设挡箭牌。作者敢于触犯权贵、针贬时弊的斗争精神令人钦佩。

文章主题明确，层次清晰，大量运用了排比句式，显得辞气峻急，很有论辩力量。稍有不足的是，谈到何者可以"易之"、"诛之"、"杀之"时，内容上有重复、叠合之处。

元 结

作者简介

元结（719—772），字次山，自称浪士，亦号漫郎、猗玗子。汝州鲁山（今河南鲁山）人。天宝十三载（754）登进士第。安史乱起，以右金吾兵曹参军摄监察御史，充山南东道节度参谋，曾募义军抗击叛军。代宗时以亲老归隐。后出任道州刺史，能关心民瘼。大历三年（768）授容管经略使，有政绩。为文主张继承风雅传统，格调高古，不因袭古人或今人，是唐代韩愈以前著名的散文家。其诗内容充实，多反映民生疾苦。杜甫对其《舂陵行》等诗评价很高。有《元次山集》。

与吕相公书

【题解】 这是一封写给吕相公的陈情信。吕相公，具体情况不详。唐人称宰相为相公。从信中内容分析，吕相公当是赏识元结之人，他希望元结继续为官，或者争取做大官。元结在写此信之前，已经向他表明过有打算退隐的念头，但吕相公似乎并不相信，所以元结又写了此信详细剖析内心衷曲，希望得到吕相公的理解。本文选自《全唐文》卷三百八十一。

【原文】

某月日，某官某①再拜相公阁下：

某尝见时人不能自守性分②，俛仰于倾夺之中，低徊于名利之下，至有伤污毁辱之患，灭身亡家之祸③。则欲剧为之箴于身，岂愿逾性分取祸辱而忘自箴者耶④？

某性荒浪⑤无拘限，每不能节酒⑥。与人相见，适⑦在一室，不能无欢于醉，醉欢之中，不能无过⑧。少不学为吏⑨，长又著书论自适⑩。昔天下太平，不敢绝世业⑪，亦欲求文学之官职员散冗者，为子孙计耳⑫。自兵兴⑬以来，此望⑭亦绝。何哉？某一身奉亲⑮，奔走万里，所望饮啄承欢膝下⑯。今则辱在官以逾其性分，触祸辱机兆者，日未无之⑰。某又三世单贫⑱，年过四十，弱子无母,年未十岁,孤生嫁娶者一人[19]。相公视某,敢以身徇名利者乎?[20]有如某者,以身徇名利,齿于奴隶尚可羞,而况士君子也欤[21]?某甚愚钝,又无功劳,自布衣历官[22],不十月官至尚书郎[23],向三岁官未削,人多相荣,某实自忧[24]。相公忍令某渐至畏惧而死,甚令必受祸辱而已[25]?某前所言,相公似未见信[26],故藉纸笔烦渎门下[27]。某再拜。

【注释】 ① 某官某:代指作者自己。 ② "某尝见时人"句:时人,与作者同时的人。自守性分,安守自己的本分。性分,天性、本分。 ③ "俛仰于"四句:意思是,热衷于排挤他人,争名夺利,到后来有被人毁伤、遭受侮辱的祸患,甚至有家破人亡的灾祸。俛,同"俯"。 ④ "则欲剧为之箴于身"二句:意思是,于是就想赶紧劝阻自己,又哪里愿意不守本分,自取祸辱,而忘了自我警戒呢?剧,急切、猛烈。箴,劝戒。 ⑤ 荒浪:放浪不羁。 ⑥ 节酒:有节制地饮酒。 ⑦ 适:舒适、快乐。 ⑧ 无过:没有过失、错误。 ⑨ 少不学为吏:年轻时不学习做官的一套。 ⑩ 著书论自适:著书立论,使自己舒适、快乐。 ⑪ 绝世业:断绝世代相传的家业,即走读书做官的道路。 ⑫ "亦欲求"二句:意思是,也想求得一个从事文学(文字工作)之类的闲散官职,这是出于有利于子孙的考虑。 ⑬ 兵兴:指安史乱起。 ⑭ 望:欲望,念头。 ⑮ 一身奉亲:一人侍奉双亲。 ⑯ "所望"句:这句的意思是,只是希望在父母身边尽孝,求其欢心。饮啄,鸟类饮水啄食,这里代指日常生活。膝下,指在父母身旁。 ⑰ "今则"三句:意思是,如今却不守本分,为官自辱,引发灾祸、侮辱的先兆,每天都存在着。触,触发、引发。机兆,先兆。 ⑱ 三世单贫:三代单传。 ⑲ 孤身嫁娶者一人:这句的意思是,自己只生养了一个,以后也只有一个孩子有谈婚论嫁之事。 ⑳ "相公视某"二句:意思是,相公你看,我可敢用自己的身家性命去追名逐利?徇,依从、曲从。 ㉑ "有如某者"四句:意思是,像我这样的人,用身家性命去追逐名利,说给奴隶听尚且觉得难为情,何况说给士大夫、君子们听呢?齿,用作动词,有"说"的意思。 ㉒ 自布衣历官:从老百姓开始做官。 ㉓ 尚书郎:在尚书省任职的郎官。 ㉔ "向三岁"三句:意思是,过去三年我的官职一直未降,别人多向我祝贺,认为很荣耀,其实我内心深以为忧。 ㉕ "相公忍令某"二句:意思是,相公您怎么忍心让我因畏讥忧谗而渐渐死去,甚至必定要我受祸遭辱才肯罢休呢? ㉖ 见信:相信我。 ㉗ "故藉纸笔"句:藉,借。烦渎门下,打扰亵渎您。说"门下"而不直接说"相公",是表示谦虚。

【赏析】 这封信尽管篇幅不长,但对了解元结的生平、家庭以及对于功名利禄的态度都很有价值。

首先,元结以自己的亲身见闻说起。有些人"不能自守性分",而是热衷于争夺名利、权势,结果招致"伤污毁辱之患,灭身亡家之祸"。严酷的事实教育了他,使他淡泊名利,甚至有退出官场之心。接着,他又剖析自己的个性弱点,如放浪不羁、喜饮酒、缺乏"为吏"的知识和修养等等,总之,不是做官的料。然而,自己又曾争取过仕宦,这是怎么回事呢?原来是出于"不敢绝世业"和"为子孙计"的考虑,但想做的,也不过是有一份俸禄的清闲官职罢了。然而,由于安史乱起,正常的生活和仕宦之路已被破坏,自己的处境、家庭、年龄等各种实际情况也不容许自己再在官场挣扎奋斗,更何况潜存在于内心深处的"忧谗畏讥"和"宦海险恶"心理不时发作,遂使他常有激流勇退的意愿。

　　元结的这番话,言由心生,遣辞朴实无华,言词恳切,使我们认识了一个有真情、有良知、无贪欲、说实话的历史人物。

独孤及

作者简介　独孤及(725—777),字至之,河南洛阳(今河南洛阳)人。天宝十三载(754)登洞晓玄经科,授华阴尉,代宗广德元年(763)召为左拾遗,不久改任太常博士,累迁礼部员外郎,历濠、舒二州刺史,以政绩加检校司封郎中。大历九年(774)任常州刺史。在常州四载,病卒。他与萧颖士、李华齐名,皆反对骈文,倡导古文,强调文章应以儒家思想为依归,是中唐古文运动的先驱者。又喜提携后进,梁肃、权德舆等皆是其门生。其文以擅长议论见长,其诗格调高古。有《毗陵集》二十卷传世。

吴季子札论

【题解】　吴季子札,又称季札、公子札,曾封于延陵(今江苏常州),世称延陵季子。他是吴王寿梦的幼子。起初,寿梦欲立之为太子,他坚辞。其后又两次辞让王位。季札之所为,多为世人褒扬,独孤及此文却对此提出异议。他认为正是由于季札的辞让,导致了吴国的内乱以致覆亡。季札的行为只是着眼一己之名誉,而未顾及国家的前途、命运,实在是不足称道的。

【原文】

谨按①:季子三以国让,而《春秋》褒之②。余征其前闻于旧史氏③,窃谓废先君之命④,非孝也;附子臧之义⑤,非公也;执礼全节⑥,使国篡君弒⑦,非仁也;出能观变⑧,入不讨乱⑨,非智也。左丘明、太史公书而无讥,余有惑焉⑩。

夫国之大经⑪,实在择嗣⑫。王者慎德之不建,故以贤则废年,以义则废卜,以君命则废礼⑬。是以太伯之奔勾吴也⑭,盖避季历。季历以先王所属⑮,故篡服嗣位而不私⑯,太伯知公器有归⑰,亦断发文身而无怨。及武王继统,受命作周,不以配天之业让伯邑考,官天下也⑱。彼诸樊无季历之贤,王僚无武王之圣,而季子为太伯之让,是徇名也⑲,岂曰至德⑳?且使争端兴于上替㉑,祸机起于内室㉒,遂错命于子光㉓,覆师于夫差㉔,陵夷不返㉕,二代而吴灭㉖。

以季子之闳达博物㉗,慕义㉘无穷,向使当寿梦之眷命㉙,接余眛之绝统㉚,必能光启周道㉛,以霸荆蛮㉜。则大业用康㉝,多难不作。阖闾安得谋于窟室㉞?专诸㉟何所施其匕首?

呜呼! 全身不顾其业㊱,专让不夺其志㊲,所去者忠,所存者节㊳。善自牧矣㊴,谓先君何㊵?与其观变周乐㊶,虑危戚钟㊷,曷若以萧墙为心㊸,社稷是恤㊹?复命哭墓,哀死事生㊺,孰与㊻先衅而动,治其未乱?弃室㊼以表义,挂剑以明信㊽,孰与奉君父之命,慰神祇之心㊾?则独守纯白㊿,不干义嗣㈤,是洁己而遗国㈥也。吴之覆亡,君实阶祸㈦。且曰非我生乱㈧,其孰生之哉㈨! 其孰生之哉!

【注释】　① 谨按:表示下文是作者认真阅读、思考有关史实后写下的按语。② 《春秋》褒之:《春秋公羊传》和《春秋谷梁传》都褒扬他。　③ "余征其前闻"句:征,验证。前闻,前面的说法。旧史氏,研究旧史的人。也指以前的历史著作。　④ "窃谓"句:窃谓,私自认为。废先君之命,指季札不听其父寿梦之命的事。　⑤ 附子臧之义:附,比附。子臧,春秋时曹国贵族。曹宣公卒后,众人不立嗣君,想立子臧。子臧闻知后即离开曹国,以成全曹君。　⑥ 执礼全节:执礼,固守礼制。此指宗法制度中嫡长子继承王位的制度。全节,保全名节。　⑦ 国篡君弑:国位被篡夺,国君被杀。吴王余眛(寿梦第三子)死后,其子王僚即位。寿梦长子诸樊的儿子公子光认为叔父季札辞让了王位,若以子承,则应由自己继位,就派刺客杀王僚,自立为王。该句即指此事。　⑧ 出能观变:指季札出使郑国,与子产分析郑国形势可能会出现的变化。　⑨ 入不讨乱:在国内不讨伐叛乱。指季札不讨伐公子光刺杀王僚、自立为王的叛逆行为。　⑩ "左丘明"二句:意思是,左丘明的《左传》、司马迁的《史记》记载了季札的事迹都不予讥刺,我感到很疑惑。　⑪ 大经:大纲,最重要的事。　⑫ 择嗣:选择王位的继承人。　⑬ "王者"四句:意思是,君王担心嗣君缺乏德行,所以按照"贤"的标准择嗣,废弃了以年龄大小为标准的做法;按照"义"的标准,废弃了占卜的做法;按照君王的遗命,废弃了礼制的规定。慎,谨慎,小心。这里有"担心"的意思。德之不建,不能建立良好的德行。　⑭ "是以"句:是以,因此。太伯之奔勾吴,周先祖太王古公亶父以为其幼子季历贤明,欲立其为王,其长子太伯(一作泰伯)及次子仲雍便出奔至吴地,断发文身,表示不再回原地。勾吴,即吴国。也作"句吴"。　⑮ 所属:所嘱托。　⑯ 纂服嗣位而不私:纂服嗣位,继承王位。纂,通"缵",继承。服,职务。不私,不为自己考虑。　⑰ 公器有归:公器,此指王位。有归,有所归属。　⑱ "及武王继统"四句:意思是,等到周武王继承王位,承受天命,建立了周朝。他不因为长兄伯邑考而不登王位,这是以天下为公的表现啊。继统,继承王位。统,世世继承不绝。配天之业,指建立周王朝的事业。伯邑考,周文王长子,武王长兄。　⑲ "而季子为太伯之让"二句:意思是,然而季札做出了像太伯那样谦让的举动,那是追求自己的名声啊。　⑳ 至德:最高的德行。语本《论语·泰伯》:"泰伯其可谓至德也已矣,三以天下让,民无德而称焉。"

㉑ 兴于上替:兴,兴起,产生。上替,指王位更替。 ㉒ 内室:此指王室内部。 ㉓ 错命于子光:错命,不守礼制,用卑鄙手段取得王命。子光,公子光。他使专诸刺杀王僚,自己登上了王位。他就是吴王阖闾。 ㉔ 覆师于夫差:覆师,军队覆败。夫差,吴王阖闾之子。㉕ 陵夷不返:陵夷,衰败。不返,不能复兴。 ㉖ 二代吴灭:二代,指吴王阖闾、夫差两代。吴灭,吴国后被越国所灭,夫差自杀。 ㉗ 闳达博物:闳达,胸襟开阔,思想通达。博物,博闻多识。 ㉘ 慕义:仰慕仁义。 ㉙"向使"句:向使,假使。眷命,遗命。 ㉚ 接余眜之绝统:在余眜死后接替其王位。余眜,在长兄诸樊、二兄余祭之后继承王位。 ㉛ 光启周道:光启,发扬光大。周道,周王朝的礼仪制度。因吴是太伯之后,与周朝统治者同姓"姬",所以如此说。 ㉜ 以霸荆蛮:霸,称霸。荆蛮,泛指长江中下游一带。荆,古代楚国的别称。蛮,古代中原王朝对南方各民族的泛称。 ㉝ 大业用康:用,因此。康,安康。㉞ 窟室:地室。公子光谋杀王僚时,在地室设宴诱其中计。 ㉟ 专诸:吴国勇士,受公子光命,置匕首于炙鱼腹中,进献鱼时取出匕首刺死了王僚。 ㊱"全身"句:全身,保全自己。业,国家大业。 ㊲"专让"句:专让,一味推让。夺,改变。 ㊳"所去者忠"二句:意思是,他所抛弃的是对国家的忠诚,所保存的是个人的名节。 ㊴ 自牧:对待自己,保养自己。 ㊵ 谓先君何:对先君寿梦又该怎么交代呢?先君,死去的国君。 ㊶ 观变周乐:季札曾到鲁国访问,听到演奏周王朝赐予的音乐,察知鲁国的兴衰变化。 ㊷ 虑危戚钟:季札出使卫国时,路过卫大夫孙文子的封邑戚地,听到奏乐击钟声,就提醒他有危险。㊸"曷若"句;曷若,何不。以萧墙为心,多想想王室内部的事。萧墙,古代宫室内当门的小墙,喻指内部。 ㊹ 恤:忧虑。 ㊺"复命哭墓"二句:意思是,到吴王僚坟上哭祭回报,哀悼已死的王僚,侍奉活着的公子光。这两句出自《左传·昭公二十七年》。复命,完成使命后回报。 ㊻ 孰与:何如,还不如。 ㊼ 弃室:抛弃家室。吴王余眜临死前想把王位传授给弟弟季札,季札闻知后就赶快逃走了。 ㊽ 挂剑以明信:季札出使途中谒见徐君。徐君爱其剑而未言,季札心知其意,准备完成出使任务返回时将剑赠他。待到返回时,徐君已死,季札就把剑挂在其墓前的树上离开了。随从问他:徐君已死,你的剑是给谁的?季札回答:我在心里已答应给他了,怎能因为他死了就违背当初的心愿呢?明信,表明自己恪守信用。 ㊾"孰与"二句:意思是,还不如接受君父的遗命继承王位,来安慰他的在天之灵。神祇(qí),天神和地祇,此指其父寿梦的在天之灵。 ㊿ 纯白:纯洁无暇的品德。(51) 不干义嗣:干,求取。义嗣,正当合理的王位继承。 (52) 遗国:遗弃(抛弃)国家。(53) 君实阶祸:君,此指季札。阶祸,引起灾祸的原由。阶,原由。 (54) 非我生乱:不是我引起的祸乱。这是《左传·昭公二十七年》上所记载的季札的原话。 (55)孰生之哉:是谁引起了祸乱呢?

【赏析】 季札,说得上是春秋时期的著名人物。他的三次让国和墓前挂剑,向为后人所津津乐道,直到今天,"延陵挂剑"作为一个成语,仍被广泛运用。本文是一篇专评季札让国的议论文,其核心观点是:季札让国,不应赞扬,而应予以批评、谴责。

文章一开头就质疑儒家经典著作《春秋》褒扬季札的说法,明确指出季札存在四个问题:非孝、非公、非仁、非智。应该说,这个批评是十分尖锐的。接着,文章以"太伯奔吴"和"武王继位"为例,说明王位继承人的极端重要性。周太王以幼子季历贤明,欲传位于他,所以太伯奔吴是对的;周文王认为武王贤明,所以立他为太子,没有立长子伯邑考,武王也没有辞让。总之,一切以有利于国家为最高标准。而季札的让国,导致了"二代而吴灭"的严重后果,所以季札让国是不对的。

　　以下一段,作者换个角度继续展开论述。假如季札能遵从其父寿梦之遗命接位,那么,凭着他的"闳达博物,慕义无穷",治理好、发展好吴国当无问题,而且也不会有此后公子光设谋、专诸刺僚的血腥事件。最后,作者进一步申说己见:季札考虑的只是保全自己无政治野心的好名声,全然不顾国家的安危,所以只是"善自牧"、"洁己"而已。说得更透彻些,那就是"吴之覆亡,君实阶祸"。行文至此,作者对季札的否定态度就极为鲜明地表现出来了。

　　本文作为一篇翻案文章,观点十分明确,在逐层展开论述的同时,注意了前后的呼应;引用历史故实来阐明自己的论点,也恰到好处。此外,文句的流畅洗炼,用语的简洁遒劲,也是很突出的优点。该文在当时就得到好评,崔祐甫《独孤至之神道碑》就特意提到它:"著《延陵论》,君子谓其评议之精在古人右。"

柳 伉

> **作者简介**
> 柳伉(生卒年不详),冯翊(今陕西大荔)人。肃宗乾元元年(758)登进士第,以秘书省校书郎充翰林学士。旋出为鄠县尉。后官太常博士,改兵部员外郎,迁谏议大夫,皆充翰林学士。柳伉性刚直,有《请诛程元振疏》一文传世。文载《唐文粹》及《全唐文》,事见新、旧《唐书》之《程元振传》。

请诛程元振疏

【题解】 程元振,肃宗、代宗朝宦官。因拥立代宗有功,专权自恣,诬杀山南东道节度使来瑱,远贬宰相裴冕,诋毁大将李光弼等,弄得天下侧目,将帅离心。广德元年(763),吐蕃入侵,代宗下诏征兵,竟无人响应。代宗仓皇逃至陕州(今河南陕县),京师沦陷。太常博士柳伉愤而上疏,请求诛杀程元振以谢天下、收人心。文章情辞慷慨,直言无忌,是唐人奏疏之佳作。一文选自《全唐文》卷四百五十七。

【原文】

臣出身事君①,忝备近密②,夙③有志愿,铭④之在心,若遭艰危,必死王事⑤。当今日之际,是臣死之秋⑥。将死之言,庶裨万一⑦,特乞陛下少垂听览,则甘就鼎镬⑧。

且天生四夷⑨,皆习⑩战斗,轻走易北⑪。独有犬戎⑫数万之师,犯关度陇⑬,历秦渭⑭,牧郊泾⑮,曾不血刃⑯,直至城阙⑰。馆谷向有三载⑱,绵地⑲数逾千里。谋臣不为陛下陈一言⑳,武士不为陛下效一战㉑,各携卒伍,剽劫闾阎㉒,污辱宫闱㉓,烧焚陵寝㉔者。何故?此将帅之心叛陛下也。自朝义东灭㉕,回纥北归㉖,陛下以为智力所能,神明所赞㉗,委权近贵㉘,失意元勋㉙,日引㉚月长,浸㉛成大祸。陛下侍臣载路,多士盈庭㉜,竟无一人折槛牵裾㉝,犯颜回虑㉞,至使北捐汾蒲㉟,西失秦川㊱者。何故?此公卿之心叛陛下也。陛下出城之日,銮驾㊲未动,京师百姓劫夺府库,城外百姓更相杀戮者。何故？此三辅之心㊳叛陛下也。自九月二十八日闻有警急㊴，十月一日下诏征兵，至今凡四十日矣，天下兵一人不至。何故？此四海之心叛陛下也。

近自京辅㊵，远至海隅㊶，文武百寮㊷，志皆离叛。虽有朝恩戮力㊸，陕郡坚城㊹，陛下独能长守社稷乎？今臣所言四者皆叛，陛下以为虚邪？实邪？若以为实，陛下以今日之事，为安邪？危邪？若以为危，陛下岂得高枕而卧㊺，不决大计㊻？

臣闻良医之疗病也，必审观病源，当病授药㊼；若不当病，疗之无益。陛下知今日之病何因㊽至此？臣实知之，请言其故㊾。何者？天下之心，皆恨陛下不练士卒，疏远贤良㊿，委任宦官[51]，离间将相，以至于此。陛下必欲救今日之急，存宗庙社稷[52]，即请斩元振之首，悬示[53]天下；尽出内使[54]，配隶诸州[55]。以朝恩勋劳[56]，留在左右，仍以神策兵马，回付汉官[57]。使朝臣百寮，每日坐议[58]，左右使令[59]，尽用文武。然后大下明诏[60]，削去尊号[61]，引过归己[62]，深自刻责[63]，誓与下寮将相，率德励行[64]。后宫嫔妃，且移别院。与宰相以下，昼夜论政。下诏云：若天下勋臣，知予自新，许予改过，即召募将士，来赴朝廷。若以为旧恶未悛[65]，修身有阙[66]，则帝王大器[67]，敢[68]妨圣贤，听天下所往也[69]。陛下若纳臣此言，行臣所请[70]，一月之内，天下兵马若不云集阙下[71]，臣请阖门寸斩[72]，以谢[73]陛下。

伏乞[74]陛下读臣此表一二十遍，亲与朝廷商量。事若可行，则自处置，不用露[75]臣此表。臣今日上表，即知万死，但愿行之，死无所恨。陛下若违臣所请，更无长策[76]。社稷重事，伏惟陛下审图之[77]。

【注释】　①出身事君：出身，献出自身。事君，侍奉君主。　②忝备近密：忝(tiǎn)，有辱于。表敬之词。备，充数。近密，亲近密切。指接近于皇帝的官职。当时作者官太常博士，充翰林学士。　③夙：早，素常。　④铭：牢记。　⑤死王事：为国为君王而死。　⑥秋：时候。　⑦庶裨万一：庶，庶几，或许。裨，补益。万一，万分之一，极言其小。　⑧甘就鼎镬(huò)：心甘情愿去死。就，前往，受。鼎镬(huò)，古代烹饪之器，此指用鼎镬煮死的酷刑。　⑨四夷：中原国家四周边境居住的少数民族。　⑩习：熟习。　⑪轻走易北：轻走，容易溃败逃走。易北，义同"轻走"。北，败逃。　⑫犬戎：指当时居于青海、西藏的吐蕃族。　⑬犯关度陇：犯关，侵犯唐王朝的关隘。关，此指大震关，在今甘肃清水县东。度陇，越过陇州（今陕西陇县）。　⑭历秦渭：历，经过。此有侵占的意思。秦，秦州，今甘肃天水。渭，渭州，今甘肃陇西县。　⑮牧邠泾：牧，古时把治理民众称为牧民。此有侵占的意思。邠,邠州,今陕西彬县。泾,泾州,今陕西泾川县。 ⑯ 曾不血刃:曾,乃,竟然。不血刃,兵刃上没有鲜血,意谓没有经过激烈的战斗。 ⑰ 城阙:指唐都城长安。 ⑱ "馆谷"句:馆谷,指吐蕃军队在唐境内食宿。馆,屋舍。谷,粮食。向有,近有。 ⑲ 绵地:指吐蕃军队深入唐境内,到处都有其士兵。 ⑳ 陈一言:说一句话。㉑ 效一战:出一次力,即"打一次仗"的意思。 ㉒ 闾阎:乡里民间。 ㉓ 宫闱:帝王后妃居住的地方。 ㉔ 陵寝:帝王陵园。 ㉕ 朝义东灭:史朝义,史思明之子。上元二年(761)杀其父,自立为帝。次年代宗遣兵讨伐,在洛阳大破之,后朝义败死于平州(今河北卢龙)。 ㉖ 回纥北归:唐朝廷借回纥兵讨史朝义,平息叛军后回纥兵北归居所(在今内蒙古以北)。 ㉗ 赞:佑助。 ㉘ 委权近贵:委权:交给权力。近贵,此指宦官程元振。㉙ 失意元勋:失意,不得志,不受重用。元勋,大功臣。此指郭子仪、李光弼、来瑱等。㉚ 引:久长。 ㉛ 浸:渐渐。 ㉜ 多士盈庭:多士,众多官员。盈庭,满朝廷。 ㉝ 折槛牵裾:折槛,代指直言极谏。《汉书·朱云传》汉成帝时,朱云请斩安成侯张禹,成帝大怒,令御史将其拉走,朱云不肯下殿,手攀殿槛,竟把槛折断。牵裾,亦代指直言极谏。《三国志·魏书·辛毗传》:魏文帝想迁冀州士民十万户充实河南,辛毗进谏,文帝不答,起身就走。辛毗牵其衣裾,帝奋力挣脱,入内室。过了很久才出来,说:"佐治(辛毗字),卿持我何太急邪?"辛毗回答:"今徙既失民心,又无以食也。"文帝后决定减半迁徙。 ㉞ 犯颜回虑:犯颜,敢于冒犯君王直谏。回虑,改变原来的主意。 ㉟ 北捐汾蒲:捐,丧失。汾,汾州,今山西汾阳。蒲州,今山西永济。 ㊱ 秦川:泛指陕西南部至甘肃东部一带地区。㊲ 銮驾:帝王出行的车驾。 ㊳ 三辅之心:三辅地区的民心。三辅,此指京都及所辖附近州县。汉朝时,京兆尹、左冯翊、右扶风共治于长安城中,称为三辅。 ㊴ 警急:危急的消息。此指吐蕃军队迫近长安。 ㊵ 京辅:即三辅地区。 ㊶ 海隅:四海边涯之地,泛指边远地区。 ㊷ 百寮:百官。 ㊸ 朝恩戮力:朝恩,鱼朝恩,肃宗、代宗时宦官。吐蕃入侵京师,代宗出奔陕州至华阴,鱼朝恩率部奉迎,代宗大喜,由此更受宠任。后代宗因其骄横厌恶他,大历五年(770),宰相元载遣人缢杀之。戮力,奋力,勉力。 ㊹ 陕郡:陕州(今河南陕县)。 ㊺ 高枕而卧:把枕头垫得高高的,安然而卧。形容天下太平,无所事事。㊻ 决大计:作出重大决策。 ㊼ 当病授药:针对病症给出药方。 ㊽ 何因:"因何"(为什么)的倒装。 ㊾ 故:缘故,原因。 ㊿ 贤良:此指郭子仪、李光弼等功臣。 ㊿ 宦官:指程元振等。 ㊾ 宗庙社稷:代指李唐王朝。 ㊽ 悬示:悬挂其首,告示天下。 ㊼ 内使:指宦官。时宦官皆为内诸司使,简称内使。 ㊻ 配隶诸州:意思是,把这些宦官发配到地方各州,由各州管制。隶,隶属。 ㊺ 勋劳:功劳。 ㊹ "仍以神策兵马"二句:意思是,仍然把朝廷禁卫军神策军的人马交给朝廷官员指挥。当时神策军为鱼朝恩所统制,所以这么说。回付,交还给。汉官,与宦官相对而言,指朝廷官员。 ㊸ 坐议:在朝堂议事。㊷ 左右使令:在皇帝身边供使唤、差遣的人。 ㊶ 明诏:英明的诏令。 ㊵ 尊号:尊崇帝王的称号。广德元年(763),群臣上代宗尊号为"宝应元圣文武孝皇帝"。削去尊号,意味着皇帝有过错,不配此尊号。 ㊴ 引过归己:把过错归结到自己身上。 ㊳ 深自刻责:深刻、严厉地责备自己。 ㊲ 率德励行:率德,遵循皇帝应持守的道德。励行,努力去做。㊱ 悛(quān):悔改。 ㉟ 阙:通"缺"。 ㉞ 大器:指帝王权位。 ㉝ 敢:"岂敢"的意思。㉜ 听天下所往也:听凭天下人归何处。也就是听凭天下人拥戴谁做皇帝。往,趋向。

⑩行臣所请:照我的请求去办。　⑪阙下:城下。此指京城。　⑫阖门寸斩:阖门:满门,全家。寸斩,碎尸万段的意思。　⑬谢:谢罪,请罪。　⑭伏乞:俯伏乞求。臣子奏疏中常用的敬语。　⑮露:显露,张扬。　⑯长策:良策。　⑰"社稷重事"二句:意思是,我这篇奏疏关涉国家生死存亡的大事,盼望您慎重考虑。审,审慎,小心。图之:图,谋划,考虑。

【赏析】　宝应元年(762),唐肃宗病重,召太子李豫(唐代宗)监国。肃宗张皇后谋立越王系,宦官李辅国、程元振杀死张皇后和越王,拥立代宗即位。自此,程元振受到宠信,势倾朝野,累官骠骑大将军,判元帅行军司马,总掌禁兵。广德元年(763)七月,吐蕃入侵,边疆告急,程元振隐情不报。及京师告急,代宗仓猝出奔陕州。十月初九日,吐蕃兵入长安,烧掠十余日。面对如此严重危机,柳伉上此疏给皇帝,献计献策,企望挽救败局。

　　文章重点有二:一是分析指出当前局势的严重性,二是提出解救危机的办法。关于前者,作者用确凿的事实、扼要的语言归纳出"四叛"说:将帅之心叛陛下,公卿之心叛陛下,三辅之心叛陛下,四海之心叛陛下。语虽耸人听闻,却非无根之言。面对如此糟糕的局面,作者提出要像良医疗病那样"当病授药"。既然程元振是造成"四叛"的罪魁祸首,那就首先应"斩元振之首"以挽回影响。代宗错用程元振,负有重要的领导责任,也要引咎自责,应下"罪己诏"以取得文武百官和天下百姓的原谅,重新获取民心,这样就不难化危为安了。

　　该文重点突出,措辞尖锐,言出有据,要言不繁,有很强的针对性和逻辑性。开头、结尾两段一再表明自己"必死王事"的决心,是作者忠君爱国思想的真实流露,也是打动代宗的一个重要因素。柳伉上此疏后,代宗削去了程元振官爵,放归田里。

柳　识

> **作者简介**
> 　　柳识（生卒年不详），字方明，郡望河东解县（今山西永济），汝州梁县（今河南临汝）人，后迁居襄阳（今湖北襄阳）。曾师事古文名家元德秀。代宗朝官左拾遗。官至屯田郎中，集贤殿学士。工文章，风格简洁峻拔，于开元、天宝间有重名，尤为李华所赏识。《全唐文》录存其文八篇。

吊夷齐文

【题解】　夷齐，即伯夷、叔齐，相传为殷商末年孤竹（商朝的一个诸侯国）国君的两个儿子。其父欲立叔齐。父死后，叔齐不受，欲让伯夷继位。伯夷以有父命在先，亦不受。二人遂同逃至周。周武王伐纣，二人曾阻谏。及武王灭商，二人耻食周粟，逃至首阳山，后饿死。本文是作者入首阳山为悼念夷、齐而写，既认为他俩反对武王伐纣是片面之见，又肯定其忠君思想，反映了作者思想中矛盾的一面。本文选自《全唐文》卷三百七十七。

【原文】
　　洪河①之东兮，首阳穹崇②。侧闻③孤竹二子，昔也馁在其中④，偕隐胡为⑤？得仁而死⑥。青苔古木，苍云秋水。魂兮，来何依兮去何止⑦？掇涧溪之毛，荐精诚而已⑧。

　　初，先生鸿逸中州⑨，鸾伏西山⑩。顾薇蕨之离离⑪，歌唐虞之不还⑫。谓易暴兮又武⑬，谓墨缞兮胡颜⑭？时一吒兮忘饥⑮，若有诮⑯兮千岩之间，岂不以冠弊在于上，履新居于下⑰？且曰一人之正位，孰知三圣之纯嘏⑱？让周之意，不其然乎⑲？是以知先生所恤者偏矣⑳。

　　当昔夷羊在牧㉑，商纲解结㉒；乾道㉓息，地维绝㉔。鲸吞噬兮鬼妖孽㉕。王奋厥武㉖。天意若曰：覆昏暴㉗，资濬哲㉘；于是三老归而八百会㉙，一戎衣而九有截㉚。况乎旗钖㉛黄鸟，珪命赤乌㉜。俾荷钜桥之施㉝，俾伸羑里之辜㉞。故能山立雨集㉟，电扫风驱㊱。及下车㊲

也,五刃不砺于武库,九骏伏辕于文途㊳。虽二士㊴不食,而兆人其苏㊵。

既而溥天㊶周土,率土㊷周人。吁嗟先生!逃将奚臻㊸?万姓归仰㊹兮,独郁乎方寸㊺;六合莽荡㊻兮,终跼乎一身㊼。虽忤时而过周㊽,终呕心而恻殷㊾。所以不食其食㊿,求仁得仁。然非一端[51],事各其志[52]。若皆旁通以阜厥躬[53],应物以济其利[54],则焉有贞节之规、君亲之事[55]?灵[56]乎!灵乎!虽非与道而保生[57],可勖为臣之不二[58]。

【注释】 ① 洪河:大河,此指黄河。 ② 首阳穹崇:首阳,首阳山。在今山西永济县西南。穹崇,高大雄伟。 ③ 侧闻:从侧面听说。这是自谦之词。 ④ 馁在其中:在首阳山中挨饿。馁,饥饿。 ⑤ 偕隐胡为:偕隐,一起隐居。胡为,为什么。 ⑥ 得仁而死:为了得到仁道而甘心饿死。语本《论语·述而》,(子贡)曰:"伯夷、叔齐何人也?"(孔子)曰:"古之贤人也。"曰:"怨乎?"曰:"求仁而得仁,又何怨?" ⑦ "来何依"句:来何依,来了依托在何处?去何止,离开了又到哪儿栖息? ⑧ "掇涧溪之毛"二句:意思是,我只能采摘些山涧溪边的野草野花来进献给伯夷、叔齐之神灵,表示我的一片精诚。掇,拾取,采取。毛,此指生长在地上的野草、野花。荐,进,献。 ⑨ 先生鸿逸中州:先生,对伯夷、叔齐的敬称。鸿逸中州,像鸿鸟一样来到中州。逸,逃。中州,古称黄河中下游一带为中州。这里指位于中州之地的首阳山。 ⑩ 鸾伏西山:像鸾鸟一样隐匿在首阳山。西山,即首阳山。 ⑪ 顾薇蕨之离离:顾,看。薇蕨,两种野生植物名,叶可食。离离,茂盛的样子。 ⑫ 唐虞之不还:唐尧、虞舜不再返回。 ⑬ 易暴兮又武:这句批评周武王是"以暴易暴"。易暴,改换凶暴(指殷纣王)。武,用武力。 ⑭ 墨缞兮胡颜:这句批评周武王在其父周文王死后尚未下葬就伐纣,是不孝行为。墨缞(cuī),黑色丧服。古代礼制,在家守丧,穿白色丧服;如有战争等大事不能居家守丧,则穿黑色丧服。胡颜,有何颜面。 ⑮ 时一吒兮忘饥:时,时时,常常。吒,愤怒声。 ⑯ 若有诮:若,如此,这样。诮,责备,谴责。 ⑰ "岂不以"二句:意思是,难道不是因为冠帽再破也必须戴在头上,鞋子再新也必须穿在脚下吗?履,鞋。这两句文意本于《史记·儒林传》。 ⑱ "且曰一人之正位"二句:意思是,他俩还认为纣王的地位名正言顺,又哪里知道周文王等三人是有大福的圣人呢?且,犹,还。一人,天子,此指殷纣王。正位,地位名正言顺。三圣,指周文王、周武王、周公旦。纯,大。嘏,福。 ⑲ "让周之意"二句:意思是,他俩批评周武王的意思,难道不是这样吗?让,责备。然,这样。 ⑳ "是以"句:意思是,因此知道他俩怜悯殷纣王是片面的。恤,怜悯,同情。 ㉑ 夷羊在牧:夷羊,传说中的怪兽。牧,牧野,地名,在殷都南郊。《国语·周语上》:"商之兴也,梼杌次于丕山;其亡也,夷羊在牧。"此句是说殷商王朝即将灭亡。 ㉒ 商纲解结:商纲,殷商王朝的纲纪。解结,松弛,败坏。 ㉓ 乾道:天道。 ㉔ 地维绝:地维,维系大地的绳子。绝,断。古代神话说,地是方的,有四角,用大绳维系着。地维断绝,大地即坠毁。 ㉕ "鲸吞"句:这句形容殷商王朝坏人横行,鬼怪成灾。鲸,鲸鱼,以吞食小鱼为生,喻指得势小人。 ㉖ 王奋厥武:王,此指周武王。奋厥武,振奋、发扬其威武。　㉗ 覆昏暴：覆，倾覆，推翻。昏暴，代指殷纣王。　㉘ 资渊哲：资，帮助。渊哲，深沉有智慧，代指周武王。　㉙ 三老归而八百会：三老归，伯夷、叔齐、太公（姜尚）归于周文王。这三人听说周文王"善养老"，都前往归依周文王。事见《史记·伯夷列传》和《孟子·离娄上》等。八百会，武王东征，至孟津，八百诸侯反叛了殷纣王，会合于此。㉚ "一戎衣"句：一戎衣，一穿上战服。九有，即九州，整个天下。截，治。　㉛ 锡：通"赐"。《墨子·非攻下》："天赐武王黄鸟之旗。"　㉜ 珪命赤乌：珪，一种上尖下方的玉器，天子以之封诸侯，诸侯以之朝天子。赤乌，一种神鸟。《墨子·非攻下》："赤乌衔珪，降周之歧社，曰：'天命周文王，伐殷有国。'"　㉝ "俾荷"句：俾，使。荷，承受。钜桥，商朝粮仓名。施：施予，恩惠。《史记·周本纪》：武王伐纣后，发钜桥之粮以救济百姓。　㉞ "俾伸"句：使周文王的罪名得到了申雪。羑（yǒu）里，地名，在今河南汤阴县一带。纣囚禁周文王之处。辜，罪。　㉟ 山立雨集：山立，正立。形容周武王持盾正立等待诸侯前来会集。见《礼记·乐记》。雨集，形容众多诸侯来聚合，像雨点一样密集。　㊱ 电扫风驱：形容武王伐纣气势大，速度快。　㊲ 下车：指初即位。　㊳ "五刃"二句：是说武王偃武修文。五刃，刀、剑、矛、戟、矢五种兵器。此处泛指武器。砺，磨。九，泛指很多。骏，骏马。此代指人才。伏辕，驾车。此有"出力"的意思。文途，文治之路。　㊴ 二士：指伯夷、叔齐。㊵ 兆人其苏：兆人，万民。古人称万亿为兆。苏，死而复生。　㊶ 溥天：普天，全天下。㊷ 率土：全部国土。率，一切。　㊸ 奚臻：到哪里去。奚，何。臻，至。　㊹ 归仰：归顺，向往。　㊺ 郁乎方寸：郁，郁闷。方寸，代指心。　㊻ 六合莽荡：六合，天地四方。莽荡，广阔无边。　㊼ 终跼乎一身：这句是说伯夷、叔齐只觉得天地狭窄，难以容身。跼，屈身。㊽ 忤时而过周：忤时，违背天时。过周，责备周武王。　㊾ 呕心而恻殷：呕心，费尽心思。恻殷，为殷纣王而悲伤。恻，悲伤。　㊿ 不食其食：不进食周朝的粮食。　㉛ 一端：一个方面。　㉜ 事各其志：人们各按照自己的意志去处理事情。　㉝ "若皆旁通"句：旁通，灵活通达。阜，丰厚。厥躬，其身，自身。　㉞ 应物以济其利：应物，适应外物。济其利，有益于他的利益。　㉟ "则焉有"句：焉有，怎么会有。规，规则，规范。君亲，忠君孝亲。㊱ 灵：这里是指伯夷、叔齐的灵魂、精神。　㊲ "虽非与道句"：与道，顺应事物发展的规律。保生，保全自己的生命。　㊳ 勖（xù）为臣之不二：勖，勉励。不二，没有二心，即忠心耿耿的意思。

【赏析】　本文是作者入首阳山，遥想一千多年前伯夷、叔齐饿死此山中的故事后心生感慨写成的。这从"掇涧溪之毛，荐精诚而已"两句可以推知。

毫无疑问，作者对夷齐二人是有同情之心的，否则他不会撰此吊文，并且从文之开首及结尾一段也完全能看出这一点。他有此思想并不奇怪，自孔子提出夷齐是"求仁而得仁"的"古之贤人"后，众多的骚人墨客几乎都持肯定态度。这似乎已成为一种思维定势。本文的可贵之处，是认为他俩"所恃者偏"，犯了"忤时"（违背时势）的错误。文章的重点在此，新意也在此。

作者先批评夷齐只知"一人之正位，孰知三圣之纯瑕"，眼光十分窄小。其次述说殷末是"夷羊在牧"，败象已现，况且"鲸吞噬兮鬼妖孽"，完全是豺狼当道，民不聊生。再说周武王。他上承天意，下得民心，"三老归而八百会"，故而一旦用兵，便收"电扫风驱"之效。登位之后又偃武修文，俊杰贤士竞相效力，使"兆人其苏"。由此看来，他确为文武兼备的贤明之君。这一段文字，通过对殷末和周初政治、民心等方面的比较分析，论证了殷亡周兴的必然性，有很强的说服力。作者最后说夷齐在"万姓归仰"之际"独郁乎方寸"，语虽委婉，其实批评的分量是很重的。

　　文章结尾说夷齐之所为能"劝为臣之不二"，是"君君臣臣"的封建伦理思想的反映，其保守性、落后性是不言而喻的。

梁 肃

作者简介

梁肃(753—793),字敬之,一字宽中,祖籍安定(今甘肃泾川),世居陆浑(今河南嵩县)。十八岁时,得李华、独孤及赏识,名声日盛。德宗建中元年(780)登文辞清丽科,授太子校书郎。宰相萧复荐其才,擢右拾遗、史馆修撰,后历任监察御史、右补阙、翰林学士、皇太子诸王侍读等职。工于古文,曾得独孤及传授。能奖引后进,举荐韩愈、欧阳詹等登第,因此名重一时。论文崇两汉,贬六朝,重视文章的教化作用,被誉为韩柳古文运动的先驱者之一。原有文集二十卷,已佚。《全唐文》存其文六卷。

周公瑾墓下诗序

【题解】 三国时东吴名将周瑜之墓在其故里安徽庐江县城东一公里处。唐代宗大历十三年(778)春,作者与友人欧阳仲山游吴,拜谒了周瑜之墓。欧阳仲山作《周公瑾墓下诗》,梁肃为其诗写了这篇序文。文章以崇敬之情赞颂周瑜在赤壁大战中立下的赫赫战绩,并揄扬友人之诗文意俱佳,表现出了正直的节操和欲有所为的抱负。宋代苏东坡的名篇《前赤壁赋》可能受到此文影响。本文选自《全唐文》卷五百十八。

【原文】

昔赵文子观九原①,有归与②之叹;谢灵运适朱方③,兴墓下之作④。或怀德异世⑤,或感旧一时⑥,而清词雅义⑦,终古不歇。

十三年⑧春,予与友人欧阳仲山旅游于吴⑨。

里巷之间,有坟岿然⑩。问于人,则曰:"吴将军周公瑾⑪之墓也。"予尝览前志⑫,壮公瑾之业。历于遗墟⑬,想公瑾之神。息驾而吊⑭,徘徊不能去。昔汉纲既解⑮,当涂方炽⑯,利兵南浮⑰,江汉失险⑱。公瑾尝用寡制众⑲,挫强为弱,燎⑳火一举,楼船灰飞㉑。遂乃张吴之臂,壮蜀之趾㉒。以魏祖㉓之雄武,披攘踯躅㉔,救死不暇㉕。

袁彦伯㉖赞是功曰:"三光三分,宇宙暂隔㉗。"富哉,言乎㉘! 于是时弥远而气益振㉙,世逾往而声不灭㉚,有由㉛然矣。

　　诗人之作,感于物,动于中㉜,发于咏歌,形于事业㉝。事之博者其辞盛,志之大者其感深㉞。故仲山有过墓之什㉟,廓然其虑,粲乎其文㊱,可以窥盘桓居贞之道,梁父闲吟之意㊲。凡有和者㊳,当系于斯㊴乎!

【注释】　① 赵文子观九原:赵文子,春秋时晋国大夫赵武,谥号"文"。观,游览。九原,山名,在今山西新绛县西北。春秋时晋国卿大夫墓地在九原。　② 归与:即"与归"。《礼记·檀弓下》:"赵文子与叔誉观乎九原,文子曰:'死者如可作也,吾谁与归?'"此句是说赵文子对逝者中的贤人表示敬仰,如能起而复生,自己将归附于他。　③ 谢灵运适朱方:谢灵运,南北朝刘宋著名诗人。适,到。朱方,地名,在今江苏丹徒县南。　④ 兴墓下之作:兴,兴起,引发。墓下之作,指谢灵运《庐陵王墓下作》诗。庐陵王是宋武帝子义真的封号,他与谢灵运友善,后在宫廷争斗中被杀。　⑤ 怀德异世:怀德,怀念有德之人。异世,隔世,不同时代。　⑥ 感旧一时:感旧,感念旧友。一时,同时代。　⑦ 雅义:雅正的内容。　⑧ 十三年:指代宗大历十三年,公元778年。　⑨ 吴:古国名,主要属地在今苏南、浙北一带。　⑩ 岿(kuī)然:高大的样子。　⑪ 周公瑾:周瑜(175—210),字公瑾,三国时吴国著名将领。　⑫ 前志:前代的史书。　⑬ 历于遗墟:历,经过。遗墟,遗址。此指周瑜墓。　⑭ 息驾而吊:息驾,停下车驾。吊,凭吊,悼念。　⑮ 汉纲既解:此句是说东汉王朝的统治已经分崩离析。汉纲,汉王朝的纲纪。既解,已经解散,凌乱。　⑯ 当涂方炽:当涂,代指曹操。方,正。炽,旺盛,强盛。　⑰ 利兵南浮:利兵,精锐的军队。南浮,沿水路南下。　⑱ 江汉失险:长江、汉水不再是天设之险。　⑲ 用寡制众:以少胜多。　⑳ 燎:放火燃烧。　㉑ 楼船灰飞:意思是,曹操的高大战船化成了飞灰扬尘。　㉒ "遂乃"二句:这两句的意思是,于是扩张了吴、蜀两个集团的势力。张臂、壮趾,是形象化的说法。　㉓ 魏祖:指曹操。曹操之子曹丕代汉称帝建魏国后,追尊其父为太祖武皇帝。　㉔ 披攘踯躅:披攘,溃败。踯躅,踏步不前。　㉔ 不暇:没空,来不及。　㉖ 袁彦伯:袁宏,字彦伯,东晋人,著有《后汉纪》。　㉗ "三光三分"二句:这两句是说,经赤壁一战,挫败了曹操一统江山的企图,使得天下成三分之势。三光,日、月、星辰。此指天下。宇宙,天地,此指当时的中国。隔,分隔,分离。　㉘ 富哉,言乎:这两句话的含义是多么丰富啊。　㉙ 时弥远而气益振:弥,更加。气,名气。振,通"震",此有"响亮"的意思。　㉚ 世逾往而声不灭:世,时世,时代。逾往,愈久。声不灭,声望不消逝。　㉛ 由:原由,原因。　㉜ 中:通"衷",内心。　㉝ 形于事业:意思是,表现在他对事业的追求上。形,表现。　㉞ "事之博者"二句:意思是,事业博大的人,他的言辞就显得气势旺盛;志向远大的人,他的感受就显得深刻。　㉟ 什:篇章。此指欧阳仲山所作之诗。　㊱ "廓然其虑"二句:意思是,他的思虑十分广阔,他的诗章很有文采。廓然,广阔的样子。粲,灿烂华美的样子。　㊲ "可以"二句:意思是,从此诗可看到作者虽然仕途不畅,但节操不变的品格,身处民间但仍怀忧时伤乱的深情。窥,窥见。盘桓,逗留不进。居贞,保持正直节操。语出《周易·屯》:"盘桓,利居贞。"梁父闲吟,即《梁父吟》。《三国志·诸葛亮传》:"亮躬耕陇亩,好为《梁父吟》。" ㊳ 和者:应和此诗的人。 ㊴ 系于斯:联属、依附于此诗。也就是说,凡应和欧阳仲山之诗的作品,都应以其诗为范本。

【赏析】 一般来说,为友人之诗作序文,往往先介绍其写作背景、原由,然后指出其诗之特点、优长,最后表示自己的钦服之情。但本文的写法有些特殊。文章一开头就运用两个典故,说明"墓下之作"古已有之,写得好,则可以"终古不歇",万世流芳。第二段简要述说友人诗作的产生背景,重点放在对"墓中人"周瑜辉煌功绩的描述、歌颂上。这在有些人眼里,可能是闲笔,但于作者,却是情不能已,不写不快!试读其"历于遗墟,想公瑾之神。息驾而吊,徘徊不能去"数句,可知其对公瑾确是一往情深,无比钦敬。当然,作者并未忘记本文的写作本意,在第三段,便把笔锋移至友人作品。"廓然其虑,粲乎其文"是总体评价,关涉作者的构思、风格和语言表现形式;"可以窥盘桓居贞之道,梁父闲吟之意",则进一步由诗篇探究诗人的为人之道、入世之志。寥寥数句,由称扬其诗到褒赞其人,可以说是言约意丰了。

因此,本文的特点是思路活泼开阔,笔随意走,看似散漫而贯通一气,始终围绕"周公瑾墓下诗"铺展笔墨。此外,句式的骈散结合,语言的清新流畅,也增强了本文的艺术感染力。

陆　贽

> **作者简介**
>
> 　　陆贽（754—805），字敬舆，苏州嘉兴（今浙江嘉兴）人。大历八年（773）登进士第，又登博学宏词科。德宗时，为翰林学士。建中四年（783），乱兵入京，他随德宗逃至奉天（今陕西乾县）。当时虽有宰相主持朝议，而陆贽朝夕进见皇帝，常居中参决机谋，人称"内相"。他文思敏捷，一日之内能起草诏书数百。德宗还京，转中书舍人，仍兼翰林学士。贞元八年（792）升任宰相。因直言极谏为帝所不容，两年后罢相，翌年贬为忠州别驾。谥曰"宣"，世称陆宣公。他是唐代著名的骈文家，所撰以奏疏见长，虽用骈偶而无艰涩之弊，还夹杂散文句式，写得雄辩而又流畅，对韩愈等有一定影响。有《陆宣公翰苑集》二十二卷存世。

奉天请罢琼林大盈二库状

【题解】　唐德宗建中四年（783）十月，泾原节度使姚令言率部众入长安，拥立太尉朱泚为帝。德宗仓皇逃至奉天。当时物资严重匮乏，后来各地陆续送来贡物，德宗乃于行宫廊下置"琼林"、"大盈"两个内库，专供皇帝私用。陆贽上此奏文，说明设立内库的种种害处，请求废除，将贡品移交国库。状，古代的一种文体。其格式是，把要讲的内容扼要提示在前，然后开始论述。论述时，用一"右"字领起。本文选自《全唐文》卷四百六十九。

【原文】

　　右：臣闻作法于凉，其弊尤贪；作法于贪，弊将安救①？示人②以义，其患犹私；示人以私，患必难弭③。故圣人之立教也，贱货而尊让，远利而尚廉④。天子不问有无，诸侯不言多少。百乘之室⑤，不畜聚敛之臣⑥。夫岂能忘其欲赂⑦之心哉？诚惧赂之生人心而开祸端，伤风教而乱邦家耳⑧。是以务鸠敛而厚其帑楮之积者⑨，匹夫之富也；务散发而收其兆庶⑩之心者，天子之富也。天子所作，与天同方⑪。生之长之，而不恃其为⑫；成之收之，而不私其有⑬。付物以道,混然忘情⑭。取之不为贪,散之不为费⑮。以言乎体⑯则博大,以言乎术⑰则精微。亦何必挠废公方⑱,崇聚⑲私货,降至尊而代有司之守⑳,辱万乘以效匹夫之藏㉑,亏法失人,诱奸聚怨?以斯制事,岂不过哉㉒?

今之琼林、大盈,自古悉无其制㉓。传诸耆旧㉔之说,皆云创自开元㉕。贵臣贪权,饰巧求媚,乃言郡邑贡赋所用,盍各区分㉖?税赋当委之有司,以给经用㉗;贡献宜归乎天子,以奉私求㉘。玄宗悦之,新是二库㉙。荡心侈欲,萌柢于兹。迨乎失邦,终以饵寇㉚。《记》曰:"货悖而入,必悖而出㉛。"岂非其明效欤㉜?

陛下嗣位㉝之初,务遵理道㉞。敦行㉟约俭,斥远贪饕㊱。虽内库㊲旧藏,未归太府㊳,而诸方曲献㊴,不入禁闱㊵。清风肃然,海内丕变㊶。议者咸谓汉文却马㊷、晋武焚裘㊸之事,复见于当今。近以寇逆㊹乱常,銮舆㊺外幸,既属忧危之运㊻,宜增儆㊼励之诚。臣昨奉使军营,出游行殿㊽,忽睹右廊之下,牓㊾列二库之名。惧然若惊,不识所以㊿。何则?天衢㉛尚梗,师旅方殷㉜。疮痛呻吟之声,噢咻㉝未息;忠勤战守之效,赏赍㉞未行。而诸道㉟贡珍,遽私别库㊱。万目所视,孰能忍怀㊲?窃揣军情㊳,或生觖望㊴。试询候馆㊵之吏,兼采道路之言㊶,果如所虞㊷,积憾已甚㊸。或忿形谤讟,或丑肆讴谣,颇含思乱之情,亦有悔忠之意㊹。是知甿俗昏鄙㊺,识昧高卑㊻,不可以尊极临㊼,而可以诚义感㊽。

顷者六师初降㊾,百物无储。外扞㊿凶徒,内防危堞㉛。昼夜不息,迨㉜将五旬。冻馁交侵,死伤相枕㉝。毕命㉞同力,竟夷大艰㉟。良以陛下不厚其身㊱,不私其欲,绝甘㊲以同卒伍,辍食以啖功劳㊳。无猛制而人不携㊴,怀所感也。无厚赏而人不怨,悉所无也。今者攻围已解,衣食已丰,而谣讟㊵方兴,军情稍阻㊶。岂不以勇夫恒性㊷,嗜货矜功㊸。其患难既与之同忧,而好乐不与之同利。苟异恬默,能无怨咨㊹?此理之常,固不足怪。《记》曰:"财散则民聚,财聚则民散。"岂非其殷鉴欤㊺?众怒难任㊻,蓄怨终泄。其患岂徒人散而已?亦将虑有构奸鼓乱干纪而强取者焉㊼。

夫国家作事,以公共为心者,人必乐而从之;以私奉为心者,人必咈㊽而叛之。故燕昭筑金台㊾,天下称其贤;殷纣作玉杯㊿,百代传其恶。盖为人与为己殊也(92)。周文之囿百里，时患其尚小；齐宣之囿四十里，时病其太大(93)。盖同利与专利异也。为人上者(94)，当辨察兹理，洒濯其心(95)，奉三无私(96)，以壹有众(97)。人或不率(98)，于是用刑。然则宣其利而禁其私(99)，天下所恃以理天下之具也(100)。舍此不务(101)，而壅利行私(102)，欲人无贪，不可得已。今兹二库，珍币所归，不领度支(103)，是行私也。不给经费，非宣利也(104)。物情(105)离怨，不亦宜乎？

智者因危而建安(106)，明者矫失而成德(107)。以陛下天姿英圣，倘加之见善必迁(108)，是将化蓄怨为衔恩(109)，反过差为至当。促殄遗孽(110)，永垂鸿名，易如转规(111)，指顾可致(112)。然事有未可知者，但在陛下行与否耳。能则安，否则危；能则成德，否则失道。此乃必定之理也，愿陛下慎之惜之！陛下诚能近想重围之殷忧(113)，追戒平居之专欲(114)。器用取给，不在过丰(115)。衣食所安，必以分下。凡在二库货贿，尽令出赐有功。坦然布怀(116)，与众同欲。是后纳贡，必归有司，每获珍华，先给军赏，瑰异纤丽(117)，一无上供，推赤心于其腹中(118)，降殊恩于其望外(119)。将卒慕陛下必信之赏(120)，人思建功；兆庶(121)悦陛下改过之诚，孰不归德(122)？如此，则乱必靖(123)，贼必平，徐驾六龙(124)，旋复都邑，兴行坠典(125)，整缉棼纲(126)。乘舆有旧仪，郡国有恒赋(127)。天子之贵，岂当忧贫？是乃散其小储(128)，而成其大储也；损其小宝(129)，而固其大宝(130)也。举一事而众美具(130)，行之又何疑焉？吝(132)少失多，廉贾不处(133)；溺近迷远，中人所非(134)。况乎大圣应机(135)，固当不俟终日(136)。不胜管窥愿效之至(137)，谨陈冒以闻(138)。谨奏。

【注释】 ①“臣闻作法于凉”四句：意思是，以少取为出发点来制订法令，其弊病还将流于贪；以贪为出发点来制订法令，那衍生出来的弊病将不可补救。凉，薄，指薄赋。这四句源自《左传·昭公四年》郑大夫子宽批评子产的话，文字稍有改动。 ②人：民。唐人避唐太宗李世民讳，多以“人”代“民”。 ③弭：止息，消除。 ④“贱货而尊让”二句：看轻财货而推崇谦让，远离私利而崇尚廉洁。 ⑤百乘之室：指大夫。周代制度，大夫食邑方十里，有兵车百乘。 ⑥不畜聚敛之臣：畜，养。聚敛之臣：搜刮百姓财货的家臣。 ⑦贿：财货。 ⑧“伤风教”句：风教，风俗、教化。邦家，国家。 ⑨“是以”句：是以，因此。务，从事。鸠敛，聚集。鸠，聚。帑（tǎng），藏币帛的库房。椟，藏珍宝的匣子。 ⑩兆庶：万民百姓。 ⑪同方：同道。 ⑫不恃其为：不倚仗自己的作为。即让万物自由自在地生长，不加干涉。 ⑬不私其有：不占为私人所有。 ⑭“付物以通”二句：意思是，按照自然法则对待万物，与天道浑然一体，忘却一己的私心。 ⑮散之不为费：散发财物（为国家、百姓办事）不是浪费。 ⑯ 体：本质，原则。 ⑰ 术：方法，手段。 ⑱ 扰废公方：扰废，扰乱，废弃。公方，国家的法规。 ⑲ 崇聚：集聚。 ⑳“降至尊”句：至尊，皇帝。有司，有关职能部门。守，守护，管理。 ㉑“辱万乘”句：万乘，代指皇帝。周制，天子可出兵万乘，故用它代指天子。效，仿效。匹夫，普通百姓。 ㉒“亏法失人”四句：意思是，皇帝设立私库，破坏法规，失去民心，诱发奸人，积聚民怨，用这样的方法处理事情，难道不是错误的吗？斯，此，这。指皇帝设立私库事。过，过失，错误。 ㉓ 制：制度，做法。 ㉔ 耆（qí）旧：老年人。 ㉕ 开元：唐玄宗年号（713—741）。 ㉖“乃言”二句：这两句的意思是，（贵臣）于是就说郡邑的贡与赋，何不把它们区分开来使用？贡，在国家法令规定之外由地方官员向皇帝进献的额外财物。赋，按国家法令规定向地方百姓征收的赋税。盍，何不。 ㉗ 给经用：供给国家正常的开支。 ㉘ 奉私求：供给皇帝私人的需求。 ㉙ 新是二库：新，新设。是，此。二库，指琼林库和大盈库。 ㉚“荡心侈欲”四句：意思是，（玄宗）放纵心性，增多贪欲，都是因这“两库”而萌生，等到安史乱起，长安失守，两库的财货最终都落到乱军手中。柢，木根。这里是“根源于”的意思。迨乎，等到。㉛“货悖而入”二句：意思是，财货若是用不正当手段获取，也将非正常地失去。语本《礼记·大学》。悖，不合理，不正当。 ㉜ 明效：显著的效验。 ㉝ 嗣位：继承帝位。㉞ 理道：治理国家的正道。 ㉟ 敦行：切实执行。 ㊱ 贪饕（tāo）：贪欲很强的人。此指贪官污吏。 ㊲ 内库：皇帝内廷之私库，此指琼林、大盈二库。 ㊳ 太府：掌管国家库藏的官署。 ㊴ 曲献：地方官员于正赋之外另外进贡给皇帝的财货。 ㊵ 禁闱：皇宫之内。㊶ 丕变：大变。 ㊷ 汉文却马：《汉书·贾捐之传》载，有人献给汉文帝千里马。文帝说，我平常出行，一天走五十里，行军时，一天走三十里，要是独自一人骑着千里马，又要到哪儿去呢？于是退还其马，并下诏全国，不许进贡。 ㊸ 晋武焚裘：《晋书·武帝纪》载，太医“献雉头裘，帝以奇技异服，典礼所禁，焚之于殿前”，并下令再有进献者要治罪。㊹ 寇逆：指朱泚之乱。 ㊺ 銮舆：皇帝的车驾。 ㊻ 运：时运，时刻。 ㊼ 儆：通“警”，警惕，小心。 ㊽ 行殿：皇帝出行在外所居住的宫殿。 ㊾ 牓：通“榜”，匾额。 ㊿ 不识所以：不知道为什么要这样。 (51) 天衢：代指京师。 (52) 师旅方殷：战争正在紧张地进行。殷，盛，频繁。 (53) 噢咻：病痛者发出的呻吟声。 (54) 赏赉（lài）：赏赐。 (55) 诸道：各地。道，唐代的行政单位。唐太宗时分天下为十道，玄宗时分为十五道。 (56) 别库：国库以外的库房。 (57) 忍怀：心中有想法而忍住不说。 (58) 军情：军队将士的心情。 (59) 觖（jué）望：失望，怨恨。 (60) 候馆：类似于驿站、官舍。 (61) 道路之言：行人的言论。 (62) 虞：想。(63) 积憾已甚：积累的怨恨已相当多了。 (64)“或忿形”四句：意思是，有的人把忿恨表现在口出怨谤，有的人用歌谣进行丑化，既有想作乱的念头，也有后悔效忠的意思。形，表现出来。谤讟，怨言。讴谣，歌谣。 (65) 氓俗昏鄙：氓，百姓。昏鄙，认识糊涂，眼光短浅。(66) 识昧：识，见识。昧，不明事理。 (67) 以尊极临：用权力、地位压服。临，居高临下，此指压服。 (68) 以诚义感：用诚意感动。 (69)“顷者”句：顷者，近来。六师，六军，这里代指天子的卫队。降，降临。这句是说皇帝由京城来到地方。 (70) 扞（hàn）：抵御。 (71) 危堞：危城，此指奉天城。堞，城上女墙。 (72) 迨：同“殆”，大概，几乎。 (73) 死伤相枕：死的与伤的互相枕籍，形容伤亡惨重。 (74) 毕命：不惜牺牲性命。 (75) 竟夷大艰：竟，终于。夷，平定。大艰，指朱泚之乱。 (76)“良以”句：良以，确是因为。厚其身，厚待自身。 (77) 绝甘:摒弃甘美食物。 ⑱ 辍食以啖功劳:辍食,停止吃饭。啖,给……吃。功劳,此指有功劳者。 ⑲ "无猛制"句:猛制,指严刑峻法。不携,无二心。 ⑳ 谣諑:谣言和怨谤。 ㉑ 军情稍阻:军情,将士的心思。稍,渐渐。阻,阻隔。 ㉒ 恒性:一贯的性情。 ㉓ 嗜货矜功:嗜货,嗜好财货。矜功,夸功。 ㉔ "苟无恬默"二句:意思是,假如不是性格恬淡静默的人,怎会没有怨恨之言呢。怨咨,怨恨。 ㉕ 这两句出自《礼记·大学》。 ㉖ 殷鉴:指前人的深刻教训。《诗经·大雅·荡》:"殷鉴不远,在夏后之世。"殷,殷纣王因不仁不义,被周武王所诛,成为后世王者的鉴戒。 ㉗ 任:担当,承受。 ㉘ "亦将虑有"句:构奸,造成奸邪。鼓乱,鼓动叛乱。干纪,凌犯法纪。强取,强行夺取。 ㉙ 咈:违背。 ㉚ 燕昭筑金台:传说战国时燕昭公为报复齐国,在易水东南筑台,置千金于台上,以招揽天下贤士,最终得以报仇。 ㉛ 殷纣作玉杯:《韩非子·喻老》载,纣王用象牙筷子,箕子很担忧,因为接下来就会用犀玉杯,发展下去奢侈的生活将不可收拾。 ㉜ "盖为人"句:意思是,这是因为他对待别人与对待自己有不同啊! ㉝ "周文王之囿百里"四句:意思是,周文王的苑囿方圆百里,当时的老百姓还嫌其小;齐宣王的苑囿方圆四十里,当时的老百姓还嫌其大。囿,蓄养禽兽的园林。《孟子·梁惠王下》上说,因为周文王的苑囿能让老百姓进去砍柴、打猎,而齐宣王的苑囿不准百姓进入,如犯禁还要处罚,所以百姓的态度有所不同。 ㉞ 为人上者:作为"人上人"。 ㉟ 洒濯其心:洗涤心灵。即要多祛除私心。 ㊱ 奉三无私:《礼记·孔子燕居》载,孔子曰:"天无私覆,地无私载,日月无私照,奉斯三者以劳天下,此之谓三无私。"此句意谓像天、地、日月一样无私心。 ㊲ 以壹有众:壹,齐一,统一。有众,众人。有,此为助词,无实义。 ㊳ 率:遵循(法令)。 ㊴ "然则"句:宣其利,国家宣泄财货,让众人享受应得的利益。禁其私,禁止百姓获取不正当的利益。 ㊵ "天下所恃"句:恃,倚仗,依靠。理天下之具,治理天下的工具(方法)。 ㊶ 不务:不去做。 ㊷ 壅利行私:把利益(财货)集中到自己手里,满足私欲。 ㊸ "今兹二库"三句:意思是,现在琼林、大盈两个内库的财货不统一于度支这个官署。度支,掌管财政开支的官署。 ㊹ "不给经费"二句:意思是,由于两个内库的财货不能由度支支配,不能作为公家的经费分配下去,这就不是让大家受益了。 ㊺ 物情:众心,人心。 ㊻ 因危而建安:乘艰危之际建立永久的安全。 ㊼ 矫失而成德:矫正过失而成就德行。 ㊽ 迁:改变,此指改过从善。 ㊾ 衔恩:感念恩德。 ㊿ 促殄遗孽:殄(tiǎn),灭绝,消灭。遗孽,此指遗留下来的叛乱者。 ⑪ 转规:转动圆规。 ⑫ 指顾可致:指顾,一手指,一眼看。形容极容易。可致,可以达到。 ⑬ 重围之殷忧:重围,指德宗逃到奉天,朱泚部众包围奉天城。殷忧,深忧。 ⑭ "追戒"句:追戒,追思过去,警诫自己。平居,平时。专欲,一心占有的贪欲。 ⑮ 过丰:过于丰厚。 ⑯ 布怀:公开自己的想法。 ⑰ 瑰异纤丽:瑰丽、奇异、精致,华美的珍宝。 ⑱ "推赤心"句:推,移。赤心,赤诚之心。其,代指众人。此语本《后汉书·光武帝纪》。 ⑲ "降殊恩"句:殊恩,非同寻常的恩赐。望外,希望之外。 ⑳ 必信之赏:说了算数的守信用的奖赏。 ㉑ 兆庶:众人。 ㉒ 归德:归心于有德者。此指拥护皇帝。 ㉓ 靖:平定,安定。 ㉔ 六龙:代指皇帝车驾。古代天子的车用六匹马拉,天子之马曰龙。 ㉕ 坠典:废失的典章制度。 ㉖ 整缉棼纲:整缉,整理。棼纲,混乱的纲纪。 ㉗ "乘舆有旧仪"二句:意思是,天子的待遇有老的规矩,地方州县会经常向朝廷交纳赋税。乘舆,车驾。此代指皇帝的待遇、享受。旧仪,过去就有的仪制、规定。郡国,代指地方州县。　⑫㉘ 小储:指琼林、大盈两库所储之物。与"大储"(指国家的储备之物)相对。　⑫㉙ 小宝:义同"小储"。　⑬㉀ 大宝:此指帝王之位。　⑬㉁ 众美具:具有了众多好处。　⑬㉂ 吝:贪。　⑬㉃ 廉贾不处:廉贾(gǔ),不贪心的商人。处,对待,此处是"做"的意思。　⑬㉄ 中人所非:中人,中等智力的人。非,否定,不认可。　⑬㉅ 大圣应机:大圣,对皇帝的谀称。应机,见机而动。机,通"几"。　⑬㉆ 终日:一天。指很短的时间。　⑬㉇ "不胜"句:不胜,不尽。管窥,不全面、不成熟的看法。语本《庄子·秋水》:"用管窥天,用锥指地,不亦小乎?"愿效,愿意效力。　⑬㊀ 冒:冒昧。

【赏析】　本文的中心论点,在题目中已明确揭示,即罢琼林、大盈二库。具体地说,就是希望德宗皇帝能够认识到"财聚人散、财散人聚"的道理,主动地"损小宝以固大宝",达到收拢人心、平息叛乱、安定天下、巩固皇位的效果。

　　文章立论明确,论述严密而有条理。第一段阐述自古圣人立教的原则是"贱货"、"远利",散财以收民心。这是立论之基全篇之本。第二段以玄宗贪财货、设内库而致天下大乱的事实,论证了内库之不可设。第三段就德宗继位初及出奔奉天后设内库的表现所导致的不同的社会评价,具体说明设内库的危害性。第四段做更细致的分析,比较了德宗在奉天解围前后的不同做派,以及军心由"不怨"与"蓄怨"的快速转变,提醒德宗要高度重视设内库的严重后果。第五段再以史实为依据,说明"以公共为心者"方能得天下之心,直接批评设内库是"行私",其直接后果是"物情离怨",隐伏着巨大的危机。最后一段,殷切希望德宗能"见善必迁",撤销内库,认为那样就能大得民心,速平叛乱,永垂鸿名。"大圣应机,固当不俟终日",流露出作者希望德宗马上有所行动的迫切愿望。据《旧唐书·陆贽传》记载,德宗读到这篇奏章后,"嘉纳之,令去其题署",可见本文确有很强的说服力。

　　作者是满怀一腔忠忱写作此文的,故读来言出肺腑,诚挚恳切。论述时常用对比手法,令人印象深刻。句法上运单成复,无骈偶文常有的呆滞之弊。典故的运用也恰到好处,如"汉文却马"、"晋武焚裘"、"燕昭筑金台"、"殷纣作玉杯"、"周文之囿"、"齐宣之囿"等,增强了文章的厚重度和说服力。

权德舆

作者简介

权德舆(759—818),字载之,天水略阳(今甘肃秦安)人。四岁能诗,十五岁为文数百篇,编为《童蒙集》十卷。德宗闻其才,于贞元八年(792)召为太常博士。后历任起居舍人、司勋郎中、中书舍人等职。贞元十八年(802)拜礼部侍郎,三掌贡举,时称得人。宪宗元和五年(810),拜礼部侍郎同中书门下平章事。元和八年罢相。官终山南东道节度使。好读书,通经术,工诗善文,王侯将相及名人之碑铭墓志多出其手,时人尊为宗匠。今传《权载之文集》五十卷。《全唐文》编其文为二十七卷,以奏议、制敕、碑志、书、序为主。《全唐诗》编其诗为十卷,以五古见长。

两汉辩亡论

【题解】 本文对两汉(西汉、东汉)的灭亡原因做出自己的辩析。几成定论的意见是,西汉亡于王莽,东汉亡于董卓。作者一反常论,认为西汉后期重臣张禹、东汉后期重臣胡广身居要位,却不以国家安危为重,只顾保全自家利益,关键时刻不作为,姑息养奸,导致朝政紊乱、权奸当道。他们两人是两汉灭亡的初因,其对两汉的危害性要甚于王莽、董卓。本文选自《全唐文》卷四百九十五。

【原文】

言两汉所以亡者,皆曰莽、卓①。予以为莽、卓篡逆,污神器以乱齐民②,自贾③夷灭,天下耳目,显然闻知。静征厥初④,则亡西京者张禹⑤,亡东京者胡广⑥。皆以假道⑦儒术,得伸其邪心,徼⑧一时大名,致位公辅⑨。词气所发,损益系之⑩,而多方善柔⑪,保位持禄⑫。

或陷时君以滋厉阶⑬,或附凶慝以结祸胎⑭。故其荡覆之机,篡夺之兆,皆指导之,驯致之⑮。虽年祀相远⑯,犹手授颐指之然也⑰。其为贼害⑱,岂直⑲莽、卓之比乎?

禹以经术为帝师⑳,身备汉相,特见尊信㉑,当主臣㉒之重,极儒者之贵。永始、元延㉓之间，天地之眚屡见㉔，言事者皆讥切王氏颛政㉕。时成帝亦悔惧天变，而未有以决㉖，驾至禹第㉗，辟㉘左右以问之，须其一言㉙，以为律度㉚。为禹计者，亦须陈《大易》"坚冰"之诫㉛，诵《小雅·十月》之刺㉜，乘其向纳㉝，痛言得失。反以罕言命、不语怪为词㉞，致成帝不疑之心，授王氏浸㉟盛之势。上下恬然㊱，晻忽㊲亡国。傥帝虑不至是，犹当开陈切劘㊳，面折廷辩，矧㊴当就第燕闲之际，虚怀访决之时，方且视小男于床下㊵，官子婿于近郡㊶，款款然㊷用家人匹夫为心，以身图安，不恤㊸国患。致使群盗弄权㊹，迭执魁柄㊺，祸稔毒流㊻，至于新都㊼，不可遏也，斯可愤也。

逮至东都顺、桓之间㊽，国统三绝㊾。胡广以钜儒柄用㊿，位极上台㉛。初，梁冀席外戚之重㉜，贪戾当国，既鸩质帝，议立嗣君㉝。公卿大臣皆以清河王蒜㉞年长有德，属最尊亲㉟，可以靖㊱人。亦既定策，冀乃惮其明哲，且不利长君㊲，私于蠡吾㊳，独异群议。为广计者㊴，亦当中立如石，介然㊵不回，率赵戒之徒，同李、杜所守㊶。然后三事百工㊷，正词于朝，虽冀之暴恣，岂能一旦尽诛汉廷群公邪？反徇一息之安㊸，首鼠㊹畏懦，竟使清河徙废㊺，蠡吾为梗㊻，邦家陵夷㊼，汉道日蹙㊽。结党锢之狱㊾，成阉寺之祸㊿，祸乱循环㉛，以至董卓，赫赫汉室，化为当涂㉜，盖栋挠鼎折㉝之所由来久矣。彼梅福㉞以孤远上疏，张纲以卑秩埋轮㉟，独何人哉？而不是思也㊱。

噫嘻！就利违害㊲，荣通丑穷㊳，大凡有生之常性也㊴。暨㊵乎手持政柄，体国存亡㊶，则谨之于初，决之于始，以导善气，以遏乱原㊷。若祸胎既萌，则死而后已，白刃可蹈㊸，鸿毛斯轻㊹。奈何禹、广于完安之时，则务小忠而立细行㊺，数数然献吉筮于露蓍㊻，沮立后于探筹㊼。及夫安危之际，邦家之大，则甘心结舌㊽，阴拱观变㊾。岂止然也㊿，方又炽焰焰以燎原㉛，决汤汤以襄陵㉜，投天下于烟煨㉝，挤万民于昏垫㉞。百代之下，无所指名㉟。虽史赞粗言㊱，而不究论本末㊲。且出不越境，书弑君之恶㊳；言伪而辩，有两观之诛㊴。若当春秋之时，明禹、广之罪，作诫来世㊵，可胜纪㊶乎！向若㊷西京抑损王氏，尊君卑臣，则庶乎无哀、平之坏㊸；东京登庸㊹清河，主明臣忠，则庶乎无灵、献㊺之乱。大汉之祚㊻，未易知也。

或以国之兴亡，皆有阴骘㊼之数，非人谋能亢㊽，则但取瞽矇者而相之⑩,立土木偶而尊之,被以章组⑩,列于廊庙,斯可矣。何尧舜之或咨或吁⑪,殷周之或梦或卜⑫?忧勤日昃之若是⑬,然后为理⑭耶?予因肄⑮古史,且嗜《春秋》褒贬之学⑯,心所愤激,故辩其所以然⑰。

【注释】 ①莽、卓:莽,王莽,汉元帝王皇后侄,以外戚掌权。元始五年(5)毒死平帝,立年仅两岁的孺子婴为帝。三年后自立为帝,国号"新"。西汉遂亡。卓,董卓,东汉灵帝时拜并州牧,以除宦官为名率兵入朝,废灵帝,后又毒杀少帝,立献帝,把持朝政。献帝初平三年(192)为王允、吕布所杀。董卓之乱,使东汉名存实亡。 ②"污神器"句:神器,帝位。齐民,平民。 ③贾(gǔ):买,取。 ④静征厥初:平心静气地探求两汉灭亡的初因。征,求。厥,其。 ⑤则亡西京者张禹:西京,西汉都城长安,此代指西汉。张禹,字子文,汉元帝时光禄大夫,成帝时丞相。时外戚王凤专权,禹一味逢迎自保。 ⑥亡东京者胡广:东京,东汉都城洛阳,此代指东汉。胡广,字伯始,三十余年间历事六位皇帝,一直担任三公等要职,为人圆滑,明哲保身。 ⑦假道:以……为仕进之道。 ⑧徼:求。 ⑨公辅:三公、宰辅。张禹位至丞相,胡广位至三公。东汉以太尉、司徒、司空为三公。 ⑩"词气所发"二句:意思是,他们所说出的话,于国家的祸福兴衰很有关系。词气,言语。损益,增减。此指国之兴衰。 ⑪柔:善于阿谀奉承。 ⑫保位持禄:保持官位、俸禄。 ⑬"或陷时君"句:陷,陷害。时君,当时的君王。指西汉成帝。滋,滋生。厉阶,祸端。 ⑭"或附凶沴"句:凶沴(lì),凶恶的人。祸胎,祸根。 ⑮"故其"四句:意思是,所以两汉灭亡、坏人篡权的征兆,都是他俩所造成的。机,通"几",征兆。指导,指使引导。驯致,导致。 ⑯年祀相远:离两汉灭亡的时候相距甚远。张禹当权距王莽篡汉还有二十多年,胡广当权距董卓之乱还有五十多年,所以如此说。祀,年。 ⑰"犹手授"句:手授,亲手教授。颐指,用面部表情来示意,指挥别人。 ⑱贼害:危害。 ⑲岂直:难道仅仅。 ⑳帝师:汉成帝的老师。 ㉑特见尊信:特别地被尊敬、信任。 ㉒主臣:主管群臣。 ㉓永始、元延:汉成帝的两个年号,公元前16-前9年。 ㉔天地之眚:自然灾害。眚,眼生翳。此借指日蚀、月蚀等。 ㉕切王氏颛政:切,切合。颛,通"专"。 ㉖未有以决:还没有下定决心。 ㉗驾至禹第:到王禹府上。驾,皇帝的车驾。第,府第。 ㉘辟:屏退。 ㉙须其一言:须,需要。一言,一句话。 ㉚律度:尺度,判断标准。 ㉛《大易》"坚冰"之诫:防微杜渐的告诫。《易经·坤》:"履霜坚冰至。"孔颖达疏:"履霜必至坚冰……以坚冰为戒,所以防渐虑微,慎终于始也。" ㉜《小雅·十月》之刺:借日月之蚀讥刺统治者政治上的过失。《诗经·小雅》中有《十月之交》一篇,前人认为是借日蚀批评周幽王。 ㉝乘其向纳:乘着成帝想听取意见的时机。向,趋向于。纳,采纳。 ㉞"反以罕言命"句:反,反而。罕言命,极少谈天命。《论语·子罕》:"子罕言利与命与仁。"不语怪,不说怪异之事。《论语·述而》:"子不语怪力乱神。"词,说词。 ㉟浸:逐渐。 ㊱上下恬然:上下,君臣。恬然,安然。 ㊲晻忽:忽然。 ㊳切劘(mó):切磋。 ㊴矧:何况。 ㊵"方且"句:方且,尚且,还。视小男子床下,《汉书·张禹传》载,张禹小儿子未有官,成帝到其宅,禹多次看视身边的小儿子,成帝会其意,就任他为黄门郎。 ㊶官子婿于近郡:

《汉书·张禹传》:张禹生病,成帝前往探视。禹称其爱女之心胜于爱男,其女远嫁张掖太守萧咸。成帝即调其婿为弘农太守。子婿,女婿。　㊷ 款款然:诚恳专心的样子。　㊸ 恤:忧虑。　㊹ 群盗:指多年专权的王氏兄弟。　㊺ 魁柄:北斗七星。此指朝政大权。　㊻ 稔(rěn):成熟。　㊼ 新都:此指王莽。王莽曾封新都侯。　㊽ "逮至"句:东都,东汉建都于东都洛阳。此代指东汉。顺、桓,汉顺帝刘保和汉桓帝刘志。前者公元126—144年在位,后者公元147—167年在位。　㊾ 国统三绝:世代相传的帝王系统三次断绝。指顺帝、冲帝、质帝三年之内先后死去。　㊿ 柄用:执掌权柄。　㊿¹ 上台:三公。　㊿² "梁冀"句:梁冀,顺帝梁皇后兄。顺帝时为大将军,专权擅席。席,凭借。　㊿³ 嗣君:王位继承人。　㊿⁴ 清河王蒜:刘蒜与质帝同祖父,封清河王。　㊿⁵ 属最尊亲:论宗族关系最为尊崇、亲近。　㊿⁶ 靖:平定,安定。　㊿⁷ 长君:姐妹。此指嫁蠡吾侯刘志的梁冀之妹。　㊿⁸ 私于蠡吾:私下想立蠡吾侯刘志。　㊿⁹ 为广计者:替胡广考虑。　⑥⁰ 介然:耿介,有骨气。　⑥¹ "率赵戒之徒"二句:意思是,率领赵戒等人,同李固、杜乔一道坚持立刘蒜的主张。《后汉书·李固列传》:在朝会上,梁冀提出要立蠡吾侯,胡广、赵戒等人吓得不敢反对,只有李固、杜乔坚持立刘蒜,以至会议开不下去。　⑥² 三事百工:三事,三事大夫,即三公。百工,百官。　⑥³ "反徇"句:徇,曲从。一息,一次呼吸,指短暂的时间。　⑥⁴ 首鼠:迟疑不决。　⑥⁵ 清河徙废:质帝死后,梁冀坚持立了桓帝(刘志)。一年多后,刘蒜贬爵为尉氏侯,徙桂阳,自杀。　⑥⁶ 蠡吾为梗:蠡吾侯刘志成了国运的障碍。　⑥⁷ 邦家陵夷:邦家,国家。陵夷,日渐衰微。　⑥⁸ 汉道日蹙:汉道,汉朝的命运。日蹙,日益迫促。　⑥⁹ 党锢之狱:东汉末年,宦官专权,李膺与太学生群起反对,被诬为党人。桓灵时期曾多次迫害党人及其亲友部属,史称"党锢之祸"。　⑦⁰ 阉寺之祸:桓帝延熹二年(159),帝与单超等五个宦官杀死梁冀,五宦官同日封侯,又封小宦官赵忠等八人为乡侯。从此以后,宦官专权,扰乱朝纲,天下混乱,最终激起农民起义。阉寺,宦官。　⑦¹ 循环:接连不断,互为因果。　⑦² 当涂:谶讳上讲魏将代汉,有"当涂高"语,代指魏(宫门的台观),故以"当涂"代指曹魏王朝。　⑦³ 栋挠鼎折:喻汉王朝分崩离析。　⑦⁴ 梅福:字子真,成帝时南昌尉。当时大将军王凤专势擅朝,群臣不敢言,梅福虽然势孤力单,还是上书讥切。　⑦⁵ "张纲"句:张纲,字文纪。梁冀专权时,派八名使者徇行风俗,身为御史的张纲也在其中。别人都准备出发,独张纲埋车轮于洛阳都亭下,说:"豺狼当路,安问狐狸!"上书奏梁冀十五条罪状,满朝震悚。卑秩,职位低下。　⑦⁶ "独何人哉"二句:意思是,他们(梅福、张纲)是怎样的人啊!张禹、胡广为什么不想想他们的所作所为啊!独,表反诘的语气词。　⑦⁷ 就利违害:追求利益,躲避灾害。　⑦⁸ 荣通丑穷:以通达显贵为荣,以处境穷困为耻。　⑦⁹ 大凡有生:大凡,大致,一般说来。有生,活着的人。　⑧⁰ 暨:到。　⑧¹ 体国存亡:自身关系到国家存亡。　⑧² 乱原:祸乱的根源。　⑧³ 白刃可蹈:白刃,白晃晃的兵器。蹈,踩踏。　⑧⁴ 鸿毛斯轻:把生命看得轻如鸿毛。　⑧⁵ 务小忠而文细行:做一些小忠之事,在小节上表现出德行。　⑧⁶ "数数然"句:数数然,屡次。吉筮,吉卦。露蓍(shī),把蓍草置于露天星宿之下,供第二天占卦用。古人认为这样做才灵验。《汉书·张禹传》:张禹看到天时异常,就正衣冠卜卦,若得吉卦则献,得凶卦则忧形于色。　⑧⁷ 沮立后于探筹:沮,阻止。立后,确立皇后。探筹,抽签。《后汉书·胡广列传》:顺帝有四个宠幸的贵人,想确立其中一为皇后,难以决定,打算抽签定之。胡广等上疏进谏,认为应从品行好的良家子中选定。顺帝从之。　⑧⁸ 结舌:不说话。 (89) 阴拱观变:默默地袖手观其变化。 (90) 岂止然也:难道仅仅是这样吗? (91) “方又炽焰焰”句:炽,使……旺盛。焰焰,火苗。燎,烧。 (92) “决汤汤”句:汤(shāng)汤,大水急流的样子。襄陵,漫上山陵。 (93) 煨:灰烬。 (94) 昏垫:陷溺水中,迷惘不知所措。垫,下陷。 (95) “百代之下”二句:意思是,百世之后,竟无人能指出两汉覆亡的罪魁祸首。 (96) 史赞粗言:《汉书·张禹传赞》和《后汉书·胡广列传论》粗略指出了张禹、胡广存在的问题。 (97) 究论本末:探究、论述事情的根本问题。这句是说前代史家没有指出张禹、胡广对两汉的巨大危害。 (98) “且出不越境”二句:这两句所言之事见《左传·宣公二年》。公元前607年,晋灵公欲谋杀掌握大权的晋国正卿赵盾,赵盾被迫出走。未越国境,其族弟赵穿攻杀灵公于桃园。当时董狐(一称史狐)任职太史,认为赵盾身为正卿,“亡不越境,反不讨贼”,乃直书“赵盾弑其君”。这是严格追究执政者责任的《春秋》笔法。 (99) “言伪而辨”二句:这两句所言之事见《孔子家语·始诛》。孔子当了鲁国司寇,七天后就在“两观”(宫门两旁的高台)下诛杀了大夫少正卯,说他犯了五条大罪,其中第三条是“言伪而辩”。 (100) 作诫来世:作为后世的警诫。 (101) 胜纪:全部记录下来。纪,通“记”。 (102) 向若:假如。 (103) “则庶乎”句:庶乎,或许。哀、平,汉哀帝刘欣、汉平帝刘衎,西汉王朝的最后两个皇帝。 (104) 登庸:选拔重用。此指支持清河王刘蒜登上皇位。 (105) 灵、献:汉灵帝刘宏、汉献帝刘协,东汉王朝的最后两个皇帝。 (106) 祚:国祚,国运。 (107) 阴骘:上天暗中注定。骘,确定,安排。 (108) 亢:通“抗”,违抗。 (109) “则但取”句:瞽矇者,瞎子。相之,以他为宰相。 (110) 被以章组:给(土木偶)穿上章服(有图文作为等级标志的官服),佩上官印。组,系在官印上的丝带,代指官印。 (111) “何尧舜”句:意思是,为什么尧、舜因为人才难得而要常发出或“咨”或“吁”的感叹声呢?此事见《尚书·尧典》、《尚书·舜典》。 (112) “殷周”句:意思是,为什么殷高宗梦中见到了贤士傅说,就命人到处寻找;周文王打猎之前占卜,说要得到“霸王之辅”呢?前者见《尚书·说命序》,后者见《史记·殷本纪》。 (113) “忧勤”句:《尚书·无逸》篇说,周文王勤于政事,从早起忙到太阳偏西还来不及吃饭。日昃,太阳西斜。 (114) 为理:达到天下大治。理,义同“治”。 (115) 肄:研习。 (116) 《春秋》褒贬之学:相传孔子修订鲁史《春秋》时,字斟句酌,经常在一个字中寓有褒贬之意,后称之为《春秋》笔法。 (117) 故辩其所以然:所以我著文辩明两汉之所以覆亡的原因。

【赏析】 两汉覆亡的根由,似是人所共知的常识。本文却另出新见:从表象看,王莽、董卓是两汉倾覆的元凶;从历史演进的角度看,张禹、胡广才是结束汉祚的最初也是最主要的祸首。

文章在开首提出自己的观点后,便展开具体的论述。先说张禹。他是汉成帝的老师,又“身备汉相,特见尊信”,完全可以影响皇帝的决策。但当皇帝主动听取其意见时,他却对外戚王凤专权不置一辞,仅以“罕言命”、“不语怪”打消皇帝的顾虑,导致了此后的王莽之乱。次说胡广。他“位极上台”,也是一言九鼎的人物。但当外戚梁冀违逆众臣之意,有意另立新君时,胡广却畏惧梁冀势焰,为求“一息之安”而不敢作为,导致梁冀得计,朝政日益衰败,终于引发董卓之乱,东汉已名存实亡。接着,作者又从“手持政柄”者应如何对待自身与国家的关系作进一步阐述,强调国之重臣应谨慎处事,消弭祸端于萌芽状态;而祸端一旦形成,则应奋不顾身与之斗争,死而后已。然而张禹、胡广在平时"务小忠而立细行",危急时刻却做了缩头乌龟,"甘心结舌,阴拱观变",令人愤恨。最后,作者又对所谓"国之兴亡"在天意不在人谋的说法(此说实际上是为张禹、胡广开脱罪责)予以痛斥,并表明自己撰写此文的目的。

文章立论新颖,叙议结合,论述透彻,笔端饱含激情,写得义正词严,给人雄辩滔滔的感觉。《新唐书·权德舆传》说他"善辩论","尝著论,辩汉所以亡……大指有补于世",可见古人对此文早就有很高的评价。

刘 肃

作者简介

刘肃,生卒年不详,主要活动在唐宪宗元和(806—820)年间。《新唐书·艺文志》著录其《大唐新语》十三卷,下注"元和中江都主簿"。今本《大唐新语》十三卷,有其元和丁亥岁(807)自序,署"登仕郎守江州浔阳县主簿"。主簿,县令的主要佐官之一,掌勾检稽失,纠正非违。《大唐新语》仿《世说新语》体例,分"匡赞"、"规谏"等三十门,主要记载唐初至大历年间上层人物、士大夫的政治活动、文学创作及有关轶事。作者的取材标准是"事关政教,言涉文词,道可师模,志将存古"(《大唐新语·自序》),不涉怪异,有较高的史料价值。

唐太宗立太子

【题解】 本文选自《大唐新语》卷一(匡赞第一),题目为编选者所加。

唐太宗有十四个儿子,其中长孙皇后所生三子。在废黜长子李承乾的太子名分后,是立四子魏王李泰还是立九子晋王李治,成为一个既紧迫又棘手的问题。本文十分生动地写出了太宗在立储问题上的反复、动摇以及最后的决心。文中也揭示了大臣褚遂良、长孙无忌在此过程中的重要作用。

【原文】

太子承乾①既废,魏王泰②因入侍。太宗面许立为太子,乃谓侍臣曰:"青雀③入见,自投我怀中,云:'臣今日始得与陛下为子④,更生⑤之日。臣有一孽子⑥,百年之后⑦,当为陛下杀之,传国晋王⑧。'父子之道,固当天性。我见其意,甚矜之⑨。"青雀,泰小字也。褚遂良⑩进曰:"失言⑪。伏愿审思,无令错误。安有陛下万岁之后,魏王持国执权为天子,而肯杀其爱人,传国晋王者乎?陛下顷⑫立承乾,后宠魏王,爱之逾嫡⑬,故至于此。今若立魏王,须先措置⑭晋王,始得安全耳。"太宗涕泗⑮交下,曰:"我不能也。"因起入内。

翌日⑯,御两仪殿⑰,群臣尽出,诏留长孙无忌、房玄龄、李勣、褚遂良⑱，谓之曰："我有三子一弟，所为如此，我心无憀⑲。"因自投于床⑳，无忌争趋持㉑。上㉒抽佩刀，无忌等惊惧，遂良于手争取佩刀，以授晋王。因请所欲立，太宗曰："欲立晋王。"无忌等曰："谨奉诏。异议者请斩之。"太宗谓晋王曰："汝舅许汝也，宜拜谢之。"晋王因下拜。移御太极殿㉓，召百寮㉔，立晋王为皇太子，群臣皆称"万岁"。

【注释】　①承乾：唐太宗的长子。太宗即位，立承乾为皇太子。贞观十七年(643)，因谋反罪被废为平民。　②魏王泰：唐太宗第四子，被封为魏王。受太宗宠爱，图谋太子之位。太子李承乾被废后不久，亦被解官降爵。　③青雀：魏王李泰的小名。　④"臣今日"句：意思是，我今天才算是真正成为皇帝陛下的儿子。　⑤更生：重生。　⑥孽子：古时称妾所生之子。　⑦百年之后：指自己临死时。　⑧晋王：太宗第九子李治，时封晋王。即后来的唐高宗。　⑨矜(jīn)：怜悯，怜惜。　⑩褚遂良(596—658)：字登善，钱塘(今浙江杭州)人，书法家。贞观中，历任谏议大夫、中书令等职。贞观二十三年(649)，与长孙无忌同受太宗遗诏辅政。反对高宗立武则天为皇后。武氏既立，遭贬斥而死。　⑪失言：说错话。　⑫顷：不久，此有"以前"的意思。　⑬爱之逾嫡：逾，超过。嫡，旧称正妻为嫡。此处是嫡长子的简称。　⑭措置：处理。　⑮涕泗：眼泪，鼻涕。　⑯翌日：明日。　⑰两仪殿：唐宫内殿名，在正殿太极殿后。　⑱长孙无忌(？—659)：字辅机，太宗皇后长孙氏之兄。助太宗取得帝位，后为宰相，封赵国公。与褚遂良同受太宗遗诏辅佐高宗。永徽六年(655)，高宗将立武则天为皇后，他坚决反对。武氏既立，诬以谋反罪，流放黔州，后迫令自杀。房玄龄(579—648)，字乔，曾助太宗取得皇位。长期为宰相之首。李勣(594—669)，本姓徐，名世勣，李世民手下大将。因战功赐姓李，又避李世民讳，去名中"世"字。高宗立武则天为皇后，他以元老重臣持赞成态度，对武后之立起重大作用。　⑲"我有三子一弟"三句：意思是，我有三个儿子和一个弟弟，都想做皇帝，我内心觉得真没有意思。三子，指齐王李祐、太子李承乾与魏王李泰。一弟，指汉王李元昌。李祐起兵谋反，被执赐死。李承乾和李元昌谋反，赐死。李泰也迫切地想当太子。憀(liáo)，依赖。　⑳床：床榻，可坐可卧的家具。　㉑趋持：快步上前扶持。　㉒上：皇上。　㉓太极殿：唐宫正殿。　㉔百寮：百官。寮，通"僚"。同官为寮。

【赏析】　这篇文章介绍唐太宗立晋王李治为皇太子的经过，篇幅虽短，却写得一波三折，表现出皇位继承问题的复杂性、残酷性。唐太宗、魏王李泰、褚遂良、长孙无忌四人的形象也颇鲜明。

唐太宗废黜太子李承乾后，立谁为新太子成为当务之急。魏王李泰善于迎合，见面时主动扑入太宗怀抱，以示父子情深，又说自己临死时要杀死儿子，以便将皇位传给弟弟晋王李治。太宗对此十分欣赏，所以已"面许立为太子"。不料褚遂良旁观者清，认为魏王所言于情理不合，不足凭信，其蕴含之意，是魏王缺乏诚信，不宜立为太子。又进一步指出，若确要立魏王为太子，先得解决晋王的问题,否则后患无穷。太宗又怎忍心"措置晋王"呢?所以他不禁"涕泗交下"。这四字,极其生动地刻画出他痛苦不堪的内心世界。第二天,太宗又与几个亲近重臣倾诉苦衷,言毕竟欲抽刀自裁。这个动作,更说明确立新太子一事,已令他焦头烂额,简直到了痛不欲生的地步。不过,唐太宗终究非凡庸之辈,他痛下决心后,长孙无忌立即接口,强调"异议者请斩之",这既说明他是同意太宗意见的,又显示出其快刀斩乱麻的果敢作风。

韩 愈

> **作者简介**
>
> 韩愈(768—824),字退之,河南南阳(今河南孟州)人。郡望昌黎(今属辽宁),世称韩昌黎。贞元八年(792)登进士第。始为宣武军节度使观察推官,累迁四门博士、监察御史。贞元十九年,因上疏论事,贬为阳山令。元和元年(806),召为国子博士,后历任河南令、史馆修撰、中书舍人等职。元和十二年迁刑部侍郎。元和十四年谏宪宗迎佛骨,贬为潮州刺史。后官职多所变迁,终吏部侍郎,世称韩吏部。他在政治上力主加强统一,反对藩镇割据;思想上尊儒排佛;文风上大力提倡古文,反对骈偶陋习,为"唐宋八大家"之首。有门人李汉编《昌黎先生集》传世。今人马其昶有《韩昌黎文集校注》,钱仲联有《韩昌黎诗系年集释》。

祭田横墓文

【题解】 田横,狄县(今山东高青)人,本齐国贵族。秦末起兵,后自立为齐王。不久被汉军攻破,归彭城。刘邦称帝后,他与部众五百余人逃居海岛。公元前202年,迫于刘邦之诏,至洛阳东之尸乡,因不愿称臣受辱,遂自杀。留岛部众闻之,皆自杀。德宗贞元十一年(795),二十八岁的韩愈路过田横墓,有感往事,写了这篇祭文,其中也寄寓了自己无人擢拔、仕途坎坷的悲慨。本文选自《韩愈集》卷二十二。

【原文】

贞元十一年九月,愈如东京①,道出田横墓下②,感横义高能得士③,因取酒以祭,为文而吊④之。其辞曰:

事有旷百世而相感者,余不自知其何心⑤;非今世之所稀,孰为使余歔欷而不可禁⑥?余既博观⑦乎天下,曷有庶几乎夫子之所为⑧?死者不复生,嗟余去此其从谁⑨?当秦氏之败乱⑩,得一士而可王⑪,何五百人之扰扰⑫,而不能脱夫子于剑铓⑬?抑所宝⑭之非贤,亦天命之有常。昔阙里之多士⑮,孔圣亦云其遑遑⑯。苟余行之不迷⑰,虽颠沛其何伤⑱?自古死者非一⑲,夫子至今有耿光⑳。跽陈辞而荐酒㉑,魂仿佛而来享㉒。

【注释】 ①如东京:如,往。东京,唐代称长安为西京,洛阳为东都或东京。 ②道出:途经,路过。 ③义高能得士:很讲义气,能得到士人拥戴。此句是指五百义士能与田横同死。 ④吊:悼念。 ⑤"事有旷百世"二句:意思是,有些事虽然远隔百代,仍能令人感动,我自己也不知道是受什么心理支配。旷,分隔,隔离。 ⑥"非今世之所稀"二句:意思是,不是当今世上极少这样的人,又怎能使我感慨万端而不能自禁?稀,稀少。孰,谁。欷歔,感叹声。 ⑦博观:广泛地观察。 ⑧"曷有庶几乎"句:曷,何,哪里。庶几,近于,差不多。夫子,代指田横。 ⑨嗟余此去其从谁:可叹我除了他(田横)又能追随谁呢?从,跟从。 ⑩秦氏之败乱:秦王朝崩溃,天下大乱。 ⑪王:称王。 ⑫"何五百人"句:何,何况。扰扰,众多的样子。 ⑬脱夫子于剑铓:使田横摆脱伏剑而死的结局。剑铓:剑刃。 ⑭所宝:所珍爱、所看重的。 ⑮阙里之多士:阙里,地名,在今山东曲阜城内,孔子的出生地。此代指孔子。多士:众多贤士。相传孔子有弟子三千、贤人七十二。 ⑯遑遑:不安定。孔子一生周游列国,奔波路途而不得重用。 ⑰苟余行之不迷:苟,假如。行,行为。不迷,不迷失方向。也就是"没错"的意思。 ⑱何伤:何必悲伤。 ⑲死者非一:死的情况各不相同。 ⑳耿光:明光。耿,通"炯",光明。语本《尚书·立政》:"以觐文王之耿光。" ㉑"跽陈辞"句:跽,长跪。双膝着地,上身挺直。陈辞,读祭文。荐,献。 ㉒享:享用。

【赏析】 田横要比韩愈早一千年,而韩愈因一偶然的触机仍能写出这篇言短意长的祭文,可见田横在他心目中的崇高地位和深刻影响。同时,我们也应注意到,韩愈写此文并非仅是为了发思古之幽情,更主要的是,他是借吊古以伤今。

在后世人眼中,田横是以宁死不肯受辱的壮士形象留芳青史的。当然,他的五百部属因其自刎也无一例外地选择了死亡,这也令人唏嘘不已。在本文中,韩愈并未歌颂其义不受辱的激烈情怀,而是凸显其"义高能得士"的领导者品格。这样的角度选择和价值取向,正是为韩愈抒写自己的"伤今"情怀作铺垫的。韩愈于德宗贞元八年(792)登进士第,但"三选于吏部卒无成"(《上宰相书》),连续三次应博学宏词科考试均名落孙山,三上宰相书也未被理睬,其内心的痛苦可想而知。再加上生活困窘,他不得已离开长安东归河南故乡。在此背景下写的这篇祭文,便很自然地把自己的遭际、感愤、人生态度融汇其中。祭文中"非今世之所稀"至"嗟余去此其从谁"数句,显然是讥讽当时的权贵势要不能礼贤下士(包括自己),不能像田横那样"得士"。以下说到田横伏剑,孔子栖惶,又转过笔锋说自己"苟余行之不迷,虽颠沛其何伤",

楮墨间散溢出缕缕悲伤以及悲伤中的执着。因此说,本文的最大特色是视角独特,把怀古与讽今、述怀有机地融为一体。

古人作祭文,常取四字句式并用韵。本文句式自由,但仍适当用韵,如"当秦氏之败乱"以下数句,取隔句押韵方式,"王"、"铓"、"常"、"遑"、"伤"、"光"均属平声阳韵,仅"享"属上声养韵,但语音相近。阅读时可适当注意。

祭十二郎文

【题解】 十二郎,即韩老成,是韩愈二哥韩介的次子,在族中排行第十二,因有此称。韩愈和他虽是叔侄,但年龄相近,又从小生活在一起,故感情很深。贞元十九年(803),在京城任监察御史的韩愈听到老成病逝于宣州的噩耗,不胜悲痛,遂作此文以寄哀思。文章表达了深挚的骨肉之情和深沉的人生悲慨,凄楚动人,被誉为祭文中的"千古绝调"。本文选自《韩愈集》卷二十三。

【原文】

年、月、日①,季父②愈闻汝丧之七日,乃能衔哀致诚③,使建中远具时羞之奠④,告汝十二郎之灵。

呜呼!吾少孤⑤,及长,不省所怙⑥,惟兄嫂是依⑦。中年⑧,兄殁⑨南方,吾与汝俱幼,从嫂归葬河阳⑩。既又与汝就食江南⑪。零丁孤苦,未尝一日相离⑫也。吾上有三兄,皆不幸早世。承先人后者,在孙惟汝,在子惟吾。两世一身⑬,形单影只。嫂尝抚汝指吾而言曰:"韩氏两世,惟此而已!"汝时尤小,当不复记忆。吾时虽能记忆,亦未知其言之悲也。

吾年十九,始来京城⑭。其后四年,而归视汝。又四年,吾往河阳省⑮坟墓,遇汝从嫂丧来葬。又二年,吾佐董丞相于汴州⑯,汝来省吾。止一岁⑰,请归取其孥⑱。明年,丞相薨⑲。吾去汴州,汝不果⑳来。是年㉑,吾佐戎㉒徐州,使取汝者始行,吾又罢去㉓,汝又不果来。吾念汝从于东㉔,东亦客也,不可以久;图久远者,莫如西归㉕,将成家而致汝㉖。呜呼!孰谓汝遽去吾而殁乎㉗!吾与汝俱少年,以为虽暂相别,终当久相与处。故舍汝而旅食㉘京师,以求斗斛之禄㉙。诚㉚知其如此,虽万乘之公相㉛,吾不以一日辍㉜汝而就也。

去年,孟东野㉝往。吾书与汝曰:"吾年未四十,而视茫茫㉞,而发苍苍㉟,而齿牙动摇。念诸父㊱与诸兄,皆康强而早世。如吾之衰者,其能久存乎? 吾不可去,汝不肯来,恐旦暮死,而汝抱无涯之戚㊲也!"孰谓少者殁而长者存,强者夭而病者全乎!

呜呼! 其信然邪? 其梦邪? 其传之非其真邪㊳? 信也,吾兄之盛德而夭其嗣乎㊴? 汝之纯明而不克蒙其泽乎㊵? 少者、强者而夭殁,长者、衰者而存全乎? 未可以为信也。梦也,传之非其真也,东野之书,耿兰㊶之报,何为而在吾侧也? 呜呼! 其信然矣! 吾兄之盛德而夭其嗣矣! 汝之纯明宜业其家㊷者,不克蒙其泽矣! 所谓天者诚难测,而神者诚难明矣! 所谓理者不可推,而寿者不可知矣㊸!

虽然,吾自今年来,苍苍者㊹或化而为白矣,动摇者㊺或脱而落矣。毛血日益衰,志气㊻日益微,几何㊼不从汝而死也。死而有知,其几何离;其无知,悲不几时㊽,而不悲者无穷期矣。

汝之子始㊾十岁,吾之子始五岁。少而强者不可保,如此孩提㊿者,又可冀其成立㉛邪? 呜呼哀哉! 呜呼哀哉!

汝去年书云:"比得软脚病㉜,往往而剧㉝。"吾曰:"是疾也,江南之人,常常有之。"未始以为忧也。呜呼! 其竟以此而殒其生乎? 抑别有疾而至斯极㉞乎?

汝之书,六月十七日也。东野云,汝殁以六月二日;耿兰之报无月日。盖东野之使者㉟,不知问家人以月日;如耿兰之报,不知当言月日。东野与吾书,乃问使者,使者妄称以应之乎。其然乎? 其不然乎㊱?

今吾使建中祭汝,吊㊲汝之孤与汝之乳母。彼有食㊳,可守以待终丧㊴,则待终丧而取以来㊵;如不能守以终丧,则遂取以来。其余奴婢,并令守汝丧。吾力能改葬㊶,终葬汝于先人之兆㊷,然后惟其所愿㊸。

呜呼! 汝病吾不知时,汝殁吾不知日,生不能相养于共居,殁不能抚汝以尽哀,敛不凭其棺㊹,窆不临其穴㊺。吾行负神明㊻,而使汝夭;不孝不慈,而不能与汝相养以生,相守以死。一在天之涯,一在地之角,生而影不与吾形相依,死而魂不与吾梦相接㊼。吾实为之,其又何尤㊽! 彼苍者天,曷其有极㊾! 自今已往,吾其无意于人世㊿矣! 当求数顷之田于伊、颍㉛之上,以待馀年,教吾子与汝子,幸㉜其成；长⑦³吾女与汝女，待其嫁。如此而已。

呜呼，言有穷而情不可终，汝其知也邪？其不知也邪？呜呼哀哉！尚飨⑦⁴！

【注释】 ① 年、月、日：草稿时标示写祭文的时间，誊清时具体写明。 ② 季父：叔父。古时兄弟以伯、仲、叔、季为序。 ③ 衔哀至诚：衔哀，含哀。致诚，表达诚挚的悼念之情。 ④“使建中”句：建中，人名，当为韩愈家仆人。远具，在远处具办。时羞，应时食品。羞，同“馐”。奠，用酒食祭死者。此指祭品。 ⑤ 少孤：幼而失父曰孤。韩愈三岁丧父。 ⑥ 不省所怙：省，知道。所怙（hù），指父亲。怙，恃，依靠。 ⑦ 依：依靠。韩愈在父死后随伯兄韩会及嫂郑氏一道生活。后韩会卒，由嫂抚养。 ⑧ 中年：此指韩会人到中年。 ⑨ 殁：死。韩会死于韶州刺史任上，时四十二岁。 ⑩ 河阳：今河南孟县西，韩氏祖坟所在地。 ⑪ 就食江南：就食，谋食，过日子。江南，此指宣州（今安徽宣城）。韩家在这里有庄园。 ⑫ 未尝一日相离：韩老成自幼过继给伯父韩会，所以与韩愈一直生活在一起。 ⑬ 两世一身：两代人中，都只有一个人。 ⑭ 来京城：指韩愈自宣州至长安参加进士科考试。 ⑮ 省坟墓：指扫墓。省，探望。 ⑯“吾佐董丞相”句：佐，辅佐。董丞相，指董晋。他以检校尚书左仆射、同中书门下平章事任宣武军节度使等，任韩愈为节度推官。汴州，治所在今河南开封。 ⑰ 止一岁：住了一年。 ⑱ 孥：儿女。 ⑲ 薨（hōng）：古时诸侯、高级官员去世曰薨。 ⑳ 不果：最终没有。 ㉑ 是年：这一年。 ㉒ 佐戎：助理军务。指武宁军节度使张建封任韩愈为节度使推官。节度使府在徐州（今江苏徐州）。㉓ 罢去：罢职离开。贞元十六年五月，张建封死，韩愈离开徐州去洛阳。 ㉔ 东：指汴州和徐州。这两州都在韩愈故乡孟县之东。 ㉕ 西归：指西回孟县。 ㉖“将成家”句：成家，此是安置好家的意思。致汝，把你接来。 ㉗“孰谓”句：孰谓，谁想到。遽去，突然离开。 ㉘ 旅食：到他乡谋生。 ㉙ 斗斛（hú）之禄：微薄的俸禄。古代以十斗为斛。韩愈离开徐州后去长安谋职。 ㉚ 诚：假如。 ㉛ 万乘之公相：代指最高的官职。古时天子有兵车万乘。 ㉜ 辍：停止，这里有“离开”的意思。 ㉝ 孟东野：孟郊字东野，韩愈的朋友。 ㉞ 视茫茫：视物模糊。 ㉟ 发苍苍：头发花白。 ㊱ 诸父：此指父亲和伯父、叔父。 ㊲ 无涯之戚：无尽的悲伤。 ㊳“其信然邪”三句：你的死讯是真的吗？还是我在做梦呢？还是传来的消息不真实呢？信，真实。 ㊴“吾兄之盛德”句：盛德，美好的品德。夭，使……夭折。 ㊵“汝之纯明”句：纯明，纯正贤明。不克，不能。蒙其泽，承受其恩泽。 ㊶ 耿兰：人名，可能是十二郎家中的仆人。 ㊷ 业其家：继承先人家业。业，用作动词。 ㊸“所谓理者”二句：意思是，这就是人们所说的天理不可推测，人的寿命不可预知啊。 ㊹ 苍苍者：指花白的头发。 ㊺ 动摇者：指松动的牙齿。 ㊻ 志气：精神。㊼“几何”句：该句意为自己很快会随你而去。几何，多少时间。 ㊽“死而有知”四句：意思是，假如死而有知，那么我们的分离不会长久；假如死而无知，那么我的悲伤也不会长久。 ㊾ 始：才。 ㊿ 孩提：小孩子。小孩依靠父母提抱，故称孩提。 (51) 冀其成立：冀，期望。成立，长大成才。 (52) 比得软脚病：比（bì），近来。软脚病，脚气病。 (53) 往往而剧：往往，常常。剧，加剧，发作。 (54) 斯极：指死亡。 (55) 使者：此指送信的人。

㊎"其然乎"二句:情况是这样的吗?还是并非如此呢?然,这样。 ㊷吊:慰问。 ㊸有食:指能维持生活。 ㊹终丧:丧期终了。古礼制,子为父服丧三年。 ㊺取以来:把他们接到我处。 ㊻力:经济能力。 ㊼先人之兆:先人,此指韩氏祖先。兆,墓地。 ㊽惟其所愿:听凭你家奴婢的意愿。意即去留随意。 ㊾敛不凭其棺:敛,今作"殓",为死者更衣入棺。凭,依靠,靠着。 ㊿窆(biǎn)不临其穴:窆,下棺入土。穴,墓穴。 ㊿行负神明:行为有负于神灵。 ㊿"死而"句:这句的意思是,你死后连灵魂也不进入我的梦境。也就是韩愈连做梦也见不到十二郎。 ㊿何尤:有什么怨恨呢。 ㊿"彼苍者天"二句:这两句的意思是,苍天啊,我的痛苦何时才有个尽头!曷,何,什么。两句分别出自《诗·秦风·黄鸟》和《诗·唐风·鸨羽》。 ㊿无意于人世:在人世间没有什么意愿了。也就是不再去想功名利禄之事了。 ㊿伊、颍:伊水、颍水,都在河南境内,此代指韩愈的故乡。 ㊿幸:希望。 ㊿长(zhǎng):使……长大。 ㊿尚飨(xiǎng):希望死者享用祭品。尚,希望。飨,享受,享用。

【赏析】 韩愈写此祭文时才三十六岁。其侄韩老成(十二郎)享年当在三十岁出头一点。两人名分上是叔侄,实际上如兄弟,自小一起长大,长大后又经常往来,感情是很深的。所以韩愈闻知他撒手人寰的凶耗后,悲不自胜,往昔种种纷纷涌上心头,于是挥笔纵写,产生了这篇杰作。

　　该文突破祭文常用的四言句式,全用单行散体,自然而本色地回忆往事,抒发了他对十二郎的深挚感情和深切悼念,其中还夹写了韩氏家庭的不幸和他本人宦海奔波、未老先衰的悲情,对十二郎死期、死因的推测,对十二郎后事的筹画,以及发自肺腑的自责之意,等等。虽然内容较为驳杂,絮絮诉说家庭琐事、个人杂感,但读来全无拖沓之感,反而使人觉得真情淋漓,凄楚动人。

　　文中多处描写作者自己的心理幻觉、心理活动,对表达悲痛之情起了很好的烘托作用。如说自己听到十二郎去世的消息后,思绪纷乱,"其信然邪?其梦邪?其传之非其真邪?"谈到自己今后的人生打算,则说"自今已往,吾其无意于人世矣!"对仕途亨通、荣华富贵已全然心灰意冷,反映出十二郎之死对他的精神打击多么巨大,十二郎对他而言是多么重要!

《张中丞传》后叙

【题解】 《张中丞传》,即李翰所写的《张巡传》。"后叙",即跋,是一种夹叙夹议的文体。张巡(709—757),玄宗开元末年(741)登进士第。安史乱起,时任真源县(今河南鹿邑)令的张巡起兵抗敌,屡建战功。至德二年(757)正月,叛军攻睢阳(今河南商丘),太守许远请张巡入城主持防务。守城期间,朝廷授其御史中丞官职,故称张中丞。至十月,粮尽援绝,睢阳失守。

他和部属南霁云等三十六人同时殉难。本文补叙了张巡、许远、南霁云守城时的相关事迹，并对此后的一些误解和异议予以辩正、驳斥，充分肯定张、许守城的壮举和意义。本文选自《韩愈集》卷十三。

【原文】

元和二年①四月十三日夜，愈与吴郡张籍②阅家中旧书，得李翰③所为《张巡传》。翰以文章自名④，为此传颇详密。然尚恨有阙者⑤，不为许远立传，又不载雷万春⑥事首尾。

远虽材若不及巡者，开门纳巡，位本在巡上，授之柄而处其下⑦，无所疑忌，竟与巡俱守死，成功名。城陷而虏⑧，与巡死先后异耳。两家子弟材智下⑨，不能通知⑩二父志，以为巡死而远就虏，疑畏死而辞服⑪于贼。远诚⑫畏死，何苦守尺寸之地，食其所爱之肉⑬，以与贼抗而不降乎？当其围守时，外无蚍蜉蚁子之援⑭，所欲忠者，国与主耳。而贼语以国亡主灭⑮。远见救援不至，而贼来益众，必以其言为信。外无待而犹死守，人相食且⑯尽，虽愚人亦能数日而知死处矣⑰。远之不畏死亦明矣。乌有城坏其徒⑱俱死，独蒙愧耻求活？虽至愚者不忍为。呜呼！而谓远之贤而为之邪？

说者⑲又谓远与巡分城而守，城之陷，自远所分⑳始，以此诟㉑远。此又与儿童之见无异。人之将死，其藏腑必有先受其病者㉒。引绳而绝之㉓，其绝必有处。观者见其然，从而尤㉔之，其亦不达于理矣。小人之好议论，不乐成人之美㉕如是哉！如巡、远之所成就，如此卓卓㉖，犹不得免，其他则又何说？

当二公之初守也，宁能知人之卒㉗不救，弃城而逆遁㉘？苟此不能守，虽避之他处何益？及其无救而且穷㉙也，将其创残饿羸之馀㉚，虽欲去，必不达㉛。二公之贤，其讲之精矣㉜。守一城，捍天下㉝，以千百就尽之卒，战百万日滋之师，蔽遮㉞江淮，沮遏其势㉟。天下之不亡，其谁之功也？当是时，弃城而图存者，不可一二数㊱，擅强兵㊲坐而观者，相环㊳也。不追议此，而责二公以死守，亦见其自比于逆乱㊴，设淫辞而助之攻也㊵。

愈尝从事于汴徐二府㊶，屡道㊷于两州间，亲祭于其所谓双庙㊸者。其老人往往说巡、远时事云：南霁云之乞救于贺兰也㊹，贺兰嫉㊺巡、远之声威功绩出己上，不肯出师救；爱霁云之勇且壮，不听其语,强留之,具㊻食与乐,延㊼霁云坐。霁云慷慨语曰:"云来时,睢阳之人,不食月馀日矣㊽! 云虽欲独食,义不忍;虽食,且不下咽!"因拔所佩刀,断一指,血淋漓,以示贺兰。一座大惊,皆感激㊾为云泣下。云知贺兰终无为云出师意,即驰去;将出城,抽矢射佛寺浮图㊿,矢着其上砖半箭㊹,曰:"吾归破贼,必灭贺兰! 此矢所以志也㊺。"愈贞元中过泗州㊻,船上人犹指以相语。城陷,贼以刃胁降巡,巡不屈,即牵去,将斩之;又降霁云,云未应。巡呼云曰:"南八㊼,男儿死耳,不可为不义屈!"云笑曰:"欲将以有为也㊽;公有言,云敢不死!"即不屈。

张籍曰:"有于嵩㊾者,少依于巡㊿;及巡起事㊹,嵩常在围中㊺。籍大历中于和州乌江县㊻见嵩,嵩时年六十馀矣。以巡初尝得临涣县尉㊼,好学无所不读。籍时尚小,粗问巡、远事,不能细也。云:巡长七尺馀,须髯若神㊽。尝见嵩读《汉书》㊾,谓嵩曰:'何为久读此?'嵩曰:'未熟也。'巡曰:'吾于书读不过三遍,终身不忘也。'因诵嵩所读书,尽卷㊿不错一字。嵩惊,以为巡偶熟此卷,因乱抽他帙以试㊹,无不尽然。嵩又取架上诸书试以问巡,巡应口诵无疑。嵩从巡久,亦不见巡常读书也。为文章,操纸笔立书,未尝起草。初守睢阳时,士卒仅㊺万人,城中居人户,亦且数万,巡因一见问姓名,其后无不识者。巡怒,须髯辄张。及城陷,贼缚巡等数十人坐,且将戮。巡起旋㊻,其众见巡起,或起或泣。巡曰:'汝勿怖! 死,命也。'众泣不能仰视。巡就戮时,颜色不乱,阳阳㊼如平常。远宽厚长者,貌如其心;与巡同年生,月日后于巡,呼巡为兄,死时年四十九。"

嵩贞元初死于亳宋㊽间。或传嵩有田在亳宋间,武人夺而有之,嵩将诣州讼理㊾,为所杀。嵩无子。张籍云。

【注释】 ①元和二年:公元807年。元和,唐宪宗年号。 ②吴郡张籍:吴郡,治所在今江苏苏州。张籍,和州乌江(今安徽和县)人,郡望为吴郡。唐代著名诗人,曾随韩愈学古文。 ③李翰:张巡的朋友,官至左补阙。曾客居睢阳,亲见张巡、许远守城事。张巡殉难后,有人诬陷他投降叛国,李翰因此写《张巡传》,上给唐肃宗,表彰其功绩、气节。《张巡传》宋时尚存,今已佚。 ④自名:自我称许。 ⑤恨:遗憾。 ⑥雷万春:张巡的部属,据说守城时面中六箭,仍兀立不动。城破时殉难。 ⑦授之柄而处其下:柄,权柄,权力。处其下:位处张巡之下。 ⑧虏:被俘虏。许远在城破后被叛军押送洛阳,"至偃师,亦以不屈死"(《新唐书·张巡传》)。 ⑨材智下:才能、智力低下。 ⑩通知:全部知晓,透彻了解。 ⑪ 辞服:请降。 ⑫ 诚:确实,真的。 ⑬ 食其所爱之肉:在守卫睢阳城时,粮食缺乏,先吃茶叶、纸张,后吃马、鼠、雀,最后吃无战斗力的人。许远曾杀其奴僮给士兵充饥。 ⑭ 外无蚍蜉蚁子之援:这句的意思是,城外没有一丁点儿的支援。蚍蜉,黑色大蚁。 ⑮ 国亡主灭:国亡,指国都陷落。主灭,指唐玄宗逃至西蜀。 ⑯ 且:将。 ⑰ "虽愚人"句:数日,计算着日子。死处:死在这个地方。 ⑱ 徒:徒从,部下。 ⑲ 说者:议论的人。 ⑳ 所分:所分担的地方。 ㉑ 诟:骂。此有诬蔑的意思。 ㉒ 先受其病者:先受到疾病侵害的地方。 ㉓ 引绳而绝之:引,拉。绝,断。 ㉔ 尤:责备。 ㉕ 成人之美:帮助别人成功。 ㉖ 卓卓:突出,显著。 ㉗ 卒:最终。 ㉘ 逆遁:预先逃走。逆,预料。 ㉙ 穷:指守城已到了山穷水尽的地步。 ㉚ "将其"句:将,率领。创残饿羸之馀,受伤、残废、饥饿、瘦弱的残余人马。 ㉛ 虽欲去,必不达:这两句的意思是,即使想要撤离睢阳城,也必定做不到了。 ㉜ 其讲之精矣:讲,这里有筹划、考虑的意思。精,精细周密。 ㉝ 守一城,捍天下:这两句强调守卫睢阳城的重要性。守住睢阳这个交通枢纽,就可以保证江淮地区的物资源源不断地供给唐朝廷以支持平叛战争。 ㉞ 蔽遮:此有保卫的意思。 ㉟ 沮遏:阻挡,遏制。 ㊱ 不可一二数:不能用一个或两个来计算。也就是很多的意思。 ㊲ 擅强兵:拥有强大的兵力。 ㊳ 相环:一个连着一个,也就是很多的意思。 ㊴ 自比于逆乱:把自己等同于叛乱者。比,并列。 ㊵ "设淫辞"句:淫辞,淆乱是非的言论。助之攻,帮助叛军向张巡、许远守卫的睢阳城发起攻击。 ㊶ 从事于汴、徐二府:在汴州府、徐州府干过事。韩愈曾在宣武军节度使董晋手下担任观察推官,驻在汴州(今河南开封);在武宁军节度使张建封手下任节度推官,驻在徐州(今江苏徐州)。从事,地方高级官员的下属的统称。 ㊷ 道:行走。 ㊸ 双庙:张巡、许远殉难后,唐肃宗下诏追赠张巡为扬州大都督,许远为荆州大都督,并立庙睢阳,岁时致祭,二人合祀,故称双庙。 ㊹ "南霁云"句:南霁云,张巡的部将,《新唐书》有传。贺兰,贺兰进明,时任河南节度使,驻临淮(今江苏盱眙)。 ㊺ 嫉:忌妒。 ㊻ 具:备办。 ㊼ 延:邀请。 ㊽ 月馀日:一个多月。 ㊾ 感激:感动,激动。 ㊿ 浮图:佛塔。 ㉛ 半箭:箭杆的一半。 ㉜ 此矢所以志也:这枝箭就是用它来作为标志。志,标记,标志。 ㉝ 泗州:州治在临淮,贺兰进明的驻地。 ㉞ 南八:南霁云排行第八,所以如此称呼他。 ㉟ 欲得以有为也:这句的意思是,我想要有所作为啊。也就是说,他想玩假投降的手法。 ㊱ 于嵩:人名。 ㊲ 少依于巡:年少时跟从张巡。 ㊳ 起事:指起兵与叛军作战。 ㊴ 围中:包围之中。 ㊵ 和州乌江县:今安徽和县。 ㊶ "以巡初"句:这句的意思是,因为追随过张巡的缘故,曾经得到临涣县尉的职务。临涣,故城在今安徽宿县西南。县尉,掌管一县治安的职务。 ㊷ 须髯若神:胡须长得美若神仙。 ㊸ 《汉书》:我国第一部纪传体断代史,东汉班固等著。 ㊹ 尽卷:整卷。 ㊺ 帙(zhì):书套,若干卷为一帙。 ㊻ 仅:多至。与通常"仅有"的意思恰相反。 ㊼ 起旋:起身绕行。 ㊽ 阳阳:安祥自如的样子。 ㊾ 亳(bó)宋:即原来的睢阳郡,后来改称宋州。因宋州一带是商代北亳、南亳的所在地,故可称亳宋。 ㊿ 讼理:打官司。

【赏析】 本文的基本内容可分为两部分。第一部分以议论为主,主要为许远辩诬;第二部分以记叙为主,主要写了南霁云乞师和张巡的若干事迹。

张巡、许远坚守睢阳城、英勇抗击安史叛军之事,距韩愈写作此文,已经过去了五十年。然而,对于他们的功过是非,争论一直没有停止过。韩愈首先批驳"许远畏死"论和"许远守城不力"论。批前者,主要用事实说话;批后者,则用了两个极有说服力的譬喻(人之死和绳之断)。接着,韩愈批驳了"张、许应弃城逆遁"的谬论,并指出他们坚守睢阳的重要意义。在文章的第二部分,先详细介绍南霁云之"乞师",其慷慨陈词、自断一指、抽矢射塔的行为表现,刻画得逼真如画,淋漓尽致。接着叙写张巡惊人的记忆力和就义时的从容神态。在表现这两方面内容时,同样运用了具体、生动的细节描写。其高度的叙事技巧,不在《史记》、《汉书》之下。

本文还有一个重要特征是笔端饱含感情。如"远之不畏死亦明矣"、"小人之好议论,不乐成人之美如是哉"、"亦见其自比于逆乱"等,都写出了韩愈对乱发议论者的不胜愤慨,表现出韩愈坚持中央集权、坚持统一、反对分裂的政治立场。至于文尾写于嵩事,看似闲笔,其实是点明本文材料之来源,凸显其真实性,也是有匠心在的。

试大理评事王君墓志铭

【题解】　王君,即王适,韩愈的友人,小韩愈三岁。试大理评事是他曾得到的一个官衔。试,实习、见习的意思。大理寺是中央最高审判机关,大理评事为大理寺属官,主要工作是出使地方推勘案情。本文是韩愈在宪宗元和九年(814)四十七岁时所写,着重刻画王适作为"天下奇男子"的若干表现。文字精练,生动细腻,颇得司马迁笔意。本文选自《韩愈集》卷二十八。

【原文】

君讳①适,姓王氏。好读书,怀奇负气②,不肯随人后举选③。见功业有道路可指取,有名节可以戾契致④,困于无资地⑤,不能自出,乃以干⑥诸公贵人,借助声势。诸公贵人既得志,皆乐熟软媚耳目者⑦,不喜闻生语⑧,一见,辄戒门⑨以绝。

上⑩初即位,以四科⑪募天下士。君笑曰:"此非吾时邪!"即提所作书⑫,缘道歌吟⑬,趋直言试⑭。既至,对语惊人,不中第,益困。

久之,闻金吾李将军⑮年少喜士,可撼⑯。乃踏门告曰:"天下奇男子王适愿见将军白事⑰。"一见语合意,往来门下。卢从史⑱既节度昭义军,张甚⑲,奴视法度士⑳,欲闻无顾忌大语。有以君平生告者,即遣使钩致㉑。君曰:"狂子不足以共事。"立谢客㉒。李将军由是待益厚,奏其为卫胄曹参军,充引驾仗判官㉓,尽用其言。将军迁帅凤翔㉔,君随往。改试大理评事,摄监察御史、观察判官㉕。栉垢爬痒㉖,民获苏醒。

居岁馀,如㉗有所不乐。一旦载妻子入阌乡南山不顾㉘。中书舍人王涯、独孤郁、吏部郎中张惟素、比部郎中韩愈日发书问讯㉙,顾不可强起,不即荐㉚。明年九月,疾病㉛,舆医京师㉜,某月某日㉝卒,年四十四。十一月某日,即葬京城西南长安县界中。曾祖爽,洪州武宁令㉞;祖微,右卫骑曹参军㉟;父嵩,苏州昆山丞㊱。妻,上谷侯氏处士高女㊲。

高固奇士,自方阿衡、太师㊳,世莫能用其言,再试吏,再怒去㊴,发狂投江水。初,处士将嫁其女,惩曰㊵:"吾以龃龉穷㊶,一女怜之,必嫁官人,不以与凡子。"君曰:"吾求妇氏久矣,唯此翁可㊷人意;且闻其女贤,不可以失。"即漫谓媒妪㊸:"吾明经㊹及第,且选㊺,即官人。侯翁女幸㊻嫁,若能令翁许我,请进百金为妪谢㊼。"诺,许白翁。翁曰:"诚官人邪?取文书来!"君计穷吐实。妪曰:"无苦㊽,翁大人㊾,不疑人欺我,得一卷书粗若告身㊿者,我袖以往[51],翁见,未必取视,幸而听我。"行其谋。翁望见文书衔袖[52],果信不疑,曰:"足矣!"以女与王氏。生三子,一男二女。男三岁夭死,长女嫁亳州永城[53]尉姚挺,其季[54]始十岁。铭曰:

鼎也不可以柱[55]车,马也不可使守闾[56]。佩玉长裾[57],不利走趋[58]。只系其逢,不系巧愚[59]。不谐其须,有衔不祛[60]。钻石埋辞,以列幽墟[61]。

【注释】 ①讳:古人行文时为表示尊敬,在其名前加一讳字。 ②怀奇负气:怀奇,怀抱雄奇的志向。负气,恃其意气,不肯屈服于人。 ③举选:参加科举考试而取得功名。 ④以戾契致:用非常规的方法刻意追求而获取的。戾,乖戾,即不遵正道。契,刻。 ⑤资地:资历、地位。 ⑥干:干谒,拜见权贵、名人,请求帮助。 ⑦"皆乐熟"句:都是喜欢听谄媚奉承的话。 ⑧生语:生硬冷僻的话。与"熟软"语相对而言。 ⑨戒门:告诫守门的人。 ⑩上:指唐宪宗。永贞元年(806)即位。 ⑪四科:四种临时特开的选拔人才的科目,即贤良方正直言极谏科、才识兼茂明于体用科、达于吏理可使从政科、军谋弘远堪任将帅科。 ⑫所作书:自己所写的书卷。 ⑬缘道歌吟:一边在道上行走,一边吟咏自己的作品。 ⑭趋直言试:去参加贤良方正直言极谏科的考试。 ⑮金吾李将军:

即李惟简,宪宗元和初年(806)任左金吾卫大将军。左金吾卫,唐十六卫之一,皇帝的警卫部队。　⑯ 可撼:可以说动他心。撼,动摇。　⑰ 白事:谈说事情。　⑱ 卢从史:时任昭义军节度使,治所潞州(今山西长治)。后叛唐,元和五年(810)被擒。　⑲ 张:张狂,骄横。　⑳ 奴视法度士:奴视,鄙视。法度士,谨守法度的士子。　㉑ 钩致:招致,罗致。　㉒ 立谢客:立,立刻。谢客,谢绝卢从史派来的说客。　㉓ "奏其"二句:意思是,奏请朝廷任命他为左金吾卫的胄曹参军,并充任引驾仗的判官。胄曹参军,官名,掌管兵器、铠甲之类。引驾仗,由金吾卫管辖的皇帝仪仗队,由判官具体负责。　㉔ 将军迁帅凤翔:意思是,金吾李将军改任凤翔陇右节度使(治所在今陕西凤翔)。时在元和六年(811)。　㉕ "摄监察御史"句:摄,代理。监察御史,中央监察机关御史台下属的官名,掌管分察百僚、巡按郡县等。观察判官,观察使的属官。凤翔陇右节度使例兼陇右观察使。　㉖ 栉垢爬痒:栉垢,梳去头发里的污垢。爬痒,搔痒。这里是比喻去除弊政。　㉗ 如:好像。　㉘ "一旦"句:一旦,某一天。阌(wén)乡,县名,在今河南灵宝县境内。　㉙ "中书舍人"句:中书舍人,中书省下属的官名,掌管进奏参议、起草诏令等。王涯,元和九年(814)任中书舍人,后官至宰相,为宦官所杀。独孤郁,古文家独孤及的儿子。吏部郎中,尚书省吏部下属的官名,掌天下文官的官位品秩等事。张惟素,后官至吏部侍郎。比部郎中,尚书省刑部下属的官名,掌本部各司官员的薪俸等事。韩愈于元和八年任比部郎中。日,每日,天天。　㉚ 即荐:立即推荐。　㉛ 疾病:疾,患病。病,患疾很重叫"病"。　㉜ 舆医京师:用车子送至京城就医。　㉝ 某月某日:因作者不知其确切死期,故用"某"字代。　㉞ 洪州武宁令:洪州,治所在今江西南昌。武宁,今江西武宁。　㉟ 右卫骑曹参军:右卫,唐十六卫之一。骑曹参军,官名,掌管杂畜牧养等事。　㊱ 苏州昆山丞:苏州,治所在今江苏苏州。昆山,今江苏昆山。丞,县丞,县令的主要佐官。地位在主簿、县尉之上。　㊲ "妻"二句:妻子是上谷处士侯高的女儿。上谷,秦、隋时郡名,唐代改为易州,治所在今河北易县。处士,称有才能而未出仕的读书人。　㊳ 自方阿衡、太师:方,比。阿衡,指伊尹。商汤时,伊尹曾任阿衡(相当于宰相)。太师,指吕尚。周武王时,姜太公吕尚曾任太师(三公之一)。　㊴ 再试吏,再怒去:两次出任官吏,两次发怒而去。　㊵ 惩:惩戒。这里是自我告诫的意思。　㊶ 吾以龃龉(jǔyǔ)穷:龃龉,上下齿对不上。这里是指自己与时不合。穷,仕途不顺畅。　㊷ 可:合。　㊸ 谩谓媒妪(yù):谩,欺骗。媒妪,媒婆。　㊹ 明经:唐代科举考试科目之一,地位仅次于进士科。明经及第者经吏部考试合格就可以做官。　㊺ 且选:将选授官职。　㊻ 幸:幸而,正好。　㊼ "请进"二句:我将献上重礼感谢您。金,古时货币单位,汉代以黄金一斤为一金,后代亦称一两银子为一金。此指重礼。　㊽ 无苦:不必苦恼。　㊾ 大人:与小人相对而言,指光明磊落、不使小心眼的君子。　㊿ 告身:授予官职的文书。因文书上的印文是"尚书吏部告身之印",故称告身。其形式是卷子,而当时文人所著诗文也是写在卷子上的,不细看难以区别。　㉛ 袖以往:把卷子装在衣袖里前往。㉜ 衔袖:装在衣袖子里。　㉝ 亳州永城:亳州,治所在今安徽亳州。永城,县名,今河南永城。　㉞ 其季:他的第三个孩子。　㉟ 柱:同"拄",支撑。　㊱ 守间:守门。间,古代里巷的大门。　㊲ 长裙:前襟很长的衣袍。　㊳ 走趋:快走。　㊴ "只系其逢"二句:这两句的意思是,一个人的命运、前途,与其遭逢际遇有关,无关乎聪明与愚笨。　㊵ "不谐其须"二句:意思是,不合乎别人的需要,纵有才能也只能隐藏着无法施展。谐,合。须,需要。衔,含,怀抱。袪(qū),通"胠",撬开,打开。 ㉛以列幽墟:列,陈列,摆放。幽墟,此指墓穴。墟,土丘。此句因押韵需要用"墟"字。

【赏析】 王适自称是"天下奇男子",韩愈也认可这一点,用"怀奇负气"四字形容之。所以本文不沿用墓志铭平铺直叙的一般写法,而是用奇笔写奇人,通过几个具体事例展现王适的个性风采。他不走正常的应试入仕道路,而是想借王公权贵的揄扬平步青云。但他不会讨好献媚,见面时尽讲些"生语",招致贵人"一见,辄戒门以绝"。当朝廷设立特科取天下人才时,他真的以为时机已到,便"直言极谏"起来,结果是铩羽而归。总算天无绝人之路,金吾李将军的个性与他有契合之处,在李将军那儿,他得到了青睐和任用。但"居岁馀,如有所不乐",说明其"怀奇负气"的个性最终得罪了李将军。从此,隐居不仕便是他必然的归宿。在后半部分,作者用传奇笔法补写其求婚经历,其喜剧性的曲折过程,既刻画了其人之"奇",又大大增强了文章的可读性,使它与传统的墓志迥然有异。

在重点描写其"奇人"表现的同时,韩愈也注意突出其另一些可贵的品格,如坚决拒绝有叛逆野心的昭义军节度使卢从史的邀请,在李将军手下任职"枿垢爬痒,民获苏醒"。因此说,王适不仅是一般的恃才傲物的"奇男子",还是一个有政治眼光、有儒家仁爱之心的人。而这些品性特点,正是韩愈所赞赏、所推崇的。

本文的遣词造语也值得注意,如说卢从史"奴视法度士"、"遣客钩致","奴视"、"钩致"两词,均是韩愈自造,既凝炼,又极富形象性和表现力。

论佛骨表

【题解】 佛骨,指佛教始祖释迦牟尼的一节指骨。据《资治通鉴》卷二四〇记载:元和十三年(818)十二月,有人上言:凤翔府法门寺护国真身塔内有佛骨。"相传三十年一开,开则岁丰人安。来年应开,请迎之。"宪宗于十四年正月遣人迎接佛骨入宫,供奉三天,然后遍送京中诸寺供奉。此举在京城引起了一股佞佛之风。时任刑部侍郎的韩愈遂上此表极力谏阻。宪宗览表大怒,要处死韩愈,幸得宰相裴度等相救才得以免死,被贬为潮州刺史。本文选自《韩愈集》卷三十九。

【原文】
臣某①言:伏以佛者②,夷狄之一法耳③,自后汉④时流入中国,上古未尝有也。昔者黄帝在位百年,年百一十岁;少昊在位八十年,年百岁;颛顼在位七十九年,年九十八岁;帝喾在位七十年,年百五岁;帝尧在位九十八年,年百一十八岁;帝舜及禹,年皆百岁⑤。此时天下太平,百姓安乐寿考⑥,然而中国未有佛也。其后殷汤⑦亦年百岁,汤孙太戊⑧在位七十五年,武丁⑨在位五十九年,书史不言其年寿所极⑩,推其年数,盖亦俱不减百岁。周文王⑪年九十七岁,武王⑫年九十三岁,穆王⑬在位百年。此时佛法亦未入中国,非因事佛而致然也⑭。

汉明帝⑮时,始有佛法。明帝在位,才十八年耳。其后乱亡相继,运祚⑯不长。宋、齐、梁、陈、元魏⑰已下,事佛渐谨⑱,年代尤促⑲。惟梁武帝⑳在位四十八年,前后三度舍身施佛,宗庙之祭,不用牲牢㉑,昼日一食,止于菜果㉒,其后竟为侯景㉓所逼,饿死台城㉔,国亦寻㉕灭。事佛求福,乃更得祸㉖。由此观之,佛不足事,亦可知矣。

高祖始受隋禅㉗,则议除之㉘。当时群臣材识不远㉙,不能深知先王之道、古今之宜㉚,推阐圣明㉛,以救斯弊,其事遂止。臣常恨焉㉜。伏惟睿圣文武皇帝㉝陛下,神圣英武,数千百年已来,未有伦比。即位之初,即不许度㉞人为僧尼道士,又不许创立寺观。臣常以为高祖之志,必行于陛下之手,今纵未能即行,岂可恣之㉟转令盛也?

今闻陛下令群僧迎佛骨于凤翔,御楼以观,舁入大内㊱,又令诸寺递㊲迎供养。臣虽至愚,必知陛下不惑于佛,作此崇奉,以祈福祥也。直㊳以年丰人乐,徇㊴人之心,为京都士庶设诡异之观㊵,戏玩之具耳。安有圣明若此,而肯信此等事哉!然百姓愚冥㊶,易惑难晓,苟㊷见陛下如此,将谓真心事佛,皆云:"天子大圣,犹一心敬信;百姓何人,岂合㊸更惜身命!"焚顶烧指㊹,百十为群,解衣散钱㊺,自朝至暮,转相仿效,惟恐后时㊻,老少奔波,弃其业次㊼。若不即加禁遏㊽,更历诸寺㊾,必有断臂脔身㊿以为供养者。伤风败俗,传笑四方,非细事㉛也。

夫佛㉜本夷狄之人,与中国言语不通,衣服殊制㉝;口不言先王之法言㉞,身不服先王之法服㉟;不知君臣之义,父子之情㊱。假如其身至今尚在,奉其国命,来朝京师㊲,陛下容而接之㊳,不过宣政㊴一见,礼宾㊵一设,赐衣一袭㊶,卫而出之于境㊷,不令惑众也。况其身死已久,枯朽之骨,凶秽之馀㉝,岂宜令入宫禁?

孔子曰:"敬鬼神而远之㉞。"古之诸侯,行吊㉟于其国,尚令巫祝先以桃茢祓除不祥㊱,然后进吊。今无故取朽秽之物,亲临观之,巫祝不先,桃茢不用,群臣不言其非,御史不举其失,臣实耻之。乞以此骨付之有司,投诸水火,永绝根本,断天下之疑,绝后代之惑。使天下之人,知大圣人㊲之所作为,出于寻常万万也㊳。岂不盛哉!岂不快哉!佛如有灵,能作祸祟㊴,凡有殃咎㊵,宜加臣身,上天鉴临㊶,臣不怨悔。无任感激恳悃之至㊷,谨奉表以闻㊸。臣某诚惶诚恐㊹。

【注释】　① 某:原字应为"愈",后来编文集时改为"某"。　② 伏以佛者:伏,下对上的敬词。以,以为。　③ 夷狄之一法耳:夷狄,古代边境少数民族的通称。此指佛教的发源地天竺(古印度名)。法,教规教法,此指宗教。　④ 后汉:东汉。此是传统说法。今人考证后认为,佛教在西汉时已传入中国。　⑤ 以上十一句所提及的黄帝、少昊、颛顼、帝喾、帝尧、帝舜、禹,都是传说中的远古帝王名,他们的在位年数、享年,散见于《史记·五帝本纪》、《史记·夏本纪》及旧注。所述是否可靠,难以确证。　⑥ 寿考:长寿。考,年老。　⑦ 殷汤:殷商王朝的开国君主。　⑧ 太戊:汤的第四代孙,曾中兴殷朝。　⑨ 武丁:即殷高宗,汤的第十代孙,曾使殷朝大治。　⑩ 所极:所达到的极点。　⑪ 周文王:姓姬,名昌,殷商后期西方诸侯的领袖,称"西伯"。他为灭商奠定了基础。　⑫ 武王:周武王姬发,文王的儿子。他率兵灭商,建立了周王朝。　⑬ 穆王:周穆王姬满,文王的五世孙。　⑭ "非因事佛"句:事佛,从事礼佛活动。致然,达到(造成)这样的结果。　⑮ 汉明帝:后汉王朝的第二代皇帝,光武帝刘秀之子,公元58—75年在位。　⑯ 运祚:国运。运,命运。祚,皇位,国统。　⑰ 元魏:即北魏。鲜卑族拓跋珪在北方建立的政权。后拓跋氏改姓元,故称元魏。　⑱ 谨:恭敬,虔诚。　⑲ 促:短促。　⑳ 梁武帝:梁武帝萧衍是南朝最迷信佛教的君主,曾定佛教为国教,自己三次到同泰寺舍身做佛徒,后皆由其儿子及群臣用重金赎回。　㉑ 不用牲牢:佛教禁杀生,故不用牲畜作祭品,以面制品为代用品。牲,祭祀用的牲畜。牢,古时称牛、羊、猪各一头为太牢,羊、猪各一头为少牢。　㉒ "昼日一食"二句:这两句是说梁武帝严守佛教过午不食、不食荤腥的戒律。　㉓ 侯景:原是北魏将领,后降梁,不久又叛梁,率兵攻入宫城,萧衍被囚,最终饿死。　㉔ 台城:即宫城,因当时称朝廷禁省为台。在今江苏南京鸡鸣山附近。　㉕ 寻:不久。　㉖ 乃更得祸:乃,竟然。更,反而。　㉗ 高祖始受隋禅:高祖,唐高祖李渊。禅,禅让。李渊起兵反隋,形式上是接受隋恭帝禅让称帝的,故称"受隋禅"。　㉘ 则议除之:唐高祖武德七年(624)、九年,太史令傅奕上书请除佛法,高祖让群臣详议,并曾下诏废除浮屠、老子法。　㉙ 材识不远:缺乏高远的才能、见识。材,通"才"。　㉚ 宜:义同谊、义,道理。　㉛ 推阐圣明:推阐,推究阐发。圣明,圣主(指李渊)英明的识见。　㉜ 恨:遗憾。　㉝ 睿圣文武皇帝:群臣于元和三年(808)给唐宪宗上的尊号。　㉞ 度:剃度,出家的一种仪式,由僧人给想出家的人剃去须发,给以文牒,成为僧尼。度的意思,是引渡人离开世俗苦海。　㉟ 恣之:放任它。

㊱ 舁入大内:舁(yú),抬。大内,皇宫。 ㊲ 递:依次,轮流。 ㊳ 直:只是。 ㊴ 徇:顺从,曲从。 ㊵ 诡异之观:怪异的观赏之物。 ㊶ 愚冥:愚蠢,不明事理。 ㊷ 苟:一旦。 ㊸ 合:应该。 ㊹ 焚顶烧指:用香火烧灼头顶或头指等苦行表示诚心向佛。 ㊺ 解衣散财:施舍钱财以表示对佛的虔诚。 ㊻ 后时:失时,不及时。 ㊼ 弃其业次:抛弃他们所从事的工作。 ㊽ 即加禁遏:立即予以禁止。 ㊾ 更历诸寺:指佛骨被多次转送到其他寺院供奉。更,又。 ㊿ 断臂脔身:断臂,砍断自己的手臂。脔(luán)身,割下自己身上的肉。脔,把肉切成小块。这是用自残的方法表示对佛的虔诚。 (51) 细事:小事。 (52) 佛:此指释迦牟尼佛。他本是尼波罗南境迦毗罗卫城净饭王之子,大约与孔子同时,后创立佛教。 (53) 殊制:不同的式样。 (54) 法言:合乎先王礼法的言语。 (55) 法服:合乎先王礼法的衣服。 (56)“不知”二句:这两句是说僧人的行为违背中国传统礼教。僧人见皇帝不行世俗之礼,又离家修行,不侍奉父母,所以这么说。 (57) 来朝京师:到京城来朝见皇帝。 (58) 容而接之:容许他来京城并接见之。 (59) 宣政:宣政殿。在唐代,外国来京师朝贡的使者,都安排在宣政殿接见。 (60) 礼宾一设:在礼宾院设宴招待一次。礼宾院:唐代负责接待外使的机构,归鸿胪寺管属。 (61) 一袭:一套。 (62) 卫而出之于境:护送他出境。 (63) 凶秽:指尸骨。因仅存一节指骨,故称“凶秽之馀”。 (64) 敬鬼神而远之:语出《论语·雍也》。孔子对鬼神是持尊敬态度但不去亲近,实际上有似信未信的意味。 (65) 行吊:前往吊丧。 (66)“尚令巫祝”句:桃,桃木。古人认为鬼怕桃木。茢(liè),芦苇花,此指用它制成的苕帚,以扫除污秽。祓除,去除。 (67) 大圣人:谀称唐宪宗。 (68)“出于寻常”句:出,超出,超过。寻常,平常。万万,极言其多。 (69) 祸祟(suì):灾祸。 (70) 殃咎:灾祸。 (71) 鉴临:亲临鉴察。 (72)“无任”句:无任,不胜。恳悃,恳切忠诚。之至,到极点。 (73) 闻:上达。 (74) 诚惶诚恐:确实是十分惶恐。这是古代章表中常用的套语。

【赏析】 韩愈平生以孔孟道统的继承者自居,尊崇儒教、攘斥佛教是他一贯的思想。本文作于韩愈五十二岁任刑部侍郎时,鲜明表现出他反佛态度的坚决和敢于批龙鳞、犯众怒的斗争精神。

文章对佛教的无益于人和有害于世做了深入的剖析,笔锋犀利。开首便引大量历史资料,说明中国在未有佛法之前,国祚久长,君王寿考;而自汉明帝佛教内传后,情况反倒不妙,“乱亡相继,运祚不长”几乎成为常态。最突出的例子便是梁武帝。他崇佛、信佛罕有其匹,然而最终结果却是“饿死台城,国亦寻灭”。作者采用摆事实和正反对比的手法,有力地论证了崇佛是毫无意义之举。接着,又以唐高祖和宪宗初即位时对佛法的态度,引导宪宗能回到反佛至少是不事佛的立场上来。以下,韩愈又具体分析了此次迎接佛骨入宫的严重危害:民众纷起尊奉佛法,不事生产,必将影响社会安定,而且还会“伤风败俗,传笑四方”。最后,韩愈引孔子言,强调不亲近佛、不尊奉佛符合圣人之教,为本文立论奠定了基础。

尽管本文对“迎佛骨入宫”事予以了严厉批评,但出于回护皇帝、希望皇帝能接受自己意见的良苦用心,韩愈谀称皇帝是"大圣人","神圣英武,数千百年已来,未有伦比",说皇帝同意迎佛骨入大内,"又令诸寺递迎供养",只是"徇人之心",过错在于"群臣不言其非,御史不举其失"。对这些委婉措辞,要注意辨析。悲惟的是,宪宗并不领韩愈的情,勃然大怒的宪宗对说情的裴度、崔群说:"愈言我奉佛太过,犹可容;至谓东汉奉佛以后,天子咸夭促,言何乖剌耶?愈人臣,狂妄敢尔,固不可赦。"幸亏后来又有皇亲国戚相继出来求情,才使韩愈免于一死,被贬为潮州刺史。

柳子厚墓志铭

【题解】 墓志铭是古代常用的一种文体,通常分为"志"和"铭"两个部分。"志"用散文,叙述死者的家世、生平事迹等;"铭"用韵文,表达对死者的祝祷。墓志铭一般刻在石上,埋入墓内。柳宗元于宪宗元和十四年(819)冬卒于柳州刺史任上。享年四十七岁。次年,年长柳宗元五岁的时任袁州刺史的韩愈写了这篇文章,表达了对逝者的沉痛悼念之情。本文选自《韩愈集》卷三十二。

【原文】
子厚讳宗元①。七世祖庆②,为拓跋魏侍中,封济阴公。曾伯祖奭③,为唐宰相,与褚遂良、韩瑗俱得罪武后④,死高宗朝。皇考讳镇⑤,以事母弃太常博士,求为县令江南。其后以不能媚⑥权贵,失御史⑦。权贵人死,乃复拜⑧侍御史。号为刚直,所与游⑨皆当世名人。

子厚少精敏⑩,无不通达。逮其父时⑪,虽少年,已自成人,能取进士第⑫,崭然见头角⑬。众谓柳氏有子⑭矣。其后以博学宏词授集贤殿正字⑮。俊杰廉悍⑯,议论证据今古⑰,出入⑱经史百子,踔厉风发⑲,率常屈其座人⑳。名声大振,一时皆慕与之交。诸公要人,争欲令出我门下㉑,交口荐誉㉒之。

贞元十九年,由蓝田尉拜监察御史㉓。顺宗即位㉔,拜礼部员外郎㉕。遇用事者㉖得罪,例出为刺史㉗。未至,又例贬永州司马㉘。居闲,益自刻苦,务记览,为词章,泛滥停蓄㉙,为深博无涯涘㉚,而自肆于山水间㉛。

元和㉜中,尝例召至京师,又偕出为刺史,而子厚得柳州㉝。既至,叹曰:"是岂不足为政邪?^㉞"因^㉟其土俗,为设教禁^㊱,州人顺赖^㊲。其俗以男女质钱,约不时赎,子本相侔,则没为奴婢^㊳。子厚与设方计^㊴,悉令赎归。其尤贫力不能者,令书其佣,足相当,则使归其质^㊵。观察使下其法于他州^㊶,比^㊷一岁,免而归者且^㊸千人。衡、湘以南为进士者^㊹,皆以子厚为师,其经承子厚口讲指画为文词者^㊺,悉有法度^㊻可观。

其召至京师而复为刺史也,中山刘梦得禹锡亦在遣中,当诣播州^㊼。子厚泣曰:"播州非人所居^㊽,而梦得亲在堂^㊾,吾不忍梦得之穷^㊿,无辞以白⁵¹其大人;且万无母子俱往理。"请于朝⁵²,将拜疏⁵³,愿以柳易播,虽重得罪,死不恨。遇有以梦得事白上者,梦得于是改刺连州⁵⁴。呜呼!士穷乃见节义⁵⁵。今夫平居⁵⁶里巷相慕悦,酒食游戏相征逐⁵⁷,诩诩强笑语以相取下⁵⁸,握手出肺肝相示,指天日涕泣,誓生死不相背负,真若可信;一旦临小利害,仅如毛发比,反眼若不相识。落陷阱,不一引手⁵⁹救,反挤之,又下石焉者,皆是也。此宜禽兽夷狄所不忍为,而其人自视以为得计。闻子厚之风,亦可以少愧⁶⁰矣!

子厚前时少年,勇于为人⁶¹,不自贵重顾籍⁶²,谓功业可立就⁶³,故坐废退⁶⁴。既退,又无相知有气力得位者推挽⁶⁵,故卒死于穷裔⁶⁶,材不为世用,道不行于时也。使子厚在台省时自持其身⁶⁷,已能如司马、刺史时,亦自不斥⁶⁸;斥时,有人力能举之,且必复用不穷⁶⁹。然子厚斥不久,穷不极,虽有出于人,其文学辞章,必不能自力以致必传于后如今,无疑也⁷⁰。虽⁷¹使子厚得所愿,为将相于一时,以彼易此,孰得孰失,必有能辨之者。

子厚以元和十四年十一月八日卒,年四十七。以十五年七月十日,归葬万年⁷²先人墓侧。子厚有子男二人:长曰周六,始四岁;季⁷³曰周七,子厚卒乃生。女子⁷⁴二人,皆幼。其得归葬也,费皆出观察使河东裴君行立⁷⁵。行立有节概⁷⁶,重然诺⁷⁷,与子厚结交,子厚亦为之尽,竟赖其力⁷⁸。葬子厚于万年之墓者,舅弟⁷⁹卢遵。遵,涿⁸⁰人,性谨慎,学问不厌。自子厚之斥,遵从而家⁸¹焉,逮其死不去。既往葬子厚,又将经纪⁸²其家,庶几⁸³有始终者。铭曰:

是惟子厚之室⁸⁴,既固既安⁸⁵,以利其嗣人⁸⁶。

【注释】　①"子厚"句：子厚，柳宗元字子厚。古人称呼他人，常称其字，以示尊敬。讳，避。古人尊敬长者、死者，忌直呼其名，故于名字前加一"讳"字。　②庆：柳庆，曾任北魏侍中，封平齐公。后文的"拓跋魏"，即北魏。因是鲜卑族拓跋氏所建立的王朝，故有此称。"济阴公"，当是韩愈误记。　③奭(shì)：柳奭，应是柳宗元的高伯祖。说他是"曾伯祖"，当是韩愈误记。奭曾任中书令(宰相)。其外甥女王氏为唐高宗皇后。后高宗废王氏，立武则天为皇后，奭被贬，后又被杀。　④"与褚遂良"句：褚遂良，高宗时曾官尚书右仆射。韩瑗，高宗时曾任侍中。他们都因反对高宗废王皇后立武则天，被贬谪而死。　⑤"皇考"句：皇考，古人对死去的父亲的尊称。镇，柳镇，曾任长安主簿，因母死守丧，服丧期满，为太常博士，因家属在江南，遂请求为宣城(今安徽宣城)令。这里记叙有误。　⑥媚：献媚，讨好。　⑦失御史：失去了御史这个官职。柳镇曾任殿中侍御史。　⑧拜：任命。　⑨游：交游，朋友。　⑩少：年少。古时称三十岁以下为少年。　⑪逮其父时：当他父亲还在世时。宗元二十一岁时，其父卒。　⑫取进士第：应试进士科登第。　⑬崭然见头角：崭然，高峻的样子。见，通"现"。头角，指才华超众。　⑭柳氏有子：柳家有了个好儿子。　⑮"其后"句：博学宏词，唐代吏部考选进士及第者科目。通过后即授予官职。集贤殿，即集贤殿书院，主管刊辑经籍、搜求佚书等。正字，集贤殿掌管书籍校勘工作的官员。　⑯俊杰廉悍：俊杰，才华出众。廉悍，有骨气，有锋芒。廉，方正。悍，勇猛。　⑰证据今古：以今古事例为证据。　⑱出入：形容自如，广泛地引用经史及诸子百家的著作。　⑲踔立风发：踔厉，腾跃的样子。形容很有气势。风发，像疾风吹过。形容滔滔不绝，刚健有力。　⑳率常屈其座人：率常，经常。屈其座人，使同座的人屈服。　㉑出我门下：出于自己门下，做自己的门生。当时的官场风气很重视门生关系，诸公要人争着要柳宗元做门生，目的是要借门生之名抬高自己。　㉒交口荐誉：交口，异口同声。荐誉，推荐、称赞。　㉓监察御史：御史台属官，职掌监察百官、整肃朝仪等。　㉔顺宗即位：顺宗李诵于公元805年正月登天子位。时柳宗元三十三岁。　㉕礼部员外郎：礼部是唐代尚书省六部之一，下设礼部、祠部、膳部、主客四司，各司主管为郎中，员外郎是副职，品级为从六品上。员外郎与郎中一样，被称为尚书郎或郎官，属清选之官。　㉖用事者：掌权的人。指王叔文等。顺宗即位后，王叔文和王伾、韦执谊等人在顺宗支持下采取了一些革新政治的措施，刘禹锡、柳宗元也积极参加。这就是"永贞革新"(永贞为顺宗年号)。同年八月，顺宗因病退位，宪宗即位，在保守势力的支持下，全面废除革新措施，革新人士纷纷遭到打击，王叔文先遭贬官，后又赐死。　㉗例出为刺史：例，依照常例。出为刺史，柳宗元由京官贬为邵州(今湖南邵阳)刺史。　㉘永州司马：永州，今湖南零陵。司马，本是一州长官刺史下分管治安的副职，但自中唐以后，多用以安置被贬谪的官员，有职位无实权，成为闲职。　㉙泛滥停蓄：泛滥，形容文章汪洋恣肆。停蓄，形容文章深厚含蓄。　㉚涯涘(sì)：边际。　㉛自肆于山水间：此句是说柳宗元纵情于山水之间以寄托情怀，抒发愤懑。自肆，放纵自己。　㉜元和：唐宪宗年号(806—820)。此句是指元和十年。　㉝"尝例"三句：这三句是说，"永贞革新"失败后被贬的官员依照常例被召还长安，有另外任用的意思，但宪宗和一些执政大臣对他们仍有余恨，二月到京，三月又都派遣到远州任刺史，官职虽有提升，但地更僻远。偕，同，一起。柳州，今广西柳州。　㉞是岂不足为政邪：在这里难道不能做出一些政绩吗？是，此。　㉟因：顺从，依照。　㊱教禁：教化政策和禁令。 ㊲ 顺赖:顺从、依赖。 ㊳“其俗”四句:意思是,当地风俗是,贫家以儿女为抵押品向富家借钱,约定到时不能赎还,等到利息和本钱一样多时,就把抵押的儿女没收,作为富人家的奴婢。男女,指儿女。质,抵押。子本,利息和本钱。侔,相等。 ㊴ 方计:方法,办法。 ㊵“全书其佣”三句:意思是,下令记下贫家为富家干活所挣的工钱,等到工钱和应归还的钱数额相同时,富家就得归还作为抵押物的“男女”。书,写,记下。佣,此指做佣工所得的钱。 ㊶“观察使”句:观察使,唐代各道(道是州以上的监察区或行政区)设观察处置使,简称观察使,职掌考察州县官吏政绩。柳州属桂管道。下其法,向该道所属的其他州县推广其办法。 ㊷ 比:及,到。 ㊸ 且:将近。 ㊹“衡、湘以南”句:衡、湘,衡山、湘水。为进士者,准备参加进士科考试的士子。在唐代,凡参加进士科考试的人都可以叫进士,考取的则称为“前进士”。 ㊺“其径承”句:指画,指点。为文词,著文写诗。 ㊻ 法度:规范,规则。 ㊼“其召至京师”三句:意思是,当初柳宗元被召还京师又被派遣去做柳州刺史的时候,中山人刘禹锡(字梦得)也在派遣之中。他被遣往播州(今贵州遵义)任刺史。中山,今河北定县,是刘禹锡的祖籍。诣,往。 ㊽ 非人所居:不适合人所居住。当时的播州荒僻落后,北方人尤其不适应,故有此说。 ㊾ 亲在堂:亲,此指母亲。在堂,在世。 ㊿ 穷:指仕途困窘。 (51) 白:告诉。 (52) 请于朝:向朝廷请求。(53) 拜疏:给皇帝上章疏。 (54) 刺连州:任连州刺史。连州,今广东连县。 (55) 节义:节操,情义。 (56) 平居:日常生活。 (57) 征逐:邀约追随。 (58)“诩诩”句:诩诩,谄媚讨好的样子。取下,采取谦恭的态度。 (59) 引手:伸手。 (60) 少愧:多多少少会感到惭愧。少,通“稍”。 (61) 勇于为人:为人敢作敢为。 (62) 顾藉:爱惜。 (63) 立就:立刻成功。(64) 坐废退:受牵连被贬黜。此指参加“永贞革新”而被贬。 (65)“又无相知”句:相知,了解他的人,知己。推挽,推举,挽救。 (66) 卒死于穷裔:卒,最终。穷裔,边远之地。(67)“使子厚”句:使,假使。台省,御史台,尚书省。自持其身,自己爱惜、保重自己。(68) 斥:贬斥。 (69) 且必复用不穷:且,将。不穷,不会长久困窘。 (70)“然子厚斥不久”六句:意思是,然而子厚他如果贬斥时间不长,困窘不至极点,虽有出众之才,其文学创作必然不能通过自己刻苦努力取得像今天这样能够流传于后世的成就,这是毫无疑问的。自力,自己的努力。致,达到。 (71) 虽:即使。 (72) 万年:万年县,在今陕西西安市东郊。(73) 季:小的。 (74) 女子:女儿。 (75) 裴君行立:即裴行立,河东(唐道名,治所在今山西永济)人,时任桂管道观察使,是柳宗元的上司和朋友。 (76) 节概:节操。 (77) 重然诺:讲信用。 (78)“子厚亦为之尽”二句:子厚也为他尽心竭力,最终依赖他的力量得以归葬祖茔。(79) 舅弟:舅父的儿子。 (80) 涿:唐州名,在今河北涿县。 (81) 从而家:跟从柳宗元到贬地安家。 (82) 经纪:经营、管理。 (83) 庶几:算得上。 (84) 是惟子厚之室:是,此。惟,就是。室,墓室。 (85) 既固既安:既坚固又安全。 (86) 嗣人:后代子孙。

【赏析】 过去有论者称本文为墓志铭之“变格”,因为它一改墓志铭凝重、简练的传统笔法。其实,这正体现了韩愈文章的创新精神。本文真情淋漓,叙议结合,生动地表现了柳宗元的非凡才华和高尚品格,也流露出作者对他的赞赏、敬佩之情和惋惜之意。

本文在选材方面很见匠心。除家世、卒葬、子嗣等必应有的内容外，作者着重选取了"少年英俊"、"永州为文"、"柳州善政"、"以柳易播"四件事以概括柳宗元的一生。而对柳宗元参加"永贞革新"这件大事，则用"遇用事者得罪"数句轻轻带过。这是因为韩愈本人对此事抱有成见，况且宪宗已经严肃处理了相关人员，多花笔墨既与政治气氛不合，也不利于柳宗元的形象。

　　叙议相合，也是本文的一个显著特点。墓志是记叙文的一种，但本文在记述"以柳易播"事后，用较多的篇幅展开议论，而且充满激情，对那些"平居"时亲密无间的朋友一旦"临小利害"则落井下石的卑恶行径予以严厉斥责。这也从反面衬托出柳宗元笃于友情的无私精神。

　　文章第六段"子厚前时少年"一段，基本上都是带有总结性质的议论，其中最值得重视的，是韩愈认为柳宗元与其"为将相于一时"，还不如"文学辞章""必传于后"。这是对柳宗元文学成就的高度肯定。今后的事实也完全证明了这一点。柳宗元泉下有知，也当感到欣慰。

　　清代文学评论家沈德潜称此文为"墓志中千秋绝调"（《唐宋八家文读本》），是很有眼光的。

吕 温

作者简介

吕温(772—811),字和叔,一字化光,河中(今山西永济)人。贞元十四年(798)登进士第,又登宏辞科。与王叔文、韦执谊、柳宗元、刘禹锡友善。贞元二十年(804)以侍御史身份出使吐蕃,至元和元年(806)还朝。当时王叔文等人因"永贞革新"皆遭责贬,他因出使在外得免祸。后任户部员外郎、刑部郎中。元和三年(808)被贬为道州刺史。两年后改任衡州刺史,翌年卒。有《吕和叔文集》传世。柳宗元《祭吕衡州温文》说他"理行第一","文章过人"。清代王士禛《香祖笔记》称其赞颂类作品"时有奇逸之气"。

张荆州画赞并序

【题解】 张荆州,即唐开元名相张九龄。他于开元二十一年(733)任中书侍郎,同中书门下平章事,次年迁中书令。张九龄为人耿直,敢犯颜谏诤。玄宗晚年宠信"巧言似忠"、十分嫉恨张九龄的李林甫,张九龄被排斥,于开元二十四年罢相,次年贬为荆州大都督府长史。卒后赠荆州大都督,世称张荆州。本篇为作者见到其画像后写,"序"着重表现张九龄敢于谏诤的无私无畏,分析其不得久用的原因;"赞"抒发作者的敬慕之情。赞,古代的一种文体,一般以颂扬为主,多用韵文写成。本文选自《全唐文》卷六百二十九。

【原文】

中书令始兴文献公①,有唐之鲠亮臣也②。开元二十二年③后,玄宗春秋高④矣,以太平自致⑤,颇易天下⑥,综核稍怠⑦,推纳寝广⑧,君子小人,摩肩于朝⑨,直声遂寝⑩,邪气始胜,中兴之业⑪衰焉。公于是以生人为身⑫,社稷自任⑬,抗危言⑭而无所避,秉大节而不可夺⑮,小必谏⑯,大必诤⑰,攀帝槛⑱,历天阶⑲,犯雷霆之威⑳,不霁不止㉑。日月几蚀㉒,为公却明㉓,虎而冠者㉔,不敢猛视㉕,群贤倚赖,天下仰息㉖,凛凛乎千载之望矣㉗。不虞天将启幽蓟之祸㉘,俾奸臣乘衅,以速致戎㉙,诈成谗胜㉚,圣㉛不能保,褫我公衮㉜,置于侯服㉝。身虽远而谏愈切㉞,道既塞而诚弥坚㉟,忧而不怨,终老南国㊱。

于戏！功业见乎变㊲,而其变有二:在否则通,在泰则穷㊳。开元初,天子新出艰难㊴,久愤荒政㊵,乐与群下励精致理㊶,于是乎有否极之变㊷。姚、宋坐而乘之㊸,举为时要㊹,动中上意㊺,天光㊻照身,宇宙㊼在手,势若舟楫相得㊽,当洪流而鼓迅风,崇朝万里㊾,不足怪也。开元末,天子倦于勤而安其安㊿,高视穆清㉛,霈然大满㉜,于是乎有泰极之变㉝。荆州起而扶之㉞,举为时害,动咈上欲㉟,日与佞党抗衡于交戟之中㊱,势若微阳战阴㊲,冲密云而吐丹气㊳,欻㊴耀而灭,又何叹乎。

所痛㊿者,逢一时,事一圣,践其迹,执其柄㉛,而有可有不可,有成有不成。况乎差池草茅㉜,沈落光耀㉝者,复何言哉?复何言哉!曹溪沙门灵澈㉞,虽脱离世务㊿,而犹好㉖正直,得其图像,因以示予。睹而感之,乃作赞曰:

唐有栋臣㊼,往矣其邈㊽。世传遗像,以觉后觉㊾。德容恢异㊿,天骨峻擢㉛。波澄东溟,日照太岳㉜。具瞻崇崇㉝,起敬起忠。貌与神会㉞,凛然生风。气蕴逆鳞,色形匡躬㉟。当时曲直,如在胸中。鲲鳞初脱,激海以化。羊角中頽,摩天而下㊱。无喜无愠,亦如此画㊲。呜呼为臣,敬尔夙夜㊳。

【注释】　①"中书令"句:中书令,中书省长官,正三品。职掌"军国之政令"。始兴,唐县名,在今广东始兴县境内。始兴为张九龄的祖籍。开元二十三年(735),他被封为"始兴县伯"。文献,张九龄的谥号。　②"有唐"句:有唐,唐朝。有,语助词,无义。鲠,正直。亮,通"谅",忠诚,诚信。　③开元二十二年:公元734年。　④春秋高:年龄大。开元二十二年,玄宗五十岁。　⑤以太平自致:以,以为。自致,自己得到。　⑥颇易天下:把治理天下看得很容易。易,容易,这里用作动词。　⑦综核稍息:综核,综合考核官吏。稍,渐渐。　⑧寖纳寖广:寖,推恩,指以私恩授予官职。纳,受纳,接受贡奉。寖,同"浸",渐渐。　⑨摩肩于朝:在朝廷上并肩而立。　⑩直声遂寖:直声,正直之言。寖,息,止。　⑪中兴之业:指唐玄宗即位后经二十多年的励精图治,国势逐渐强盛,改变了武则天、韦后时期的混乱局面。　⑫"公于是"句:公,对张九龄的敬称。于是,在这时候。生人,生民。避唐太宗李世民之讳,改"生民"为"生人"。身,自身。　⑬社稷自任:把国家之事作为自己的责任。社稷,代指国家。　⑭抗危言:抗,举,持。危言,正直之言。

⑮秉大节而不可夺:秉,持。夺,强力改变。 ⑯谏:忠告,规劝。 ⑰诤:坚持己见,反复规劝。 ⑱攀帝槛:指为进谏不惜一死。《汉书·朱云传》说朱云进谏,汉成帝大怒,命御史将其拉下,"云攀殿槛,槛折"。 ⑲历天阶:指勇于进谏。《礼记·檀弓下》说晋平公的厨师杜蒉登上宫殿的台阶,批评晋平公。历,登上。天阶,帝王宫殿的台阶。 ⑳犯雷霆之威:犯,冒犯。雷霆之威,喻指皇帝的威势。 ㉑不霁不止:霁,雨后转晴。喻指皇帝怒气平息,回心转意。止,此指停止谏诤。 ㉒日月几蚀:喻指唐玄宗几次犯错误。古人常以日月之蚀喻大人物犯错误。 ㉓为公却明:因为张九龄而重返光明。 ㉔虎而冠者:生性凶暴的官吏。冠,冠服,指做官的人。 ㉕猛视:此有正面对视的意思。 ㉖仰息:仰仗,依赖。 ㉗"凛凛乎"句:凛凛乎,庄重严肃、令人敬畏的样子。千载之望,千年难得的人望。 ㉘"不虞"句:不虞,不料,没有想到。启,开启。幽蓟之祸,指安史之乱。安禄山一人兼范阳、平卢、河东三节度使,幽州、蓟州是其老巢。 ㉙"俾奸臣乘衅"二句:意思是,使得朝中奸臣乘机滋事,从而加速了战争的爆发。《新唐书·安禄山传》:宰相李林甫为固宠,请专用蕃将,导致安禄山权力越来越大。《新唐书·杨国忠传》:杨国忠曾言安禄山将反,玄宗不信。为了显示自己的判断正确,杨国忠采取措施激怒安禄山,促使其造反,从而取信于玄宗。俾,使。乘衅,抓住机会。致,招致。戎,兵戎,战争。 ㉚诈成谗胜:欺诈皇帝、谗害贤臣的行为得以成功。此指李林甫对张九龄的谗害。 ㉛圣:指唐玄宗。 ㉜褫我公衮:褫(chǐ),剥夺,革除。我公,指张九龄。衮(gǔn),古代礼服,天子与上公服之,此代指宰相官职。 ㉝置于侯服:置,安置。侯服,上古时,天子京畿之外的地方,每五百里为一区域,依次称为甸服、侯服、绥服、要服、荒服。此指张九龄被贬出京城为荆州长史。 ㉞谏愈切:愈,更加。切,恳切,迫切。 ㉟诚弥坚:诚,忠诚之心。弥坚,更加坚定。 ㊱终老南国:终老,老死。南国,南方。 ㊲功业见乎变:个人功业能否建立要看时势的变化。 ㊳"在否则通"二句:意思是,在动乱年代容易建立功业,在太平年代反而不易有所作为。否(pǐ)、泰,《易经》的两个卦名。天地交叫泰,不交叫否。交则通,不交则塞,故称好坏为泰否。 ㊴天子新出艰难:指唐玄宗刚即位,面临的困难很多。 ㊵久愤荒政:愤,愤怒。荒政,混乱的政局。 ㊶励精致理:即励精图治。用"理"而不用"治",是为了避唐高宗李治名讳。 ㊷否极之变:坏到极点就向好的方面变化,即"否极泰来"的意思。 ㊸"姚、宋"句:姚、宋,宰相姚崇、宋璟。乘之,乘着这样的时势。 ㊹举为时要:一举一动都合乎时势需要。 ㊺动中上意:所言所行都能切合皇帝的心意。 ㊻天光:喻指皇帝的恩泽。 ㊼宇宙:此指整个国家。 ㊽舟楫相得:船和桨配合得很好。喻指君臣相得。 ㊾"当洪流而鼓迅风"二句:意思是,就像驾船时遇上大水又有顺风相助,一个早上就能行驶千里。崇朝,终朝,一个早上。 ㊿"天子"句:倦,厌倦。勤,勤于政事。安其安,安于眼前的安定局面,即不再有进取之心。 ㉛高视穆清:高视,傲视。穆清,太平。 ㉜需然大满:需然,雨很大的样子。此处形容其志得意满,十分高大。大满,自我满足到了无以复加的地步。 ㉝泰极之变:好到极点就向坏的方面变化。 ㉞荆州起而扶之:荆州,指张九龄。扶之,扶助唐玄宗。 ㉟"举为时害"二句:意思是,一举一动都被当时的权贵所谗害,也违背了皇帝的意愿、欲求。咈(fú),违逆。 ㊱"日与谗党"句:谗党,结党营私的进谗小人。抗衡,对抗。交戟之中,指有激烈斗争的朝廷。 ㊲微阳战阴:微阳,微弱的阳气。阴,此指浓重的阴气。 ㊳丹气:喻指正气。 ㊴歘(xū):忽然。 ㊵痛:痛惜。

㉑"逢一时"四句：意思是，遭逢同一个时代（唐玄宗执政的时代），事奉同一个君主，张九龄紧跟着姚崇、宋璟的足迹，执掌着同样的权柄。践，踏。　㉒差池草茅：差池，蹉跎。草茅，此指朝廷之外的荒野之地。　㉓沈落光耀：失去了光彩。　㉔"曹溪"句：曹溪，水名，在广东曲江。沙门，梵语的音译，即僧人，和尚。灵澈，和尚名，唐著名诗僧，与刘禹锡、刘长卿、吕温等有酬赠。　㉕世务：世俗事务。　㉖好：喜爱。　㉗栋臣：栋梁大臣。　㉘邈：远。　㉙以觉后觉：觉，使……觉悟。后觉，后知后觉的人。　㉚恢异：气度宽弘不凡。　㉛天骨峻擢：天骨，天生的骨相。峻擢，耸立突出。　㉜"波澄东溟"二句：这两句喻指张九龄任宰相期间治理国家井井有条，像东海那样水清波澄，像太阳照射泰山那样天地明亮。东溟，东海。太岳，泰山。　㉝具瞻崇崇：具瞻，仔细地瞻仰。崇崇，指画像上清高严肃的遗容。　㉞貌与神会：相貌与精神完全一致。　㉟"气蕴逆鳞"二句：意思是，他的神气蕴含着敢于犯上直谏的品格，他的脸色表现出不为自己的大义。逆鳞，古人称向皇帝进谏为逆鳞，因为皇帝听到臣下提意见常常会勃然大怒。形，表现。匪躬，不是为了自己。　㊱"鲲鳞初脱"四句：这四句化用《庄子·逍遥游》意境，形容张九龄始任要职，就像海中的大鲲那样激荡着海水，化成了大鹏直飞高空，后来大鹏所凭借的飙风突然停息，大鹏就从高空坠落了。羊角，大旋风。　㊲"无喜无愠"二句：意思是，张九龄不以位高权重为喜，也不以位卑职微为恨，一如这幅画上的面部表情。愠，怨恨。　㊳"呜呼为臣"二句：这两句是作者观画像后的感慨：希望天下做臣子的都要警戒自己，以张九龄为榜样，时时刻刻勉力国事。儆，警戒。夙夜，早晚。

【赏析】　张九龄被罢相，李林甫出任中书令，是唐玄宗政治走向衰败的标志。唐宪宗时，朝廷曾讨论过这个问题。大臣崔群明确指出："世谓禄山反，为治乱分时。臣谓罢张九龄，相林甫，则治乱固已分矣。"此说得到后代众多史学工作者的认同。

　　本篇颂赞张九龄，不求面面俱到，侧重突出其"鲠亮"的本质特性。而所以会有如此秉性，是他"以生人为身，社稷自任"，志向的高远决定了他敢于犯颜直谏，不计自身进退荣辱。序文的第一段说他："小必谏，大必诤，攀帝槛，历天阶，犯雷霆之威，不霁不止"，文字不多，却极有分量。接着写他被贬之后，"身虽远而谏愈切，道既塞而诚弥坚"，依然不改直言极谏的勇气。这是一般官员很难做到的，也是作者敬仰张九龄的重要原因。序文第二段分析张九龄未能久得信用，尽展长才的原由，是由于晚年玄宗已倦怠政事，只图安富尊荣，缺乏进取的锐气。这个分析，既简明又剀切，直到今天，还为人们所认同。

　　赞文先描绘张九龄的脸相容貌，其中以"天骨峻擢"最为具象，然后以"貌与神会"四句转写其精神、气质，过渡自然；而"鲲鳞初脱"四句，用熟典又极贴切，高度概括了张九龄辉煌而短暂的政治生涯。赞文以"呜呼为臣，儆尔夙夜"收结，点明本篇作者是希望普天下为人臣者都应师法张九龄，反映了作者系心现实、爱国忧民的一腔忠忱。

吕温是一个政治热情极高的人,他积极参与了"永贞革新"的酝酿工作,因出使吐蕃得免罪谴,但友人多遭严惩,其内心的苦痛是不难揣知的。从感情上说,他与悲剧人物张九龄是息息相通的,这就难怪本篇多次流露出对画主的不胜敬仰和无限痛惜之情,像"凛凛乎千载之望矣","复何言哉!复何言哉","具瞻崇崇,起敬起忠"等,都有着浓厚的抒情意味,值得细细品读。

刘禹锡

作者简介

刘禹锡（772—842），字梦得，洛阳（今河南洛阳）人。二十二岁登进士第，又登宏辞科。二十四岁为太子校书，累迁监察御史。曾参与具有进步意义的"永贞革新"活动，失败后被贬为郎州司马。后历任连州、夔州、和州、苏州刺史等。官终检校礼部尚书兼太子宾客。世称"刘宾客"。与柳宗元交谊很深，世称"刘柳"。晚年与白居易交往密切，并称"刘白"。其诗风格豪迈激越，白居易称他为"诗豪"。其文《天论》三篇，阐述其唯物主义思想，在中国哲学史上有一定影响。有《刘梦得文集》（一名《刘宾客文集》）四十卷。

华 佗 论

【题解】　华陀（约141—203），字元化，沛国谯（今安徽亳县）人。他是东汉末年著名的医学家，精内、妇、儿、针灸各科，尤擅长外科，曾用"麻沸散"麻醉病人，施行剖腹手术，为世界医药史上最早的全身麻醉。曹操患头风，召华陀，因华陀不愿为曹操的侍医，被收狱中。后被杀。本文从华佗被杀事说起，抨击了"执柄者""轻杀材能"和"壬人"（谄媚小人）嫉妒、仇视才能之士的可耻行径。本文选自《刘禹锡集》卷五。

【原文】

史称华佗以恃能厌事为曹公所怒①。荀文若②请曰："佗术实工，人命系焉，宜议能以宥③。"曹公曰："忧天下无此鼠辈邪！"遂考竟佗④。至仓舒⑤病且死，见医不能生，始有悔之⑥之叹。嗟乎！以操之明略见几⑦，然犹轻杀材能如是。文若之智力地望⑧，以的然之理攻之⑨，然犹不能返其惑⑩。执柄者之惑，真可畏诸，亦可慎诸。

原夫史氏之书于册也⑪，是使后之人宽能者之刑，纳贤者之谕，而惩暴者之轻杀。故自恃能至有悔悉书焉⑫。后之惑者，复用是为口实⑬。悲哉！夫贤能不能无过，苟置于理⑭矣，或必有宽之之请。

彼壬人⑮皆曰："忧天下无材邪！"曾不知悔之日，方痛材之不可多也。或必有惜之之叹。彼壬人皆曰："譬彼死矣，将若何？"⑯曾不知悔之日，方痛生之不可再也。可不谓大哀乎？

夫以佗之不宜杀，昭昭然⑰不可言也。独病夫史书之义⑱，是将推此而广耳。吾观自曹魏⑲以来，执死生之柄者，用一恚而杀材能众矣。又乌用书佗之事为⑳？呜呼！前事之不忘，期有劝且惩㉑也。而暴者复藉口以快意㉒。孙权㉓则曰："曹孟德杀孔文举矣，孤于虞翻何如？"㉔而孔融亦以应泰山杀孝廉自譬㉕。仲谋㉖近霸者，文举有高名，犹以可惩为故事，矧他人哉㉗？

【注释】　①"史称"句：恃，倚仗。厌事，厌胜法，古代方士的一种巫术，谓能以诅咒制服人或物。曹公，曹操。　②荀文若：荀彧(yù)，字文若，曹操的谋士。后因反对曹操称魏公而被迫自杀。　③宜议能以宥：宜，应当。议能而宥(yòu)，议论华陀的才能而宽恕其罪。宥，宽恕。　④考竟佗：考，通"拷"。竟佗，结束了华陀的生命。竟，完、尽。　⑤仓舒：曹操的儿子。　⑥悔之：后悔杀死了华陀。　⑦几：细微的迹象。　⑧地望：地位，名望。　⑨以的然之理攻之：用十分明白的道理去劝说曹操。　⑩返其恚(huì)：意为消除曹操的怨恨。　⑪"原夫"句：原，推原，推究。史氏，撰写史书的史官。　⑫"故自恃能"句：意思是，所以从华陀自恃其能一直到曹操后来有后悔之意这些内容全部写在史书里了。　⑬口实：借口。　⑭苟置于理：假如放在合理方面考量。　⑮壬人：能说会道、谄媚取宠的小人。　⑯"譬彼死矣"二句：假如那个贤能之人死了，又该怎么办呢！言下之意，杀死贤能之人没有什么大不了，就当他自己死掉了。　⑰昭昭然：十分明白、清楚的样子。　⑱病夫史书之义：病，这里有"担忧"的意思。史书之义，指记载华陀之死的史书的本来意思。　⑲曹魏：指曹操后代掌权的三国时的魏国。　⑳"又乌用"句：意思是，又为什么要用史书上的"杀佗"之事作为借口呢？　㉑劝且惩：劝，劝勉，劝导。惩，惩戒，警戒。　㉒"而暴者"句：暴者，凶暴者。藉口，借口。快意，高兴。　㉓孙权：三国时吴国的建立者。　㉔"曹孟德杀孔文举"二句：意思是，曹操杀死了著名文士孔融，我杀死虞翻又算得了什么呢。曹孟德，曹操，字孟德。孔文举，即孔融，文举是他的字。孔融是孔子二十世孙，东汉末学者、文学家，"建安七子"之一。官至北海(今山东昌乐西)相，故世称孔北海。他喜议论、抨击时政，遭曹操所忌，被杀。孤，孙权自称。虞翻，三国时吴国的学者。据《三国志·吴书·虞翻传》记载，孙权在一次宴会上亲自行酒，虞翻装醉，伏地不动，孙权大怒，欲杀之。众人劝他切勿轻率杀害贤才，孙权说："曹孟德杀孔文举矣，孤于虞翻何如？"　㉕"而孔融"句：意思是，孔融也以应泰山杀孝廉事来作比喻。据《三国志·魏书·邴原传》注所说，孔融任北海相时，想把一个原本得到宠信的人杀死，有人不理解。孔融就说：此人过去好我就重用，现在变坏了就该杀。并把应泰山先推举某人为孝廉，后又把他杀了作为譬喻。　㉖仲谋：孙权字仲谋。　㉗矧(shěn)：何况。

【赏析】 华佗，《三国志·魏书》有传，《后汉书·方术列传》也记载了他的主要事迹。本文是作者阅读史书上有关华陀的记载后有所感触而写成的议论文。

刘禹锡先引史书所述的曹操杀华陀之事，斥责曹操"轻杀材能"的野蛮行为，并由此生发感慨："执政者之患，真可畏诸，亦可慎诸！"接着，作者展开联想，作进一步的思考。他认为，史官记载"华陀之死"，其本义是希望后人能从中得到启迪，对能者(华陀之类)宽容，对贤者(荀彧之类)的进言能够采纳，对凶暴者(曹操之类)的轻杀行为有所惩戒。然而，"后之惑者"(以后的迷乱者)竟用这件事作为做坏事、恶事的借口，这实在是让人悲伤不已啊。以下，作者又想到了进谗言害才士的小人。这些小人的口吻，与曹操的"忧天下无此鼠辈耶"如出一辙，这实在是要让人"大哀"了。在文章的最后一段，作者着重指出"执死生之柄者，用一恚而杀材能众矣"，并且，他们都擅长于用他人之事为自己开脱，如孙权杀虞翻、孔融杀某人。孙权雄才大略，"近霸者"；孔融是文士，"有高名"。他们都是这样的做派，何况其他人呢？作者行文至此，想必是要涕泪满襟，为天下横遭摧折的才能之士大放悲声了。

本文题为"华佗论"，其实"华陀之死"只是议论的由头，文章主旨是痛斥"执柄者"和"壬人"对才能之士的轻忽、打击、排斥以至杀戮。文章思路开阔，思想深刻，蕴含着作者深厚的感情寄托。有学者认为，本文是刘禹锡参加"永贞革新"遭贬斥后为朗州(治所在今湖南常德)司马期间所作。

《唐故尚书礼部员外郎柳君集》纪

【题解】 刘禹锡年长柳宗元一岁，两人既是政治上的同道，又有很深的私谊。柳宗元病危时，曾托刘禹锡为其编集遗稿。柳宗元病逝五年后，刘禹锡撰写此序，简述其生平，高度评价其文学成就。纪，此即"序"意，乃作者避其父溆之讳而改。故，称已逝世者。尚书，即尚书省，唐中央行政机构。礼部员外郎，柳宗元曾任的官职。本文选自《刘禹锡集》卷十九。

【原文】

八音与政通①，而文章与时高下②。三代③之文，至战国而病④，涉⑤秦汉复起。汉之文至列国⑥而病，唐兴复起。夫政庞而土裂⑦，三光五岳之气分⑧，大音不完⑨，故必混一⑩而后大振。

初⑪，贞元⑫中，上方向文章⑬。昭回之光，下饰万物⑭。天下文士，争执⑮所长，与时而奋⑯，粲焉如繁星丽⑰天，而芒寒色正⑱，人望而敬者,五行⑲而已。河东柳子厚⑳,斯人望而敬者欤㉑!

子厚始以童子有奇名于贞元初。至九年㉒,为名进士。十有九年,为材御史㉓。二十有一年,以文章称首㉔,入尚书为礼部员外郎㉕。是岁,以疏隽少检获讪㉖,出牧邵州㉗,又谪佐永州㉘。居十年,诏书征㉙。不用,遂为柳州㉚刺史。五岁不得召㉛归。

病且革㉜,留书抵其友中山刘禹锡曰㉝:"我不幸卒以谪死㉞,以遗草累故人㉟。"某执书㊱以泣,遂编次为三十二通行于世㊲。

子厚之丧,昌黎韩退之志其墓㊳,且以书来吊㊴曰:"哀哉,若人之不淑㊵!吾尝评其文,雄深雅健似司马子长㊶,崔、蔡不足多也㊷。"安定皇甫湜于文章少所推让㊸,亦以退之言为然㊹。凡子厚名氏与仕与年暨行已之大方㊺,有退之之志若祭文在㊻。今附于第一通㊼之末云。

【注释】　①八音与政通:八音,古代乐器主要用金、石、土、革、丝、木、匏、竹八种材料制成,故用八音代指音乐。与政通:和政治是相通的。　②文章与时高下:文章与时势关系密切,二者的盛衰是一致的。时,时势。　③三代:夏、商、周三朝。　④病:此有"衰落"的意思。　⑤涉:经。　⑥列国:指三国和南北朝分裂时期。　⑦政庞而土裂:庞(máng),杂乱。土裂,田土分裂。　⑧"三光五岳"句:三光,日、月、星。五岳,东岳泰山、西岳华山、南岳衡山、北岳恒山、中岳嵩山。分,分割。　⑨大音不完:大音,能体现道的美好声音。此指美文。《老子》:"大音声希。"完,完备。　⑩混一:天下统一。　⑪初:当初,起初。　⑫贞元:唐德宗年号(785—805)。　⑬方向:方,正。向,向往,此有推崇、提倡的意思。　⑭"昭回之光"二句:意思是,由于在上的皇帝重视文章,光辉所及,对天下文士影响很大。昭回之光,日月运转发出的光芒。饰,著,此有"照射到"的意思。　⑮执:用。　⑯奋:奋发,奋进。　⑰丽:附着。　⑱芒寒色正:芒寒,光芒闪亮。色正,色泽纯正。　⑲五行:古人认为天地万物由金、木、水、火、土五种物质构成。此指金、木、水、火、土五颗星。　⑳河东柳子厚:河东,今山西永济县。柳宗元为河东郡解县人,世称柳河东。柳子厚:柳宗元字子厚。　㉑"斯人"句意思是,柳宗元就像天上的"五行"星,是人们所"望而敬"的文坛明星。　㉒九年:贞元九年(793)。"贞元"二字承前省略。以下"十有九年"、"二十有一年",也省去"贞元"二字。　㉓材御史:有才干的御史。材,通"才"。御史,此是监察御史的简称。　㉔称首:称为第一。　㉕"入尚书"句:入尚书,进入尚书省。礼部员外郎,礼部为尚书省六部之一。六部二十四司,各司主管为郎中,副职为员外郎。　㉖以疏隽少检获讪:疏,疏散,不受约束。隽(jùn),才能超绝。少检,不够检点,自我约束不够。讪,毁谤。　㉗出牧邵州:离开京城去任邵州刺史。牧,旧时州的长官称牧,此处"牧"用作动词。邵州,治所在今湖南邵阳市。　㉘谪佐永州:谪,贬官。佐永州,指任永州司马。佐,辅助。司马是刺史的属官。永州,治所在今湖南零陵县。柳宗元在京城任礼部员外郎时，积极参加王叔文集团主持的"永贞革新"，失败后被贬为邵州刺史，赴任途中又被贬为永州司马。 ㉙ 征：征召。 ㉚ 柳州：治所在今广西柳州市。 ㉛ 召：皇帝召见。 ㉜ 病且革：且，将。革(jí)，急，危急。 ㉝ "留书抵其友"句：书，信。抵，抵达，到。中山，汉时郡名。治所在今河北定州市。西汉时刘胜被封为中山王，刘禹锡自称是刘胜的后代，故用"中山"指称其祖籍。 ㉞ 卒以谪死：卒，最终。以谪死，在贬谪中死去。 ㉟ 以遗草累故人：遗草，遗稿。累，连累，麻烦。故人，老朋友。 ㊱ 执书：手拿来信。 ㊲ "遂编次为"句：编次，按次序编排。通，文书首尾完备为通，此指"卷"。行，流行，流传。 ㊳ "昌黎"句：昌黎，韩愈的郡望。曹魏曾置昌黎郡，治所在今辽宁义县。韩退之，韩愈字退之。志其墓，为他写了墓志铭，即《柳子厚墓志铭》。 ㊴ 以书来吊：以书，用信。吊，悼念。 ㊵ 若人之不淑：若，这个。不淑，此有"不幸"的意思。淑，美好，善。 ㊶ 司马子长：汉代大史学家司马迁字子长。 ㊷ "崔、蔡"句：崔，崔骃。蔡，蔡邕。两人是东汉时著名的文学家。不足，不值得。多，赞美。 ㊸ "安定"句：安定，西汉时的郡名，治所在今甘肃泾川县，皇甫湜的郡望。皇甫湜，韩愈的学生，气性高傲，专意继承与发展韩文奇崛的一面。少所推让，很少推崇他人。让，谦让。《贾子·道术》："厚人自薄谓之让。" ㊹ 为然：是这样的，是对的。 ㊺ "凡子厚"句：名氏，姓名，家世。仕，仕途。年，年龄。暨，以及。行己，行事。大方，大略，基本情况。 ㊻ "有退之"句：志，指《柳子厚墓志铭》。若，和。祭文，韩愈另写有《祭柳子厚文》。 ㊼ 第一通：第一卷。

【赏析】 柳宗元病危之际，专门写信给刘禹锡，托他为自己编次文集，可见两人交谊之深。后人将他俩并称为"刘柳"，不仅是因为他们文才相当，同时也与两人志趣相投、交往密切相关。

文章从宏观角度起笔，先论说文章与时势的紧密关系。作者这样写，是为了突出柳宗元的文学成就。这一段文字中所运用的"繁星"、"五行"譬喻极好，形象地说明了柳宗元是当时文坛为数很少的明星之一。第二段简述柳宗元生命历程中几个重要的关节点，重点是揄扬其超逸的才气，介绍其坎坷的仕途。此段以柳宗元对自己的嘱托收结，尤能见出两人感情之笃深。第三段引当时文坛大师韩愈对柳宗元的评说，以及个性刚急、恃才傲物、不轻许人的皇甫湜对柳宗元的肯定态度，来说明其文学业绩已是世所公认，并非一己之私美。

综而观之，全文写得从容不迫，层次清晰，在简洁、平静的叙述中流露出对柳宗元的钦佩之情、惋惜之意。文尾特地交代将韩愈的两篇文章《柳子厚墓志铭》和《祭柳子厚文》附于文集之后，既反映出他对韩愈的尊重，也表明自己撰写此文不求全面，以避免与韩文重复的用意。这些地方颇能见出刘禹锡为人敦厚、为文巧裁的特点。

柳宗元

作者简介

柳宗元(773—819),字子厚,祖籍河东(今山西永济),人称"柳河东"。德宗贞元九年(793)进士及第,贞元十二年(796)登博学宏词科。累官至礼部员外郎。因参加"永贞革新"运动,失败后被贬为永州司马,十年后迁柳州刺史,世称"柳柳州"。与韩愈倡导古文运动,世称"韩柳",为唐宋八大家之一。柳宗元一生留下诗文作品600余篇。其文体裁多样,尤以山水游记、人物传记、寓言、史论为人所称道。其作品由唐代刘禹锡编成《柳河东集》,1979年中华书局出版校点本《柳宗元集》,1993年上海古籍出版社出版《柳宗元集笺释》。

贺进士王参元失火书

【题解】 这封信约写于唐顺宗永贞元年(805)后不久,当时柳宗元已由京官贬往南方的永州。王参元,郎坊节度使王栖曜少子,唐宪宗元和二年(807)登进士第。在唐代,凡参加进士科考试的士子都可以称为进士。从题目看,这是一篇很奇怪的文章。王参元家失火,本是一件坏事,应该吊(慰问)才是,但柳宗元却明言应该祝贺。这自然会使读者心生疑窦,滋生浓厚的阅读兴趣。原来当时的官场黑暗,贿赂公行,凡是家中富有者,即使其本人品学俱佳,他人为了避嫌,也不敢公开赞扬或向朝廷举荐。现在王参元家失火损财,别人再称扬举荐他,便没有了思想顾虑。从此角度看,失火不成了一件好事吗?本文选自《柳河东集》卷三十三。

【原文】

得杨八①书,知足下②遇火灾,家无余储。仆始闻而骇,中而疑,终乃大喜。盖将吊而更③以贺也。道远言略,犹未能究知其状④,若果⑤荡焉泯焉而悉无有,乃吾所以尤⑥贺者也。

足下勤奉养,乐朝夕,惟恬安无事是望也⑦。今乃有焚炀赫烈之虞⑧,以震骇左右,而脂膏滫瀡之具⑨,或以不给⑩,吾是以始而骇也。

凡人之言,皆曰盈虚倚伏⑪,去来之不可常。或将大有为也,乃始厄困震悸,于是有水火之孽,有群小之愠,劳苦变动,而后能光明[12]。古之人皆然。斯道辽阔诞漫[13],虽圣人不能以是必信,是故中而疑也。

　　以足下读古人书,为文章,善小学[14],其为多能若是,而进不能出群士之上,以取显贵者,无他故[15]焉。京城人多言足下家有积货,士之好廉名[16]者,皆畏忌,不敢道足下之善,独自得之,心蓄之,衔忍而不出诸口[17]。以公道之难明,而世之多嫌也。一出口,则嗤嗤者[18]以为得重赂。仆自贞元十五年[19]见足下之文章,蓄之者盖六七年未尝言。是仆私一身而负公道久矣,非特负足下也[20]。及为御史、尚书郎[21],自以幸为天子近臣,得奋其舌[22],思以发明足下之郁塞[23]。然时称道于行列[24],犹有顾视而窃笑者。仆良恨修己之不亮,素誉[25]之不立,而为世嫌之所加,常与孟几道[26]言而痛之。乃今幸为天火之所涤荡,凡众之疑虑,举[27]为灰埃。黔其庐,赭其垣,以示其无有[28]。而足下之才能乃可显白而不污。其实出矣,是祝融、回禄之相吾子也[29]。则仆与几道十年之相知,不若兹火一夕之为足下誉也。宥而彰之[30],使夫蓄于心者,咸得开其喙[31];发策决科者,授子而不栗[32]。虽欲如向之蓄缩受侮,其可得乎[33]?于兹吾有望于子,是以终乃大喜也。

　　古者列国有灾,同位者[34]皆相吊。许不吊灾[35],君子恶之。今吾之所陈若是,有以异乎古,故将吊而更以贺也[36]。颜、曾之养,其为乐也大矣,又何阙焉[37]?

　　足下前要仆文章古书,极不忘,候得数十篇乃并往耳[38]。吴二十一武陵[39]来,言足下为《醉赋》及《对问》,大善,可寄一本。仆近亦好作文,与在京城时颇异,思与足下辈言之,桎梏甚固[40],未可得也。因人南来,致书访死生[41]。不悉[42]。宗元白。

【注释】　①杨八:杨敬之,字茂孝,排行第八。柳宗元的亲戚。唐时文人间相称,惯以排行代替名字,以示亲切。　②足下:对对方的尊称。　③更:更改。　④究知其状:详细知道你家里失火后的情状。　⑤果:果然,果真。　⑥尤:尤其。　⑦"足下勤奉养"三句:意思是,您十分殷勤地奉养父母,乐于朝夕与父母相处,只希望能平安无事。　⑧"今乃有"句:炀,焚烧。赫烈,火势炽烈的样子。虞,忧患。　⑨脂膏滫瀡之具:指油、粮食、调料之类的食品。脂膏,油脂类食品。滫,淘米水。瀡,使菜肴嫩滑的淀粉类佐料。具,食具,引申为食物。　⑩不给:不能满足需要。给,供给。　⑪盈虚倚伏:意谓盈余与亏虚、吉与凶、祸与福是互相依存、变化的。语本老子《道德经》:"祸兮福之所倚,福兮祸之所伏。"　⑫"或将大有为也"六句：意思是，有的人可能会有大的作为，但开始时却遭受挫折、困窘，受到惊恐，于是有水、火的灾祸，有小人的怨恨，经过劳累、苦难，历经动荡、变迁，而后能光耀人前。　⑬辽阔诞漫：又大又空，不着边际。　⑭小学：古时对文字学、训诂学、音韵学的总称。　⑮他故：其他原因。故，缘故。　⑯廉名：廉洁的名声。　⑰"心蓄之"二句：意思是，只能把自己的想法藏在心里，隐忍着不说出口。　⑱嗤嗤者：喜欢议论、讥笑别人的人。　⑲贞元十五年：公元799年。贞元，唐德宗年号。　⑳"是仆私一身"二句：意思是，这是我自私而有负于公道，不仅是对不起您一人。　㉑"及为"句：御史，监察御史。柳宗元曾任监察御史里行。尚书郎，尚书省的郎官。柳宗元曾任尚书省下属的礼部员外郎。　㉒奋其舌：意谓大胆地、无所顾忌地说话。　㉓"思以发明"句：发明，说出，挑明。郁塞，压抑阻塞。　㉔行列：指一起共事的官员。　㉕素誉：清白美好的名声。　㉖孟几道：柳宗元的好友孟简，字几道。　㉗举：全部。　㉘"黔其庐"三句：意思是，房屋烧成焦黑，墙壁变为赭红色，以此来表明您已一无所有。黔，黑色。这里用作动词。赭(zhě)，红土，引申为红色或赤褐色。这里用作动词。　㉙"其实出矣"二句：意思是，火灾的出现，是火神在帮助我的好朋友啊。祝融、回禄，都是传说中的火神。相，辅助。　㉚宥而张之：这句的意思是，这场火灾帮助了您，显扬了您的才能。宥，通"侑"，相助。　㉛喙：鸟类的嘴。这里借指人的嘴巴。　㉜"发策决科者"二句：意思是，主持科举考试的官员，可以大胆授与您名衔(让你进士及第)而不再害怕。策，竹简，代指试卷。科，科目。古代科举考试，采用分科取士的方法。栗，战栗，害怕的样子。　㉝"虽欲"二句：意思是，人们即使想同过去一样隐忍不言，怕受到侮辱，又怎么能办得到呢？　㉞同位者：同等地位的诸侯国。　㉟许不吊灾：《左传·昭公十八年》记载，宋、卫、陈、郑等国遭火灾，许国不去慰问，引起不满，认为许国必将灭亡。　㊱"今吾之所陈若是"三句：意思是，如今我在上面所说的一番话，是因为与古代情况有所不同，所以将慰问换成了祝贺。所陈，所陈述的话。　㊲"颜、曾之养"二句：意思是，孔子弟子颜回、曾参尽管清贫，但他们奉养父母的快乐是很大的，您又会缺少什么呢？阙，通"缺"。　㊳"候得数十篇"句：意思是，等积满几十篇就一并寄给您。　㊴吴二十一武陵：吴武陵，排行二十一。直而能文，与王参元同年进士及第。　㊵桎梏甚固：意谓受到很多束缚。桎梏，脚镣手铐。　㊶访死生：探究人生中关于生死、祸福等问题。访，访求。　㊷悉：尽，全部。

【赏析】　本文的关键语句，是"始闻而骇，中而疑，终乃大喜"。文章以此为行文线索，逐一展开论说，重点则在说明为什么要"大喜"，并"将吊而更以贺"。

"始而骇"的道理很简单，友人家里失火了，房屋、财产、衣物、食品等均受到损失，给生活造成巨大困难，作者听到这个消息后，自然会感到惊诧、难过。所以这一段文字比较质实、简单。

"中而疑"是作者的心理活动。继"始而骇"之后，柳宗元想起了老子宣扬的"祸福相依"的哲学观点，觉得失火固然是坏事，但说不准也可能会变成好事。因目前并无确证会有好事降临到王参元头上，况"虽圣人不能以是必信",所以也只能是"中而疑"。

"终乃大喜"是明言自己经一番思考后,最终为王参元家失火事感到高兴。这一段文字比较详尽,具体叙写了自己的情绪变化之原由。概括言之,可分为两个层次:第一,王参元才学很好,早就应该"出群士之上",取得显贵,但由于他家富足,人们(包括作者自己)担心有受贿之嫌,故而不敢称赞他、推荐他。第二,现在一场大火把他家的财产烧了个精光,人们就可以毫无顾忌地为他说话了,他的出头之日很快就要来到了。所以,这一段文字,实际上是结合王参元的具体情况对形而上的"祸福相依"说做了具体而有说服力的阐释。

行文至此,似可收束,但柳宗元又拈出孔子两个家境贫困的弟子颜回、曾参,说他们"其为乐也大矣,又何阙焉",含蓄地提示友人应向古贤人学习,不要因眼前的困顿处境而颓唐、消沉。因为王参元的出人头地毕竟还是"将来时",甚至还是个未知数。作者对友人的真挚而细致的关切,于此也得到充分的体现。

总的来看,这封信立意新颖,思理明晰,议论透彻,其间述说自己"私一身而负公道"的一些想法、做法,向友人敞开心扉,显得非常朴素、真切。可以想见,友人在接读这封信后,是一定会为柳宗元的良苦用心和深情密意所感动的。

本文立意新颖,议论透彻,于一件小事折射出当时社会、官场的风气。清代张伯行在《唐宋八大家文钞》里评此文曰:"行文亦有诙谐之气,而奇思隽语出于意外,可以摆脱庸庸之想。""奇思隽语"四字,抉出了本文的精髓。

送薛存义序

【题解】 薛存义,与柳宗元同为河东人。柳宗元任永州司马期间,曾任永州下属的零陵县代理县令两年,勉力政事,对百姓怀有仁爱之心,得到柳宗元的肯定和赏识。当他离职时,柳宗元作序赠别。文中,柳宗元提出了一个重要而深刻的观点:官吏受百姓雇佣,应该为百姓办事、服役,而不应该役使、盘剥百姓。本文选自《柳河东集》卷二十三。

【原文】

河东①薛存义将行,柳子载肉于俎②,崇酒③于觯,追而送之江浒④。饮食之⑤,且告曰:"凡吏于土⑥者,若⑦知其职乎?盖民之役⑧,非以役民⑨而已也。凡民之食于土者⑩,出其什一佣乎吏⑪,使司平于我也⑫。今受其直、怠其事者⑬,天下皆然⑭。岂惟⑮怠之,又从而盗之⑯。向使佣一夫于家⑰,受若值,怠若事,又盗若货器,则必甚怒而黜罚⑱之矣。以今天下多类此⑲,而民莫敢肆⑳其怒与黜罚者,何哉?势㉑不同也。势不同而理同,如吾民何㉒?有达于理㉓者,得不㉔恐而畏乎?"

存义假令零陵二年矣㉕,早作而夜思,勤力而劳心;讼者平㉖,赋㉗者均,老弱无怀诈暴憎㉘。其为不虚取直也的矣㉙,其知恐而畏也审㉚矣。吾贱且辱㉛,不得与考绩幽明之说㉜。于其往也,故赏㉝以酒肉,而重之以辞㉞。

【注释】 ① 河东:汉郡名,唐设河东道,治所在今山西永济。 ② 俎(zǔ):古代祭祀时一种盛肉的礼器。此代指厨房器皿。 ③ 崇酒:注酒,斟酒。崇,充。 ④ 浒(hǔ):水边。 ⑤ 饮食之:请他饮酒食肉。 ⑥ 吏于土:在地方上任官吏。 ⑦ 若:你。 ⑧ 民之役:民众的仆役。 ⑨ 役民:役使民众。 ⑩ 民之食于土者:靠耕种土地吃饭的农民。 ⑪ 出其什一佣乎吏:拿出他们收入的十分之一用来雇佣官吏。什一,十分之一,即指农民向官府交纳的赋税。 ⑫ 使司平于我也:让官吏能公平、公正地主管好与农民有关的事务。司,主持,掌管。 ⑬ "今受其直"句:受其直,接受他们拿出来的钱财。直,通"值",价值,此指俸禄。官吏的俸禄来自于百姓的赋税,所以这么说。怠其事,懈怠于为百姓办事。 ⑭ 皆然:都是这样。 ⑮ 岂惟:不只是。 ⑯ 盗之:偷盗百姓钱财。此指官吏向百姓敲诈勒索。 ⑰ "向使"句:向使,假使。佣一夫于家,雇佣一个仆夫到家里干活。 ⑱ 黜(chù)罚:驱逐、处罚。 ⑲ "以今"句:以今,而今,当下。类此,类似于这种情况。 ⑳ 肆(sì):充分发泄。 ㉑ 势:地势,地位。 ㉒ 如吾民何:我们将如何对待民众呢?此句连前数句隐含着如下内容:民众雇用官吏与一户之主雇佣仆夫的道理是一样的,假如一旦民众冲破地位、权势的束缚,发起怒来"黜罚"官吏,那就非常危险、可怕了。 ㉓ 达于理:通晓这个道理。 ㉔ 得不:能不,难道不会。 ㉕ "存义"句:假,代理。令零陵,任零陵县令。 ㉖ 讼者平:讼,诉讼。平,公平。 ㉗ 赋:土地税。 ㉘ 老弱无怀诈暴憎:对待老人弱者无欺诈之心,不露出凶狠的脸色。 ㉙ "其为"句:虚取直,白白地拿百姓的钱财(表面上是朝廷的俸禄)。的,的确,确切。 ㉚ 审:确实。 ㉛ 贱且辱:作者因贬谪至永州任司马,故如此说。 ㉜ "不得与"句:与,参与,参加。考绩幽明,考核官吏政绩的好坏。说,评说,评议。 ㉝ 赏:作者以长辈身份说话,故用"赏"字。另外,县令一般为六、七品官,州司马为五品官,地位在县令之上,故也可用"赏"字。 ㉞ 重之以辞:重,加。辞,文辞,指本文。

【赏析】 本文内容可分为两个部分。第一部分阐说作者的一个重要思想:官为民之役,而非以役民;第二部分切入正题,表达送别情意。两个部分的关联点,是被送者懂得并做到了"官为民役",所以作者要嘉美他,郑重其事地为他送别。

封建时代的各级官吏,都是由普通劳动者供养的。他们所领取的俸禄,表面上由朝廷供给,其实都是人民的血汗钱。正如大诗人杜甫所说:"彤庭所分帛,本自寒女出;鞭挞其夫家,聚敛供城阙。"在本文中,为了说明官吏应当是"民之役"的道理,柳宗元用了一个极贴切的譬喻,那就是家主与所雇佣仆夫的关系。家主掏钱,仆夫"受其直",理应好好干事。如果不能,家主就会发怒,直至驱逐、处罚仆夫。然而,绝大多数官吏并不明白或假装不明白这个道理,他们只对朝廷、上级负责,对民众则极尽敲榨、欺压之能事。文中说:"今受其直、怠其事者,天下皆然。岂惟怠之,又从而盗之",可见当时吏治之败坏,官民之对立是何等严重。对此,柳宗元怀有深忧。他觉得,若照此发展下去,民众一旦"肆其怒",要"黜罚"官吏,那就不可收拾了。所以,他明确提出官吏应有"恐而畏"的意识,要"勤力而劳心"地为民之役,"不虚取直",这样方能官民相安,天下无事。

本文作于柳宗元贬谪永州期间。当时他内心郁闷,情绪消沉,但从该文看,他仍关注着当时严重的吏治问题,流露出对下层人民的尊敬和同情。这是非常值得称道的。

段太尉逸事状

【题解】 状,或称行状,是记载死者世系、名字、爵里、行止、寿年的一种文体。作者撰写此文时,距段秀实殉难已三十年,且段早已被追封为太尉。其事迹已为朝野所共知,唯文中所记之事,则人多不知。作者认为有必要向史官提供,所以称之为"逸事状",即被遗漏资料之意。为撰写此文,作者曾多方考证,"复校无疑",所以这些逸事"信且著",后宋祁、欧阳修主编《新唐书》为段秀实立传时,几乎全部采用了该文的材料。本文选自《柳河东集》卷八。

【原文】
太尉①始为泾州刺史时,汾阳王以副元帅居蒲②,王子晞③为尚书,领行营节度使④,寓军邠州⑤,纵士卒无赖。邠人偷嗜暴恶者,卒以货窜名军伍中,则肆志,吏不得问⑥。日群行丐取于市,不嗛⑦,辄奋击折人手足,椎釜鬲瓮盎盈道上,袒臂徐去,至撞杀孕妇人。邠宁节度使白孝德以王故⑧,戚⑨不敢言。

太尉自州以状白⑩府,愿计事。至则曰:"天子以生人付公理,公见人被暴害,因恬然,且大乱,若何?"⑪孝德曰:"愿奉教。"太尉曰:"某⑫为泾州,甚适,少事,今不忍人无寇暴死,以乱天子边事。公诚以都虞候⑬命某者,能为公已乱,使公之人不得害。"孝德曰:"幸甚!"如太尉请。

　　既署一月⑭,晞军士十七人入市取酒,又以刃刺酒翁,坏酿器,酒流沟中。太尉列卒取十七人⑮,皆断头注槊上⑯,植市门外。晞一营大噪,尽甲。孝德震恐,召太尉曰:"将奈何?"太尉曰:"无伤也!请辞于军⑰。"孝德使数十人从太尉,太尉尽辞去,解佩刀,选老躄⑱者一人持马,至晞门下。甲者出,太尉笑且入,曰:"杀一老卒⑲,何甲也?吾戴吾头来矣!"甲者愕。因谕曰:"尚书固负若属耶?副元帅固负若属耶?奈何欲以乱败郭氏?为白尚书,出听我言⑳。"晞出,见太尉。太尉曰:"副元帅勋塞天地,当务始终㉑。今尚书恣卒为暴,暴且乱,乱天子边,欲谁归罪㉒?罪且及㉓副元帅。今邠人恶子弟以货窜名军籍中,杀害人,如是不止,几日不大乱?大乱由尚书出,人皆曰尚书倚副元帅不戢㉔士。然则郭氏功名其与存者几何?"言未毕,晞再拜曰:"公幸教晞以道,恩甚大,愿奉军以从。"顾叱左右曰:"皆解甲,散还火伍中㉕,敢哗者死!"太尉曰:"吾未晡食,请假设草具㉖。"既食,曰:"吾疾作,愿留宿门下。"命持马者去,旦日来。遂卧军中。晞不解衣,戒候卒击柝㉗卫太尉。旦,俱至孝德所,谢不能,请改过。邠州由是无祸。

　　先是㉘,太尉在泾州,为营田官㉙。泾大将焦令谌㉚取人田,自占数十顷,给与农,曰:"且熟,归我半。"是岁大旱,野无草,农以告谌。谌曰:"我知入数而已,不知旱也。"督责益急,农且饥死,无以偿,即告太尉。太尉判状,辞甚巽㉛,使人求谕㉜谌。谌盛怒,召农者曰:"我畏段某耶?何敢言我!"取判铺背上,以大杖击二十,垂死,舆㉝来庭中。太尉大泣曰:"乃我困汝!"即自取水洗去血,裂裳衣疮㉞,手注善药,旦夕自哺农者,然后食。取骑马卖,市谷代偿,使勿知。淮西寓军㉟帅尹少荣,刚直士也。入见谌,大骂曰:"汝诚人耶?泾州野如赭㊱,人且饥死,而必得谷,又用大杖击无罪者。段公,仁信大人也,而汝不知敬。今段公唯一马,贱卖,市谷入汝,汝又取不耻。凡为人傲天灾、犯大人、击无罪者,又取仁者谷,使主人㊲出无马,汝将何以视天地？尚不愧奴隶耶！"谌虽暴抗，然闻言则大愧流汗，不能食，曰："吾终不可以见段公！"一夕，自恨死。

及太尉自泾州以司农㊳征，戒其族：过岐㊴，朱泚㊵幸致货币，慎勿纳。及过，泚固致大绫三百匹，太尉婿韦晤坚拒，不得命。至都，太尉怒曰："果不用吾言！"晤谢曰："处贱㊶，无以拒也。"太尉曰："然终不以在吾第。"以如司农治事堂，栖之梁木上。泚反，太尉终，吏以告泚，泚取视，其故封识具存㊷。

太尉逸事如右㊸。

元和九年月日，永州司马员外置同正员柳宗元谨上史馆㊹。今之称太尉大节者出入，以为武人一时奋不虑死，以取名天下，不知太尉之所立㊺如是。宗元尝出入岐、周、邠、斄间，过真定，北上马岭，历亭障堡戍，窃好问老校退卒，能言其事㊻。太尉为人姁姁㊼，常低首拱手行步，言气卑弱，未尝以色待物。人视之，儒者也。遇不可，必达其志，决非偶然者。会州刺史崔公来，言信行直，备得太尉遗事，复校无疑，或恐尚逸坠，未集太史氏，敢以状私于执事㊽。谨状㊾。

【注释】　① 太尉：高级武官衔，正一品。本文指段太尉（719—783）。段太尉，名秀实，字成公。唐汧阳（今陕西千阳）人。官至泾州（治所在今甘肃泾川北）刺史兼泾原郑颍节度使。唐德宗建中四年（783），朱泚（cǐ）谋反，因不从被害。追赠太尉。文中以段秀实死后追赠的官名称呼他，以示尊敬。　② "汾阳王"句：汾阳王，即郭子仪。郭子仪平定安史之乱有功，于唐肃宗宝应元年（762）进封汾阳王。唐代宗广德二年（764）正月，郭子仪兼任关内、河东副元帅，河中节度、观察使，出镇河中。蒲，州名，唐为河中府（治所在今山西永济）。　③ 王子晞：郭晞，郭子仪第三子，随父征伐，屡建战功。　④ 领行营节度使：领，兼任。节度使，主要掌军事。唐开元年间（713—741）设置，原意在增加督察权力。安史乱后，愈设愈滥。　⑤ 寓军邠州：寓军，在辖区之外驻军。邠（bīn）州，治所在今陕西邠县。　⑥ "邠人偷嗜暴恶者"四句：意思是，邠州人中那些狡黠贪婪、强暴凶恶的家伙，纷纷用贿赂手段在军队中列上自己的名字，于是为所欲为，官吏都不敢去过问。货，财物，这里指贿赂。　⑦ 嗛（qiè）：通"慊"，满足，快意。　⑧ "邠宁"句：邠宁：邠州、宁州。宁州治所在今甘肃宁县。白孝德，安西（治所在今新疆库车）人，李广弼部将，广德二年（764）任邠宁节度使。王，指汾阳王郭子仪。　⑨ 戚：忧虑。　⑩ 状白：状，一种陈述事实的文书。白，禀告。　⑪ "天子以生人付公理"五句：意思是，天子把百姓交给您治理，您看到百姓受到残暴的伤害，却无动于衷。大乱将要发生，您怎么办？生人，百姓。公，指白孝德。理，治理。　⑫ 某：段太尉自称。　⑬ 都虞候：军队中的执法官。　⑭ 署：代理，暂时担任。　⑮ 列卒取：列，布置。取，逮捕。　⑯ 注槊上：注，附着，挂。槊，长矛。　⑰ 辞于军:到郭晞军营中去解说。辞,致辞。 ⑱ 躄(bì):跛脚。 ⑲ 老卒:段秀实自称。 ⑳ "尚书固负若属"五句:意思是,郭尚书难道对不起你们吗?副元帅难道对不起你们吗?为什么要用暴乱来败坏郭家的名声?替我告诉郭尚书,请他出来听我说话。白,告知,禀报。 ㉑ 当务始终:应当做到善始善终。 ㉒ 欲谁归罪:谁来承担这罪过呢? ㉓ 及:涉及,连累。 ㉔ 戢(jí):管束。 ㉕ 火伍:队伍。唐代兵制,十人为火,五人为伍。 ㉖ 请假设草具:假,借。设,安排。草具,简单粗糙的餐具,代指食物。 ㉗ 柝(tuò):古代巡夜打更用的梆子。 ㉘ 先是:在此事之前。这是古文中追述前事时常用的写法。 ㉙ 营田官:唐代官制,军队万人以上者,设营田副使一名。 ㉚ 泾大将焦令谌:泾州节度使马璘部将。 ㉛ 巽(xùn):通"逊",委婉,谦恭。 ㉜ 谕:告诉。 ㉝ 舁:抬。 ㉞ 衣疮:包扎伤口。 ㉟ 淮西寓军:暂时驻扎在泾州的淮西军。 ㊱ 野如赭(zhě):土地赤褐色,寸草不生。 ㊲ 主人:指段秀实。 ㊳ 司农:为司农寺长官,掌国家储粮用粮之事。 ㊴ 岐:州名,治所在今陕西凤翔。 ㊵ 朱泚:卢龙节度使,此时驻守岐州。建中四年(783)自立为帝,次年被部将所杀。 ㊶ 处贱:地位低下。 ㊷ 封识具存:识(zhì),标记。具存,完好。 ㊸ 这是表示正文结束的话。如右,如上文。古人作文。由右向左直行书写。 ㊹ "永州司马"句:员外置,定员以外设置的官。同正员,地位待遇同正员一样。柳宗元当时的官职名称是"永州司马员外置同正员"。 ㊺ 所立:立身行事。 ㊻ "宗元尝出入"六句:意思是,我曾来往于岐、周、邠、斄之间,经过真定,北上马岭,路过亭筑、障设、堡垒和戍所等,喜欢访问年老和退伍官兵,他们都能介绍段太尉的事迹。周,在岐山下,今陕西郿县一带。斄(tái),同"邰",在今陕西武功县西。真定,即宁,今甘肃正宁。马岭,在今甘肃庆城西北。 ㊼ 姁(xǔ)姁:和善的样子。 ㊽ 执事:官员手下的办事人员,这里是表示尊敬对方,实指史官韩愈。 ㊾ 谨状:恭敬地写下此状。

【赏析】 此文作于唐宪宗元和九年(814)柳宗元贬居永州时,是作者给当时在史馆任职的韩愈修史作参考之用。他在《与史官韩愈致段秀实太尉逸事书》中,谈到其写作动因:"太尉大节,古固无有。然人以为偶一奋,遂名无穷,今大不然。太尉自有难在军中,其处心未尝亏侧,其莅事无一不可纪。会在下名未达,以故不闻,非直以一时取笏为谅(信)也。"很明显,作者写此文的目的是要辨证当时一些人对段秀实为人的曲解。在唐德宗建中四年(783)十月,泾原节度使姚令言的部队在京师哗变,德宗仓皇出奔,原卢龙节度使朱泚被叛军拥立为帝。段秀实在朝中,一次被召议事之时,他突然用笏猛击朱泚头部,同时唾面大骂朱泚"狂贼",终被杀害。柳宗元对段秀实的忠勇行为深表敬仰,然朝中也有人散布流言,说段秀实的这一举动是"武人一时奋不虑死,以取名天下"。柳宗元听后极为愤慨,他深知段为人一贯刚直,"遇不可,必达其志"。

全文依次记载了段太尉一生中的三件逸事:勇服郭晞、仁愧焦令谌、节显治事堂,从多个角度表现了他正直无私、外柔内刚的个性特征。全文用写实的手法,在客观的叙述中隐含着深沉的歌颂之情。在勇服郭晞中,作者依次写悍卒肆志,自荐平乱,为民除暴,请留宿营,突出其敢于担当、无所畏惧的品格;在仁愧焦令谌中,表现其仁慈爱民之心;在节显治事堂中,着重反映其清正廉洁的节操。

桐叶封弟辩

【题解】 "辩"作为一种文体,与"论"相近。明代徐师曾《文体辩序说》指出:"辩,判别也……概执其言行之是非真伪而以大义断之也。"作者针对《吕氏春秋》和《说苑》记载周成王"桐叶封弟"的史实,通过对这一史实之"辩",批评了君主随便的一句玩笑话,臣子也要绝对服从的荒唐现象,主张不要盲从统治者的言行,而是要看它的客观效果。在封建时代,发表这样的观点需要非同一般的胆识。本文选自《柳河东集》卷四。

【原文】

古之传者①有言,成王以桐叶与小弱弟戏②,曰:"以封汝。"周公③入贺。王曰:"戏也。"周公曰:"天子不可戏。"乃封小弱弟于唐④。

吾意不然。王之弟当封邪?周公宜以时言于王,不待其戏而贺以成之也;不当封邪?周公乃成其不中之戏⑤,以地以人与小弱者为之主,其得为圣乎?且周公以王之言,不可苟⑥焉而已,必从而成之邪?设有不幸,王以桐叶戏妇寺⑦,亦将举⑧而从之乎?凡王者之德,在行之何若。设未得其当,虽十易之不为病⑨。要于其当,不可使易也,而况以其戏乎!若戏而必行之,是周公教王遂⑩过也。

吾意周公辅成王,宜以道⑪,从容优乐⑫,要归之大中⑬而已,必不逢其失而为之辞⑭。又不当束缚之,驰骤⑮之,使若牛马然,急则败矣。且家人父子尚不能以此自克⑯,况号为君臣者邪!是直小丈夫缺缺者之事⑰,非周公所宜用,故不可信。

或曰:封唐叔,史佚⑱成之。

【注释】 ① 传(zhuàn)者:写史书的人。 ② 成王以桐叶与小弱弟戏:周成王把桐树叶(作为珪)跟小弟弟开玩笑。成王,姓姬名诵,周武王之子,十三岁继承王位,由叔父周公摄政。小弱弟,年幼的弟弟,即叔虞。 ③ 周公:姓姬名旦,周武王之弟,周朝开国大臣。　④ 唐:诸侯国名,在今山西翼城一带。　⑤ 不中(zhòng)之戏:不适当的游戏。中,合适,恰当。　⑥ 苟:轻率,随便。　⑦ 妇寺:宫中的妃嫔和太监。　⑧ 举:全部。
⑨ 病:弊病。　⑩ 遂:成。　⑪ 道:道理,原则,指切合时代、合情合理的治国方略。与下文所说的"大中"同义。　⑫ 优乐:嬉戏,娱乐。　⑬ 大中:指适当的道理和方法,无过无不及,恰到好处。　⑭ 辞:解释,掩饰,用话开脱。　⑮ 驰骤:疾奔。此处意为催促求快。
⑯ 自克:自我约束。克,克制,约束。　⑰ 缺缺(quē):耍小聪明。　⑱ 史佚:周武王时的史官尹佚。

【赏析】　"桐叶封弟"是流传很久的一个典故,历来传为君主言而有信的美谈。作者却做翻案文章,认为这一典故并不可信。全文共分四段,第一段交代史书记载"桐叶封弟"这一史实,为下文提出辩析、论驳对象。第二段第一句"吾意不然",清晰地表明了作者态度,揭示本文主旨。接着紧扣"戏"字进行辩驳,先用"当封"、"不当封"指出周公之不当,继而用归谬法推引出"君无戏言"之谬。第三段进一步陈述,认为作为一代名臣,周公不应出现如此错误,"桐叶封弟"不应是周公所为,因此断而不可信。最后用"或曰"一句,将此事与周公撇清关联,使全文的论证留有余地,更显得耐人寻味。

　　本文篇幅虽短,但立论明确,有破有立,逻辑严密,鞭辟入里,具有极强的说服力,读后令人为之叹服,历来被视为古代论辩文中的佳作。

李德裕

作者简介

　　李德裕(787—850),字文饶,赵郡(今河北赵县)人。其父李吉甫为宪宗时宰相。历任浙西观察使、西川节度使、兵部尚书、同平章事等。为李宗闵排斥远贬。武宗即位,任门下侍郎、同平章事,排斥牛僧孺党人,是"牛李党争"中李派的领袖。宣宗即位,遭牛党人士打击,贬崖州(治所在今海南琼山)司户参军,卒于贬所。著有《次柳氏旧闻》、《会昌一品集》。《次柳氏旧闻》又名《明皇十七事》,转述玄宗朝大宦官高力士所言,有一定的史料价值。

唐玄宗阻焚库积

　　【题解】　本文选自《次柳氏旧闻》,题目为编选者所加。天宝十四载(755)冬,安禄山叛乱,攻陷东都洛阳,次年六月又攻破潼关,长安岌岌可危。玄宗仓皇逃往四川。本文记载玄宗逃离京城时阻止杨国忠焚烧宫中仓库一事,表现出玄宗仁慈爱民的一面。

　　【原文】
　　玄宗西幸①,车驾自延英门②出。杨国忠请由左藏库而去③,上从之。望见千馀人持火炬以俟④,上驻跸曰⑤:"何用此为⑥?"国忠对曰:"请焚库积,无为盗守⑦。"上敛容⑧曰:"盗至若不得此,当厚敛⑨于民。不如与之,无重困吾赤子也⑩。"命撤火炬而后行。闻者皆感激流涕,迭相谓⑪曰:"吾君爱人如此,福未艾⑫也。虽太王去豳⑬,何以过此⑭乎?"

　　【注释】　① 西幸:向西而行。幸,封建皇帝出行叫"幸"。　② 延英门:长安城禁苑的西门。　③ "杨国忠"句:杨国忠(?—756):杨贵妃堂兄,本名钊。天宝初,贵妃有宠,他因此发迹,赐名国忠。以后权势日盛,天宝十一载(752)李林甫死,代为右相,兼吏部尚书,又兼领四十余使。与安禄山有尖锐矛盾,其造反即以讨伐杨国忠为名。潼关失守,与玄宗逃蜀,至马嵬驿(今陕西兴平西)被士兵杀死。左藏库,宫中仓库。　④ 俟(sì):等待。　⑤驻跸(bì):帝王车驾停止行进。跸,本指帝王出行时开路清道,禁止通行,后代指帝王车驾。　⑥何用此为:这样做是为什么啊?　⑦无为盗守:不要做强盗(指安史叛军)的守护人了。　⑧敛容:脸色变得严肃、庄重。　⑨厚敛:重重地搜刮。敛,征收,收集。　⑩无重困吾赤子:不要加重我的子民的困苦。赤子,初生婴儿。此指老百姓。　⑪迭相谓:一而再、再而三地转述。　⑫艾:止,尽。　⑬太王去豳:太王,周太王,即周文王的祖父古公亶父。去豳(bīn):离开豳(今陕西旬邑西)地。周部族主要活动在豳地,商末,为周围戎狄侵扰,周太王率族人离豳地,卜居岐山南的周原。他在临行前说,不愿因争守土地而牺牲百姓生命。大家很感动,称他是仁人,都随他迁移。　⑭何以过此:在哪一点上超过这件事呢?

【赏析】　唐玄宗的一生,前期是功劳卓著,开创了著名的"开元之治",唐代的经济文化发展到高峰;后期是错误严重,导致了震惊天下的"安史之乱",国家衰败,人民遭受了巨大的痛苦。这则短文记录了唐玄宗逃离京城、出奔四川时的一个场景,现在读来仍使人有所触动,有所感慨。

　　杨国忠要焚烧宫中仓库,不让财货落入叛军之手,似乎也没有什么不对。但玄宗的考虑要更深一层:如果叛军得不到财货,势必要去敲榨百姓。与其百姓遭罪,还不如用宫中财货去消黎民之灾吧。站在人民的角度看,这样的考虑显然是值得称赞的。文中写玄宗听了杨国忠的回答而"敛容",虽仅两字,却十分形象地反映出他此时此刻的内心活动。玄宗称百姓为"吾赤子",又可见其在此危急关头对百姓的怜爱之情。结尾数句写"闻者"对此事的反应、评价,则起了点明主旨的作用。

李　翱

> **作者简介**
>
> 李翱(772—836),字习之,郡望陇西成纪(今甘肃秦安)。唐德宗贞元十四年(798)登进士第,授校书郎,三迁至京兆府司禄参军。元和初(806)转国子博士、史馆修撰。元和十五年(820)升任考功员外郎,兼史职,后历任郎州刺史、礼部郎中、中书舍人、刑部侍郎等职。官终检校户部尚书、山南东道节度使。谥号"文",世称李文公。他是韩愈侄婿,曾从韩学习古文,为韩门大弟子。于文提倡创新,又强调"文、理、义三者兼并"。其文论推动了古文运动的继续发展。其文立意卓然,风格平易,著有《李文公集》等。

题《燕太子丹传》后

【题解】　本文是题写在《燕太子丹传》后的读后感。《史记》并无《燕太子丹传》,此处可能是指《燕丹子》一书。《燕丹子》是一部古小说,最早著录于《隋书·经籍志》,作者不详,有学者认为出自汉朝人之手。燕太子丹是战国末期燕王喜的长子,曾作为人质到秦国。因不被礼遇,怨而逃归。秦灭韩、赵后,意欲攻燕。公元前227年,他派荆轲往秦,借献督亢(今河北涿县、易县、固安一带)地图、交验樊于期(逃亡在燕的秦将)脑袋之便,伺机行刺秦王嬴政。事败,荆轲被杀,秦急发兵攻燕,占领了蓟(今北京)。太子丹率部至辽东,被燕王喜斩首,献给了秦国。本文主要评说"荆轲刺秦王"事,提出了不同于传统的新见解,即认为荆轲不明时势、事理,没有成功的可能。本文选自《全唐文》卷六百三十九。

【原文】

荆轲感燕丹之义①,函匕首入秦劫始皇②,将以存燕霸诸侯③。事虽不成,然亦壮士也。惜其智谋不足以知变识机④。

始皇之道,异于齐桓⑤。曹沫功成⑥,荆轲杀身,其所遭者然也⑦。及欲促槛车驾秦王以如燕⑧,童子妇人且明其不能,而轲行之⑨,其弗就⑩也非不幸。燕丹之心,苟可以报秦⑪,虽举燕国犹不顾,况美人哉⑫!轲不晓而当之⑬,陋⑭矣!

【注释】 ①"荆轲"句:荆轲,战国末卫国人,好读书击剑。卫人称之"庆卿"。游历至燕国后,被称为"荆卿",由田光推荐给燕太子丹,拜为上卿。后被燕丹派往秦国刺杀秦王,未遂被杀。感燕丹之义,被燕太子丹的义气所感动。据史书记载,燕丹为了结好荆轲,不惜官爵、金钱、美女。 ②"函匕首"句:函匕首指荆轲带着藏在地图里的匕首入秦。函,包藏。此作动词。劫,劫持。 ③霸诸侯:称霸于各诸侯国。 ④知变识机:知变,知晓变化。识机,识别、把握时机。 ⑤齐桓:春秋时齐国国君齐桓公。他曾多次大会诸侯,订立盟约,成为春秋时期第一个霸主。 ⑥曹沫:春秋时鲁国人。曾率鲁军与齐作战,三次败北。鲁庄公献边地向齐求和,双方在柯(今山东阳谷东)地会盟,曹沫执匕首威逼齐桓公,齐桓公只好答应退还鲁国边地。 ⑦其所遭者然也:意思是,他们所遭遇到的不同时势造成了如此不同的结果。 ⑧"及欲"句:意思是,至于荆轲想把秦王关在槛车里前往燕国。槛车,装有栅栏的囚车。如,到。按:《史记》和《燕丹子》均无"欲促槛车驾秦王以如燕"的记载。 ⑨行之:实行这个计划。 ⑩弗就:不成功。 ⑪苟可以报秦:苟,假如,报,报复,报仇。 ⑫"虽举燕国"二句:意思是,即使耗尽燕国的全部财富尚且不顾,更何况仅仅是一个美人呢。举,全部。《燕丹子》上说:"太子置酒华阳之台。酒中,太子出美人能琴者。轲曰:'好手琴者。'太子即进之。轲曰:'但爱其手耳。'太子即断其手,盛以玉盘进之。" ⑬晓而当之:晓,知晓,明白。当之,担当了燕丹交给他的劫秦王这件事。 ⑭陋:浅陋,缺乏见识。

【赏析】 "荆轲刺秦王"是著名的历史故事。荆轲虽然失败被杀,但他的侠义壮举却受到历代文人的赞扬。司马迁在《史记·刺客列传》中说他冒死入秦行刺的行为是"立意较然,不欺其志,名垂后世",文中所引用的荆轲在易水边所唱的诗句"风萧萧兮易水寒,壮士一去兮不复还",打动过古往今来的无数读者。东晋陶渊明虽以田园诗人著称,但也写过长达三十句的五言古诗《咏荆轲》,歌颂其视死如归的豪迈气概,最后四句"惜哉剑术疏,奇功遂不成;其人虽已没,千载有余情",更体现了对荆轲的敬慕之情。

　　本文的立意,却一反传统的路数,对荆轲刺秦王这个历史事件作出迥异他人的新评价。首先,作者认为荆轲有胆量入秦行刺,也可以称得上是"壮士"。不过,这只是点到为止,并未铺开渲染,以下便是对荆轲的批评了。"智谋不足以知变识机",是对荆轲的总体评价。换言之,是说荆轲勇有余而智不足,不过是逞匹夫之勇罢了。接下来,作者从三个方面阐发其观点:一、"始皇之道,异于齐桓。"春秋时的齐桓公作为盟主,要取信于各诸侯国,只得答应曹沫的要求;而秦王嬴政处在战国末期,正踌躇满志地逐一荡平各诸侯国,统一天下的曙光已经出现,再加上他的特殊性格,决不会被一刺客吓倒。退一步说,即使嬴政被杀,还会有另一个秦王出来统一江山,燕国也是保不住的。这就是历史的大趋势。二、荆轲想把秦王劫持到燕国去,更是荒谬绝伦。试想,即使荆轲擒住了秦王,秦王怎肯俯首? 秦国的文臣武将又怎会一筹莫展地眼睁睁看着秦王被劫持而去? 三、荆轲为燕丹不惜牺牲美人而感动,从而决心为其一死,其实这对燕丹来说,本是小事一桩。荆轲的认识能力和判断能力也未免太差劲了。通过这一番简明扼要的论析,荆轲之"陋"也就昭昭然十分清楚了。

作者一反过去文人对荆轲的倾情赞扬,指出他"陋"的一面,确实是别具只眼,富有创见。当然,作者也不是全盘否定他,说他"亦壮士也",对他的"智谋不足以知变识机"表示惋惜,从中均能看出作者对荆轲的辩证态度。

本文叙事简要,评论精辟,点到为止,不作详尽的申论,给读者留下了思考空间。清代古文家吴汝纶称此文"笔笔转,句句变,皆从空中折换,极顿挫反侧之势,是太史公神妙之境,不易到也"(高步瀛《唐宋文举要》引),实际上已点明本文惜墨如金、行文迅疾多变的特点。

杨烈妇传

【题解】 烈妇,指正直、刚毅的妇女。杨氏(不知其名)是中唐时期项城(今河南项城)县令李侃的妻子。本文名曰"传",实际上只记载了她劝夫、助夫守城一件事。当叛军进攻项城的时候,县令李侃十分惊慌,不知所措。杨氏劝说丈夫决意抵抗,并动员民众一起守城,还参与了后勤保障工作,最终取得了守城战的胜利。作者称杨氏为杨烈妇,表现出他对智勇双全的杨氏的崇敬之情。本文选自《全唐文》卷六百四十。

【原文】

建中四年①,李希烈②陷汴州,既又将盗陈州③,分其兵数千人抵项城县④。盖将掠其玉帛⑤,俘累其男女⑥,以会于陈州。

县令李侃,不知所为。其妻杨氏曰:"君,县令也。寇至当守;力不足,死焉⑦,职⑧也。君如逃,则谁守?"侃曰:"兵与财皆无,将若何?"杨氏曰:"如不守,县为贼所得矣,仓廪皆其积⑨也,府库皆其财也,百姓皆其战士也,国家何有? 夺贼之财而食其食⑩,重赏以令死士⑪,其必济⑫!"于是,召胥吏⑬、百姓于庭,杨氏言曰:"县令诚主也;虽然,岁满⑭则罢去,非若吏人、百姓然。吏人、百姓,邑⑮人也,坟墓⑯存焉,宜相与致死以守其邑,忍⑰失其身而为贼之人耶?"众皆泣,许之⑱。乃徇⑲曰:"以瓦石中贼者,与之千钱;以刀矢兵刃之物中贼者,与之万钱。"得数百人,侃率之以乘城⑳。杨氏亲为之爨㉑以食之,无长少,必周㉒而均。使侃与贼言曰:"项城父老,义不为贼矣,皆悉力守死㉓。得吾城不足以威,不如亟去㉔,徒失利无益也。"贼皆笑。有蜚箭集于侃之手㉕,侃伤而归。杨氏责之曰:"君不在,则人谁肯固㉖矣,与其㉗死于城上,不犹愈于家乎?㉘"侃遂忍之,复登陴㉙。

项城,小邑㉚也,无长戟劲弩、高城深沟之固。贼气吞焉㉛,率其徒将超城而下㉜。有以弱弓㉝射贼者,中其帅,坠马死。其帅,希烈之婿也。贼失势,遂相与散走㉞,项城之人无伤焉。

刺史上侃之功㉟,诏迁绛州太平县㊱令。杨氏至兹犹存㊲。

妇人女子之德,奉父母舅姑尽恭顺㊳,和于娣姒㊴,于卑幼㊵有慈爱,而能不失其贞㊶者,则贤矣。辨行列㊷,明攻守勇烈之道㊸,此公卿大臣之所难㊹。厥㊺自兵兴,朝廷宠旌㊻守御之臣,凭坚城深池之险,储蓄山积,货财自若㊼;冠胄服甲负弓矢而驰者,不知几人㊽。其勇不能战,其智不能守,其忠不能死,弃其城而走者有矣。彼何人哉㊾!若杨氏者,妇人也,孔子曰:"仁者必有勇㊿。"杨氏当㉛矣。

赞㉜曰:凡人之情,皆谓后来者不及于古之人。贤者古亦稀,独后代耶?及其有之,与古人不殊㉝也。若高愍女㉞、杨烈妇者,虽古烈女其何加焉㉟?予惧其行事湮灭而不传㊱,故皆叙之,将告于史官㊲。

【注释】　① 建中四年:公元783年。建中,唐德宗年号(780—783)。　② 李希烈:唐德宗时为淮宁节度使。建中三年,与河北诸叛镇勾结,拥兵自立,称建兴王、天下都元帅。建中四年攻取汝州(今河南临汝)并分兵四出略地,游骑一度接近洛阳。十二月攻下汴州(今河南开封)并在此称帝,国号曰"楚"。后李希烈兵败,为其手下将领陈仙奇毒死。　③ "既又将"句:既,接着。盗,侵袭。陈州,今河南淮阳,在汴州南。　④ 项城县:今河南项城县,在陈州南。　⑤ 玉帛:美玉绸帛。此代指财物。　⑥ 俘累:俘获。累,大绳子,这里指用绳索捆绑被俘的青壮年男女。　⑦ 死焉:死于此事。焉,相当于"于是",于此。　⑧ 职:职责。　⑨ 仓廪皆其积:仓廪(lǐn),粮仓。积,积聚。这里用作名词,代指粮食。　⑩ 食其食:让临时组成的守城部队吃已被敌人掌控的粮食。前一个"食"是动词,后一个"食"是名词。　⑪ 以令死士:令,号令。死士,有必死决心的勇士。　⑫ 其必济:守城这件事必定成功。　⑬ 胥吏:县衙内的小吏、差役。　⑭ 岁满:任职的年限到期了。 ⑮ 邑:本乡,本地。 ⑯ 坟墓:此指祖先的坟墓。 ⑰ 忍:岂忍,又怎么忍心。 ⑱ 许之:应允了她。也就是同意杨氏的意见。 ⑲ 徇(xùn):宣令,向大家宣布。 ⑳ 乘(chéng)城:登上城墙。 ㉑ 爨(cuàn):烧火做饭。 ㉒ 周:周到。此指无人遗漏。 ㉓ 悉力守死:悉力,全力。守死,守城至死。也就是拼死守城的意思。 ㉔"得吾城"二句:意思是,项城是个小城,你们攻下此城不足以显示你们的威风,却要遭到重创,还不如赶快离去。亟(jí),赶快。 ㉕"有蜚箭"句:蜚箭,飞箭,流矢。蜚,同"飞"。集,止。这里是"射中"的意思。"集"的本义是"鸟止于木"。箭有羽,似鸟,所以箭止于某处,也说箭集于某处。 ㉖ 固:固守。 ㉗ 与其:这里作"如果"讲。 ㉘"不犹"句:意思是,不是比死在家里还要好些吗? 犹,还是。愈,更好。 ㉙ 陴(pí):城上女墙(城上的小墙)。这里代指城墙。 ㉚ 小邑:小城。 ㉛ 贼气吞焉:叛贼前来进攻的气势好像要把项城一口吞下似的。 ㉜ 超城而下:跳过城墙,一下子就攻下项城。超,跳。 ㉝ 弱弓:普通的弓。与前文所说的"劲弩"相对而言。 ㉞ 散走:四散逃跑。 ㉟ 上侃之功:向上级报告了县令李侃守城退敌的功劳。 ㊱ 绛州太平县:今山西临汾县。唐时,把全国的县分为赤、畿、望、紧、上、中、下七个等级。项城是上县,太平是紧县(冲要的县),所以从项城令调太平县令是升迁。 ㊲ 至兹犹存:到今天(指作者写作此文的时候)还存活于世。兹,此,此时。 ㊳"奉父母舅姑"句:奉,事奉,奉养。舅姑,古代已出嫁的女子称丈夫之父为舅、丈夫之母为姑。尽恭顺,竭尽恭敬、顺从的礼数。 ㊴ 和于娣姒:和,和睦。娣姒,妯娌。已嫁女子称丈夫之弟妇(妻)为娣,兄妇为姒。 ㊵ 于卑幼:对地位低、年纪小的人。 ㊶ 不失其贞:不丧失她们的贞操。 ㊷ 辨行列:懂得行军布阵。 ㊸ 明攻守勇烈之道:明白打仗的一套规律、学问。攻守勇烈,代指战争。 ㊹ 所难:感到困难。 ㊺ 厥:句首语气词,没有实在的意思。 ㊻ 宠旌:宠爱、表彰。 ㊼ 货财自若:物资充裕,绰绰有余。自若,即自如,本指活动不受限制。 ㊽"冠胄服甲"二句:意思是,戴盔披甲全副武装来往奔驰的壮士有很多。冠胄(zhòu),戴头盔。服甲,穿铠甲。不知几人,不知有多少人。意思是人多得数不清。 ㊾ 彼何人哉:那是些什么人啊。表示感慨、斥责的意思。 ㊿ 仁者必有勇:语出《论语·宪问》,意思是,有仁爱之心的人必然具有勇敢的品德。 (51) 当之:当得起这句话。其意是表扬杨氏既有"仁"又有"勇"。 (52) 赞:又叫"论赞",史传文后,作者的评论文字。 (53) 不殊:没有什么不同。殊,特殊,不同。 (54) 高愍女:高彦昭之女,名高妹妹。建中二年(781),淄青节度使李纳叛变作乱,原为其部属的高彦昭投奔唐朝将领河南都统李玄佐。李纳大怒,杀其全家,当时高妹妹年仅七岁,本来可以乞求活命,但她义不从贼,从容就义。唐德宗闻讯惊叹,赐谥号"愍"。李翱曾为她写了《高愍女碑》(今存)。 (55)"虽古烈女"句:意思是,即使古代的烈女,还有什么胜过她们的地方呢! (56) 行事:事迹。 (57) 史官:掌修国史的官员。后来,杨烈妇、高愍女的事迹被《新唐书·列女传》所收录。

【赏析】 男主外,女主内,是封建时代家庭成员的分工模式。本文叙写县令李侃之妻杨氏在紧要关头的言行、举止,表现出她遇事不慌、深明大义、智勇兼备的优良品德和杰出才能,塑造了一个"巾帼压倒须眉"的鲜活形象。

在叛军压城之际,"县令李侃,不知所为",完全乱了方寸,慌了手脚,甚至有了弃城逃跑的念头。杨氏明确告诫丈夫,作为县令,有守土之责,必须死守。丈夫担忧既无人马,又无粮草等后勤保障,难以守城。杨氏又对他进行了一番开导,使他下定了守城的决心。地方长官有了决心,还必须有下属、民众的积极支持、配合才行。杨氏深晓此事,于是她还做了战前动员。其效果是"众皆泣,许之",可见她的宣传、鼓动能力非同一般。为了鼓励英勇作战,她又宣布了奖励办法。精神动员和物质奖励这两个方面,她都注意到了。这也充分体现了她的领导才能。更可贵的是,杨氏还直接用自己的行动参与了守城战。她亲自生火做饭,还非常细心、周到、公平地分配食物,保证守城者有旺盛的士气、足够的精力。丈夫受了箭伤回家休息,杨氏又催促他赶快上城,劝导说:"君不在,则人谁肯固矣。"这表明她是完全懂得领导者必须以身作则的道理的。

通过这些具体事例的叙写,杨氏的品德、胆气、智慧得以充分的展现。于此也说明作者擅长通过绘写人物的语言、行为刻画其形象。

为了突出杨氏的非凡才能,作者又在议论部分把她与一般妇人及公卿大臣做了对比分析。一般妇人,能处理好家庭内部关系,就算是贤惠之人了,杨氏当然要远胜于她们;众多的公卿大臣,在敌军进攻面前,既无勇又无智还无忠,选择弃城而逃的不知多少。与他们相比,杨氏则是令人仰望的巍巍高山了。所以说,对比分析法也是本文的一大特点。

李翱本人对该文也很满意。他在《答皇甫湜书》中写道:"仆文采虽不足以希左丘明(《左传》作者)、司马子长(《史记》作者司马迁),足下视仆叙高愍女、杨烈妇,岂尽出班孟坚(《汉书》作者班固)、蔡伯喈(东汉人蔡邕曾撰《汉史》)之下耶?"由此推测,作者写作本文是十分用心、有意传世的。从该文的实际传播情况看,他也确实达到了这个目的。

裴 潾

作者简介

裴潾,生卒年不详,闻喜(今山西闻喜)人。博学善隶书。唐宪宗元和(806—820)初年为左补阙。朝廷讨伐窃据蔡州的藩镇,派宦官领使,他进言反对,认为"内人"参与"外事",淆乱职分,不利于国家治理。宪宗嘉美其忠,擢为起居舍人。宪宗喜方士,服金丹,裴潾上疏极谏,贬为江陵令。公元821年,穆宗立,召还,累官至兵部侍郎。谥号"敬"。

谏宪宗服金丹疏

【题解】 唐宪宗(778—820),即李纯,唐顺宗长子,公元806—820年在位。在位期间,尚有所作为,先是平定四川刘辟、江南李琦叛变,后整顿江淮财赋,对嚣张跋扈的藩镇或招降或镇压,暂时实现了全国的统一。但他宠信宦官,迷信佛教,晚年贪长生而服金丹。裴潾认为世上并无"长生药",食之反而有害,故上此疏劝谏宪宗。本文选自《全唐文》卷七百十三,题目作《谏信用方士疏》。

【原文】

臣闻除天下之害者,受天下之利;同天下之乐者,飨①天下之福。自黄帝及于文、武②,享国寿考③,皆用此道也。自去岁已来,所在多荐方士④,转相汲引⑤,其数浸繁⑥。借令⑦天下真有神仙,彼必深潜岩壑,唯畏人知,凡候俟⑧权贵之门,以大言自炫奇伎⑨惊众者,皆不轨徇利⑩之人,岂可信其说而饵其药⑪耶?夫药以愈疾⑫,非朝夕尝饵之物,况金石酷烈有毒,又益以火气,殆非人腑脏所能胜也⑬。古者君饮药,臣先尝之。乞令献药者先自饵一年,则真伪自可见矣。

【注释】 ① 飨:通"享"。 ② 自黄帝及于文、武:黄帝:神话传说中的人物。轩辕氏部落首领,后人赋予其帝王形象。文、武,周文王、周武王。周文王姬昌受商朝之封为西伯,是西周王朝奠基者,在任五十年。周武王姬发是文王次子,西周王朝建立者,在位仅六年。 ③享国寿考:在位时间久,寿命长。考,老。 ④所在多荐方士:所在,到处,处处。方士,方术之士。此指自言能烧炼仙丹的人。 ⑤汲引:发掘、引进。 ⑥浸繁:渐渐增多。 ⑦借令:假如。 ⑧候俟:等候。 ⑨伎:通"技"。 ⑩徇(xùn)利:贪图好处。 ⑪饵其药:吃他们炼制的金丹。 ⑫愈疾:治疗疾病。 ⑬"况金石"三句:意思是,何况所谓的"金丹"毒性很强,再加上有火气,恐怕不是人的五脏六腑所能承受的。金石,此指金丹。古代炼丹的原料,有朱砂、琥珀、珊瑚、石英、乳石(石钟乳)和密陀僧(氧化铅)等,所以称之为金石。殆,大概,恐怕。胜,承受。

【赏析】 古代帝王,想长生不死的很多,秦始皇和汉武帝都曾派人去求仙寻找长生药。在唐代,唐太宗李世民是第一个吃了胡僧配制的长生药而死的。一百七十多年后,唐宪宗在取得一些政绩后,自以为功勋盖世,应该永远统治下去,就相信了方术之士的吹嘘。元和十三年(818),宪宗下诏书求方士。元和十四年,宪宗服了方士炼制的长生金丹中毒,性情变得暴躁易怒,身边的宦官经常被怒斥甚至被杀。元和十五年,宦官陈弘志把他毒死了。

本文约作于元和十四年,作者劝谏宪宗毋信神仙,毋信长生金丹。文章一开头就明确指出,凡是在位时间久、寿命长,能够享受人间幸福、快乐的君主,并未服食金丹,而是都有勤政爱民的好品德,并以"黄帝至于文、武"作为论据。接着,对各地不断涌现出来自称能炼长生金丹的方士这一现象表示忧虑。他分析说,假如天下真有神仙,那么仙人与凡人应生活在两个世界,他怎么会抛头露面到人世间来呢?这显然是针对自诩通神仙术的方士而言的。他还进一步揭穿他们的无耻目的,无非就是为了贪财势、捞好处。按方士的说法,服食金丹要朝夕坚持,长期进用才会有效。作者认为这也是很荒谬的。治病的药,也不能经常吃,何况"金丹"既有毒又有火气,长期服食,人的身体怎么吃得消呢?最后,作者向皇帝提出一个建议:让那些献药者先服食一年,看看效果到底如何。当然,作者是坚信世间无长生不老药的,最后一句"则真伪自可见矣",不过是为了给相信金丹的皇帝留一点情面才婉转措辞的,其心里话当是——其伪必见。

这篇奏疏篇幅不长,内容却很充实,逐层展论,分析透彻,有较强的说服力。尤其是最后的建言,主张在实践中检验事物的真伪,应该是切实可行的稳妥办法,也为宪宗停服金丹铺设了台阶。可惜宪宗执迷不悟,终因服食金丹而招致杀身之祸。这就不能埋怨朝中无忠臣了。

殷侔

作者简介

殷侔,生卒年里及事迹均不详,从本文可知其在唐文宗大和三年(829)任魏州书佐。

窦建德碑

【题解】 本文是为隋末农民起义领袖窦建德所撰写的碑文。窦建德(573—621),漳南(在今山东恩县西北)人,世代务农,曾为里长。隋末大乱,他割据河北,于高祖武德元年(618)创建夏国,自称夏王。武德四年被李世民击败,被俘后杀害于长安。二百年后,作者路经河北某地,看到民间犹有祭祀他的庙宇,人们还很恭敬地称他为夏王,很有感触,便写下了这篇碑文,赞扬其德行,惋惜其命运。本文选自《全唐文》卷七百四十四。

【原文】

云雷方屯①,龙战②伊始,有天命焉,有豪杰焉③。不得受命,而名归圣人④,于是玄黄之祸⑤成,而霸图之业⑥废矣。

隋大业⑦末,主昏时乱⑧,四海之内,兵革⑨咸起。夏王建德⑩,以耕氓⑪崛起,河北山东⑫,皆所奄有⑬,筑宫金城⑭,立国布号⑮,岳峙虎踞⑯,赫赫乎⑰当时之雄也。是时李密在黎阳⑱,世充据东都⑲,萧铣王楚⑳,薛举擅秦㉑,然视其创割之迹㉒,观其模略之大㉓,皆未有及㉔建德者也。唯夏氏为国,知义而尚仁㉕,贵忠㉖而爱贤,无暴虐及民,无淫凶于己㉗,故兵所加而胜,令所到而服,与夫世充、铣、密等甚不同矣。行军有律㉘,而身兼勇武,听谏有道㉙,而人无拒拂㉚,斯盖豪杰㉛所以勃兴而定霸一朝、拓疆千里者哉!

或以建德方项羽㉜之在前世,窃㉝谓不然。羽暴而嗜杀,建德宽容御众㉞,得其归附,语不可同日㉟。迹其英兮雄兮㊱,指盼备显㊲,庶几孙长沙流亚乎㊳!唯天有所勿属,唯命有所独归㊴,故使失计于救邻㊵,致败于临敌㊶,云散雨覆,亡也忽然。嗟夫,此亦莫之为而为者欤㊷!向令运未有统㊸,时仍割分㊹,则太宗龙行乎中原,建德虎视于河北,相持相支,胜负岂须臾辨哉⑤!

自建德亡,距今已久远,山东河北之人,或⑥尚谈其事,且为之祀,知其名不可灭,而及人者存也⑰。圣唐大和三年⑱,魏州书佐殷侔过其庙下⑲,见父老群祭,骏奔有仪⑳,夏王之称,犹绍㉑于昔。感豪杰之兴奋㉒,吊经营之勿终㉓,始知天命之莫干㉔,惜霸略之旋陨㉕,激于其文㉖,遂碑㉗。

【注释】　① 云雷方屯(zhūn):《易·屯》:"云雷屯。"象曰:"屯,刚柔始交而难生。"这句是借卦辞指代隋末天下大乱。　② 龙战:《易·坤》:"上六:龙战于野,其血玄黄。"这句是借卦辞指代群雄角逐。　③ "有天命焉"二句:意思是,纷争的群雄中,有人是承受天命的皇帝,有人是一时的英雄豪杰。　④ 圣人:此指唐高祖李渊、唐太宗李世民。　⑤ 玄黄之祸:战争的灾祸。参见注释②。　⑥ 霸图之业:称霸天下的功业。　⑦ 大业:隋炀帝杨广年号(605—618)。　⑧ 主昏时乱:君主昏庸,时世混乱。　⑨ 兵革:指反叛隋朝的武装力量。　⑩ 夏王建德:指窦建德。参见本文"题解"。　⑪ 耕甿(méng):农民。　⑫ 河北山东:河北,黄河以北。山东,太行山以东。　⑬ 奄(yǎn)有:占有。　⑭ 金城:金城宫。武德元年(618)七月,窦建德定都乐寿(今河北献县),命所居曰金城宫,备置百官。　⑮ 布号:宣布国号为夏。　⑯ 岳峙虎踞:像山岳一样峙立,像猛虎一样雄踞。　⑰ 赫赫乎:声威远播的样子。　⑱ 李密在黎阳:李密(582—618),隋末瓦岗起义军首领。武德元年(618)投唐后又叛逃,被唐军截击杀死。黎阳,今河南浚县。　⑲ 世充据东都:世充(?—621),王世充,原为隋将,武德二年(619)在洛阳自立为帝。武德四年被唐军击败,出降。后为仇人所杀。东都,今河南洛阳。　⑳ 萧铣王楚:萧铣(xiǎn,583—621),南朝梁皇室后裔,原为隋官,大业十三年(617)在巴陵(今湖南岳阳)称梁王,次年称帝,迁都江陵(今湖北江陵)。武德四年,兵败降唐,被杀。王,称王。楚,今湖南、湖北一带。　㉑ 薛举擅秦:薛举(?—618),原为隋将,大业十三年在金城(今甘肃兰州)自称西楚霸王,后称秦帝,迁都天水(今甘肃天水)。次年病死。擅,占有。秦,秦的祖先封于秦,即今甘肃天水。　㉒ 创割之迹:割据的行迹。　㉓ 模略之大:规模、格局的大小。　㉔ 及:赶得上。　㉕ 尚仁:崇尚仁义。　㉖ 贵忠:尊重忠臣。此指窦建德对忠于隋朝、在炀帝死后乃降的官员予以重用。　㉗ "无暴虐及民"二句:意思是,对民众不暴虐,对自己要求严格,无荒淫、凶暴行为。　㉘ 律:纪律。　㉙ 道:仁道。指能虚心纳谏。　㉚ 人无拒拂:不拒绝任何人的进谏。拒拂,拒绝反对。　㉛ 豪杰:此指窦建德。　㉜ 项羽:秦末起兵,秦亡后自称西楚霸王,与刘邦争天下,失败自刎而死。　㉝ 窃:自称的谦词。　㉞ 御众:驾御部众及辖区内的民众。　㉟ 语不可同日:不可同日而语。指两者差距极大。　㊱ 迹其英兮雄兮:迹,用作动词,考察其行迹。英兮雄兮,称得上是英雄啊。　㊲ 指盼备显:指盼,指挥、观察。备显,周密、明白。　㊳ "庶几"句:庶几,将近,差不多。孙长沙,孙坚。孙策、孙权的父亲。汉灵帝末期,他曾任长沙太守,为东吴霸业奠定了基础。流亚,同等,同一类人物。　㊴ 这两句的意思是,只是天命不属意于他,而是独归于李渊、李世民父子。　㊵ 失计于救邻:失计,失算。救邻,武德四年,李世民围洛阳,王世充求救于窦建德,窦发兵营救,被击溃,窦本人受伤被俘。 ㊶ 致败于临敌:致败,导致失败。临敌,面对敌人。 ㊷"此亦"句:意思是,这是没有谁会那么去做而窦建德竟然去做了的事(指亲自率军去救王世充)。言下之意是,这样的结局是天意,是天命不属意于他的表现。 ㊸"向令"句:向,从前,那时。令,假使。运,天运,天命。统,属,归属。 ㊹ 割分:割据。 ㊺"胜负"句:意思是,谁胜谁负,难道是短时间内能分辨清楚的吗! ㊻ 或:有人。 ㊼ 及人者存也:及人者,恩惠及于人的做法。存,存活在民众心里。 ㊽ 大和三年:公元 829 年。大和,唐文宗年号(827—835)。 ㊾ 魏州书佐:魏州,治所在今河北大名县。书佐,从事文书工作的小吏。㊿ 骏奔有仪:骏奔,疾走。有仪,有礼仪。 (51) 绍:传承。 (52) 豪杰之兴奋:豪杰,此指窦建德。兴,起兵。奋,奋发有为。 (53) 吊经营之勿终:吊,悼念。此有"惋惜"意。经营,谋划做事。勿终,没有善终。 (54) 莫干:不能强求。干,干犯。 (55) 霸略之旋陨:霸略,称霸天下的谋略。旋陨,很快消亡。陨,亦作"殒",坠落,灭亡。 (56) 激于其文:激,激动,有感于。其文,指窦建德的懿德善行。文,文采,美,善。 (57) 碑:用作动词,意为写成了这篇碑文。

【赏析】 作者撰此碑文时,距窦建德去世已二百零五年。然而,在窦氏曾短暂统治过的区域内,还有纪念他的庙宇、祭拜他的民众,"夏王"的称呼依然流行。目睹耳闻这一切,作者大受感动,满怀崇敬之情,为失败的英雄唱出一曲赞歌。

文章第一段先申明中心论点:谁做皇帝,由天命决定;当天命属意于"圣人"(指唐高祖、太宗父子)时,作为"豪杰"的窦建德只能赍志而殁了。这样写,意在说明窦氏并非无德无才的庸碌之辈。第二段展开具体论析,以隋末几个武装集团的头领与之做比较。作者强调窦氏出身低贱,乃是"以耕氓崛起";而李密是贵族之后,其父李宽为隋上柱国,封蒲山郡公;王世充、薛举原为隋将;萧铣是南朝梁皇室后裔、隋朝官员。他们的政治资本、社会声望与窦氏不可同日而语,然而,窦氏的业绩、势力均在他们之上。接着,作者明确指出,尚仁义、贵忠贤、宽待民、严律己、肃军纪、性勇武、肯纳谏,是窦氏能超逸群雄的基本原因。第三段批驳将窦氏比作项羽的荒谬,认为他至少可比三国东吴基业的开拓者孙坚,甚至还说,倘若天意未定,那么他与太宗在一时之间还难以分出胜负。身处唐朝而能发如此言论,实属大胆,充分表现出作者对窦氏的高度评价。文章尾段补叙作文原由,再次对窦氏政权的覆亡深致悲悼。

本文虽用议论笔法写成,却处处流露出褒扬窦氏的真情意。尽管"天命"之说并不科学,但对一千多年前的作者来说,也只能用它来解释窦氏失败的原因了。本文言简意赅,遣词精当生动,句式以散为主,兼用骈句,参差错落又不失整饬之美。

杜　牧

作者简介

杜牧(803—852),字牧之,京兆万年(今陕西西安)人,出生于世家大族。文宗太和二年(828)进士及第,复举贤良方正,登制科。曾任监察御史、黄、池、睦州刺史等,后迁至中书舍人。《新唐书》本传称他"刚直有奇节,不为龌龊小谨,敢论列大事,指陈病利尤切至"。他以济世之才自负,力主抗击外族入侵,削除藩镇,曾注《孙子兵法》。他是晚唐著名诗人之一,诗风豪迈清新,世称"小杜",以区别于"老杜"(杜甫)。属文以思想深刻、语言精练见长。有《樊川集》。今人吴在庆撰有《杜牧集系年校注》。

阿 房 宫 赋

【题解】　阿房(ē páng)宫,秦宫苑名,旧址在今陕西西安市西南阿房村。公元前212年,始皇营建朝宫于渭南上林苑中,"先作前殿阿房,东西五百步,南北五十丈,上可以坐万人,下可以建五丈旗"(《史记·秦始皇本纪》),规模极其宏大。至秦亡,尚未完工。本文通过描写阿房宫的宏伟壮丽及其毁灭,揭示了统治者贪图奢侈必然导致灭亡的客观规律。赋,文体之一种,产生于战国后期,其特点是韵散间出,半诗半文,表现手法上以铺陈写物为主。本文选自《樊川文集》卷一。

【原文】

六王毕①,四海一②。蜀山兀,阿房出③。覆压④三百余里,隔离⑤天日。骊山北构而西折⑥,直走咸阳⑦。二川溶溶⑧,流入宫墙。五步一楼,十步一阁。廊腰缦回⑨,檐牙高啄⑩。各抱地势⑪,钩心斗角⑫。盘盘⑬焉,囷囷⑭焉,蜂房水涡⑮,矗不知其几千万落⑯。长桥卧波,未云何龙? 复道行空,不霁何虹⑰? 高低冥迷⑱,不知西东。歌台暖响,春光融融;舞殿冷袖,风雨凄凄⑲。一日之内,一宫之间,而气候不齐。

妃嫔媵嫱⑳,王子皇孙,辞楼下殿㉑,辇来于秦㉒。朝歌夜弦,为秦宫人。明星荧荧㉓,开妆镜㉔也;绿云扰扰㉕,梳晓鬟也;渭流涨腻㉖,弃脂水㉗也;烟斜雾横,焚椒兰㉘也。雷霆乍惊,宫车过也㉙;辘辘远听㉚,杳㉛不知其所之也。一肌一容,尽态极妍㉜;缦立㉝远视,而望幸㉞焉;有不得见者三十六年㉟。燕赵之收藏㊱,韩魏之经营,齐楚之精英,几世几年㊲,剽掠㊳其人,倚叠㊴如山。一旦不能有,输来其间,鼎铛玉石,金块珠砾㊵,弃掷逦迤㊶,秦人视之,亦不甚惜。

嗟乎!一人之心,千万人之心也㊷。秦爱纷奢,人亦念其家。奈何取之尽锱铢㊸,用之如泥沙?使负栋之柱㊹,多于南亩之农夫;架梁之椽㊺,多于机上之工女;钉头磷磷㊻,多于在庾㊼之粟粒;瓦缝参差,多于周身之帛缕㊽;直栏横槛㊾,多于九土㊿之城郭;管弦呕哑㉑,多于市人之言语。使天下之人,不敢言而敢怒。独夫㉒之心,日益骄固㉓。戍卒叫㉔,函谷举㉕,楚人一炬㉖,可怜焦土!

呜呼!灭六国者,六国也,非秦也;族㉗秦者,秦也,非天下也。嗟夫!使六国各爱其人㉘,则足以拒秦;使秦复爱六国之人,则递三世可至万世而为君㉙,谁得而族灭也?秦人不暇㉚自哀,而后人哀之;后人哀之而不鉴之㉛,亦使后人而复哀后人也㉜。

【注释】 ①六王毕:六王,战国末年齐、楚、燕、赵、韩、魏六国的君王。毕,完结。此即灭亡意。 ②四海一:四海,全国。古时认为中国四周有大海围绕,故用四海之内代指全国。一,统一。 ③"蜀山兀"二句:意思是,为了建造阿房宫,把四川山上的树木都砍光了。蜀,古国名,在今四川界内,为秦所灭。兀,高而平。此有"光秃"的意思。 ④覆压:掩盖。 ⑤隔离:此有遮盖的意思。 ⑥"骊山"句:骊山,在今陕西临潼县境内。北构,在北部建造。西折,折向西方。 ⑦直走咸阳:走,抵达。咸阳,秦都城,旧址在今陕西咸阳市东。 ⑧二川溶溶:二川,指樊川和渭河。溶溶,水势盛大的样子。 ⑨廊腰缦回:廊腰,像腰带一样环绕的游廊。缦回,曲折回环。缦,无文采的帛。 ⑩檐牙高啄:檐牙,像牙齿翘出的屋檐。高啄,像鸟伸长脖子啄取高处的食物。 ⑪各抱地势:各种建筑物建造在不同的地势上。抱,依凭。 ⑫钩心斗角:钩心,若干建筑物向某个中心汇聚。斗角,不同建筑物屋角彼此相向,像在争斗。 ⑬盘盘:曲折回环的样子。 ⑭囷(qūn)囷:曲折回旋的样子。囷,圆形的谷仓。 ⑮蜂房水涡:蜂房,形容建筑物像蜂房一样密集。水涡,形容建筑物像水涡一样紧聚回旋。 ⑯落:人聚居的地方。此指房屋等建筑。 ⑰"长桥卧波"四句:意思是,长桥横卧在水波之上,天上没有云彩,哪来的龙啊?复道架构在空中,不是雨后初晴,哪来的虹啊?此处是以龙喻桥,以虹喻复道。《周易·乾卦》:"云从龙。"复道,楼阁间架在空中的通道。霁,雨止天晴。 ⑱冥迷:昏暗不清。形容建筑物众多,遮挡了光线。 ⑲"歌台暖响"四句:意思是,歌台上声音嘹亮,给人春光融融的感觉;舞殿里长袖拂风,使人产生风雨凄凄的联想。 ⑳ 妃嫔媵(yìng)嫱:泛指六国国君的妻妾宫女。 ㉑ 辞楼下殿:离开了原来居住的楼阁宫殿。辞,辞别,告别。 ㉒ 这句的意思是,用车子接到秦国。辇(niǎn),人力推挽的车,此泛指车辆。 ㉓ 荧(yíng)荧:光芒闪烁的样子。 ㉔ 妆镜:梳妆用的镜子。 ㉕ 绿云扰扰:绿云,喻指女子浓黑的头发。绿,黑。扰扰,纷乱的样子。 ㉖ 涨腻:水面上浮起油腻。 ㉗ 脂水:含有油脂的洗脸水。 ㉘ 椒兰:两种芳香的植物。 ㉙ "雷霆万钧"二句:意思是,像天上突然响起雷霆让人受惊,那是众多宫车驶过发出的声响。乍,突然。 ㉚ 辘辘远听:辘(lù)辘,象声词,形容车子行驶时发出的声音。远听,越听越远。 ㉛ 杳:遥远不见踪影。 ㉜ "一肌一容"二句:意思是,每一个宫人都漂亮到了极致。尽态极妍,极尽妍态的意思。妍,姿容美好。 ㉝ 缦立:久立。 ㉞ 望幸:盼望着君王的到来。幸:古时称皇帝到某处叫"幸"。 ㉟ 三十六年:秦始皇在位三十六年,统一中国做皇帝共十一年。这里是说有些宫人直到秦始皇死都不曾见过他一面。 ㊱ 收藏:收藏的珍宝。以下两句的"经营"、"精英"与此同义。 ㊲ 几世几年:不知经历了多少年代。世,古称三十年为一世。 ㊳ 剽掠:抢劫掠夺。 ㊴ 倚叠:堆积。 ㊵ "鼎铛玉石"二句:意思是,把宝鼎当成铁锅,把美玉当成石头,把黄金当成土块,把珍珠当成砂砾。铛(chēng),锅一类的炊具。砾,细碎石子。 ㊶ 逦迤(lǐ yǐ):接连不断。 ㊷ "一人之心"二句:意思是,皇帝的心思,与老百姓的心思是一样的。一人,天子。此指秦始皇。千万人,此指众多的老百姓。 ㊸ "奈何"句:奈何,为什么。锱(zī)铢,此指极微之物。古代重量单位,六铢为一锱,四锱为一两。 ㊹ 负栋之柱:承受栋梁的柱子。 ㊺ 椽:架在梁上用来承受屋面板和瓦的木条。 ㊻ 磷磷:色泽鲜明的样子。 ㊼ 庾(yǔ):谷仓。 ㊽ 周身之帛缕:周身,全身。帛缕,织成衣料的丝线。帛,丝织品的总称。缕,丝线。 ㊾ 直栏横槛:纵横交错的栏杆。 ㊿ 九土:九州,全国。 (51) 呕哑:嘈杂声。 (52) 独夫:失去人心、极端孤立的君主。此指秦始皇。 (53) 骄固:骄横固执。 (54) 戍卒叫:指陈胜、吴广起兵反秦。他们原是戍边的士卒。 (55) 函谷举:指刘邦攻占函谷关。函谷关在今河南灵宝县。举,攻占。 (56) 楚人一炬:指项羽攻入咸阳后火烧阿房宫。项羽为楚将项燕之后,故自称楚人。 (57) 族:用作动词,族灭,消灭。 (58) 其人:指本国的老百姓。 (59) "使秦复爱六国之人"二句:意思是,假使秦国在灭掉六国后,还能爱护原六国的老百姓,那么就可以延续国君之位,由三世直至万世。三世,指秦王朝的三代君主秦始皇、二世胡亥、三世子婴。 (60) 不暇:没时间。暇,空闲。 (61) 鉴之:以秦王朝的覆亡为镜鉴。 (62) 此句中的两个"后人"含义不同。后一个"后人"是指为秦亡而哀的人,前一个"后人"是指在后一个"后人"之后的人。

【赏析】 此文作于唐敬宗宝历元年(825),杜牧时年22岁。

文章层次非常清楚,前半部分为描写,后半部分为议论。第一段着重刻画阿房宫的雄伟壮丽。第二段着重渲染宫中的奢侈生活。展现其奢侈生活,则以宫中美人之多和珍宝之富为曝光点。第三段转为议论:由于秦王朝的"纷奢"之风,导致天下人的愤怒,一旦起而反抗,江山迅速易主,阿房宫也在转瞬间化为焦土。第四段是作者对王朝兴废问题的进一步思考,强调秦王朝之速亡是"不爱人"的缘故,是咎由自取。文章至此,似可收束,但作者又拓深一层:哀秦速亡的后人若不以此为戒,那么又要让更后的后人来为他哀叹了。显然,这番话是另蕴深意的。杜牧在《上知己文章启》中揭开了谜底:"宝历(唐敬宗年号)大起宫室,广声色,故作《阿房宫赋》。"原来,本文是托古刺今,为唐敬宗的奢靡行为深感忧虑,并敲响了警钟。因此说,本文并非一般的怀古之作,而是有着鲜明的现实指向性。

　　作为赋体,本文善于铺陈、渲染,如说宫人打开妆镜,竟有"明星荧荧"的效果;说宫人倾洗脸水入河,竟至于"渭流涨腻",充分体现出作者丰富的想象力和奇特的夸张本领。而"使负栋之柱,多于南亩之农夫"一段,连用六个排比句,极显恢宏的气势和强大的批判力量。此外,语言的精练生动也值得一提,如开头的四个三字句,仅十二字便概括了秦灭六国后大兴土木兴建阿房宫的许多重要事件。又如"廊腰缦回"、"钩心斗角"等均有极强的形象性。而"鼎铛玉石"、"金块珠砾"两句,更是凝练至极,不能减省一字。

李商隐

 作者简介

李商隐(813—858),字义山,号玉溪生、樊南生,怀州河内(今河南沁阳)人。唐文宗开成二年(837)进士及第,曾任东川节度使判官、检校工部员外郎等职。在晚唐"牛李党争"中屡遭排挤、压抑,终生不得志。其诗深情绵邈,措辞婉约,意境朦胧,独具特色。也擅写骈文、古文。以出色的文才与杜牧合称"小李杜"。有《李义山诗集》及《樊南文集》。今人刘学锴、余恕诚撰有《李商隐诗歌集解》、《李商隐文集编年校注》。

李贺小传

【题解】 李贺,中唐著名诗人,字长吉,昌谷(今河南宜阳)人,唐宗室,年长李商隐二十三岁。他的诗想象丰富,词采瑰丽,风格幽诡,受到韩愈、杜牧等人赏识。曾赴京应礼部试,遭谗落第。后任太常寺奉礼郎。他一生沉沦下僚,郁郁不得志,死时仅二十七岁。本文题为"小传",却并未概述其生平事迹,只是选取其"骑驴觅诗"及"天帝召之作文"两事,以传写其作为奇才的奇特风貌。本文选自《李义山文集》卷四。

【原文】

京兆杜牧为李长吉集序①,状长吉之奇甚尽,世传之。长吉姊嫁王氏者,语长吉之事尤备。

长吉细瘦,通眉②,长指爪。能苦吟疾书,最先为昌黎韩愈③所知。所与游者,王参元、杨敬之、权璩、崔植辈为密④。每旦日⑤出与诸公游,未尝得题然后为诗⑥,如他人思量牵合以及程限为意⑦。恒从小奚奴⑧,骑距驴⑨,背一古破锦囊,遇有所得,即书投囊中。及暮归,太夫人⑩使婢受囊出之,见所书多,辄曰:"是儿要当呕出心乃始已尔!"上灯,与食,长吉从婢取书,研墨叠纸足成之⑪,投他囊中。非大醉及吊丧日率如此,过亦不复省⑫。王、杨辈时复来探取写去。长吉往往独骑往还京、洛⑬,所至或时有著,随弃之,故沈子明⑭家所余,四卷而已⑮。

长吉将死时,忽昼见一绯⑯衣人,驾赤虬⑰,持一板,书若太古篆或霹雳石文者⑱,云:"当召长吉。"长吉了⑲不能读,欻⑳下榻叩头,言阿奶㉑老且病,贺不愿去。绯衣人笑曰:"帝成白玉楼,立召君为记。天上差乐㉒,不苦也!"长吉独泣,边人尽见之。少之,长吉气绝。尝所居窗中,勃勃有烟气,闻行车嘒管之声㉓。太夫人急止人哭,待之如炊五斗黍许时㉔,长吉竟死。王氏姊非能造作㉕谓长吉者,实所见如此。

呜呼!天苍苍而高也,上果有帝耶?帝果有苑圃宫室观阁㉖之玩耶?苟信然,则天之高邈,帝之尊严,亦宜有人物文采愈此世者㉗,何独眷眷㉘于长吉而使其不寿耶?噫!又岂世所谓才而奇者,不独地上少,即天上亦不多耶?长吉生二十四年㉙,位不过奉礼太常㉚,时人亦多排摈毁斥之㉛。又岂才而奇者,帝独重之,而人反不重耶?又岂人见㉜会胜帝耶?

【注释】　①"京兆杜牧"句:京兆,唐之京兆府,即今陕西西安地区。杜牧,唐著名诗人,见本书杜牧小传。李长吉集序,今题《李长吉歌诗序》。　②通眉:两眉相连通。　③昌黎韩愈:唐代大文豪韩愈自谓郡望为昌黎(今辽宁义县),世称韩昌黎。　④"王参元"句:王参元,柳宗元的朋友。杨敬之,官至工部尚书。权璩,权德舆之子,曾任中书舍人。崔植,博学多才,曾为宰相。　⑤旦日:白天。　⑥"未尝"句:并没有先确定题目再去写诗。　⑦"如他人"句:像别人那样写诗先定下题目,然而想出诗句去凑合题意,并依照题目所规定的套路(如字数、韵律等)去写。　⑧小奚奴:小奴仆。这里指小书童。　⑨距驴:疑应作距驉。距驉,原指驴骡之类的动物,后来也用以称驴。　⑩太夫人:指李贺的母亲。　⑪足成之:指在先有片断句子的基础上,写成完整的作品。　⑫过亦不复者:这句的意思是,写过之后,就不再去想它。　⑬京、洛:京城长安和东都洛阳。　⑭沈子明:李贺的朋友,曾任集贤殿学士。　⑮四卷:现存《李长吉歌诗》四卷,就是沈子明抄写、保存下来的。　⑯绯:大红色。　⑰虬:传说中的一种龙。　⑱"书若"句:太古篆,远古的篆文。霹雳石文,雷击石头后留下的裂纹,形似古文字。　⑲了:完全。　⑳欻(xū):忽然。　㉑阿奶:母亲。　㉒差乐:还说得上快乐。　㉓"闻行车"句:意思是,听得见车轮滚动和吹奏乐器的声音。嘒,管乐声,这里用作动词。　㉔待之如炊五斗黍许时:意思是,等待了大约煮熟五斗黍子的时间。　㉕造作:胡编乱造。　㉖观阁:楼观台阁。　㉗"亦宜有"句:这句的意思是,也应该有胜过尘世的才俊、文彩。愈:通"逾",超越。　㉘眷眷:念念不忘的意思。　㉙长吉生二十四年:长吉享年二十四。杜牧的《李长吉歌诗序》说是享年二十七。一般采用"年二十七"的说法。　㉚奉礼太常:在太常寺做奉礼郎。奉礼郎是从九品上的小官,负责朝廷祭祀之类的事。　㉛排摈毁斥:排摈,排挤摒弃。毁斥,毁谤、责备。　㉜人见:人的见解。

【赏析】　本文开头即说杜牧为李贺集所作之序文,已"状长吉之奇甚尽",故这里只是录下嫁给王家的李贺姐姐所说的李贺之事作为对杜牧序文的补充。强调文章材料出自李贺之姐,显然是为了增强真实性、可信度。

李贺虽是罕见的天才诗人,但他写诗却煞费苦心。白天骑驴觅诗,晚间灯下足成之。文章特引李贺母亲所言"是儿要当呕出心乃始已耳",给读者烙下永不褪色的印象。关于李贺之死,文章以生动形象的笔触记述了一则神奇故事。故事述毕,还特意加了一句:"王氏姊非能造作谓长吉者,实所见如此。"可见作者是宁信其有的。这实际上也表露了李商隐对李贺的深切同情和美好祝愿。最后一段,作者浮想联翩,思想的翅膀越飞越远,一连提出六个问题,显示出他对"才而奇"的李贺早逝的不胜惋惜,对"世人"排斥李贺的不胜愤慨。

全文精于选材,虚实相间,叙议结合,是一篇能令人过目不忘的短制佳作。

孙 樵

作者简介　孙樵(生卒年不详),字可之,又字隐之,关东(函谷关以东)人。宣宗大中九年(855)进士及第,授中书舍人。黄巢农民军攻入长安,他随唐僖宗逃奔岐陇,迁职官郎中、上柱国。他幼而好学,"藏书五千卷,常自探讨,幼而工文,得之真诀"(《孙樵集·自序》)。他是唐代古文运动后期著名的散文家,自称为韩愈的再传弟子。有《孙樵集》。

书 何 易 于

【题解】　书,记。何易于,庐江(今安徽庐江)人,生卒年不详,曾任益昌、罗江二县县令。本文主要记述何易于在唐武宗会昌年间(841—846)益昌令任上的几件逸事,表彰他廉洁自律、敢于为百姓抗命的优良品德。在抨击朝廷不合理的考核制度的同时,揭露了统治者与广大民众的严重对立。本文选自《孙樵集》卷三。

【原文】

何易于尝为益昌①令,县距刺史治所②四十里,城嘉陵③。江南刺史崔朴尝乘春自上游多从宾客歌酒④,泛舟东下,直出益昌旁。至则索民挽舟⑤,易于即腰笏引舟上下⑥。刺史惊问状⑦,易于曰:"方春⑧,百姓不耕即蚕⑨,隙不可夺⑩。易于为属令,当其无事,可以充役。⑪"刺史与宾客跳出舟,偕骑还去⑫。

益昌民多即山树茶⑬,利私自入⑭。会盐铁官奏重榷管,诏下所在不得为百姓匿⑮。易于视诏曰:"益昌不征茶⑯,百姓尚不可活,刭厚其赋以毒民乎⑰!"命吏划去⑱。吏争曰:"天子诏,所在不得为百姓匿,今划去,罪愈重,吏止死⑲,明府公宁甯海裔耶⑳?"易于曰:"吾宁爱一身以毒一邑民乎?亦不使罪蔓尔曹㉑。"即自纵火焚之。观察使㉒闻其状,以易于挺身为民,卒不加劾㉓。邑民死丧,子弱业破㉔,不能具葬㉕者,易于辄出俸钱,使吏为办。百姓入常赋㉖,有垂白偻杖者㉗,易于必召坐与食,问政得失㉘。庭有竞民㉙,易于皆亲自与语,为指白枉直㉚。罪小者劝㉛,大者杖㉜。悉立遣之,不以付吏㉝。治益昌三年,狱无系民,民不知役㉞。

改绵州罗江㉟令,其治视益昌㊱。是时故相国裴公㊲刺史绵州,独能嘉易于治。尝从观其政㊳,道从㊴不过三人,其察易于廉约如是㊵。

会昌五年㊶,樵道出益昌㊷,民有能言何易于治状者。且曰:"天子设上下考㊸以勉吏,而易于考止中上㊹。何哉?"樵曰:"易于督赋㊺如何?"曰:"止请常期,不欲紧绳百姓,使贱出粟帛㊻。""督役㊼如何?"曰:"度支费㊽不足,遂出俸钱,冀优㊾贫民。""馈给往来权势如何㊿?"曰:"传符51外一无所与。""擒盗如何?"曰:"无盗。"樵曰:"余居长安,岁闻给事中校考52,则曰某人为某县53,得上下考54,某人由上下考得某官。问其政,则曰某人能督赋,先期而毕55;某人能督役,省度支费;某人当道56,能得往来达官为好言57;某人能擒若干盗。县令得上下考者如此。"邑民不对,笑去。

樵以为当世在上位者,皆知求才为切58。至于缓急补吏59,则曰吾患无以共治60。膺命61举贤,则曰吾患无以塞诏62。及其有之,知者何人哉63!继而言之,使何易于不有得于生,必有得于死者,有史官在64。

【注释】　① 益昌:县名,在今四川广元西南。　② 治所:政府机关所在地。当时益昌属利州,州城在今四川广元县。　③ 城嘉陵:这句的意思是,益昌县城建在嘉陵江的南岸。城,这里用作动词。　④ "江南刺史"句:崔朴,事迹不详。乘春,趁着春天的好时光。上游,利州和益昌都在嘉陵江边,利州在上游。多从宾客歌酒,让许多宾客跟从着唱歌饮酒。　⑤ 索民挽舟:索要百姓当拉船的纤夫。　⑥ "易于"句:腰笏(hù):把笏版插在腰带上。笏,官员上朝或参见上司时随身携带的手板,上面用来记事。引舟上下,拉着船在江边跑上跑下。　⑦ 问状:询问情况。　⑧ 方春:正当春季。　⑨ 不耕即蚕:不是在耕种,就是忙着养蚕。　⑩ 隙不可夺:挤不出一点点闲暇时间。　⑪ "易于为属令"三句:意思是,我何易于是你属下的县令,此时恰好无事,可以充当你的役夫。　⑫ 偕骑还去:指刺史和宾客一起骑着马回利州城而去。　⑬ 即山树茶:在居所周边的山上种植茶树。即,就着。树,种植。　⑭ 私利自入:指卖茶叶后的收益不交税,归自己所有。　⑮ "会盐铁官"二句:意思是,正在此时,盐铁官奏请朝廷加强专卖制度的管理,诏书下达各地衙门,不得为地方老百姓隐瞒应交纳的税。盐铁官,指盐铁使,职掌盐、铁专营的税收,兼管其他税收。重,重视,加强。榷(què),专卖。所在,各个地方。匿,隐瞒。　⑯ 征茶:对种茶、卖茶征税。 ⑰ 矧厚其赋以毒民乎:意思是,何况要加重赋税来残害人民呢?矧,何况。厚,增加,加重。 ⑱ 刬去:把征收茶税的告示除去。刬,同"铲"。 ⑲ 止死:至多是个死。⑳ "明府公"句:明府,对县令的尊称。后加一"公"字,更表示尊敬之意。宁,难道。窜,流放。海裔,荒远的海边。 ㉑ 罪蔓尔曹:将罪行连带到你们头上。蔓,蔓延。尔曹,你们。㉒ 观察使:唐代在各道设观察处置使,负责考察州、县官吏。 ㉓ 卒不加劾:指终于没有弹劾何易于。 ㉔ 业破:家业破败。 ㉕ 具葬:准备好葬丧费用。 ㉖ 入常赋:交纳照例要交的赋税。 ㉗ 垂白偻杖者:白发垂头、弯腰拄杖的老人。偻,曲背。 ㉘ 问政得失:询问在政事处理方面的好与坏。 ㉙ 竞民:争讼的百姓。 ㉚ 指白枉直:为他们指明谁对谁错。枉直,曲直。 ㉛ 劝:劝戒,教育。 ㉜ 杖:用杖责打。 ㉝ 付吏:交给有关官吏,拘押起来。 ㉞ "狱无系民"二句:意思是,牢狱里没有被拘系的百姓,百姓不知道有劳役。 ㉟ 绵州罗江:绵州,治所在今四川绵阳。罗江,绵州属县,在今绵阳县。 ㊱ 其治视益昌:意思是,他对罗江的治理,与治理益昌一样。视,比,相当于。 ㊲ 裴公:裴休。一说指裴度。 ㊳ 从观其政:从,就,就便。观其政,考察他的施政情况。 ㊴ 道从:在身边的工作人员。 ㊵ "其察"句:意思是,裴公考察何易于,发现他就是如此的廉洁、俭约。㊶ 会昌五年:公元845年。 ㊷ 樵道出益昌:意思是,我孙樵路过益昌县。 ㊸ 上下考:唐朝考核官员,定出九个等级,上上为最高等级,以下为上中、上下、中上、中中、中下、下上、下中、下下。 ㊹ 止中上:只是中上等级。 ㊺ 督赋:催督百姓交纳赋税。 ㊻ "止请常期"三句:意思是,县令请求上级放宽百姓纳税的期限,不愿紧逼百姓,迫使他们贱卖粟帛。唐时虽以实物纳税为主,但后改租庸调制为两税法,要以钱币纳赋税。农民为赶期限,只得贱卖粟帛,遭受损失。常期,一作"贷期"。 ㊼ 督役:催督百姓服劳役。 ㊽ 度支费:国家的财政经费。度支,官名,唐代在户部下设度支郎中,管全国的贡赋租税,量入为出,故名度支。如果兴办一件事情(如修水利)而国家下拔经费不足,则由百姓负担。㊾ 优:优待,善待。 ㊿ "馈给"句:馈给,赠送,供给。往来权势,从这里经过的有权有势的人物。 (51) 传符:代指明文规定。传,与符一类的东西。符,用竹木金石等材料制成的凭证,左右分割为两片,有关双方各执其一,有事可比对作凭证。 (52) "岁闻"句:岁闻,每岁都听说。给事中,官名,门下省属官。吏部考核内外官政绩时,给事中负责监督。校考,考核。 (53) 为某县:任某县县令。 (54) 得上下考:经考核得到"上下"的等级。 (55) 先期而毕:早于规定的期限就完成任务了。 (56) 当道:指做官的地方正当交通要道。 (57) 为好言:为他说好话。 (58) 求才为切:访求人才是最迫切的事。 (59) 缓急补吏:缓急,这里是偏义复词,意为紧急,急需。补吏,补充官员。 (60) 共治:共同治理国家。 (61) 膺命:接受诏令。 (62) 塞诏:完成诏命。 (63) "及其有之"二句:意思是,等到有了像何易于这样的贤才,又有谁能赏识他呢?知者,指能识拔贤才的人。 (64) "使何易于不有得于生"三句:意思是,假使何易于在生前不能有所得(指不能得到提拔重用),那么他在死后一定会有所得(能名垂青史,流芳百世),跟在我后面继续言说何易于事迹的,有史官在。史官,负责修撰史书的官员。

【赏析】 本文可分为三部分。第一部分主要记述县令何易于的几件事。一是为惜民时,省民力,亲自为刺史拉船当纤夫。这样做的结果是,刺史很不好意思,赶忙跳出船去,骑马回去了。二是为了让百姓不交茶税,亲手烧掉了皇帝的诏书。这样做的结果是,观察使为其壮举所感动,没有弹劾他。三是体恤民众,自出俸钱为无力者办葬事;为年老者让座,给食;处理讼事雷厉风行,不让打官司的百姓旷日持久地纠缠其中。这样做的结果是,绵州刺史裴公去其地"观其政",发现他果然十分廉洁、俭约。第二部分是邑民与作者的对话。邑民认为何易于为县令,深得民心,何以朝廷对他的考核却只是"中上"(九等里的第四等)。通过一番对答,作者道出其中奥妙:朝廷考核的标准是"督赋"、"督役"、"擒盗"的效果,这是明规则;另有一条潜规则是,能否讨好达官贵人为自己说好话。总之,考核的好坏与能否受民众欢迎、拥护毫无干系。这样,何易于的仕途也就可想而知了。第三部分是作者的议论。他深为何易于鸣不平,批评"当世上位者"(朝廷高官)不识、不用贤才。但作者坚信,清官何易于生前不得大用,死后必能彪炳史册。作者的预言果然不错,宋代欧阳修等修撰的《新唐书》果真给何易于立了传,主要材料即取自本文。

　　文章取材精当,尤其是为刺史引舟、烧诏书两件事,让人过目不忘,突出地表现了何易于关心民瘼、敢作敢为的无私品格。第二部分的对话也能抓住问题的本质,通过何易于与作者在京城里听说的"某人"的为官之道的比较,揭示了朝廷的黑暗、考核的不公。更深刻的是,这一番比较也使人们认清朝廷并不为百姓着想,这就道出了封建社会剥削人、压迫人的本质。

　　文章由记事到记言再到议论,由表及里,逐层深入,可谓记、议俱佳。当然,文章在议论时只抨击"当世在上位者",而没有把批判的矛头对准"上位者"的"上位者"(即最高统治者皇帝),这反映出作者思想认识上的局限性。

书褒城驿壁

【题解】　褒城驿,即褒城驿站。唐之褒城县城,在今陕西褒城县东南。驿站,古代由官方设置的供传递公文者或出差官员途中换马、住宿的处所。

　　褒城驿之宏丽,曾号称"天下第一",但作者目睹到的却是一派残破不堪景象。他通过询问驿吏(主管驿站的官吏),知道驿站的衰败是因为过往客人太多、无爱惜之心的缘故。又听了身旁老农关于"举今州县皆驿也"的一番大有深意的话,觉得地方官调动频繁,遂无爱惜地方之心,确实是个大问题,便写下这篇文章,书写在褒城驿站的墙壁上。本文选自《孙樵集》卷三。

【原文】

褒城驿号天下第一。及得寓目①,视其沼②,则浅混而茅③;视其舟,则离败而胶④;庭除甚芜⑤,堂庑⑥甚残,乌睹其所谓宏丽者⑦?

讯⑧于驿吏,则曰:"忠穆公曾牧梁州⑨,以褒城控二节度治所⑩,龙节虎旗⑪,驰驿奔轺⑫,以去以来,毂交蹄劘⑬,由是崇侈其驿⑭,以示雄大。盖当时视他驿为壮⑮。且一岁宾至者不下数百辈⑯,苟夕得其庇,饥得其饱,皆暮至朝去,宁有⑰顾惜心耶?至如棹舟⑱,则必折篙破舷碎鹢而后止⑲;渔钓,则必枯泉汩泥⑳尽鱼而后止。至有饲马于轩㉑,宿隼㉒于堂,凡所以污败室庐,糜毁器用㉓。官小者,其下虽气猛㉔,可制;官大者,其下益暴横,难禁。由是日益破碎,不与囊类㉕。某曹八九辈㉖,虽以供馈之隙一二力治之㉗,其能补数十百人残暴乎?"

语未既㉘,有老氓笑于旁㉙,且曰:"举今州县皆驿也㉚。吾闻开元㉛中,天下富蕃㉜,号为理平㉝,踵千里者不裹粮㉞,长子孙者不知兵㉟。今者天下无金革㊱之声,而户口日益破㊲;疆场㊳无侵削之虞,而垦田㊴日益寡,生民㊵日益困,财力日益竭,其故何哉?凡与天子共治天下者,刺史、县令而已,以其耳目接于民,而政令速于行也㊶。今朝廷命官㊷,既已轻任刺史、县令,而又促数于更易㊸。且刺史、县令,远者三岁一更,近者一二岁再更㊹,故州县之政,苟有不利于民,可以出意革去其甚者㊺,在刺史则曰:'明日我即去,何用如此!'在县令亦曰:'明日我即去,何用如此!'当愁醉酡㊻,当饥饱鲜㊼,囊帛椟金㊽,笑与秩终㊾。"

呜呼!州县真㊿驿耶?矧更代之隙㉛,黠吏因缘恣为奸欺㉜,以卖州县㉝者乎!如此而欲望生民不困、财力不竭、户口不破、垦田不寡,难哉!予既揖退老氓㉞,条其言㉟,书于褒城驿屋壁。

【注释】 ① 寓目:过目,亲眼看到。　② 沼(zhǎo):池沼,池塘。　③ 茅:此指池塘边长满茅草。　④ 离败而胶:指船板破裂,船身搁浅在沙滩。胶,胶着,粘住。指船体与泥沙连成一体。　⑤ 庭除甚芜:庭除,指庭院。除,台阶。芜,荒芜,杂草丛生的样子。⑥ 堂庑(wǔ):正堂和两旁的廊屋。　⑦ 乌睹其所谓宏丽:意思是,哪里能看出它的宏大壮丽呢?乌,何。　⑧ 讯:问。　⑨ "忠穆公"句:忠穆公,指严震。严震于唐德宗时曾任梁州刺史兼御史大夫、山南西道节度使。谥号忠穆。牧梁州,为梁州牧,即任梁州刺史。

汉时称州之长官为州牧,唐时称刺史。 ⑩"以襄城"句:意思是,因为襄城控制着通往两个节度使治所的地方要道。二节度治所,指山南西道节度使治所梁州(今陕西汉中)和凤翔节度使治所凤翔府(今陕西凤翔)。 ⑪ 龙节虎旗:龙节,原指古代泽国使者所持的画着龙的符节,后泛指使者所持的符节。虎旗,画着虎的旗帜。是官员作为仪仗使用的。 ⑫ 驰驿奔轺(yáo):驿马迅驰,轺车飞奔。轺车,古代官员乘坐的轻便灵巧的马车。 ⑬ 毂(gǔ)交蹄劘(mó):形容车马在驿站交汇聚合,热闹、忙碌得很。毂,车轮中心的圆木,周围跟车辐的一端相连接,中有圆孔,用以插轴。这里代指车辆。劘,通"磨"。 ⑭ 崇侈其驿:把驿站修建得高敞奢华。崇侈,这是用作动词。 ⑮ 视他驿为壮:与其他驿站相比显得十分壮丽。 ⑯ 数百辈:数百人。 ⑰ 宁有,怎么会有。 ⑱ 棹(zhào)舟:划船。棹,划船工具,类似于桨。这里用作动词。 ⑲ "则必折篙"句:意思是,那么一定要玩到折断竹篙(撑船工具)、撞坏船才止。舷,船的两侧。鹢(yì),本是古代传说中的一种不怕风、能高飞的像鸬鹚的水鸟,后常被画在船头上,以讨吉利。这里代指船头。 ⑳ 汩(gǔ)泥:把池塘底的淤泥搞混。汩,搅乱。 ㉑ "至有"句:至有,甚至有。轩,有窗的廊或堂前高檐下的平台。 ㉒ 隼(sǔn):苍鹰。 ㉓ "凡所以"二句:意思是,以上这些做法,都是弄脏搞坏屋室、毁坏器具的原因。糜,烂。器用,器具,器物。 ㉔ 其下:他的下属。 ㉕ 曩类:曩,从前。类,类似,相似。 ㉖ 某曹八九辈:我们八九个人。指驿站的工作人员。曹,辈。 ㉗ "虽以"句:意思是:我们虽然也在供给别人吃饭、住宿的间隙时间抽出一点精力来整治房屋、池塘等。 ㉘ 既:尽,完。 ㉙ 老氓(méng):老农。氓,同"氓",农民。唐人避唐太宗李世民的名讳,多改"民"为"氓"。 ㉚ 举今县皆驿也:意思是,当今所有的州、县都像这个驿站啊!举,所有的,全部的。 ㉛ 开元:玄宗李隆基的年号,时在公元713年至741年。 ㉜ 蕃:繁盛,繁荣。 ㉝ 理平:治平,天下太平。唐人避唐高宗李治的名讳,将"治"改为"理"。 ㉞ "踵千里者"句:踵,脚后跟。这里作动词用,意为"走"。裹,包。这里是"携带"的意思。 ㉟ 长子孙者不知兵:意思是,抚育儿孙的人都因长期生活在和平环境里,不知道兵器、战争是怎么回事。 ㊱ 金革:金属可制兵器,皮革可制战鼓。无金革之声,指没有战争。 ㊲ 户口日益破:户口,有户籍的居民。破,减少。 ㊳ 疆场(yì):疆界,国境。 ㊴ 垦田:开垦出来的耕田。 ㊵ 生民:百姓。 ㊶ 政令速于行:朝廷政令通过州、县两级长官(即刺史县令)就能迅速推行下去。 ㊷ 朝廷命官:朝廷任命官员。 ㊸ "既已轻任"二句:意思是:朝廷既看轻刺史、县令的委任唐代重京官,轻外任,(不把刺史、县令作为重要职务),还在短时间内频繁更换他们。促数(sù),短促。更易,更换。 ㊹ 一二岁再更:一二年里更换两次。 ㊺ "可以出意"句:出意:出主意,想办法。革去其甚者,改掉那些弊端严重的政策、措施。 ㊻ 当愁醉酞(nóng):在愁闷时就饮美酒以图一醉。酞,滋味浓厚的好酒。 ㊼ 当饥饱鲜:当饥饿时就饱饱吃上一餐美味。 ㊽ 囊帛椟金:把丝帛装入囊中,把金银装入柜子。囊、椟,都用作动词。 ㊾ 笑与秩终:高高兴兴地一直混到任期结束。秩:官吏的任期。古代官吏任期届满叫"秩满"。 ㊿ 真:果真。 51 矧(shěn)更代之隙:矧,何况。更代之隙,指旧官准备卸任、新官尚未到职的这段时间。这段时间容易出现施政懈怠,所以叫"隙"。 52 "黠(xiá)吏"句:黠吏,奸猾胥吏。因缘,因为这个缘故。恣为奸欺,恣意做奸诈欺骗之事。 53 卖州县:从下文可知,这句是指损害州县的包括官府和百姓的利益。 54 揖退:拱手为礼，请其退出。 (55) 条其言：把他的话整理一番。条，叙次，整理。

【赏析】 这是一篇在当时有现实政治意义，在今天仍不失其借鉴意义的佳作。

褒城驿站建成之初，有“天下第一”的美誉。确实，它有高堂华屋，有庭院佳卉，有池沼游舟，俨然一像模像样的园林式豪宅。然而，之后不久，作者亲见的却是沼废、舟胶、庭芜、堂残的破败景象。询于驿吏，作者明白了其中的缘由：都是由于过往官员及其下属对驿站的一切设施毫无爱惜之心，导致褒城驿不复有昔日之“宏丽”。那么，过往人等为什么不爱惜驿站呢？文中借驿吏之口说得很清楚：“苟夕得其庇，饥得其饱，皆暮至朝去，宁有顾惜心耶？”那些官员及其僚属本身素质低下，且又是褒城驿站的一夜过客，对不属于自己管辖的公家资产自然不放在心上，恣意妄为，只图一时方便或痛快，遂造成如此恶果。

文章至此，本已绾结了题意，但作者借一老农之口，开出新境，拓出新意。老农一番话的核心，是“举今州县皆驿也”一句。从行文上看，这句话将上、下两段很自然地串联起来；从内容上看，下文所述的当今之世“户口日益破”、“垦田日益寡”、“生民日益困”、“财力日益竭”的状况与朝廷及州、县长官都把任职州县视同于住宿驿站，“暮至朝去”大有关系。显而易见，老农的这番话实际上就是作者自己想说的话。甚至可以揣测，这个老农是作者杜撰出来的，作者为行文之需，特意虚构了这个人物，使文章多一层波澜，生动性得以增强。

简言之，文章写褒城驿之由盛转衰只是由头，其真实的写作动机是要揭示州县长官任期太短、更换太频是造成国衰民敝的重要原因。褒城驿的现状正是整个社会的微缩版。作者写的是褒城驿，思考的却是治国理民的大问题。因此说，由小及大，由浅入深，是本文的主要特色。

本文虽是散文，但也多用骈句，如：“官小者，其下虽气猛，可制；官大者，其下益暴横，难禁”；“踵千里者不裹粮，长子孙者不知兵”等，增添了文章的美感。遣词用语也颇精当，如写老农“笑于旁”，着一“笑”字，表现出他的智慧、洞见。写州刺史、县令“笑与秩终”，着一“笑”字，表现出他们的得意和对待工作的漫不经心。

皮日休

【作者简介】 皮日休(约834—883),字逸少,后改袭美,自号鹿门子、醉吟先生、间气布衣等,襄阳(今湖北襄阳)人。出身贫寒,早年隐居于襄阳之鹿门山。咸通八年(867)登进士第,任著作郎,迁太常博士,后任毗陵副使。参加过黄巢起义军,任翰林学士。黄巢军败后,被统治者杀害。一说因故为黄巢所杀。皮日休是晚唐著名文人,诗文与陆龟蒙齐名,并称"皮陆"。有自编文集《皮子文薮》(十卷)等。

读《司马法》

【题解】 这是一篇因阅读古代兵法著作《司马法》而生出的感慨文字。《史记·司马穰苴列传》记载,春秋时齐景公的大夫司马穰(ráng)苴(jū)擅长用兵。他死后,齐威王使大夫讨论古代的《司马兵法》,把司马穰苴的著述附入其中,称为《司马穰苴兵法》,后简称为《司马法》。本文的核心思想,是抨击当时的统治者"取天下以民命",是依靠战争、依靠牺牲百姓生命来夺取江山的。本文选自《全唐文》卷七百九十九。

【原文】

古之取天下也以民心,今之取天下也以民命。①

唐、虞尚仁②,天下之民从而帝之③,不曰取天下以民心者乎?汉、魏尚权④,驱赤子⑤于利刃之下,争寸土于百战之内,由士为诸侯,由诸侯为天子,非兵不能威⑥,非战不能服。不曰取天下以民命者乎?由是编之为术⑦。术愈精而杀人愈多,法益切而害物益甚⑧。呜呼!其亦不仁矣!蚩蚩之类⑨,不敢惜死者,上惧乎刑,次贪乎赏。民之于君,由子也⑩,何异乎父欲杀其子,先绐⑪以威,后唌⑫以利哉?

孟子曰:"我善为陈,我善为战,大罪也⑬。"使后之君于民有是者⑭,虽不得土⑮,吾以为犹土⑯也。

【注释】 ①民命:老百姓的性命。 ②唐、虞尚仁:这句的意思是,上古圣明之主唐尧、虞舜崇尚仁义。 ③帝之:以之为帝。帝,用作动词。 ④权:权术。 ⑤赤子:原指初生婴孩,这里喻指百姓。封建统治者为笼络民心,宣称官民关系如同父子关系,官是"父母官",视百姓为"赤子"。 ⑥非兵不能威:这句的意思是,不是战争就不能扬威。 ⑦由是编之为术:这句的意思是,经过多次战争,总结作战经验编成了兵书。术,战术,代指兵书。 ⑧法益切而害物益甚:这句的意思是,兵法越是切合实战,对世间万物的危害越大。 ⑨蚩蚩之类:指被迫当兵的忠厚百姓。蚩蚩,老实敦厚的样子。 ⑩民之于君,由子也:对于君主来说,老百姓就好似他的儿子。由,通"犹",好似。 ⑪绐(dài):欺骗。 ⑫啖(dàn):吃或给别人吃。这里是"引诱"的意思。 ⑬"我善为陈"三句:这三句话出自《孟子·尽心下》。"我善为陈"两句,是孟子引用他人的话。善为陈,善于用兵布阵。陈,"阵"的古字。 ⑭使后之君于民有是者:假如后来的君主对百姓有像孟子这样的态度。是,此,指孟子爱惜百姓的生命,反对战争。 ⑮土:土地,天下。 ⑯犹土:犹如得到了天下。

【赏析】 兵法是战争的衍生物。作者由读兵法联想到战争,联想到"今之取天下"者为发动战争、赢得战争所采取的威逼利诱等卑鄙手段,致使百姓喋血沙场。为了凸显他们的狰狞嘴脸,作者又用唐尧、虞舜崇尚仁义,"取天下也以民心"的高行懿德来作为衬托,并直接引用儒家代表人物孟子之言厉声叱责他们有"大罪"。

全文篇幅短小,论述精当,主旨鲜明,批判矛头直指中唐以来兴兵作乱、割据称雄、攻城掠地的地方军阀。

当然,战争有正义、非正义之别,兵书也要看为谁所用,但这不在本文的论述范围之内。作者只是选取一个角度来借题发挥,表达他对"今之取天下"者的憎恶之情。

罗 隐

作者简介

罗隐(833—909),原名横,因科场失意遂改名隐。字昭谏,晚年自号江东生,富阳(今浙江富阳)人。罗隐胸有大志而秉性耿直,蔑视权要而屡试不中,故写诗作文多愤闷不平之语。后在吴越王钱镠手下任钱塘令、节度使判官、给事中等职。他是晚唐时期杰出的讽刺作家,无论诗歌或散文均有强烈的现实批判锋芒,嬉笑怒骂皆成文章,艺术个性极为鲜明。鲁迅称其文"几乎全部是抗争和愤慨之谈"(《小品文的危机》)。有《罗昭谏集》。今人有辑校本《罗隐集》。

英 雄 之 言

【题解】 本文是对"英雄之言"的剖析。文中提及的"英雄",是指汉高祖刘邦和西楚霸王项羽。作者指出两人所说的"居宜如是"和"可取而代",说明他们在起兵争夺天下时所宣扬的"救民水火",完全是在撒弥天大谎。其内心的真实企图,是登天子位,享帝王福。刘邦、项羽是这样,封建时代的其他帝王自然也不会好到哪里去。本文选自罗隐《谗书》卷二。

【原文】

物之所以有韬晦①者,防乎盗也。故人亦然。夫盗,亦人也,冠屦②焉,衣服③焉。其所以异者,退逊之心、正廉之节,不常其性耳④。视玉帛而取之者,则曰牵于寒饿⑤;视家国而取之者,则曰救彼涂炭⑥。牵于寒饿者,无得而言⑦矣。救彼涂炭者,则宜以百姓心为心⑧。而西刘则曰"居宜如是"⑨,楚籍则曰"可取而代"⑩。意⑪彼未必无退逊之心、正廉之节,盖以视其靡曼骄崇⑫,然后生其谋⑬耳。为英雄者犹若是,况常人乎?是以峻宇逸游⑭,不为人所窥者,鲜也⑮。

【注释】 ① 韬晦:收敛锋芒,不外露,不炫耀。　② 冠屦:这里用如动词,意为戴帽穿鞋。屦,麻葛等制成的鞋子。　③ 衣服:穿衣服。衣,用如动词。④ "其所以异者"三句:意思是,盗与常人的区别,是他们缺乏恒常的谦逊退让之心和正直廉洁的节操。⑤ 牵于寒饿:被寒冷饥饿所牵制。　⑥ 救彼涂炭:把百姓从泥坑和炭火里救出来。彼,指天下百姓。　⑦ 无得而言:无话可说了。　⑧ 以百姓心为心:把老百姓的心愿当作自己的心愿。　⑨ "而西刘"句:西刘,指刘邦。秦末楚汉相争时,曾以鸿沟(在今河南荥阳北)为界,楚在东,汉在西。刘邦为汉王,故称他"西刘"。居宜如是,过日子应该像秦始皇那样。《史记·高祖本纪》:"高祖常繇咸阳,纵观,观秦皇帝,喟然太息曰:'嗟乎!大丈夫当如此也!'"　⑩ "楚籍"句:楚籍,项羽名籍,楚国人,自封"西楚霸王",故称他为"楚籍"。可取而代,《史记·项羽本纪》:"秦始皇帝游会稽,渡浙江,梁(项羽叔父项梁)与籍俱观。籍曰:'彼可取而代也。'"　⑪ 意:意想,料想。　⑫ 靡曼骄崇:靡曼,指宫殿、仪仗、服饰等十分奢华。骄崇,指神态狂傲,不可一世。　⑬ 生其谋:滋生出夺取天下的野心。　⑭ 峻宇逸游:峻宇,高峻奢华的屋宇。逸游,恣意遨游。这里是以这两者代指帝王之位。⑮ 鲜:少。

【赏析】　古代众多的造反者,当他们揭竿而起时,大多打着"救民水火"、"解民倒悬"的旗帜,以博取广大百姓的拥护、支持。而当他们一旦推翻旧政权,自己登上皇帝宝座后,便只顾自己享受,至多就是平衡、照顾好统治集团内部的利益,哪里再会想到去兑现当初的诺言。元朝张养浩说:"兴,百姓苦;亡,百姓苦",一针见血地揭明了古代改朝换代的历史真相。

罗隐的这篇短文,题为"英雄之言",即表明该文主旨是通过分析刘邦、项羽这两个"大英雄"在无意中说出的真话,拆穿他们所谓"救彼涂炭"的美丽谎言。作者称刘邦为"西刘",称项羽为"楚籍",连直呼其名也不屑,透露出了对他们的鄙夷之情。当然,刘邦、项羽之后的争夺天下者,无论他们是成功者还是失败者,大抵都是刘、项的一丘之貉。文章还提出要注意"韬晦"防盗的问题,固然有它的合理性,但若要人不知,除非己莫为,对封建帝王来说,要他们抛弃"峻宇逸游",几乎是不可能的。

作者目光如炬,从史书记载中拈出刘邦、项羽的原话,无须细加探究,便能窥见其内心世界。这就是事实胜于雄辩。

刻严陵钓台

【题解】　严陵钓台,即严子陵钓台。严子陵,名光,一名遵,子陵是他的字。东汉初会稽余姚(今浙江余姚)人,《后汉书》有传。他与汉光武帝刘秀同游学,及光武即位,他改名隐居。光武帝派人找他,力邀他到京城洛阳,被任为谏议大夫,不肯受。后归隐于富春山,终生不仕。严子陵钓台在今浙江桐庐县富春江边的山上,相传为严子陵隐居垂钓处。今存。宋代范仲淹曾建其祠于台下,并撰有《严先生祠堂记》。本文选自罗隐《谗书》卷五。

【原文】

岩岩①而高者,严子②之钓台也。寥寥③而不归者,光武之故人④也。故人之道何如?假苍苔以言之⑤:尊莫尊于天子,贱莫贱于布衣⑥。龙飞蛇蛰⑦兮,风雨相违⑧;干戈载靡⑨兮,悠悠梦思⑩。何富贵不易节⑪,而穷达无所欺?故得脱邯郸之难⑫,破犀象之师⑬,造二百年之业⑭,继三尺剑之基⑮者,其唯有始有卒者乎⑯?

今之世风俗偷薄⑰,禄位相尚⑱。朝为一旅人⑲,暮为九品官⑳,而骨肉亲戚已有差等㉑矣,况故人乎?呜呼!往者㉒不可见,来者未可期㉓。已而㉔!已而!

【注释】

① 岩岩:山石高耸的样子。　② 严子:对严光的尊称。　③ 寥寥:孤寂空寥的样子。　④ 光武之故人:光武,汉光武帝刘秀,东汉王朝的创立者。故人,老朋友。　⑤ 假苍苔以言之:借着这钓台的苍苔来说说吧。　⑥ 布衣:平民百姓。相对于做官的穿锦绣衣裳而言。　⑦ 龙飞蛇蛰:龙飞,喻指刘秀即皇帝位。蛇蛰,喻指严子陵隐匿不仕。　⑧ 风雨相违:这句的意思是,刘秀、严子陵曾是同学,经历了世事的风风雨雨后,两人的命运迥然不同。　⑨ 干戈载靡:指干戈倒地,战事平息了。干,盾。戈,戟。这两者是古代常用的兵器。载,语助词,无义。靡,倒下。　⑩ 悠悠梦思:意思是,刘秀在平定天下做了皇帝后对故人思念不已,做梦都在想他。　⑪ 易节:不改变节操。指刘秀不因做了皇帝而瞧不起故人。　⑫ 邯郸之难:刘秀曾被绿林军拥立的更始帝刘玄派去治理河北。当他到达邯郸时,卜者王郎(一名王昌)冒称汉成帝之子刘子舆,在西汉宗室刘林和大豪绅李育等拥立下称帝,定都邯郸。刘秀无奈被迫逃往蓟(今北京西南)。　⑬ 破犀象之师:《后汉书·光武纪》载,更始元年(23),王莽派兵百万围昆阳(今河南叶县),"又驱诸猛兽虎豹犀象之属,以助威武"。后刘秀以三千人马大破之。　⑭ 造二百年之业:指刘秀打造了东汉王朝二百年的宏大基业。实际上,东汉王朝自刘秀于公元25年称帝至公元220年被曹丕灭掉,存世196年。　⑮ 继三尺剑之基:指刘秀继承了汉高祖刘邦奠定的汉家天下。三尺剑,即剑,剑的长度一般为三尺。刘邦曾说:"吾以布衣持三尺剑取天下。"刘秀为刘邦的九世孙,他推翻王莽新朝,恢复了刘姓统治,故有此说。　⑯ "其唯有"句:意思是,刘秀做事,真可谓是有始有终啊!　⑰ 偷薄:浮薄。　⑱ 尚:崇尚。　⑲ 旅人:路上的行人。　⑳ 九品官:古代将官阶分为九品(九等)。九品官是有品级官员中最小的官。㉑ 差等:等级差别。　㉒ 往者:过去的。　㉓ 来者未可期:来者,未来的。期,期待。㉔ 已而:罢了,算了。

【赏析】 说到严子陵,历来诗文多颂扬他不慕荣华富贵,谢绝名利诱惑,安于清贫淡泊的隐居生活。本文的写法有些特别,它将笔墨集结到汉光武帝刘秀身上,热情颂扬了他"富贵不易节"、"穷达无所欺"的高尚品格。确实,作为封建时代拥有至高无上权力的专制君主,能够尊重故人意愿,不强迫他出来做官,真可以说是有如凤毛麟角、难能可贵了。如清初,朝廷就强迫有名望者必须出仕,否则有血光之灾。著名文人吴伟业就慑于清廷淫威而被迫北上任职。刘秀《与严子陵书》云:"古大有为之君,必有不召之臣,朕何敢臣子陵哉!惟此鸿业,若涉春冰,辟之疮痏须杖而行。"刘秀的事业亟需严子陵这样的贤才辅弼,但他不愿用威势逼人就范,这颇有一点现代社会的平等、民主意识。文章后半段,拈出"今之世风俗偷薄"议论一番,既批判了"今之世"为官者的丑恶行径,又从反面衬托出光武帝刘秀的宽广胸怀和不凡气度,是匠心独运的妙笔。

刘　昫

作者简介

刘昫(xǔ)(887—946),五代时后晋大臣。字耀远,涿州归义(今河北容城东北)人。后唐庄宗时任太常博士、翰林学士,后又拜相,兼判三司。执政期间,曾革除财政积弊。后晋时,受封谯国公。后唐、后晋两朝,奉命监修国史。后晋出帝开运二年(945),领衔上《唐书》(即《旧唐书》)二百卷。

唐太宗本纪

【题解】　本文节选自《旧唐书》卷二,记述时段始于高祖武德元年(618)七月,当时李世民二十岁,任尚书令、右武侯大将军,封秦王,加授雍州(唐初改隋京兆郡为雍州)牧;终于武德四年六月之前。选文着重写太宗率部荡灭薛举、薛仁杲父子、刘武周、王世充、窦建德四个武装集团的经过,突出其智勇双全的非凡才能。

【原文】

武德元年七月①,薛举寇泾州②,太宗率众讨之,不利而旋。九月,薛举死,其子仁杲③嗣立。太宗又为元帅以击仁杲,相持于折墌城④,深沟高垒者六十馀日。贼众十馀万,兵锋甚锐,数来挑战,太宗按甲⑤以挫之。贼粮尽,其将牟君才、梁胡郎来降。太宗谓诸将军曰:"彼气衰矣,吾当取之。"遣将军庞玉先阵于浅水原⑥南以诱之,贼将宗罗睺并军⑦来拒,玉军几败。既而太宗亲御大军,奄⑧自原北,出其不意。罗睺望见,复回师相拒。太宗将⑨骁骑数十入贼阵,于是王师表里齐奋⑩,罗睺大溃,斩首数千级,投涧谷而死者不可胜计。太宗率左右二十馀骑追奔,直趣⑪折墌以乘之。仁杲大惧,婴城⑫自守。将夕,大军继至,四面合围。诘朝⑬,仁杲请降,俘其精兵万馀人、男女五万口。

既而诸将奉贺,因问曰:"始大王野战破贼,其主尚保坚城,王无攻具，轻骑腾逐，不待步兵，径薄⑭城下，咸疑不克，而竟下之，何也？"太宗曰："此以权道⑮迫之，使其计不暇发，以故克也。罗睺恃往年之胜，兼复养锐日久，见吾不出，意在相轻。今喜吾出，悉兵来战，虽击破之，擒杀盖少。若不急蹑，还走投城，仁杲收而抚之，则便未可得矣。且其兵众皆陇西人，一败披退，不及回顾，散归陇外，则折墌自虚，我军随而迫之，所以惧而降也。此可谓成算，诸君尽不见耶？"诸将曰："此非凡人所能及也。"

宋金刚之陷浍州⑯也，兵锋甚锐。高祖以王行本尚据蒲州⑰，吕崇茂反于夏县⑱，晋⑲、浍二州相继陷没，关中⑳震骇，乃手敕曰："贼势如此，难与争锋，宜弃河东㉑之地，谨守关西㉒而已。"太宗上表曰："太原王业所基㉓，国之根本，河东殷实，京邑所资㉔。若举而弃之，臣窃愤恨。愿假㉕精兵三万，必能平殄武周㉖，克复汾㉗、晋。"高祖于是悉发关中兵以益之，又幸长春宫㉘亲送太宗。

二年十一月，太宗率众趣龙门关㉙，履冰而渡之，进屯柏壁㉚，与贼将宋金刚相持。寻而永安王孝基败于夏县㉛，于筠、独孤怀恩、唐俭并为贼将寻相、尉迟敬德所执，将还浍州。太宗遣殷开山、秦叔宝邀之于美良川㉜，大破之，相等仅以身免，悉虏其众，复归柏壁。于是诸将咸请战，太宗曰："金刚悬军㉝千里，深入吾地，精兵骁将，皆在于此。武周据太原，专倚金刚以为捍。士卒虽众，内实空虚，意在速战。我坚营蓄锐以挫其锋，粮尽计穷，自当遁走。"

三年二月，金刚竟以众馁㉞而遁，太宗追之至介州㉟。金刚列阵，南北七里，以拒官军。太宗遣总管李世勣㊱、程咬金、秦叔宝当其北，翟长孙、秦武通当其南。诸军战小却，为贼所乘。太宗率精骑击之，冲其阵后，贼众大败，追奔数十里。敬德、相率众八千来降，还令敬德督之，与军营相参㊲。屈突通㊳惧其为变，骤以为请㊴。太宗曰："昔萧王推赤心置人腹中㊵，并能毕命㊶，今委任敬德，又何疑也。"于是刘武周奔于突厥，并㊷、汾悉复旧地。诏就军加拜益州道行台尚书令㊸。

七月，总率诸军攻王世充于洛邑㊹，师次谷州㊺。世充率精兵三万阵于慈涧㊻。太宗以轻骑挑之。时众寡不敌，陷于重围，左右咸惧。太宗命左右先归，独留后殿㊼。世充骁将单雄信数百骑夹道来逼，交枪竞进⁴⁸，太宗几为所败。太宗左右射之，无不应弦而倒，获其大将燕颀。世充乃拔慈涧之镇⁴⁹归于东都。太宗遣行军总管史万宝自宜阳南据龙门⁵⁰，刘德威自太行东围河内⁵¹，王君廓自洛口⁵²断贼粮道。又遣黄君汉夜从孝水河中下舟师袭回洛城⁵³，克之。黄河已南，莫不响应，城堡相次来降。大军进屯邙山⁵⁴。九月，太宗以五百骑先观战地，卒⁵⁵与世充万余人相遇，会战，复破之，斩首三千余级，获大将陈智略，世充仅以身免。其所署管州总管⁵⁶杨庆遣使请降，遣李世勣率师出辗辕道安抚其众⁵⁷。荥、汴、洧、豫⁵⁸九州相继来降。世充遂求救于窦建德⁵⁹。

四年二月，又进屯青城宫⁶⁰。营垒未立，世充众二万自方诸门临谷水而阵。太宗以精骑阵于北邙山，令屈突通率步卒五千渡水以击之，因诫通曰："待兵交即放烟，吾当率骑军南下。"兵才接，太宗以骑冲之，挺身先进，与通表里相应。贼众殊死战，散而复合者数焉。自辰及午⁶¹，贼众始退。纵兵乘之，俘斩八千人，于是进营城下⁶²。世充不敢复出，但婴城自守，以待建德之援。太宗遣诸军掘堑，匝布长围以守之⁶³。吴王杜伏威⁶⁴遣其将陈正通、徐召宗率精兵二千来会于军所。伪郑州司马沈悦以武牢⁶⁵降，将军王君廓应之⁶⁶，擒其伪荆王王行本。

会窦建德以兵十余万来援世充，至于酸枣⁶⁷。萧瑀、屈突通、封德彝皆以腹背受敌，恐非万全，请退师谷州以观之。太宗曰："世充粮尽，内外离心，我当不劳攻击，坐收其敝⁶⁸。建德新破孟海公⁶⁹，将骄卒惰，吾当进据武牢，扼其襟要。贼若冒险与我争锋，破之必矣。如其不战，旬日间⁷⁰世充当自溃。若不速进，贼入武牢，诸城新附，必不能守。二贼并力，将若之何？"通又请解围就险⁷¹以候其变，太宗不许。于是留通辅齐王元吉⁷²以围世充，亲率步骑三千五百人趣武牢。

建德自荥阳⁷³西上，筑垒于板渚⁷⁴，太宗屯武牢，相持二十余日。谍者⁷⁵曰："建德伺官军刍尽，候牧马于河北，因将袭武牢。"太宗知其谋，遂牧马河北以诱之。诘朝，建德果悉众⁷⁶而至，陈兵汜水⁷⁷，世充将郭士衡阵于其南，绵亘数里，鼓噪⁷⁸，诸将大惧。太宗将数骑升高丘以望之，谓诸将曰："贼起山东⁷⁹，未见大敌。今度险而嚣⁸⁰，是无政令;逼城而阵,有轻我心。我按兵不出,彼乃气衰,阵久卒饥,必将自退,追而击之,无往不克。吾与公等约,必以午时后破之。"建德列阵,自辰至午,兵士饥倦,皆坐列,又争饮水,逡巡敛退㉛。太宗曰:"可击矣!"亲率轻骑追而诱之,众继至。建德回师而阵,未及整列,太宗先登击之,所向皆靡。俄而众军合战,嚣尘四起。太宗率史大奈、程咬金、秦叔宝、宇文歆等挥幡而入,直突出其阵后,张我旗帜㉜。贼顾见之,大溃。追奔三十里,斩首三千馀级,虏其众五万,生擒建德于阵。太宗数㉝之曰:"我以干戈问罪,本在王世充,得失存亡,不预㉞汝事,何故越境,犯我兵锋?"建德股慄㉟而言曰:"今若不来,恐劳远取。"高祖闻而大悦,手诏曰;"隋氏分崩,崤函隔绝㊱。两雄㊲合势,一朝清荡。兵既克捷,更无死伤。无愧为臣,不忧其父,并汝功也。"乃将建德至东都城下。世充惧,率其官属二千馀人诣军门㊳请降,山东悉平。

太宗入据宫城,令萧瑀、窦轨等封守府库,一无所取,令记室㊴房玄龄收隋图籍。于是诛其同恶段达等五十馀人,枉被囚禁者悉释之,非罪诛戮者祭而诔㊵之。大飨㊶将士,班赐㊷有差。高祖令尚书左仆射裴寂劳于军中。

【注释】　① 武德元年:公元618年。武德,唐高祖李渊年号(618—626)。　② 薛举寇泾州:薛举,隋末地方割据者,据有陇西广大地区。泾州,治所安定,在今甘肃泾川北。　③ 仁杲(gǎo):或作"仁果"。　④ 折摭城:在今甘肃泾川东北,安定之西。薛仁杲继位于此。　⑤ 按甲:按兵不动。　⑥ 浅水原:在折摭城之东,今陕西长武北。　⑦ 并军:合军,集中所有军队。　⑧ 奄:忽然。　⑨ 将:率领。　⑩ 王师表里齐奋:王师,指李世民率领的军队。表里,指敌阵里外的唐军。　⑪ 趣:通"趋"。　⑫ 婴城:闭城。　⑬ 诘朝:早晨。诘,义同"翌"。　⑭ 薄:同"迫"。　⑮ 权道:权宜之计。　⑯ 宋金刚之陷浍州:宋金刚,刘武周手下大将。浍州,今山西翼城、绛县等地区。　⑰ 王行本尚据蒲州:王行本,王世充的侄子,被封为荆王。蒲州,今山西永济西。　⑱ 夏县:今山西夏县。　⑲ 晋:晋州,在今山西临汾一带。　⑳ 关中:是古人在地理上的习惯用语,大体指今陕西秦岭以北的广大地区。此指唐都城长安及周边地区。　㉑ 河东:黄河以东。　㉒ 关西:潼关以西。　㉓ 王业所基:帝王事业的根基。　㉔ "河东殷实"二句:意思是,河东地区十分富饶,是京城地区所要依靠的。　㉕ 假:借,凭借。　㉖ 殄(tiǎn)灭武周:殄,灭绝。武周,刘武周,隋末地方割据者,据有今山西广大地区。　㉗ 汾:汾州,在今山西汾阳一带。　㉘ 长春宫:在朝邑(今陕西大荔东),是李世民官署所在地。　㉙ 龙门关:在今山西河津北,西临黄河。　㉚ 柏壁:在今山西新绛西南。　㉛ "寻而"句:寻而,不久。孝基,唐王朝宗室李孝基。　㉜邀之于美良川：邀，邀击，迎候攻击。美良川，在今山西夏县北。　㉝悬军：军队离开大本营深入敌后。　㉞馁：饥饿。　㉟介州：今山西介休。　㊱李世勣(jī)：本姓徐，原瓦岗军将领，归唐后赐姓李，高宗时又因避太宗名讳去掉"世"字，叫李勣。　㊲与军营相参：指尉迟敬德统率的降军与唐军的部队交错在一起。　㊳屈突通：李世民手下大将。　㊴骤以为请，意思是，屈突通马上请求李世民注意这个问题。　㊵"昔萧王"句：萧王，东汉光武帝刘秀在称帝之前曾被封为萧王。他把投降过来的农民军首领封为列侯，怕他们还有顾虑，让他们统领原部，自己则轻骑往来巡行，表示毫无怀疑之心，于是众降将很感动，说萧王是"推赤心置人腹中"。　㊶毕命：拼命出力。　㊷并：并州，即今山西太原及其周边地区。　㊸"诏就军加拜"句：就军，就在军营里。益州道行台，尚书省在益州道的分支机构。益州，今四川成都。尚书令，此指行台的最高长官。　㊹攻王世充于洛邑：王世充，隋末地方割据者。高祖武德二年在洛阳自立为帝，国号郑，是河南地区重要的割据势力。洛邑，即洛阳，今河南洛阳。　㊺师次谷州：次，停留，驻扎。谷州，治所在今河南新安。　㊻慈涧：在河南新安、洛阳之间，北临谷水。　㊼殿：殿后。　㊽交枪竞进：刀枪纵横，蜂拥前进。　㊾拔慈涧之镇：撤回镇守在慈涧的军队。　㊿龙门：即今洛阳南郊的龙门。　㔿河内：今河南沁阳。　㔾洛口：在洛水北流入黄河处。　㖦回洛城：在今河南偃师北，北临黄河。　㘈邙山：北邙山，在今河南洛阳北郊。　㕻卒(cù)：同"猝"，突然。　㕥署管州总管：署，任命。管州，今河南郑州。　㕮轘辕：山名，在今河南偃师东南。　㕰荥、汴、洧、豫：荥，荥州，今河南荥阳。汴，汴州，今河南开封。洧(wěi)，洧州，今河南鄢陵。豫，豫州，今河南汝南一带地区。　㖩窦建德：隋末农民起义首领，当时据有河北等地。　㖇青城宫：在洛阳城西的禁苑中。　㔻自辰及午：我国古代把一昼夜分为子、丑、寅、卯等十二个时辰，自辰及午相当于上午八九点钟到中午的十二点、一点钟。　㖞进营城下：前进到洛阳城下扎下营寨。　㕘匝布长围以守之：意思是，太宗在洛阳的四周布下包围圈，严加防守。匝(zā)，环绕。　㖉杜伏威：隋末农民起义领袖，武德二年降唐，被封为吴王。　㕆武牢：在今河南荥阳西北，东临汜水。原名虎牢，唐人避高祖的祖父李虎名讳而改为武牢。　㖇应之：接应他。　㕈酸枣：今河南延津。　㖄坐收其敝：坐等着就能收到他失败的结果。　㖋孟海公：隋末农民起义首领，据有山东曹县、成武一带。武德四年，窦建德发起进攻，俘虏了他。　㖌旬日间：指不多长时间。旬，十天为旬。　㕫解围就险：解围，解除对洛阳城的包围。就险，前往险要之地。　㖍元吉：李元吉，唐高祖的第四子。唐建国后，被封为齐王。　㖎荥阳：今河南荥阳。　㖏板渚：今河南荥阳之北，北临黄河。　㕤谍者：情报人员。　㕥悉众：全部人马。　㕿汜水：在今河南荥阳西北。　㖈鼓噪：形容鼓声和噪闹声响成一片。　㖀山东：古时泛指华山或崤山以东地区。此指今河南、河北、山东等地区。　㖁嚣：喧哗，吵闹。　㖂逡巡敛退：逡(qūn)巡，欲进不进的样子。敛退，收兵后退。　㖃张我旗帜：张扬起唐军的旗帜。　㖄数(shǔ)：数落，责备。　㖅预：参与，相关。　㖆股栗：大腿发抖。　㖇崤函：崤(yáo)，崤山，在今河南西部，黄河、洛水之间。函，函谷关，在今河南灵宝东北。　㖈两雄：指王世充、窦建德。　㖉诣军门：诣，到。军门，李世民军营门口。　㖊记室：记室参军的简称，承担秘书工作。　㖋诔(lěi)：哀祭文体的一种，此用作动词。　㖌飨(xiǎng)：用酒食款待。　㖍班赐：按功劳大小分别赏赐。班，分别。

【赏析】 这篇文章比较充分地表现了青年统帅李世民的军事才能和勇猛顽强的战斗作风。

首先,他具备全局观念、宏观眼光,能正确判断形势,分析敌情,不以一时一地的胜负轻下决心,轻定进退。当他人与自己的意见不一致时,能仔细说明原委,剖析利弊,说服众人,同心同德地去迎接挑战,争取胜利。刘武周的大将宋金刚攻陷浍州后,高祖鉴于山西局势危急,提出"弃河东""守关西"的战略设想。太宗认为不妥,提出异议后,高祖采纳其意见,支持其出击迎敌,果然取得了胜利。在包围王世充老巢洛阳城时,窦建德率大军来救,唐军处在腹背受敌的境地,众将提出退兵之计,太宗仔细向众将分析王世充、窦建德两部的情况,认为围城应该继续,迎击窦部十分必要。结果证明这一决策是正确的,窦建德被俘,王世充投降,山东地区被彻底平定。

当然,有了正确的战略决策,还需要有正确的战术设计。文章对李世民组织战役的高超能力也有充分表现。如他进击薛仁杲大将宗罗睺部、刘武周大将宋金刚部都取得了成功。

文中还多次写他率先迎击敌军,或率轻骑冲入敌阵,有时甚至"陷于重围",说明他不仅是富有韬略的统帅,同时又是浑身是胆的骁勇战将。在"击败宋金刚"一段还有个细节描写值得注意,那就是信任降将尉迟敬德。起初,唐将屈突通很担忧,太宗作了一番解释。以后的事实证明,太宗确有知人之明,尉迟敬德成为太宗的亲信之一,他积极参与"玄武门之变",助太宗夺取了帝位。

从写作角度看,本文以时间为序,行文线索清楚,重点突出,记言记行并重,语言表达自然流畅,颇便于阅读。

则天皇后纪

【题解】 本文节选自《旧唐书》卷六。武则天(624—705),即武曌,唐高宗皇后,武周皇帝。十四岁入宫为太宗才人。太宗死后,入长安感业寺为尼。高宗即位后,复入宫为昭仪。永徽六年(655)立为皇后。不久,高宗因患风疾,朝政多由她裁决。先后废中宗李显,立睿宗李旦,又废李旦,自立为帝,改国号为周。她执政三十五年,称帝十五年。在五十年的统治期间,严厉镇压政敌,诛杀李唐宗室及大臣各数千家。同时又改革科举考试,首创武举,准许各级官吏和百姓自行荐举。她重视农业生产,社会经济持续发展,五十年间,全国户数从三百八十万户增至六百一十五万余户。又提倡佛教。在其晚年,土地兼并加剧,社会矛盾加深。临死时,令去帝号,称则天大圣皇后。武则天是中国历史上第一个女皇帝,是一个有争议的历史人物。《旧唐书》的作者对她的态度以贬为主,贬褒并存。本篇对原文作了较多的删节。

【原文】

则天皇后武氏,讳曌①,并州文水②人也。父士彟③,隋大业④末为鹰扬府⑤队正⑥。高祖⑦行军于汾⑧、晋⑨,每休止其家。义旗⑩初起,从平京城。贞观⑪中,累迁工部尚书、荆州都督,封应国公。

初,则天年十四时,太宗闻其美容止,召入宫,立为才人⑫。及太宗崩,遂为尼,居感业寺。大帝⑬于寺见之,复召入宫,拜昭仪⑭。时皇后王氏、良娣⑮萧氏频与武昭仪争宠,互谮毁之,帝皆不纳。进号宸妃⑯。永徽⑰六年,废王皇后而立武宸妃为皇后。高宗称天皇,武后亦称天后。后素多智计,兼涉文史。帝自显庆⑱已后,多苦风疾,百司表奏,皆委天后详决。自此内辅国政数十年,威势与帝无异,当时称为"二圣"。

弘道⑲元年十二月丁巳,大帝崩,皇太子显⑳即位,尊天后为皇太后。既将篡夺,是日自临朝称制㉑。嗣圣㉒元年春正月甲申朔,改元。

二月戊午,废皇帝为庐陵王,幽于别所,仍改赐名哲。己未,立豫王轮㉓为皇帝,令居于别殿。大赦天下,改元文明㉔。皇太后仍临朝称制。

九月,故司空李勣㉕孙柳州司马徐敬业伪称扬州司马,杀长史㉖陈敬之,据扬州起兵,自称上将,以匡复㉗为辞。冬十月,楚州㉘司马李崇福率所部三县以应敬业。命左玉钤卫㉙大将军李孝逸为大总管,率兵三十万以讨之。

垂拱㉚元年春正月,以敬业平,大赦天下,改元。诏内外文武九品已上及百姓,咸令自举。是夏大旱。二年春正月,皇太后下诏,复政于皇帝。以皇太后既非实意,乃固让。皇太后仍依旧临朝称制,大赦天下。

三月,初置匦㉛于朝堂,有进书言事者听投之,由是人间善恶事多所知悉。

四年春二月,毁乾元殿㉜,就其地造明堂㉝。夏四月,魏王武承嗣伪㉞造瑞石,文云:"圣母临人,永昌帝业。"令雍州人唐同泰表称获之洛水。皇太后大悦,号其石为"宝图",擢授同泰游击将军。

五月,皇太后加尊号曰圣母神皇。秋七月,大赦天下。改"宝图"曰"天授圣图",封洛水神为显圣,加位特进㉟,并立庙。就水侧置永昌县。天下大酺㊱五日。八月壬寅,博州㊲刺史、琅邪王冲㊳据博州起兵。命左金吾㊴大将军丘神勣为行军总管讨之。庚戌,冲父豫州㊵刺史、越王贞又举兵于豫州,与冲相应。九月,命内史岑长倩、凤阁侍郎张光辅、左监门大将军鞠崇裕率兵讨之。丙寅,斩贞及冲等,传首神都㊶,改姓为虺㊷氏。曲赦博州。韩王元嘉、鲁王灵夔、元嘉子黄国公譔、灵夔子左散骑常侍范阳王蔼、霍王元轨及子江都王绪、故虢王元凤子东莞公融坐与贞通谋,元嘉、灵夔自杀,元轨配流黔州㊸,譔等伏诛,改姓虺氏。自是宗室诸王相继诛死者,殆将尽矣。其子孙年幼者咸配流岭外,诛其亲党数百余家。十二月己酉,神皇拜洛水,受"天授圣图",是日还宫。明堂成。

永昌㊹元年春正月,神皇亲享明堂,大赦天下,改元,大酺七日。

载初元年春正月,神皇亲享明堂,大赦天下。神皇自以"曌"字为名,遂改诏书为制书。有沙门十人伪撰《大云经》,表上之,盛言神皇受命之事。制颁于天下,令诸州各置大云寺,总度㊺僧千人。

九月九日壬午,革唐命,改国号为周。改元为天授,大赦天下,赐酺七日。乙酉,加尊号曰圣神皇帝,降皇帝为皇嗣。丙戌,初立武氏七庙㊻于神都。追尊神皇父赠太尉、太原王士彟为孝明皇帝。兄子文昌左相㊼承嗣为魏王,天官尚书㊽三思为梁王,堂侄懿宗等十二人为郡王。冬十月,改并州文水县为武兴县,依汉丰、沛例,百姓子孙相承给复㊾。

神龙㊿元年春正月,大赦,改元。上不豫㊾,制自文明元年已后得罪人,除扬、豫、博三州及诸逆魁首,咸赦除之。甲辰,皇太子㊾监国,总统万机,大赦天下。是日,上传皇帝位于皇太子,徙居上阳宫㊾。戊申,皇帝上尊号曰则天大圣皇帝。冬十一月壬寅,则天将大渐㊾,遗制祔庙、归陵,令去帝号,称则天大圣皇后。是日,崩于上阳宫之仙居殿,年八十三,谥曰则天大圣皇后。二年五月庚申,祔㊾葬于乾陵㊾。睿宗即位,诏依上元㊾年故事,号为天后,未几,追尊为大圣天后,改号为则天皇太后。

【注释】　①曌(zhào)：武则天自制十九字之一，义同"照"，作为自己的名。　②文水：县名，今山西文水。　③蠖：音huò。　④大业：隋炀帝年号(605—618)。　⑤鹰扬府：隋代置鹰扬将军府，隶于各卫，统领府兵。　⑥队正：低级武官名，即队长。　⑦高祖：唐高祖李渊。　⑧汾：汾州，治所在今山西隰县。　⑨晋：晋州，治所在今山西临汾市。　⑩义旗：反抗隋朝的大旗。　⑪贞观：唐太宗年号(627—649)。　⑫才人：妃嫔的称号。唐制，才人初为宫官之正五品，后升正四品。　⑬大帝：本指天帝，此处代指太宗之第九子李治，即唐高宗李治。　⑭昭仪：妃嫔的称号。唐制设昭仪一人，正二品。　⑮良娣：古代太子妃妾的称号。　⑯宸妃：唐高宗永徽六年(655)，后宫置宸妃，以示对武则天的宠遇。其地位相当于外廷的一品官。　⑰永徽：唐高宗年号(650—655)。　⑱显庆：唐高宗年号(656—661)。　⑲弘道：唐高宗年号(683)。　⑳显：李显。唐高宗第七子，武后和高宗所生的第三子。　㉑制：皇帝诏命为制。　㉒嗣圣：唐中宗年号(684)。　㉓豫王轮：即李旦。世称唐睿宗。他是唐高宗第八子，武后和高宗所生的第四子。李旦初名旭轮，后改名旦。曾被封为豫王。　㉔文明：唐睿宗年号(684)。　㉕李勣(jī)：唐初大将，本姓徐，名世勣。从唐太宗征战，功勋卓著，赐姓李。高宗立，授尚书左仆射，进位司空。他对武则天被立为皇后持赞成态度，起了重大作用。　㉖长史：指扬州大都督府长史。一般大都督由亲王遥领，长史主其事。　㉗匡复：此指恢复已被废为庐陵王的唐中宗的帝位。　㉘楚州：治所在今江苏淮安市。　㉙左玉钤卫：唐代中央禁军"十六卫"之一。　㉚垂拱：武则天临朝称制时的年号(685—688)。　㉛匦(guǐ)：匣子。　㉜乾元殿：在东都洛阳宫城内。　㉝明堂：古代天子宣明政教或举办朝会、祭祀等大典的地方。　㉞武承嗣：武则天侄，封魏王。　㉟特进：唐文散官名，正二品。　㊱大酺(pú)：封建帝王为表示欢庆所特许的民间大聚饮。　㊲博州：治所在今山东聊城县东北。　㊳琅邪王冲：唐太宗第八子越贞的长子。　㊴左金吾：左金吾卫，中央禁卫军"十六卫"之一。大将军是各"卫"的长官，正三品。　㊵豫州：治所在今河南汝南县。　㊶神都：光宅元年(684)，武则天定都洛阳，改称洛阳为神都。　㊷虺(huǐ)：毒蛇，毒虫。　㊸黔州：治所在今四川彭水县。　㊹永昌：唐睿宗年号(689)。　㊺度：佛教以脱离世俗、生死为度。此指允许世俗之人出家为僧。　㊻七庙：封建帝王设七庙供奉七代祖先。　㊼文昌左相：武则天时改尚书省左右仆射为文昌左右相。　㊽天官尚书：武则天时改吏部尚书为天官尚书。　㊾"依汉丰、沛例"二句：依照汉高祖刘邦做皇帝后免除家乡丰(今江苏丰县)、沛(今江苏沛县)赋税的做法，不让自己家乡缴纳赋税。　㊿神龙：唐中宗年号(705—707)。　㉛不豫：皇帝有病的讳称。　㉜皇太子：指唐中宗李显。武则天临朝称制，废他为庐陵王，圣历二年(699)，召还，封为皇太子。　㉝上阳宫：在洛阳皇城西南，唐高宗时所建。　㉞大渐：病情危重。　㉟祔(fù)：新死者附祭于先祖。　㊱乾陵：唐高宗之陵墓，在今陕西乾县西北梁山。　㊲上元：唐高宗年号(674—676)。

【赏析】　《旧唐书》的《则天皇后纪》不如《新唐书》的《后妃则天武皇后传》生动、丰满，但对武则天的聪明、狡黠、强悍、虚荣性以及手段的歹毒还是有着较充分的反映。

文章的开头，就说她"素多智计，兼涉文史"，说明她不是谨守闺阁的一般女子。唐高宗因患风疾，难以正常处理朝廷大事，就委托她对"百司表奏""详决"。据此看来，唐高宗对她的治理能力还是认可的。高宗死后，她识时务，并不直接登基称帝，而是先由李显承大宝，继而废李显立李旦，自己则"临朝称制"，掌控实权。直到三十五年后才正式"革唐命，改国号为周"，名正言顺地做了皇帝，其忍耐性也不可谓不强了。为了证实自己做皇帝是天意，她还导演了两出戏。一是让侄子武承嗣"伪造瑞石"，"令雍州人唐同泰表称获之洛水"，还装模作样地"封洛水神为显圣，加位特进，并立庙"，以昭告天下，大造舆论。二是暗中指使"沙门十人伪撰《大云经》（经文中说武后乃大肚弥勒佛转世），盛言神皇受命之事"。总之，是竭力造势，让天下人相信她做皇帝是天意所授，不能违忤。武则天临终前，"令去帝号"，称则天大圣皇后，表示要与唐高宗同葬。也就是承认自己就是个唐王朝的皇后，而不是一个新王朝的皇帝。这个做法也是明智之举，否则，她在死后很可能会遭到焚尸扬灰的下场。

武则天做了皇帝后，"既立武氏七庙于神都"，追尊其父为"孝明皇帝"，又封其侄子、堂侄等十四人为"王"或"郡王"，还"依汉丰、沛例，百姓子孙相承给复"，在家族、家乡人面前出尽了风头。这些叙写，表明其极强的虚荣性。

武则天自操控朝政以来，就不断有李唐宗室及忠于李唐王朝的勋贵旧臣起来反抗。对这些反抗者，她不惜一切手段予以镇压。本篇写到垂拱四年（688）八月李唐宗室李贞、李冲父子的一次起兵造反。事平后，所有关涉人员或杀或配流，连年幼子孙也不例外，还"诛其亲党数百馀家"，"自是宗室诸王相继诛死者，殆将尽矣"。反叛主谋者不仅"传首神都"，还改其姓为"虺氏"。这些，均充分暴露出武则天是个心狠手辣的报复狂。

狄仁杰传

【题解】　本文节选自《旧唐书》卷八十九。狄仁杰（630—700），字怀英，太原（今山西太原）人。唐高宗李治时举明经，历任大理丞、侍御史、宁州刺史等职。武则天执政，受到信赖和重用，官至宰相。唐睿宗时追封他为梁国公，世称狄梁公。他是中国历史上著名的清官、能臣，为人正直，仁慈友爱，关心民瘼，敢于直谏，还举荐了不少人才。本文对狄仁杰的政治品格、胆气、睿智、才能作了比较生动的描述。

【原文】

狄仁杰，字怀英，并州太原人也。祖孝绪，贞观中尚书左丞。父知逊，夔州①长史②。仁杰儿童时，门人有被害者，县吏就诘之，众皆接对，唯仁杰坚坐读书。吏责之，仁杰曰："黄卷③之中，圣贤备在，犹不能接对，何暇偶俗吏④，而见责耶！"后以明经⑤举，授汴州⑥判佐⑦。时工部尚书阎立本为河南道⑧黜陟使，仁杰为吏人诬告，立本见而谢曰："仲尼云：'观过知仁矣⑨。'足下可谓海曲之明珠，东南之遗宝。"荐授并州⑩都督府⑪法曹⑫。其亲⑬在河阳⑭别业⑮，仁杰赴并州，登太行山，南望见白云孤飞，谓左右曰："吾亲所居，在此云下。"瞻望伫立久之，云移乃行。仁杰孝友绝人，在并州，有同府法曹郑崇质，母老且病，当充使绝域。仁杰谓曰："太夫人有危疾，而公远使，岂可贻亲万里之忧！"乃诣⑯长史蔺仁基，请代崇质而行。时仁基与司马李孝廉不协，因谓曰："吾等岂独无愧耶？"由是相待如初。

仁杰仪凤⑰中为大理丞⑱，周岁⑲断⑳滞狱㉑一万七千人，无冤诉者。时武卫大将军权善才坐㉒误斫昭陵㉓柏树，仁杰奏罪当免职。高宗令即诛之，仁杰又奏罪不当死。帝作色曰："善才斫陵上树，是使我不孝，必须杀之！"左右瞩仁杰令出㉔，仁杰曰："臣闻逆龙鳞，忤人主，自古以为难，臣愚以为不然。居桀、纣时则难，尧、舜时则易……陛下作法，悬之象魏㉕，徒、流、死罪，俱有等差。岂有犯非极刑，即令赐死？法既无常，则万姓何所措其手足㉖……今陛下以昭陵一株柏杀一将军，千载之后，谓陛下为何主？此臣所以不敢奉制杀善才，陷陛下于不道。"帝意稍解，善才因而免死。居数日，授仁杰侍御史㉗。

转文昌右丞㉘，出为豫州刺史㉙。时越王贞称兵汝南事败㉚，缘坐者六七百人，籍没者五千口。司刑使逼促行刑。仁杰哀其诖误㉛，缓其狱，密表奏曰："臣欲显奏，似为逆人㉜申理；知而不言，恐乖陛下存恤㉝之旨。表成复毁，意不能定。此辈咸非本心，伏望哀其诖误。"特敕原之㉞，配流丰州㉟。豫囚次于宁州，父老迎而劳之曰："我狄使君活汝辈耶！"相携哭于碑下，斋三日而后行。豫囚至流所，复相与立碑颂狄君之德。

初，越王之乱，宰相张光辅率师讨平之，将士恃功，多所求取，仁杰不之应。光辅怒曰："州将㊱轻元帅耶？"仁杰曰："乱河南者，一越王贞耳。今一贞死而万贞生。"光辅质其辞，仁杰曰："明公董戎㊲三十万，平一乱臣，不戢㊳兵锋，纵其暴横，无罪之人，肝脑涂地，此非万贞何耶？且凶威协从，势难自固，及天兵㊴暂临，乘城归顺者万计，绳坠四面成蹊㊵。公奈何纵邀功之人，杀归降之众？但恐冤声腾沸，上彻于天。如得尚方斩马剑加于君颈，虽死如归。㊶"光辅不能诘，心甚衔㊷之。还都，奏仁杰不逊。左授复州㊸刺史。入为洛州司马㊹。

天授㊺二年九月丁酉，转地官侍郎判尚书㊻、同凤阁鸾台平章事㊼。则天谓曰："卿在汝南时，甚有善政，欲知谮㊽卿者乎？"仁杰谢曰："陛下以臣为过，臣当改之；陛下明臣无过，臣之幸也。臣不知谮者，并为善友，臣请不知。"则天深加叹异。

未几，为来俊臣㊾诬构下狱。时一问即承者例得减死㊿，来俊臣逼胁仁杰，令一问承反。仁杰叹曰："大周革命㉛，万物唯新，唐朝旧臣，甘从诛戮。反是实。"俊臣乃少宽之。判官王德寿谓仁杰曰："尚书必得减死。德寿意欲求少阶级㊷，凭尚书牵杨执柔，可乎㊸？"仁杰曰："若何牵之？"德寿曰："尚书为春官㊹时，执柔任其司员外，引之可也。"仁杰曰："皇天后土㊺，遣仁杰行此事！"以头触柱，流血被面，德寿惧而谢焉。既承反，所司但待日行刑，不复严备。仁杰求守者得笔砚，拆被头帛书冤，置绵衣中，谓德寿曰："时方热，请付家人去其绵。"德寿不之察。仁杰子光远得书，持以告变。则天召见，览之而问俊臣。俊臣曰："仁杰不免冠带，寝处甚安，何由伏罪㊻？"则天使人视之，俊臣遽命仁杰巾带而见使者。乃令德寿代仁杰作谢死表，附使者进之。则天召仁杰，谓曰："承反何也？"对曰："向若不承反，已死于鞭笞矣。""何为作谢死表？"曰："臣无此表。"示之，乃知代署也。故得免死。贬彭泽㊼令。武承嗣㊽屡奏请诛之，则天曰："朕好生恶杀，志在恤刑。涣汗㊾已行，不可更返。"

万岁通天㊿年，契丹寇陷冀州㉖，河北震动，征仁杰为魏州㉗刺史。前刺史独孤思庄惧贼至，尽驱百姓入城，缮修守具。仁杰既至，悉放归农亩，谓曰："贼犹在远，何必如是。万一贼来，吾自当之，必不关百姓也。"贼闻之自退，百姓咸歌诵之，相与立碑以纪恩惠。俄转幽州㉘都督㉙。

圣历⑥初，突厥侵掠赵、定等州⑥，命仁杰为河北道元帅，以便宜从事⑥。突厥尽杀所掠男女万余人，从五回⑥道而去。仁杰总兵十万追之不及。便制⑥仁杰河北道安抚大使。时河朔⑦人庶⑦，多为突厥逼胁，贼退后惧诛，又多逃匿。仁杰上疏曰："……臣闻持大国者不可以小道，理事广者不可以细分。人主恢弘⑦，不拘常法，罪之则众情恐惧，恕之则反侧⑦自安。伏愿曲赦河北诸州，一无所问。自然人神道畅，率土欢心，诸军凯旋，得无侵扰。"制从之。军还，授内史⑦。

圣历三年，则天幸三阳宫⑦，王公百僚咸经侍从，唯仁杰特赐宅一区，当时恩宠无比。是岁六月，左玉钤卫大将军李楷固、右武威卫将军骆务整讨契丹余众，擒之，献俘于含枢殿。则天大悦，特赐楷固姓武氏。楷固、务整，并契丹李尽忠之别帅也。初，尽忠之作乱，楷固等屡率兵以陷官军，后兵败来降，有司断以极法⑦。仁杰议以为楷固等并有骁将之才，若恕其死，必能感恩效节。又奏请授其官爵，委以专征⑦。制并从之。及楷固等凯旋，则天召仁杰预宴，因举觞亲劝，归赏于仁杰。授楷固左玉钤卫大将军，赐爵燕国公。

则天又将造大像⑦，用功数百万，令天下僧尼每日人出一钱，以助成之。仁杰上疏谏曰："臣闻为政之本，必先人事……比年⑦已来，风尘⑧屡扰，水旱不节，征役稍繁。家业先空，疮痍⑧未复，此时兴役，力所未堪。伏惟圣朝，功德无量，何必要营大像，而以劳费为名。虽敛僧钱，百未支一⑧。尊容⑧既广，不可露居，覆以百层，尚忧未遍，自馀廊庑⑧，不得全无。又云不损国财，不伤百姓，以此事主，可谓尽忠？臣今思惟，兼采众议，咸以为如来设教⑧，以慈悲为主，下济群品，应是本心，岂欲劳人，以存虚饰？当今有事，边境未宁，宜宽征镇之徭，省不急之费。设令雇作，皆以利趋，既失田时，自然弃本。今不树稼，来岁必饥，役在其中，难以取给。况无官助，义无得成，若费官财，又尽人力，一隅有难，将何救之！"则天乃罢其役。

是岁⑧九月，病卒。则天为之举哀⑧，废朝三日，赠文昌右相⑧，谥曰文惠。

仁杰常以举贤为意，其所引拔桓彦范、敬晖、窦怀贞、姚崇等，至公卿者数十人。

初,中宗⁸⁹在房陵,而吉顼、李昭德皆有匡复说⁹⁰言,则天无复辟⁹¹意。唯仁杰每从容奏对,无不以子母恩情为言,则天亦渐省悟,竟召还中宗,复为储贰⁹²……仁杰前后匡复奏对,凡数万言。

开元⁹³中,北海⁹⁴太守李邕撰为《梁公别传》,备载其辞。中宗返正⁹⁵,追赠司空⁹⁶;睿宗⁹⁷追封梁国公⁹⁸。

【注释】 ① 夔(kuí)州:今重庆奉庆县。 ② 长史:州长官刺史下的主要佐官。 ③ 黄卷:指书本。当时书本用黄纸抄写,可卷起,故称黄卷。 ④ 偶俗吏:与俗吏交往。 ⑤ 明经:唐代科举考试中的一个重要科目,其地位仅次于进士科。 ⑥ 汴州:今河南开封。 ⑦ 判佐:州长官刺史下的佐官。 ⑧ 河南道:贞观元年太宗分天下为十道(十个监察区),河南道是其一。 ⑨ 观过知仁:观看君子的所谓过失,就能知道他的优质品质。此句本《论语·里仁》篇,原文是:"观过斯知仁矣。" ⑩ 并州:今山西太原。 ⑪ 都督府:负责数州军事的衙门。 ⑫ 法曹:都督之下属官"法曹参军事"的简称。 ⑬ 亲:此指父母。 ⑭ 河阳:县名,在今河南孟县南。 ⑮ 别业:别墅。 ⑯ 诣:前往求见。 ⑰ 仪凤:唐高宗李治年号(676—679)。 ⑱ 大理丞:大理寺是中央的审判机构,正副长官是卿、少卿,下设六丞承办具体事务。 ⑲ 周岁:一年。 ⑳ 断:结案。 ㉑ 滞狱:多年积压下来的案件。 ㉒ 坐:因为,由于。 ㉓ 昭陵:唐太宗陵墓名。 ㉔ "左右"句:意思是旁边的人使眼色示意狄仁杰赶快出去。 ㉕ 悬之象魏:公布于众的意思。古代宫门外的阙叫象魏。制定了法律就悬挂在象魏上予以公布。 ㉖ 何所措其手足:不知如何是好的意思。措,置放。语本《论语·子路》:"刑罚不中,则民无所措手足。" ㉗ 侍御史:中央监察机关御史台的属官。 ㉘ 文昌右丞:即尚书右丞。武则天称帝后改尚书省为文昌台。 ㉙ 豫州:在今河南汝南一带。 ㉚ "时越王贞"句:当时越王李贞(太宗第八子)在汝南举兵反武则天失败。 ㉛ 诖(guà)误:上当受骗而犯错。诖,欺骗。 ㉜ 逆人:造反之人。 ㉝ 存恤:体恤。 ㉞ 原之:原谅、宽恕他们。 ㉟ 配流丰州:意思是把原定判死罪的改为发配流放到丰州。丰州,在今内蒙古五原县西南。 ㊱ 州将:指狄仁杰。当时刺史也管军事,故可称州刺史为州将。 ㊲ 董戎:统率军队。 ㊳ 戢(jí):收敛。 ㊴ 天兵:指中央朝廷的军队。 ㊵ "乘城归顺者"二句:爬上城头用绳子坠下去向"天兵"投降的人很多,以至于城外都是践踏出来的小路。 ㊶ "如得"二句:意思是如能有尚方斩马剑砍下你的头颅,我纵然同死也心甘情愿。 ㊷ 衔:衔恨。 ㊸ 复州:在今湖北沔阳一带。 ㊹ 洛州:在今河南洛阳一带。 ㊺ 天授:武则天年号(公元690—692)。 ㊻ 地官侍郎判尚书:以地官(户部)侍郎身份承担尚书的工作。 ㊼ 同凤阁鸾台平章事:即同中书门下平章事,也就是宰相。武则天改中书省为凤阁,门下省为鸾台。 ㊽ 谮(zèn):说别人的坏话。 ㊾ 来俊臣:武则天时酷吏。天授二年(691)任左台御史中丞,大兴刑狱,酷刑逼供,被诬陷灭族者千余家。后又拟诬陷武氏诸王及太平公主,被逮捕弃市。 ㊿ "时一问即承者"句:当时,一次审问就承认有罪的可以照例减罪免死。 ○51 大周革命:指武则天于公元690年称帝,改国号为周。 ○52 少阶级:多少提高点官阶品级。 ○53 "凭尚书"二句:意思是通过你把杨执柔牵进这个案子,可以吗? ○54 春官:武则天称帝时,改礼部为春官。

狄仁杰未在春官任职,这里可能有误。　㊺皇天后土:天地神灵。　㊻何由伏罪:为什么要承认有罪呢?也就是说,他确实有罪。　㊼彭泽:县名,在今江西彭泽东。　㊽承嗣:武则天的内侄。　㊾涣汗:代指皇帝的命令。涣,散发。帝王发布命令,像身上出汗那样散发出去。故有此代称。　㊿万岁通天:武则天年号(696—697)。　㉑冀州:在今河北冀州一带。　㉒魏州:在今河北大名一带。　㉓幽州:在今北京一带。　㉔都督:当时幽州设置都督府,以都督为长官。　㉕圣历:武则天年号(698—670)。　㉖赵、业等州:赵州,在今河北赵州一带。定州,在今河北定县一带。　㉗便宜从事:根据实际情况灵活处理事务,不必请示。　㉘五回:岭名,在今河北易县西。　㉙制:帝王的命令。　㉚河朔:即河北。　㉛人庶:庶民,百姓。　㉜恢宏:气度宏大。　㉝反侧:内心不安,有疑虑。　㉞内史:武则天时,把中书令改称为内史。　㉟三阳宫:在今河南登封南。　㊱极法:处以极刑(死刑)。　㊲专征:独领一支军队出征。表示十分信任。　㊳大像:大佛像。　㊴比年:近年。　㊵风尘:代指战争。　㊶疮痍:创伤。　㊷百未支一:还不足(工程款)的百分之一。　㊸尊容:指佛像。　㊹廊庑:指大佛殿外的廊道偏殿。　㊺设教:创设佛教。　㊻是岁:这一年。　㊼举哀:举办哀悼仪式。　㊽文昌右相:武则天时改尚书省左右仆射为文昌左右相。　㊾中宗:唐高宗和武则天所生第三子李显。高宗死后即位,不久被武则天废为庐陵王,放逐到房陵(今湖北房县)。　㊿谠(dǎng):正直。　㉑复辟:让中宗复位的意愿。辟,此指君主。　㉒储贰:储君。　㉓开元:唐玄宗年号(713—741)。　㉔北海:玄宗时曾改青州为北海郡,在今山东青州一带。　㉕返正:复位做皇帝。　㉖司空:与太尉、司徒合称为三公,正一品。　㉗睿宗:唐高宗和武则天所生第四子李旦。中宗死后,李旦第三子李隆基(即唐玄宗)发动政变,其父李旦即位。　㉘国公:唐代第三等爵位,从一品。

【赏析】　本文以质朴自然的笔法,按照时间顺序,记述了狄仁杰一生的主要事迹,展现他诸多优秀品质,同时也刻画出他敏于处事、慧眼识才的非凡能力。

　　给人印象最深的,是他不畏艰危,敢于直言极谏。将军权善才误斫昭陵树,狄仁杰上奏"罪当免职"。当高宗同意惩处时,他又奏"罪不当死"。高宗由此生气,变了脸色。狄仁杰并不畏惧"龙颜大怒",仍坚持说理,终于使皇帝回心转意,晚年的狄仁杰仍然敢于拂逆上意,大胆进言,劝阻了武则于打算造大佛像的念头。

　　狄仁杰的仁慈友善,本文中有相当充分的描述。他在并州都督府法曹任上,主动要求代同事郑崇质"充使绝域";被来俊臣诬陷下狱时,宁死不肯诬告部属杨执柔;任豫州刺史时上密表请求朝廷从轻发落"附逆者"(实是被胁迫者);等等;当武则天想告诉他企图加害于他的进谗者姓名时,他明确表示不想知道。这个举动,鲜明地体现出他的宽广胸怀。这一点是凡庸之辈很难做到的。

狄仁杰秉性坚贞刚烈,但并非刻板僵化之人。当他被诬下狱时,为将来计,他先承认有谋反罪(否则必遭酷刑致死),然后又悄悄附书信于绵衣内,送至家里让其儿子上书申冤。这件事使我们看到了他练达老到的一面。

狄仁杰一生活了七十年,仕历丰富,政绩卓著,可记之事甚多,作者采取了详略兼顾的写法。如写他"周岁断滞狱一万七千人,无冤诉者",一句概括尽一年事。而对将军权善才误斫树事,则不惮笔墨缕述之。借助侧笔烘托传主形象,也是本文的一个特点。如写他不愿闻知进谗者姓名,武则天因此而"深加叹异"。通过记录武则天的反应,凸现其恢宏大度。

稍后于狄仁杰的盛唐著名诗人高适有《狄梁公仁杰》诗:"梁公乃贞固,勋烈垂竹帛。昌言太后朝,潜运储君策。招贤开相府,共理登方伯。至今青云人,犹是门下客。"的确,我们读这篇传记,会觉得高适的评价并不过分。

郭子仪传

【题解】 本文节选自《旧唐书》卷一百二十。郭子仪(697—781),华州郑县(今陕西华县)人。镇压安史之乱的主要将领。以"武举高等"进入仕途。天宝十四载(755),安禄山反,时任灵武郡太守充朔方节度使的郭子仪率本军东讨,破史思明于河北。至德二载(757),以关内、河东副元帅名义,配合回纥兵,率部收复长安、洛阳等地。广德二年(764),叛将仆固怀恩纠合回纥、吐蕃攻唐,他说服回纥联唐以拒吐蕃。本文即叙写郭子仪分别于广德二年、永泰元年抗击仆固怀恩、联回纥拒吐蕃之事。

【原文】

十月①,仆固怀恩引吐蕃、回纥、党项数十万南下,京师②大恐,子仪出镇奉天③。帝召子仪问御戎之计,子仪曰:"以臣所见,怀恩无能为也。"帝问其故,对曰:"怀恩虽称骁勇,素失士心,今所以能为乱者,引思归之人④耳。怀恩本臣偏将,其下皆臣之部曲⑤,臣恩信尝及之,今臣为大将,必不忍以锋刃相向,以此知其无能为也。"虏寇邠州⑥,子仪在泾阳⑦,子仪令长男⑧朔方兵马使曜率师援之,与邠宁节度使白孝德闭城拒守。怀恩前锋至奉天,近城挑战,诸将请击之,子仪止之曰:"夫客兵⑨深入,利在速战,不可争锋。彼皆吾之部曲,缓之自当携贰⑩;若迫之,是速其战⑪,战则胜负未可知。敢言战者斩!"坚壁⑫待之,果不战而退。

八月⑬,仆固怀恩诱吐蕃、回纥、党项、羌、浑、奴剌、山贼任敷、郑庭、郝德、刘开元等三十馀万南下,先发数万人掠同州⑭,期自华阴趋蓝田⑮,以扼南路,怀恩率重兵继其后。回纥、吐蕃自泾、邠、凤翔⑯数道寇京畿,掠奉天、醴泉⑰。京师震恐。

是时,急召子仪自河中至,屯于泾阳,而虏骑已合。子仪一军万馀人,而杂虏⑱围之数重。子仪使李国臣、高升拒其东,魏楚玉当其南,陈回光当其西,朱元琮当其北。子仪率甲骑二千出没于左右前后,虏见而问:"此谁也?"报曰:"郭令公⑲也。"回纥曰:"令公存乎?仆固怀恩言天可汗已弃四海⑳,令公亦谢世,中国无主,故从其来。今令公存,天可汗存乎?"报之曰:"皇帝万岁无疆。"回纥皆曰:"怀恩欺我。"子仪又使谕㉑之曰:"公等顷㉒年远涉万里,翦除凶逆,恢复二京。是时子仪与公等周旋艰难㉓,何日忘之。今忽弃旧好,助一叛臣,何其愚也!且怀恩背主弃亲㉔,于公等何有㉕?"回纥曰:"谓令公亡矣,不然,何以至此。令公诚存,安得而见之?"子仪将出,诸将谏曰:"戎狄之心,不可信也,请无往。"子仪曰:"虏有数十倍之众,今力固不敌㉖,且至诚感神,况虏辈乎!"诸将曰:"请选铁骑五百卫从。"子仪曰:"适㉗足以为害也。"乃传呼曰:"令公来!"虏初疑,持满注矢以待之㉘。子仪以数十骑徐出,免胄而劳之㉙曰:"安乎?久同忠义,何至于是?"回纥皆舍㉚兵下马齐拜曰:"果吾父也。"子仪召其首领,各饮之酒,与之罗锦,欢言如初。子仪说回纥曰:"吐蕃本吾舅甥之国㉛,无负而至㉜,是无亲也。若倒戈乘之㉝,如拾地芥㉞耳。其羊马满野,长数百里,是谓天赐,不可失也。今能逐戎以利举㉟,与我继好而凯旋,不亦善乎!"会怀恩暴死于鸣沙㊱,群虏无所统摄,遂许诺,乃遣首领石野那等入朝。子仪遣朔方兵马使白元光与回纥会军。吐蕃知其谋,是夜奔退。回纥与元光追之,子仪大军继其后,大破吐蕃十馀万于灵武台西原,斩首五万,生擒万人,收其所掠士女四千人,获牛羊驼马三百里内不绝。子仪自泾阳入朝,加实封㊲二百户,还镇河中。

【注释】　①十月:指唐代宗广德二年(764)十月。　②京师:京城。　③奉天:今陕西乾县。　④引思归之人:带领了想归来的人。　⑤部曲:亲信部下。　⑥邠州:治所在今陕西彬县。　⑦泾阳:今陕西泾阳。　⑧长男:长子。　⑨客兵:外地来的兵,此指仆固怀恩所率领的军队。　⑩ 携贰:怀有二心。　⑪ 速其战:催促他们迅速投入战斗。　⑫ 坚壁:此指坚持守城不出击。壁,营垒。　⑬ 八月:指代宗永泰元年(765)八月。时郭子仪任都统河南道节度行营,出镇河中。河中节度使所在地在今山西永济西。　⑭ 同州:治所在今陕西大荔。　⑮ 自华阴趋蓝田:华阴,今陕西华阴。蓝田,今陕西蓝田。　⑯ 凤翔:今陕西凤翔。　⑰ 醴泉:今陕西礼泉。　⑱ 杂虏:由少数民族组成的敌军。　⑲ 郭令公:郭子仪当时兼任中书省的最高长官中书令,所以被尊称为郭令公。　⑳ 天可汗已弃四海:天可汗,古代北方突厥、回纥等少数民族称其最高统治者为可汗。唐太宗时期,他们尊称唐太宗为天可汗,以后就相沿而称唐代皇帝为天可汗。弃四海,代称皇帝之死。㉑ 谕:劝谕,劝导。　㉒ 顷年:前些年。顷,短时间,不久。唐肃宗至德二年(757),唐朝借回纥兵收复京城长安和东都洛阳。唐子仪作为唐军将领曾与回纥兵一道作战。　㉓ 周旋艰难:指共同度过艰难岁月。　㉔ 背主弃亲:背主,背叛唐朝君主。弃亲,仆固怀恩曾抛弃母亲而逃跑。　㉕ 于公等有何:意思是,帮助仆固怀恩这种卑鄙小人,对你们有什么好处呢?　㉖ 不敌:不能匹敌,即不能胜过他。　㉗ 适:正,恰好。　㉘ 持满注矢:持满,拉满弓。注矢,搭上箭。　㉙ 免胄而劳之:免胄(zhòu),脱下头盔。胄,头盔。劳,慰劳,慰问。㉚ 舍兵:扔掉兵器。　㉛ 舅甥之国:贞观十五年(641),唐太宗曾把宗室之女文成公主嫁给吐蕃赞普松赞干布,因此说唐朝与吐蕃政权有舅甥关系。　㉜ 这句的意思是,唐王朝没有做对不起吐蕃的事,而吐蕃竟然出兵前来。　㉝ 乘之:乘机攻击它。　㉞ 拾地芥:容易得好像是拾取地上的一粒芥子。　㉟ 逐戎以利举:逐戎,驱逐吐蕃。利举,获取好处。㊱ "会怀恩"句:会,恰好。鸣沙,灵州下的属县,在今宁夏灵武西南。　㊲ 实封:唐代封爵中的食邑若干户(如亲王食邑万户),是虚封,不领实惠,只有加上"实封"名号,才能得到相应的封户租调。

【赏析】　本文选录的郭子仪的两则故事,充分显现出他的深远谋略、无畏胆气和崇高声望。

第一则故事发生在代宗广德二年(764)十月,当时郭子仪六十八岁。当叛军仆固怀恩勾结吐蕃、回纥、党项等数十万大军南下,京都大恐、皇帝焦虑时,郭子仪却十分冷静,认为不足为虑。皇帝询问原由,他说了三点:一,怀恩"素失士心",士兵未必肯出死力打仗;二,其军士多因思归故乡而从其南下,未必是真心叛乱者;三,怀恩部下原是郭子仪部下,而他自信对部下有"恩信",他们对老长官必不忍心"锋刃相向"。正是基于对敌情的正确判断,他采取了坚守城池不出战的策略,还果断发令:"敢言战者斩。"事情的结果一如其所言。不久,敌军"不战而退"。

第二则故事发生在代宗永泰元年(765)八月。这次仆固怀恩的进攻势头更大,纠合了回纥、吐蕃等共三十多万人马南下。当时郭子仪所部一万余人被敌军重重包围。但他毫无惧色,有条不紊地安排防御力量,自己则亲自巡视各防地。当回纥将士得知唐军主帅是郭子仪,十分惊讶时,他不失时机地与他们通话,重提过去共同作战的友情,瓦解其斗志。尤其能表现其非凡胆略的是不顾众将劝阻,亲自入回纥军营与大家见面,与其首领饮酒言欢,并进行策反工作。事情的变化出人意料的顺利,仆固怀恩暴死,唐军与回纥兵携手作战,吐蕃军队连夜退兵,大败而归。

这两则故事,第一则全以记言来刻画郭子仪的形象,第二则故事也是以记言为主,个别地方的动作描写,文字极简省但形象极生动,如写郭子仪"以数十骑徐出"、"免胄而劳之",完全是镇定自若、彬彬有礼的儒帅形象。写回纥兵见之"皆舍兵下马",齐拜而言"果吾父也",则衬托出郭子仪在回纥军队中如日月经天般的赫赫威望。

李愬传

【题解】 本文节选自《旧唐书》卷一百三十三。李愬是德宗朝名将李晟之子,他本人则是宪宗朝的著名将领。本文主要记述李愬在元和十一年(816)、十二年期间经过长期准备、精心筹画,最终取得奇袭蔡州成功、俘获叛将吴元济的事迹。此战成为中国古代战争史上奇袭战的范例。传文对李愬如何谋划、如何集聚人才、如何用兵有较详细的介绍。在叙事过程中,生动地表现出传主德才兼备的优秀品质和高超的军事指挥才能。

【原文】
　　愬以父荫①起家,授太常寺协律郎②,迁卫尉少卿③。愬早丧所出④,保养于晋国夫人王氏⑤,及卒,晟以本非正室,令服缌⑥,号哭不忍,晟感之,因许服缞。既练⑦,丁父忧⑧,愬与仲弟宪庐于墓侧⑨,德宗不许,诏令归第。居一宿,徒跣⑩复往,上知不可夺,遂许终制⑪。服阕⑫,授右庶子⑬,转少府监⑭、左庶子。出为坊、晋二州刺史。以理行⑮殊异,加金紫光禄大夫⑯。复为庶子,累迁至太子詹事、宫苑闲厩使⑰。

　　愬有筹略,善骑射。元和十一年⑱,用兵讨蔡州吴元济⑲。七月,唐、邓节度使高霞寓战败,又命袁滋为帅,滋亦无功。愬抗表⑳自陈,愿于军前自效。宰相李逢吉亦以愬才可用,遂检校左散骑常侍㉑,兼邓州㉒刺史、御史大夫,充随、唐㉓、邓节度使。兵士摧败之馀,气势伤沮。愬揣知其情,乃不肃军阵,不齐部伍。或以不肃为言㉔,愬曰:"贼方安袁尚书之宽易㉕,吾不欲使其改备。"乃给㉖告三军曰：“天子知愬柔而忍耻，故令抚养尔辈。战者，非吾事也。”军众信而乐之。愬又散其优乐㉗，未尝宴乐；士卒伤痍者，亲自抚㉘之。贼以尝败高、袁二帅，又以愬名位非所畏惮者，不甚增其备。

愬沉勇长算㉙，推诚待士，故能用其卑弱之势，出贼不意。居半岁，知人可用，乃谋袭蔡，表请济师㉚。诏河中、鄜坊㉛骑兵二千人益之，由是完缉㉜器械，阴计㉝戎事。尝获贼将丁士良，召入与语，辞气不挠，愬异之，因释其缚，置为捉生将㉞。士良感之，乃曰："贼将吴秀琳总众数千，不可遽破者，用陈光洽之谋也。士良能擒光洽以降秀琳。"愬从之，果擒光洽。十二月，吴秀琳以文成栅㉟兵三千降。愬乃径徙之新兴栅㊱，遂以秀琳之众攻吴房县㊲，收其外城。初，将攻吴房，军吏曰："往亡日㊳，请避之。"愬曰："贼以往亡谓吾不来，正可击也。"及战，胜捷而归。贼以骁骑五百追愬，愬下马据胡床㊴，令众悉力赴战，射杀贼将孙忠宪，乃退。或劝愬遂拔吴房，愬曰："取之则合势而固其穴㊵，不如留之以分其力。"

初，吴秀琳之降，愬单骑至栅下与之语，亲释其缚，署为衙将㊶。秀琳感恩，期于效报，谓愬曰："若欲破贼，须得李祐，某无能为也。"祐者，贼之骑将，有胆略，守兴桥栅㊷，常侮易官军，去来不可备。愬召其将史用诚诫之曰："今祐以众获麦于张柴㊸，尔可以三百骑伏旁林中，又使摇旆㊹于前，示将焚麦者。祐素易㊺我军，必轻而来逐，尔以轻骑搏之，必获祐。"用诚等如其料，果擒祐而还。官军常苦祐，皆请杀之，愬不听，解缚而客礼之㊻。愬乘间㊼常召祐及李忠义，屏人㊽而语，或至夜分㊾。忠义，亦降将也，本名宪，愬致之㊿。军中多谏愬，愬益宠祐。始募敢死者三千人以为突将○51，愬自教习之。愬将袭元济，会雨水，自五月至七月不止，沟塍○52溃溢，不可出师。军吏咸以不杀祐为言，简牍日至○53，且言得贼谍者具言其事。愬无以止之，乃持祐泣曰："岂天意不欲平此贼，何尔一身见夺于众口！○54"愬又虑诸军先以谤闻○55，则不能全祐，乃械送京师，先表请释○56，且言："必杀祐，则无以成功者。"比○57祐至京，诏释以还愬，乃署为散兵马使○58，令佩刀巡警，出入帐中，略无猜闲。又改为六院兵马使○59。旧军令，有舍贼谍者屠其家○60，愬除○61其令，因使厚之○62，谍反以情告愬，愬益知贼中虚实。

陈、许节度使李光颜勇冠诸军,贼悉以精卒抗光颜。由是愬乘其无备,十月,将袭蔡州。其月七日,使判官郑澥告师期于裴度㊸。十日夜,以李祐率突将三千为先锋,李忠义副之,愬自帅中军三千,田进诚以后军三千殿㊹而行。初出文成栅,众请所向,愬曰:"东六十里止。"至贼境,曰张柴砦㊺,尽杀其戍卒,令军士少息,缮鞴鞍㊻甲胄,发刃彀弓㊼,复建旆而出。是日,阴晦雨雪,大风裂旗旆,马慄而不能跃,士卒苦寒,抱戈僵仆者道路相望㊽。其川泽梁径险夷,张柴已东,师人㊾未尝蹈其境,皆谓投身不测。初至张柴,诸将请所止,愬曰:"入蔡州取吴元济也。"诸将失色。监军使㊿哭而言曰:"果落李祐计中!"愬不听,促令进军,皆谓必不生还,然已从愬之令,无敢为身计㉛者。愬道分五百人断洄曲路桥㉜,其夜冻死者十二三。又分五百人断朗山㉝路。自张柴行七十里,比至悬瓠城㉞,夜半,雪愈甚。近城有鹅鸭池,愬令惊击之,以杂其声㉟。贼恃吴房、朗山之固,晏然无一人知者。李祐、李忠义坎墉㊱而先登,敢锐者㊲从之,尽杀守门卒而登其门,留击柝者㊳。黎明,雪亦止,愬入,止元济外宅㊴。蔡吏告元济曰:"城已陷矣。"元济曰:"是洄曲子弟归求寒衣耳。"俄闻愬军号令将士云:"常侍㊵传语。"乃曰:"何常侍得至于此?"遂驱率左右乘子城㊶拒捍。田进诚以兵环而攻之。愬计元济犹望董重质㊷来救,乃令访重质家安恤之,使其家人持书召重质。重质单骑而归愬,白衣泥首㊸,愬以客礼待之。田进诚焚子城南门,元济城上请罪,进诚梯而下之,乃槛㊹送京师。其申、光二州㊺及诸镇兵尚二万馀人,相次来降。

　　自元济就擒,愬不戮一人,其为元济执事帐下厨厩之间者,皆复其职,使之不疑。乃屯兵鞠场㊻以待裴度。翌日,度至,愬具橐鞬候度马首㊼。度将避之,愬曰:"此方不识上下等威之分久矣,请公因以示之。"度以宰相礼受愬迎谒,众皆耸观㊽。明日,愬军还于文成栅。十一月,诏以愬检校尚书左仆射㊾,兼襄州刺史、山南东道节度、襄邓随唐复郢均房等州观察等使、上柱国㊿,封凉国公㉛,食邑三千户,食实封五百户㉜,一子五品正员㉝。

【注释】　①父荫:因父亲的官爵而授官职。李愬的父亲李晟(字良器)在代宗大历初年任右神策军都将。德宗时,河北三镇叛变,他率军讨伐,拜神策行营节度使。泾原兵变,朱泚在长安称帝,他回师讨伐,收复京城。德宗贞元三年(787)册拜太尉、中书令。　②太常寺协律郎:太常寺,中央机构名,掌管祭祀、礼乐、医药等。协律郎,太常寺属官,掌校正乐律,正八品上。　③卫尉少卿:卫尉,卫尉寺,掌管宫内仪仗兵器与帐幕供设等。少卿,寺的副长官,从四品上。　④早丧所出:幼年丧母。　⑤晋国夫人王氏:李晟的侧室。　⑥缌:古代丧礼中有"五服"(五种丧服),以分别亲疏尊卑。缌麻服是最轻的一种。下文中的缞服是次重的一种。　⑦既练:既,已经。练,古代祭名。父母去世第十一个月祭于家庙,可穿练过的布帛,故有此名。　⑧丁父忧:遭父之丧。　⑨庐于墓侧:在墓旁作茅房守丧。　⑩跣:光脚。　⑪终制:守满丧期。　⑫服阕:守丧期满。　⑬右庶子:太子东宫的属官。下句的左庶子也是。　⑭少府监:掌国家工役杂作等手工业事务。　⑮理行:治理行为。　⑯金紫光禄大夫:文官散阶名,正三品。　⑰"累迁至"句:太子詹事,东宫属官,正三品。宫苑闲厩使,掌宫苑马匹之事。　⑱元和十一年:公元816年。元和,唐宪宗李纯年号(806—820)。　⑲蔡州吴元济:蔡州,淮西镇首府,治所在今河南汝南。吴元济,淮西节度使吴少阳之子。其父病死,他向朝廷请求袭位,未准,便自领军务四出侵扰。　⑳抗表:上表。　㉑检校左散骑常侍:检校,检校官。此是虚衔,无实职。左散骑常侍,隶属门下省,无实际职权,从二品。　㉒邓州:今河南邓县。　㉓随、唐:随,今河北随县。唐,今河南泌阳。　㉔或以不肃为言:有人提意见,说是军队不严肃。　㉕"贼方安"句:安,安于,习惯于。袁尚书,即前文提到的袁滋。　㉖绐:哄骗。　㉗散其优乐:遣散歌舞乐队。优,倡优。　㉘抚:抚慰。　㉙长算:长于谋划。　㉚济师:增加军队。　㉛河中、鄜坊:河中,府名,治所蒲州,今山西永济。鄜,鄜州,治所在今陕西富县。坊,坊州,治所在今陕西黄陵。　㉜完缉:补充、完备。　㉝阴计:暗中谋划。　㉞捉生将:抓俘虏的将领。　㉟文成栅:在蔡州西南的驻防点,距蔡州约一百二十里。　㊱新兴栅:在唐州东北。　㊲吴房县:在今河南遂平。　㊳往亡日:阴阳家称有些日子出师不利,叫往亡日。　㊴胡床:胡人发明的可折叠的轻便坐具。　㊵"取之"句:意思是,如果攻取了吴房,那吴房的敌军就会退往蔡州,两处敌军抱作一团以巩固其老巢蔡州。　㊶衙将:随侍身边的将领。　㊷兴桥栅:在张柴村东,为两军交战前线。　㊸"今祐以众"句:意思是,现今李祐率领部众在张柴村收割麦子。　㊹旆:旌旗。　㊺易:看轻,瞧不起。　㊻客礼之:用宾客礼节对待他。　㊼乘间:抽空。　㊽屏人:屏退众人。　㊾夜分:半夜。　㊿致:可能是"改"的误字。即改其名"宪"为"忠义"。　㉛突将:突击队。　㉜塍:田间土埂。　㉝"军吏"二句:意思是,李愬部下都在说这是不杀李祐的缘故,每天都有要求杀李祐的信件送至李愬处。简翰,书信。　㉞"何尔"句:何尔,为何会这样。见夺于众口,不容于众人。　㉟先以谤闻:先把攻击李祐的话上报朝廷。　㊱释:释放李祐。　㊲比:等到。　㊳散兵马使:只具虚衔、不掌实权的将领。　㊴六院兵马使:节度使警卫部队的将领。　㊵舍贼谍者:舍,留宿,窝藏。贼谍,敌方间谍。　㊶除:废除。　㊷厚之:厚待敌方间谍。　㊸"使判官"句:判官,节度使的属官。师期,出师日期。裴度,负责征讨淮西的朝廷大臣,当时为门下侍郎、同平章事兼彰义节度使,仍充淮西宣慰处置使。　㊹殿:行军走在最后。　㊺张柴砦:指敌军在张柴村设置的营寨。　㊻缮鞍鞯:缮,修缮,整理。鞍鞯,马络头和缰绳。　㊼发刃彀弓:磨砺兵器,准备好弓箭。　㊽道路相望:一路上都有。　㊾师人:军士和普通人(带路的百姓)。　㊿监军使:朝廷派出宦官任监军使,起监督、制约节度使的作用。 (71) 为身计:为自己的生死所考虑。 (72) "愬道分"句:道分,分道派出。洄曲,在蔡州右翼,驻有敌精兵。 (73) 朗山:今河南确山县。蔡州兵以朗山为左翼。 (74) 比至悬瓠城:比至,将到。悬瓠城,即蔡州城。因城形似悬瓠而得名。 (75) 杂其声:借鹅鸭的鸣叫声来掩盖军队前进发出的声音。 (76) 坎墉:在城墙上凿出凹陷(以便登攀)。坎,凹穴。此作动词。墉,城墙。 (77) 敢锐者:即前文提到的"突将"。 (78) 击柝者:打更人。 (79) 外宅:指吴元济卫队的营地。 (80) 常侍:代指左散骑常侍李愬。 (81) 子城:即内城。 (82) 董重质:吴元济女婿。 (83) 白衣泥首:白衣,穿着待罪的素衣。泥首,脑袋伏地。 (84) 槛:指囚车。 (85) 申、光二州:申,申州,治所在今河南信阳。光,光州,治所在今河南潢川。 (86) 鞠场:球场。 (87) "愬具櫜(gāo)"句:意思是,李愬全副武装,恭敬地等候着裴度的到来。櫜,古代盛衣甲或弓箭的器具。鞬,马上盛弓的器具。 (88) 耸观:伸头,观看。 (89) 尚书左仆射:尚书省长官之一。 (90) "兼襄州刺史"句:山南东道,治所在今湖北襄阳。上柱国,唐代勋官名,正三品。 (91) 国公:唐代爵位的第三等,从一品。 (92) 食实封:实际上能得到的食邑。前一句的"食邑三千户"是虚指。 (93) 一子五品正员:意思是,一个儿子因父荫得到五品官(正员)的职位。

【赏析】 本文具体生动地刻画了一位德才兼备、智勇双全的英雄形象。

宪宗元和年间,淮西节度使吴少阳之子吴元济拥兵自重,对抗朝廷、骚扰地方。朝廷先后派高霞寓、袁滋率军征讨,均遭败绩。此时,李愬从维护中央集权、坚持统一、反对分裂的大局出发,主动要求去前线指挥平叛战争。履职以后,他"散其优乐,未尝宴乐;士卒伤痍者,亲自抚之",体现了一个良将视士卒为子弟、自觉与士兵同甘苦的可贵品格。奇袭蔡州获胜后,他不杀无辜,宽待胁从,表现出仁者胸怀。特别是他恭迎裴度的做法,不仅表明他不居功自傲,更说明他具有全局性、战略性眼光。

李愬长于筹略,这在文中有充分的表现。他接受平叛任务后,故意"不肃军阵,不齐部伍",以麻痹敌人。攻吴房县时,部属以为择"往亡日"不利,他却认为此日正是敌军疏忽之时,断然决定进击,果然取胜。攻下外城后又主动撤回,目的是让敌人为守吴房而分散兵力。奇袭蔡州一役,更表明他思虑的周密、深远。首先,是选择敌方以精兵抗拒唐军李光颜部、蔡州防御力量相对薄弱为进兵时机;其次,是部署兵力"断洄曲路桥"和"断朗山路",以孤立蔡州,防止援兵;再次,是利用大雪之夜攻城,敌方难以发觉,防备不足。在如此细密的安排下,果然一举即胜,大告成功。李愬善于争取敌军将领为己方效力,文中也有较详细的记述,丁士良、吴秀琳、李祐、李忠义,原本都是叛军将领,后来都为平叛作出了重要贡献。

从写作角度看,本文叙事线索清楚,详略得当。如写其英勇无畏,在攻击吴房县后主动撤回时有以下三句:"贼以骁骑五百追愬,愬下马据胡床,令众悉力赴战。"在强敌追击的危急情况下,"下马据胡床"五字可谓一字千金,充分凸显李愬的沉静镇静、无所畏惧的精神。而写李愬争取李祐为己所用,则花了近四百字的篇幅。尤其是当众人皆请杀祐,李愬为保全他而先将其"械送京师"的一节文字,给人留下了深刻印象。李愬善于处理复杂事件的能力和爱才、惜才的大将风度,活灵活现地呈现在读者面前。

来俊臣传

【题解】 本文节选自《旧唐书》卷一百八十六。来俊臣(651—697)生活的年代,正是武则天当政、称帝的时期。他本是个卑鄙龌龊的市井小人,年少时即不事生产,以坑蒙拐骗、作奸犯科为生,因长于编造谎言、告密、酷刑逼供为武则天所赏识,一路升迁至御史中丞。前后被其诬陷灭族者达千余家。后来俊臣与武则天侄魏王武承嗣等及女儿太平公主产生矛盾,拟诬陷他们。太平公主闻讯大怒,遂先发制人,暗中策动人控告其犯有逼供、受贿、枉法、夺人妻妾等罪名。在正直大臣狄仁杰、徐有功等的坚持下,武则天终于同意处死来俊臣。《旧唐书》中的《酷吏传》主要记载酷吏十八人,来俊臣居首。可见他是唐朝酷吏的代表性人物。

【原文】

来俊臣,雍州①万年②人也。凶险不事生产,反覆残害,举③无与比。曾于和州④犯奸盗被鞫⑤,遂妄告密。召见奏⑥,刺史东平王续⑦杖之一百。后续天授⑧中被诛,俊臣复告密,召见,奏言前所告密是豫、博州事⑨,枉被续决杖,遂不得申。则天以为忠,累迁侍御史⑩,加朝散大夫⑪。按⑫制狱⑬,少不会意者,必引之⑭,前后坐族⑮千余家。

二年⑯,擢拜左台⑰御史中丞⑱。朝廷累息⑲,无交言者,道路以目。与侍御史侯思止、王弘义、郭霸、李仁敬,司刑评事⑳康暐、卫遂忠等,同恶相济。招集无赖数百人,令其告事,共为罗织,千里响应。欲诬陷一人,即数处别告,皆是事状不异,以惑上下。仍皆云:"请付来俊臣推勘㉑,必获实情。"则天于是于丽景门㉒别置推事院,俊臣推勘必获,专令俊臣等按鞫,亦号为新开门。但入新开门者,百不全一。弘义戏谓丽景门为"例竟门",言入此门者,例皆竟㉓也。

俊臣与其党朱南山辈造《告密罗织经》一卷,皆有条贯支节,布置事状由绪。

俊臣每鞫囚，无问轻重，多以醋灌鼻，禁地牢中，或盛之瓮中，以火围绕炙之，并绝其粮饷，至有抽衣絮以啖之者。又令寝处粪秽，备诸苦毒。自非身死，终不得出。每有赦令，俊臣必先遣狱卒尽杀重囚，然后宣示。

又以索元礼等作大枷㉔，凡有十号：一曰定百脉，二曰喘不得，三曰突地吼，四曰著即承，五曰失魂胆，六曰实同反，七曰反是实，八曰死猪愁，九曰求即死，十曰求破家。复有铁笼头连其枷者，轮转于地，斯须闷绝矣。囚人无贵贱，必先布枷棒于地，召囚前曰："此是作具。"见之魂胆飞越，无不自诬㉕矣。则天重其赏以酬之，故吏竞劝为酷矣。由是告密之徒纷然道路，名流俚㉖阅日㉗而已。朝士多因入朝，默遭掩袭㉘，以至于族，与其家无复音息。故每入朝者，必与其家诀曰："不知重相见不？"

俊臣复按大将军张虔勖、大将军内侍范云仙于洛阳牧院。虔勖等不堪其苦，自讼于徐有功㉙，言辞颇厉。俊臣命卫士以乱刀斩杀之。云仙亦言历事先朝，称所司冤苦，俊臣命截去其舌。士庶破胆，无敢言者。

俊臣累坐赃，为卫吏㉚纪履忠所告下狱。长寿㉛二年，除㉜殿中丞㉝。又坐赃，出为同州㉞参军。逼夺同列参军妻，仍辱其母。

万岁通天㉟元年，召为合宫㊱尉，擢拜洛阳令、司农少卿㊲。则天赐其奴婢十人，当受于司农。时西蕃㊳酋长阿史那斛瑟罗家有细婢，善歌舞，俊臣因令其党罗告斛瑟罗反，将图其婢。诸蕃长诣阙㊳割耳劙面㊵讼冤者数十人，乃得不族。时綦连耀、刘思礼等有异谋，明堂尉吉顼㊶知之，不自安，以白俊臣发之，连坐族者数十辈。俊臣将擅其功，复罗告㊷顼，得召见，仅而免。

俊臣先逼娶太原王庆诜女。俊臣与河东㊸卫遂忠有旧。遂忠行虽不著，然好学，有词辩。尝携酒谒俊臣，俊臣方与妻族宴集，应门者绐㊹云："已出矣。"遂忠知妄，入其宅，慢骂㊺毁辱之。俊臣耻其妻族，命殴击反接㊻，既而免之，自此构隙。

俊臣将罗告武氏诸王㊼及太平公主㊽、张易之㊾等，遂相掎摭㊿，则天屡保持之。而诸武及太平公主恐惧，共发其罪。乃弃市㉛。国人无少长皆怨之，竞剐其肉，斯须㉜尽矣。

【注释】 ① 雍州：治所在今陕西西安市西北。 ② 万年：县名，治所与雍州同。 ③ 举：举世。 ④ 和州：治所在安徽和县。 ⑤ 鞫(jū)：审讯。 ⑥ 召见奏：疑是衍文，因舛后文而造成。 ⑦ 东平王续：唐宗室李续，封为东平王。 ⑧ 天授：武则天年号(690—692)。 ⑨ 豫、博州事：指垂拱四年(688)四月，豫州刺史、越王李贞和博州刺史、琅邪王李冲起兵造反事。 ⑩ 侍御史：中央监察部门御史台的属官。 ⑪ 朝散大夫：唐文散官名，从五品下。 ⑫ 按：审察。 ⑬制狱：皇帝命令办理的狱讼案件。 ⑭ 引之：牵引出其他人与事。 ⑮ 族：族灭。 ⑯ 二年：当指天授二年(691)。 ⑰ 左台：左肃政台。光宅元年(684)改御史台为左肃政台。 ⑱ 御史中丞：御史台的副长官。 ⑲ 息：灭。此指灭族。 ⑳ 司刑评事：中央最高审判机关大理寺的属官。 ㉑ 推勘：推究，勘察。 ㉒ 丽景门：在皇宫西面不远处。 ㉓ 竟：完，结束。 ㉔ 索元礼：与来俊臣同时的酷吏。《旧唐书·酷吏上》有传。 ㉕ 自诬：诬告自己。即承认没有干过的事。 ㉖ 僶(mǐn)俛：勤勉，努力。 ㉗ 阅日：计算着日子。 ㉘ 掩袭：突然袭击。 ㉙ 徐有功：武则天时期的著名循吏。于天授元年任秋官(刑部)员外郎。酷吏来俊臣、周兴等构陷无辜，大臣多噤若寒蝉，独徐有功不计个人安危，据理力争，犯颜直谏。 ㉚ 卫吏：中央禁卫军“十六卫”的下级官吏。 ㉛ 长寿：武则天年号(692—694)。 ㉜ 除：任命。 ㉝ 殿中丞：唐代殿中省(掌天子乘舆服御之事)的副长官。 ㉞ 同州：治所在今陕西大荔县。 ㉟ 万岁通天：武则天年号(696—697)。 ㊱ 合宫：县名，治所在今河南洛阳市西郊。 ㊲ 司农少卿：主管仓储及农林园苑等事务的中央部门司农寺的副长官。 ㊳ 西蕃：吐蕃。 ㊴ 诣阙：到京城。 ㊵ 剺(lí)面：划破脸面。古代某些少数民族的风俗，割面流血，表示忠诚哀痛。 ㊶ 吉顼：酷吏。《旧唐书·酷吏上》有传。 ㊷ 罗告：罗列罪状告发。 ㊸ 河东：地名。唐置河东道，治所在今山东永济县蒲州镇。 ㊹ 绐(dài)：欺骗。 ㊺ 慢骂：漫骂。 ㊻ 反接：反绑双手。 ㊼ 武氏诸王：指武则天的侄子魏王武承嗣、梁王武三思等。 ㊽ 太平公主：武则天、唐高宗的女儿，为武则天所宠爱。 ㊾ 张易之：武则天的内臣。由其弟张昌宗引荐为武则天内宠。则天年老，政事多委他兄弟参决。 ㊿ 掎摭：指摘。 (51) 弃市：处死刑。《礼记·王制》：“刑人于市，与众弃之。” (52) 斯须：一会儿。

【赏析】 本文篇幅不长，但多用具体实例来展现来俊臣的丑陋形象和凶残本性，给人留下烙印般的印象。来俊臣本是个“不事生产”的无赖之徒，他年少时已在和州“犯奸盗”，以后又有贪贿、图人妻婢等恶行，实在是一个人渣。但是，他工于心计，既狡黠又狠毒，在那个特定的时代，迎合了武则天加强特务统治、剪灭异己的需要，竟然在历史舞台上也热闹过一阵。

他工于心计，首先是诬告和州刺史、东平王李续。则天不问是非，“以为忠”，大加擢拔。其次，他为了使自己的诬陷能让人相信，竟“招集无赖数百人”，让他们在不同地点、不同时间诬陷同一人，以此造成事实确凿、天下汹汹的局面。他的凶残歹毒，灭绝人性，在本文中有许多描述，如对囚人灌醋，炙瓮，制大枷、铁笼头，乱刀斩杀，截舌，等等。对于同是酷吏、同为告密者的明堂尉吉顼的诬告,更能看出他的贪得无厌和蛇蝎心肠。

由于来俊臣这伙酷吏的存在,造成了朝廷上下人人自危的恐怖局面。朝士每入朝,必与其家诀曰:"不知重相见不?"这就难怪当来俊臣被处以"弃市"极刑时,"国人无少长皆怨之,竞剐其肉,斯须尽矣"。

来俊臣这样的酷吏出现在武则天主政、称帝时期,有它的历史必然性。武则天以女皇统驭天下,本已遭到持有儒家传统观念的朝廷诸多大臣的反对和非议,李唐王朝的宗室后代更不满于武氏篡政,腹诽、口谤甚或举兵反抗都不可避免地产生了。为了巩固既得利益,武则天必定会采取强硬、严厉的措施予以应对。来俊臣这样的诬陷者、告密者正适应了武则天的政治需要。文中写来俊臣、索元礼等作大枷,并以枷棒等刑具布于地,恐吓囚人,囚人"魂胆飞越,无不自诬",武则天因此大喜,"重其赏以酬之"。于是,"吏竞劝为酷","告密之徒纷然道路"。显而易见,武则天是来俊臣这类酷吏的制造者、总后台。本文虽是"来俊臣传",却也从侧面揭露了武则天秉性凶狠的一面。

牛希济

作者简介

牛希济(生卒年不详),陇西(今甘肃陇西)人。五代前蜀词人牛峤之侄。早有文名,遭时丧乱,流寓巴蜀。前蜀后主王衍时,任起居郎、翰林学士、御史中丞。同光三年(925),后唐灭蜀,遂降,入洛阳,因文词得唐明宗欢心,任为雍州节度副使。他才华富赡,尤以诗词擅名,为花间派词人之一。所著《理源》二卷、《治书》十卷,已佚。《全唐文》存其文二卷,《唐五代词》存其词十四首,《全唐诗》存其诗一首。

崔 烈 论

【题解】 崔烈,东汉后期的"冀州名士",历任郡守、九卿。灵帝时开鸿都门,榜卖官爵。他因傅母入钱五百万,得为司徒(三公之一),于是声誉顿减,论者嫌其铜臭。后为乱兵所杀。本文探究了买卖官爵这一弊政的历史渊源及其现实表现,对这个弊政的严重危害作了深刻剖析,并抨击了炮制这个政治毒瘤的最高统治者。本文选自《全唐文》卷八百四十六。

【原文】

汉室中叶①,戎狄侵轶②之患,边郡略无③宁岁。兵连祸积,历世不已,天下以困,国用④不足。榷酤租算⑤之外,方许民间竭产助国,出金赎罪,货镪以为郎⑥,以为经世之术⑦,救弊之务⑧。逮至桓灵之世⑨,天子要之百万,然后用为三公⑩。崔烈常以贿求备位于公辅⑪。问其子:"外以我为何如?"对以"铜臭"之说,垂于前史⑫。

然近之人主,无桓灵之僻⑬。自咸通⑭之后,上自宰辅以及方镇⑮,下至牧伯⑯县令,皆以贿取。故中官以宰相为时货⑰,宰辅以牧守为时货,铨注⑱以县令为时货,宰相若干万绳⑲,刺史若干千绳,令若干百绳,皆声言于市井之人⑳,更相㉑借贷,以成其求㉒。持权居任之日,若有所求,足其欲,信又倍于科矣㉓。争图之者,仍以多为愈㉔。彼以十万,我以二十万;彼以二十万,我以三十万。自宰邑用贿之法,争相上下㉕。复结驷连骑㉖而往,观其堆积之所,然后命官。权幸之门,明如交易㉗。夫三公宰相,坐而论道㉘,平治四海㉙,调燮阴阳㉚,为造化之主㉛;方镇牧伯,天子藩屏㉜,以固宗庙社稷之重㉝;刺史县令为生民教化之首㉞:率皆如是,不亡何待!度其心而闻其谋,即皆贩妇之行㉟。一钱之出,希㊱十钱之入。十万者望二十万之获,三十万者图六十万之报。尽生民发肤骨髓,尚未足以厌其求㊲。

汉之亡也,人主为之。国家之祸也,权幸为之㊳。或曰:兆其衅㊴者,崔氏之子,为不朽之罪人乎?武帝开之于前,桓灵成之于后,以至今日,踵㊵而行之而已。且烈之世㊶,不闻教子以义方㊷,不能遗子孙以清白。多藏若是,俸禄之所获乎㊸?不及于昆弟亲戚矣,不施于邻里乡党矣。其贿赂得之乎㊹?今日用之以远,不亦是乎㊺?且桓灵之世,国家既危,丧乱日臻㊻。烈能尽用以荣其身㊼,他日之家牒㊽且曰:烈为相矣。不如是,亦群盗之所夺,乃积之者过,非用之者罪也。被发而祭于野者,辛有知其必戎㊾;作俑者其无后乎?仲尼惧其徇葬,盖知防其渐之日也㊿。明明天子,许而行之,何罪之有?崔子素无异闻㉛,贪荣固利者,小人之常也;不施于亲戚,自图于爵位者,亦小人之常也。何足加其罪。

有国家者㉒,不以仁义而务财利之道,许而行之,斯不可矣;不许而自行之,而不能知之,又不可矣㉓。是亦覆国家者㉔,不亦过㉕乎?

【注释】 ① 中叶:中期。此句实指西汉武帝时期。 ② 戎狄侵轶:戎狄,西方、北方的匈奴族部落。侵轶,侵犯。 ③ 略无:全无。 ④ 国用:国家经费。 ⑤ 榷酤租算:榷酤(quègū),官府专卖酒类。租,田亩税。算,算赋,即人丁税。 ⑥ 货镪以为郎:货,此用作动词,"出卖"的意思。镪(qiǎng),又作"繦",串钱的绳子,此代指钱。郎,郎官,此为官吏的泛称。 ⑦ 经世之术:治国的办法。 ⑧ 务:要务,关键。 ⑨ 逮至桓灵之世:逮至,到了。桓灵,东汉后期的两个皇帝汉桓帝刘志和汉灵帝刘宏。分别在位二十年(147—167)、二十一年(168—189)。 ⑩ "天子要之百万"二句:指汉灵帝卖官聚钱。据《后汉书·灵帝纪》,光和元年(178)开始卖官,"自关内侯、虎贲、羽林入钱各有差。私令左右卖公卿,公千万,卿五百万。"三公,指太尉、司徒、司空。三公在朝廷里官秩最高。 ⑪ "崔烈"句:常,通"尝",曾经。赂,此指金钱。备位,充占官位。公辅,此指三公。 ⑫ "问其子"四句:这四句据史书记载概述。《后汉书·崔实传》:(崔实从兄崔烈)"时因傅母入钱五百万,得为司徒……烈于是声誉衰减。久之不自安,从容问其子钧曰:'吾居三公,于议者何如?'……钧曰:'论者嫌其铜臭。'"外,外界。垂,留传。 ⑬ 僻:邪僻,不正当行为。 ⑭ 咸通:唐懿宗李漼年号(860—874)。 ⑮ 宰辅以及方镇:宰辅,宰相之类的辅弼大臣。方镇,掌握地方军权的节度使之类。　⑯ 牧伯:州牧、方伯的合称,泛指州郡长官。　⑰ "故中官"句:中官,宦官。时货,切合时令的热门货色。　⑱ 铨注:吏部铨选人才的两道程序,此代指选拔官员的执政者。　⑲ 绳:串钱用的绳索。此代指金钱。　⑳ "皆声言"句:声言,声张、宣传。市井之人,指社会上的人。　㉑ 更相:互相。　㉒ 成其求:达到某个官位所需要的金钱数目。　㉓ 信又倍于科矣:信,实在。倍于科,所得要数倍于法定薪俸的数额。科,科律条文,此指法定薪俸。　㉔ "力争图之"二句:意思是,争着图谋某个官位的人,就以多掏钱为胜。愈,超胜。　㉕ "自宰邑用贿之法"二句:意思是,从宰相到县令的所有官职,人们都用贿赂之法,争着想爬上去。邑,邑侯,县令的旧称。　㉖ 结驷连骑:车马接连不断。　㉗ "权幸之门"二句:意思是,权贵幸臣的家里,成了公开的交易场所。　㉘ 论道:研讨治国之道。　㉙ 平治:公平地治理。　㉚ 调燮阴阳:协调上下、左右等各种矛盾关系。　㉛ 造化:大自然,宇宙。此指国家。　㉜ 藩屏:藩篱、屏障。　㉝ 宗庙社稷之重:宗庙,天子、诸侯祭祀祖先的场所。此代指国家。社稷,土神和谷神,此代指国家。重,重任。　㉞ 生民教化之首:生民,百姓。首,首领。　㉟ 贩妇之行:商贩的行为。　㊱ 希:通"睎",企望。　㊲ "尽生民"二句:意思是,即使穷尽了天下百姓的一切资财,还不能满足他们的欲求。厌,通"餍",满足。　㊳ "国家之祸也"二句:意思是,现今国家的祸患,是权幸之臣造成的。国家,此指唐王朝。　㊴ 兆其衅:开此先例。兆,预兆。衅,事端。　㊵ 踵:跟随。　㊶ 烈之世:崔烈在世的时候。　㊷ 义方:做人的正道。　㊸ "多藏若是"二句:意思是,崔烈家中有如此多的贮藏,岂是正常俸禄能够积累起来的?　㊹ "不及于"三句:意思是,崔烈做官,不曾惠及兄弟亲戚,不曾施舍给邻里乡亲,他的钱货,很可能是来自他人的贿赂。其,表示猜测的语气,有"可能"、"或许"的意思。　㊺ "今日用之以远"二句:意思是,崔烈把这些财物用来作长远的打算,不也是合乎其实情的吗?　㊻ 臻:至,到。　㊼ 尽用以荣其身:大把花钱来荣耀自身。指买官得三公之位。　㊽ 家牒:家谱。　㊾ "被发"二句:这两句本《左传·僖公二十二年》:"初,(周)平王之东迁也,(周大夫)辛有适伊川,见被发而祭于野者曰:'不及百年,此其戎乎?其礼先亡矣。'"被发而祭,不符合周礼,所以辛有这么说。　㊿ "作俑者"三句:意思是,孔子批评首先作俑殉葬的人当无后嗣子孙,是懂得防微杜渐的道理。俑,土木偶人。《孟子·梁惠王上》:"仲尼曰:始作俑者,其无后乎?为其象人而用之也。"后,后嗣子孙。徇,通"殉"。　㉛ 异闻:此指奇异、高尚的品行。　㉜ 有国家者:指皇帝。　㉝ "不许而自行之"三句:意思是,皇帝不允许而权臣私自去做,又不能觉察它,看不到它的危害性,也是不可以的。　㉞ 是亦覆国家者:是,此。指买卖官爵。覆,覆灭。　㉟ 过:过失,错误。

【赏析】　本文题为"崔烈论",其实只是以"崔烈买官"为由头,重点论述买官卖官对国家、对百姓的严重危害性,吁请最高统治者高度重视这个问题。

　　文章分为四段。第一段简述汉代卖官情况。汉武帝时期,因连年对外用兵,国库匮乏,遂有"货锾以为郎"的买官之事。东汉桓帝、灵帝时期,朝政日益腐败,卖官买官之风盛行,于是才有崔烈用钱五百万买得"司徒"的官位。

在第二段,作者明确指出:买官者不仅为名,还要谋利,"一钱之出,希十钱入之",这就导致了"尽生民发肤骨髓,尚未足以厌其求"的局面。百姓与官员、朝廷的矛盾不断加剧,这就离社会动荡、国家败亡不远了。第三段着重指出"人主"、"权幸"是倾覆国家的祸首,至于崔烈之类的小人,固然讨厌、可恨,但也不必特别谴责。第四段有篇末点题的性质,强调"有国家者"若不行仁义之道而是"务财利之道",或者不能认识到买卖官爵的严重后果,不能觉察、阻止权臣私下卖官的行为,那么就推脱不了国家覆亡的罪过。

　　作者曾在前蜀后主王衍手下为官。当时君昏臣贪,朝政污浊,太后、太妃可各出教令卖刺史、县令、录事参军等官。王衍宠臣韩昭竟然获得出卖数州刺史的特权。所以作者作此文,实是有感而发,有借古讽今的用意。文章视野广阔,立论鲜明,议论纵横开阖,所运用的周大夫辛有和孔子的两个典故,突出了防微杜渐的重要性,同样是对人主的警诫。